U0504492

河北师范大学2016年人文社会科学基金项目
《中国新文艺的拟象性》，项目编号S2016B03

从群体突围

到个体救赎

李华秀

著 ○

时空转换与孙犁小说叙事的嬗变

中国社会科学出版社

图书在版编目（CIP）数据

从群体突围到个体救赎：时空转换与孙犁小说叙事的
嬗变/李华秀著．—北京：中国社会科学出版社，2019.3
　ISBN 978 - 7 - 5203 - 4079 - 3

　Ⅰ.①从…　Ⅱ.①李…　Ⅲ.①孙犁(1913 - 2002)—
小说研究　Ⅳ.①I207.42

中国版本图书馆 CIP 数据核字(2019)第 032356 号

出 版 人	赵剑英
选题策划	郭晓鸿
责任编辑	杨　康
责任校对	石春梅
责任印制	戴　宽

出　　版	中国社会科学出版社
社　　址	北京鼓楼西大街甲 158 号
邮　　编	100720
网　　址	http://www.csspw.cn
发 行 部	010 - 84083685
门 市 部	010 - 84029450
经　　销	新华书店及其他书店

印　　刷	北京明恒达印务有限公司
装　　订	廊坊市广阳区广增装订厂
版　　次	2019 年 3 月第 1 版
印　　次	2019 年 3 月第 1 次印刷

开　　本	710×1000　1/16
印　　张	18.25
插　　页	2
字　　数	261 千字
定　　价	78.00 元

凡购买中国社会科学出版社图书，如有质量问题请与本社营销中心联系调换
电话：010 - 84083683
版权所有　侵权必究

序

　　华秀的博士学位论文准备出版了，我很欣慰。在高校工作多年以后，华秀选择攻读博士学位，而且是她不太熟悉的领域。这十分不易，但是她坚持下来了，顺利完成了博士学位论文。

　　华秀的博士学位论文选择孙犁作为研究对象，看似偶然，其实还是有些机缘。她本科就读的河北大学就在白洋淀地区，那是孙犁创作的"大本营"。华秀对于孙犁也是耳濡目染，浸润已久。文化的地缘关系犹如血缘关系，是深入骨子里去的东西。我们的前辈学人就深知这一点。吴福辉先生曾谈起王瑶先生指导他们论文选题的过程。王瑶认为最好选一位与个人地缘相近的大家来研究。他建议吴福辉研究茅盾，因为吴福辉先生是上海人。吴先生后来研究海派小说，也许与此有关。凌宇先生研究同乡沈从文是他自己的选择，但是当时沈从文的文学地位还没有现在高，似乎不算"大家"，曾与王瑶先生有过一番讨论。现在华秀的论文选题根据前辈学人的这个原则，我想应该是不会错的。

　　新时期以来，孙犁就成为学术研究的热点，而且经久不衰。这引起了人们的好奇。为什么有些革命文学作家的地位下沉，而孙犁的地位却在上升？为什么新时期文学强调"去政治化"，而孙犁的创作却与政治密不可分？为此，学术界给予了两种不同的解答：其一，提出了"新孙犁"和"老孙犁"之说，把孙犁看作"两个人"。认为创作自然清新的"荷花淀派"风格的孙犁已经老去了，新时期以来创作《芸斋小说》和一系列散文随笔的孙犁意味着"新孙犁"的诞生，也是人们关注的焦点和兴趣所在。因此，晚年孙犁研究一度成为热点。这样一来，孙犁就被分割开了，人们要么研究孙犁的抗战小说，要么研究孙犁晚年。这些研究，看到了孙犁的前后变化，这是事实，但多少给人割裂之感。其二，认为孙犁内心是分裂的，革命家与艺术家始终在打架。杨联芬的论文《孙犁：革命文学的多余人》影响最大。李敬泽也撰文《半个世纪　两个孙犁》来概括孙犁创作。这些研究看到了孙犁创作的复杂性，是孙犁研究的深化，但同时带来了巨大争议。孙犁创作究竟是怎样的？孙犁的价值何在？这仍然是孙犁研究存在的问题。

在新时期孙犁研究的基础上有所拓展和深化，这是华秀面临的首要问题。孙犁的创作时间跨度长，社会和时代变化剧烈，要想对这样一位作家做整体观，的确不易。然而，华秀从一开始就定下了一个原则，要把孙犁看成一个完整的人，而不是一个割裂的形象。她从孙犁的创作实际出发，把握了孙犁几个节点的创作演变和自然脉络，虽然谈嬗变，但是顺势而为，没有奇突和人为割裂之感。"从群体突围到个体救赎"，是变化的，又是统一的。不变的是作家始终秉持的社会责任感，文艺对民族解放和人的解放的初心。这是华秀对孙犁小说创作的宏观把握。这种把握基于对作家作品的总体分析和感受，我想是可靠的。

回到文本，是华秀找到的研究孙犁最有效的方法。她在高校教过多年写作课，这也成为她研究孙犁小说文本的看家本领。她把孙犁小说创作的语辞及各种材料都一一提取出来，再放大了去看。有一段时间，我感觉她似乎陷入琐碎的问题上去了，担心她忘记了论文的主旨和要义。然而，华秀是聪颖的，她懂得"入乎其里，超乎其外"的道理。在感知了孙犁小说大量的细节之后，她以其对语辞的敏感，对文本现象的综合概括能力，命名及想象力，写出了一系列富有新意的论文，有了她自己的独到发现。华秀在宏观把握孙犁小说的同时，也打开了孙犁小说丰盈的微观世界。

华秀认为，孙犁研究不仅为她学术上开辟了一块属地，也为她的人生提供了诸多滋养。的确，在与华秀共同的学习探讨中，我也有机会进一步重读孙犁的道德文章，感受孙犁伟大的人格，他创造的美的极致与温暖，更加深刻地认识到孙犁的朴实厚重与永远道不尽的复杂。在与华秀亦师亦友的无数次或严肃或愉悦的交谈中，孙犁都是我们最好的文化精神背景。

华秀对孙犁的研究仍在进行中，愿她在学术道路上不断精进。是为序。

马　云

2017 年 11 月 21 日

目　　录

绪　　论

一　孙犁的意义

孙犁是中国现当代文学史上的独特存在，但中国现当代文学史一直对孙犁采取暧昧态度。正如孙犁自己所说："在过去的若干年里，强调政治，我的作品就不行了，也可能就有人批评了；有时强调第二标准，情况就好一点儿。"① 中国现当代文学对孙犁的暧昧态度表面看是一个意识形态问题，实际上却与革命文学本体论有一定关系："革命文学"是文学吗？如果"革命文学"是文学，为什么在肯定孙犁小说文学性的同时却一边将孙犁从革命队伍剥离出去，视他为同路人、多余人、边缘人？孙犁是党员作家，在其文论作品中表现出强烈爱国主义情怀，即使在其小说中，也存在服务政治的明显意图，这些客观事实大家不会看不到，看到了还说孙犁是多余人、边缘人、同路人，只能理解为"革命文学不是文学"，孙犁小说是文学，故孙犁小说不是革命文学。但结论和前提又出现矛盾，前提已肯定孙犁小说是文学，结论又将外篇小说剥离出去了，调节前程和结论矛盾的方法只能是将孙犁从革命队伍中剥离出去。

支持"革命文学不是文学"这一"潜在结论"的论据来自抗日根据地的

---

① 孙犁：《文学和生活的路——同〈文艺报〉记者谈话》，《孙犁文集》（5），百花文艺出版社2013年版，第570页。

现实生活。在抗日根据地，革命者一直视"美的形式"为资产阶级的东西，美即罪成为"革命者"的一个共识。女性一到根据地就脱去"美丽外衣"，努力改掉"美的姿态"，将自己粗鄙化。这一习惯一直延续到"文化大革命"。这种把革命与美对立起来的做法在抗日战争时期，甚至在建国初期乃至"文化大革命"时期都有一定的合理性。因为中国革命是农民革命，中国农民尤其是山区农民常年挣扎在温饱线上，没有能力讲究形式。抗日战争时期的革命根据地生活极其艰苦，也没能力讲究形式，为了最后的胜利，牺牲形式会得到大家认同。孙犁是一个讲究文学形式的人，但在抗日战争早期，因为条件不允许，他也说过"在没有戏台的地方，我们可以利用打禾场或宽广的街头，甚至于广大的房间。我们要打破传统观念，管他呢，叫四面八方的人都能看，造成活的轮转的舞台"①，这样比较激进的话。但他同时还说过"从事写作的人，应当像追求真理一样去追求语言"② 这样极讲究形式的话。可见，"形式"在孙犁那里有两种含义："外在形式"——外表、包装、衣着、发式等；"内在形式"——语言、修辞、姿态、腔调等。人和艺术都可以不讲究外在形式，但对内在形式必须讲究。因为内在形式也是内容，甚至是内容的重要组成部分，失去了这部分形式，也就失去了本性。在生活上艰苦朴素是对生活"外在形式"的牺牲，但人不能粗言秽语、蓬头垢面、脏兮兮的，这属于"内在形式"。牺牲"外在形式"可以算作修行，而若牺牲掉了内在形式，人就变成了"非人"，与动物无异了。在艺术领域，可以不讲究载体、体裁，但语言、结构、修辞这些内在形式若不讲究，文学就失去了文学性。文学若没有了文学性，就无法广泛流通，其宣传目的的难以达到。因为艺术是国际通行"货币"，无论谁的艺术都应符合美的法则，丧失了美的法则艺术便难以"流通"。抗战时期的一些革命家将生活领域里的艰苦朴素、"去审美化"这些属于"外在形式"的因素等同于"内在形式"，并拿到艺术领域去

---

① 孙犁：《民族革命战争与戏剧》，《孙犁文集》（5），百花文艺出版社 2013 年版，第 231 页。
② 孙犁：《文艺学习》，《孙犁文集》（5），百花文艺出版社 2013 年版，第 125 页。

"流通"，导致根据地文学"质而无文"，被一些西方汉学家视为"二流乃至三流"① 的文学，不能不说是一大遗憾。

孙犁对文学有自己的坚持，就像对革命有自己的坚持一样。他说："你的作品要为人生服务，必须作艺术方面的努力"②。而作艺术方面的努力又不能忽略思想性。而思想性既是政治性又高于政治性，是孙犁所说的"时代"和"人类正义"③ 概念，也是刘锋杰教授所说的"最高层政治"④ 的意思。中国当代文学史上很多作家紧跟政策，属于政治内涵的"最低层"，自然就会出现"不能如实反映时代精神"的现象。因政策是不断变化的，甚至会出现极左性错误。而文学反映生活本质，不能变来变去。但中国现当代文学史上，一直存在政治对文学干预。政策越是错误，对文学的干预越严重。国民党统治时期，很多文学家因坚持自己的政治信仰而与当局发生冲突献出生命。这就导致了另外一个问题的产生：文学家为文学和信仰与当局对抗、牺牲自己还是牺牲文学、信仰与当局合作？显然没有人愿意牺牲生命，也没有人愿意牺牲信仰。而能将二者结合起来的最好方式就是艺术。艺术可以委婉、曲折、含蓄地表达自己的观点，可以使用比喻、象征、暗喻、逆喻等诸多手段达到表达目的。甚至，越是巧妙动用多种艺术手段，实现委婉、曲折、含蓄表达自己观点之目的越具有艺术性，越能获长久艺术生命。因而，文学家完全可以坚持自己的信仰，哪怕，遭遇中国现当代文学史上的极左路线，仍然可以真实表达，甚至可以行使自己批判的权利，但前提是必须动用"复杂"艺术手段，使用一整套复杂表达机制，使作品抵达一定的艺术高度。

孙犁中国文学史的第一个贡献是能在极左文艺路线干扰下坚持自己的文学信仰和政治信仰，真实地表达思想，且保全了自己。因为他找到了"化"

①　夏云：《重写现代——"海外中国现代文学研究译丛"的阅读与反思》，《南方文坛》2014 年第 2 期。

②　孙犁：《文学和生活的路——同〈文艺报〉记者谈话》，《孙犁文集》（5），百花文艺出版社2013 年版，第 561 页。

③　孙犁：《连队通讯写作课本》，《孙犁文集》（5），百花文艺出版社 2013 年版，第 25 页。

④　刘锋杰：《文学想象的"政治"及其超越性》，《西北大学学报》2009 年第 6 期。

政治入文学的艺术手段。孙犁"化"政治入文学的手段，多体现在小说中，可以总结出如下三种：

第一，将时代风云概括为叙事模式。抗战时期，他提炼出"拟家结构"表现八路军和农民之间的密切关系，歌颂抗日根据地抗战政策深入人心，以及农民无私奉献的精神；土改时期提炼出"聚散结构"和"拆分结构"表现土改时期出现的阶级分化的社会现实；《芸斋小说》中提炼出"碎片化结构"表现"文化大革命"导致的文化断裂、伦理道德败坏、家庭破散、人与人之间关系敌意化等社会问题。这种高度概括的叙事模式，缩短了小说的篇幅，却加大了小说的思想含量，是一种高效艺术手段。

第二，通过空间变化反映时代变化，通过不言而喻的暗示表达主题。如《荷花淀》中的水乡景色和《嘱咐》中的破败村庄，前者是抗战初期，环境未遭破坏，后者是战争结束，环境被彻底摧毁，两相比较，战争带给中国人民的灾难得到深度展示；《荷花淀》中的水生嫂和《嘱咐》中的水生嫂性格发生巨大变化，两相对照，暗示出战争对中国传统文化、生活方式、习俗的彻底破坏；如果再将抗战小说中的空间与土改小说和芸斋小说中的空间进行比较，时代变化更加明显。抗日战争时期的辽阔山水与当时人民的阔达胸怀是一致的；土改时期空间逼仄而拥挤，叙事常发生在一间房子里，甚至在炕上进行，与当时人们因重新分配土地、浮财两眼盯着物质利益，心胸变得狭隘是一致的。《芸斋小说》的叙事场所更不必说，局促、狭窄、混乱的牛棚、大杂院与当时"人人自危"的心理环境是一致的。这种运用典型环境、典型空间进行叙事的手段具有事半功倍的艺术效果。

第三，用含蓄、委婉、深藏不露的各种艺术手段综合表现与政策不符时的独立思考。比如《村歌》中的双眉形象，隐含着作者对艺术命运的诘问。《村歌》中的双眉，长得漂亮、又爱美，被极左领导老王说成"流氓"，不许其参加互助组。双眉非常苦恼。面对区长老邴，她大胆质疑，为自己的"美"进行无罪辩护。孙犁在文学史上的尴尬处境与双眉的处境具有同构性质，他对党赤胆忠心，为革命文学勤勤恳恳，却因为"美"的形式被批评，被视为革命队伍的多余人、边缘人。若直接为自己辩护，必引来祸端。通过双眉这一形象大声抗辩既抒发了胸中块垒又保护了自己；《铁木前传》中小满儿和六儿的处境，隐含着作者对日常生活被剥夺的不平之气。小满儿和六儿因性格原因不喜欢集体活动，愿意更多拥有私人空间，却被认为有"罪"，大家纷纷想着改造他们。但小说始终未让小满儿和六儿接受改造。小说结尾时，小满儿和六儿赶着马车跑掉了。这是对当时极左路线的一种嘲讽，是对人的个性的一种顽强肯定。但小说中的话语层面不断否定小满儿和六儿，说他们是"鬼混"。这种话语层面和故事层面的逆喻修辞方式既增强了小说的文学性，又起到了保护作者的作用。

"化"政治"入"文学的手段，是时代的"左"，孙犁"懦弱"又倔强的性格，以及他对文学的执着热爱共同作用的结果。倔强使他难以隐瞒自己的真实思想，"懦弱"使他不敢直接表达，担心因文获罪，对文学的热爱以及高深的文学修养，使他不断创新、翻新，寻找最恰当的艺术形式。不是对艺术的执着热爱，在那样一个时代很可能选择彻底放弃文学。孙犁确实放弃小说创作近20年，但实际上他并没有真的放弃，而是用另外一种形式在写作，他的《书衣文录》是"文革时期"产生的一种最含蓄却又最公开的文学书写方式。他生存的环境，他的心情，他周围发生的事情都真实记录，虽三言两语却高度浓缩地刻画了时代的样貌，且入木三分。

可见，孙犁与政治之间的关系不是间离的，不是边缘化的，而是密切关注倾心表达的。但因读者一直以来习惯于一种熟悉的修辞手段，难以发现孙犁隐藏在陌生化修辞手段里的"政治"。还有就是，政治不等于单纯的歌颂，或者说，对执政者的批评不等于没有政治，更不等于自甘于边缘。总之，如何理解孙犁小说中的政治，与如何理解革命文学是一个问题的两面。文学服务于政治没什么不对，小说具有了文学性不等于疏离了政治。孙犁作为革命文学家和党员作家，很好地解决了革命与文学之间的关系问题，这是其文学生涯中的突出成就和重大贡献。

孙犁对中国文学史的第二贡献是创造了自己的"互文"表达方式。正如一些研究者所说：他运用"主题互文、人物原型互文、结构行文互文"，"不断丰富、衍生、发展……革命抗日主题、工农兵新人形象和战争传奇故事"①，通过文本间的"引用、套用、影射、重写"完成了隐秘的感情表达，有"立体书写"特征②。孙犁一生只写了一部长篇小说、两部中篇小说，其余全是短篇小说。但孙犁的短篇小说都是"构件"③性的，他的短篇小说集是由互文性"构件"组合起来的"另类长篇"。他的抗战小说和"芸斋小说"均具有"另类长篇"特征。这也是他常说他的小说是自传的一个原因。但因人们太重视"自传性"，忽略了其短篇小说集合作为"另类长篇"具有的独特构思和丰富的思想容量及其独特艺术架构。

孙犁抗战短篇是一个互文性集合，将其全部抗战小说综合考察，会发现一个宏大而复杂的历史叙事，具有一定的史诗性。并通过以下三个方面表现出来。

第一，分布均匀的人物形象和分布均匀的人物性格、气质，共同构成了一个伟大中华民族新形象。孙犁抗战小说中的农民形象有中老年农民、青年农民、妇女、儿童，组合在一起，就是一个历史化了的"大农民"形象，老年农民代表过去，中青年农民代表现在，少年儿童代表未来。老年农民以水生的爹、《芦花荡》中的老头子等为代表，还有婶子大娘之类的妇女群像，他们身上具有鲜明的历史痕迹；中青年农民以柳英华、水生、杨卯、杨开泰等为代表，他们身上具有鲜明的时代烙印，热情、奉献、有创造力；少年儿童以三福、小黑狼、银顺子、黄敏儿、小星等为代表，他们机智、活泼，充满工作热情；女性形象更多具有气质和性格属性：小梅的勤劳吃苦，吴召儿的聪明活泼和洒脱，妞儿的泼辣和善良，二梅的工作热情和男性化倾向等，这些女性组合在一起共同展现了中华民族丰富的人格魅力。除此之外，小说还有很多农民群像：《蒿儿梁》的村民、《杀楼》中五柳庄的村民、《荷花淀》

---

① 刘佳慧：《孙犁作品中的互文现象阐释》，《科学·经济·社会》2014 年第 2 期。
② 同上。
③ 雷德侯：《万物》，生活·读书·新知三联书店 2005 年版，第 4 页。

小苇庄的村民等，他们积极抗战，热情工作……孙犁小说还写了很多家庭，《琴和箫》中钱智修一家、《丈夫》中的一家人、《荷花淀》中的水生一家、《杀楼》中的柳英华一家、《碑》中老赵一家等。家庭、村庄、各种人物都在孙犁小说中得到很好的展现。互文本集合颇具史诗色彩。

第二，各种"微叙事"共同建构起一个道德体系。孙犁抗战小说中，利用不同"微叙事"渗透着一种新的道德观念：节制、互助、勤劳、舍家卫国等。《吴召儿》《山里的春天》《丈夫》等，渗透着"节制"道德观念；《小胜儿》《蒿儿梁》《山地回忆》等，渗透着互助道德观念；《荷花淀》《丈夫》等，渗透着舍家卫国的道德观念；《芦花荡》《杀楼》《村落战》等，渗透着勇敢、自尊等道德观念；《老胡的事》《邢兰》等，渗透着勤劳、热爱劳动等道德观念。所有道德观念都不是说教式的，而是通过一些微小生活细节来完成，既自然又深刻。

第三，通过"围困与突围"叙事模式宣扬民族自尊心。孙犁的抗战小说并没有回避战争的残酷性。《黄敏儿》《钟》《藏》《芦花荡》《荷花淀》《杀楼》等都写了日寇对百姓的围困、羞辱、折磨、残害。但孙犁不愿中华民族只是遭受屈辱，所以，在这些小说中设计了反转性叙事结构，让被围困而遭受屈辱的百姓轻易获救，实现"胜利"突围。这样结尾似乎不符合当时情况，这是孙犁抗战小说被人诟病的主要理由，但这种反转性叙事结构符合艺术真实。因为一个强大的，有几千年历史、几万万同胞的地域辽阔的中华民族不应被一小撮日寇战胜，所以，反转性大结局更符合艺术逻辑。当然，孙犁这样设计小说结尾，也有其不愿记录残酷、血腥、丑恶细节的美学追求，但更与其总体构思中重塑民族尊严、民族自信心有关。只有综合考察孙犁的抗战小说才能理解这一点。

总之，孙犁的抗战小说篇幅不长，数量不多，却因互文手段将内容丰富、驳杂、人物众多、性格多元的短篇变成了主题深厚、广阔、结构巧妙而精致的"另类长篇"艺术。这是孙犁为中国文学史做出的第二大贡献。

孙犁对中国文学史的第三大贡献是《芸斋小说》。他的《芸斋小说》创造了形式的巅峰。《芸斋小说》像其抗战小说一样具有互文性，属于"构件性"短篇小说集合。《芸斋小说》的互文性延伸到抗战小说，又延伸到《乡里旧闻》，完全可以看作孙犁对自己一生的总结，也是对中国革命的总结。与抗战小说不同的是，《芸斋小说》发明了"卯榫结构"。假如把历史切断，抗战时期、解放土改时期、"文革"时期、战争以前，再把每一历史时段看作一个"构件"，就会发现孙犁用战前故事做"卯"，将"文革"时期的两大故事板块榫接了起来。《亡人逸事》《玉华婶》《鱼苇之事》《蚕桑之事》属于抗日战争前期的故事，四篇小说完全可以组成一个版块，像《鸡缸》《女相士》《高跷能手》《言戒》《三马》那样，突出时间痕迹并强化历史性，但孙犁将这四篇小说拆开处理，每一篇连接两个故事版块，有点像卯榫结构，一卯两榫，三个部分连接在一起，显得非常紧密。《亡人逸事》前五篇是文革叙事，后五篇也是文革叙事，然后是《玉华婶》；《玉华婶》后又是五篇文革叙事，之后是《鱼苇之事》；《鱼苇之事》后是七篇文革叙事，然后是《蚕桑之事》；《蚕桑之事》后是九篇文革叙事。这种布局有两大用意：调节气氛。文革叙事多不平之气，读者会感到压抑、愤懑，甚至会产生强烈不良情绪。一篇温馨叙事对读者不良情绪起到了调节作用；隐曲表达自己对历史的看法及救赎方案："文化大革命"将历史切断了，中国的传统文化、传统道德、传统伦理都遭到破坏。"文化大革命"期间，社会上几乎没有完整家庭、完善组织、完美个体。作者用卯榫结构既表达了破碎的历史感，也表达了一种救赎渴望。

从感情角度入手，《芸斋小说》有四篇爱情"幻想"小说：《幻觉》《无花果》《续弦》《忆梅读〈易〉》。这四篇小说属于私生活，是完全个人化的，与其相对的是公共生活、政治生活。四篇爱情小说也在整体布局中分开存在，发挥着"卯"的作用，将政治生活榫接在一起。其潜在表达则是对个人私生活被践踏、被轻视、被忽视的无声反抗。"文革"是剥夺人的私生活的时期，这四篇爱情幻想小说显然具有特别喻指。也就是说，《芸斋小说》的结构是作者精心安排的，他通过这样一种"形式"完成了深刻表达。

《芸斋小说》的每一单篇也是"碎片化"叙事，很少线性叙事。叙述者的叙述零零散散，将差不多百年的历史事件信手拈来组合进一篇小说，使短小篇幅具有了巨大信息含量。这种叙事手段，将阅读本身变成了一场复杂精神活动。阅读变得极其艰难，但在经过复杂思维活动之后发现，《芸斋小说》是对人性进行的一次深刻反思。"文革"后很多作家对"文革"进行声讨，多数人将个体责任完全推卸，推给执政当局。《芸斋小说》却让每一个体承担责任：发动者承担发动之责，王婉们承担王婉们的责任，隐含作者也自负其责。比如，《言戒》中的叙述者遭受凌辱和折磨，但究其原因，是自己生活变好后穿皮衣戴皮帽，与百姓产生了隔膜，收发室的中年男人好忌妒，人性不纯，趁机报复。发动者、叙述者、整人的收发室男人，任何一个环节不出问题，这场灾难都可避免。只有当三个条件都具备时，一场灾难才无可避免。

孙犁对中国文学史的第四大贡献是其创造了"荷花淀风格"，并利用做编辑的便利，普及了"荷花淀风格"，形成了"荷花淀派"，对中国文坛产生了深远影响。刘怀章说："'文革'前，我……带领不下二十几位青年拜访过孙犁同志。他们不少人已成为知名作家，创作风格多是学孙犁的。……孙犁的艺术风格在京、津、冀地区早已发扬光大，他的艺术遗风必将载入史册。"[①]林希说："《荷花淀》引导一代青年走近了文学，引导一代青年走上了对于艺术的苦苦追求。"[②] 当代文坛活跃的几个著名作家铁凝、贾平凹、莫言、从维熙、邓友梅等都深受孙犁影响。从维熙说：孙犁"小说和散文中那种清淡如水的文字，曾使我如醉如痴"[③]"孙犁的晶莹剔透的作品，是诱发我拿起笔来进行文学创作的催生剂。"[④] 邓友梅在《恭送孙犁师长》中，回忆自己"暗以孙犁同志为师"的经历时说他读的第一本孙犁著作是《采蒲台》，"读完之后

---

① 刘怀章：《无尽的思念》，铁凝、贾平凹等编《百年孙犁》，百花文艺出版社2013年版，第248页。

② 林希：《风范永存》，铁凝、贾平凹等编《百年孙犁》，百花文艺出版社2013年版，第243页。

③ 从维熙：《荷香深处祭文魂》，铁凝、贾平凹等编《百年孙犁》，百花文艺出版社2013年版，第139页。

④ 同上。

颇感意外：写的也是抗日军民的艰苦斗争，画的也是根据地的革命图像，却不像喝胡辣汤那样热血沸腾，慷慨激动，而是像嚼青果般淡醇爽口，清心明目，余味无穷。原来歌颂抗战，可以有不同的节奏和音色，同样描绘人民，可以有不同的构图和色调"①。此后，《采蒲台》便成为邓友梅的教科书，一直翻到"反右运动"，在劳动改造时仍然时不时翻，"一直翻到'文化大革命'，翻到'四人帮'倒台，翻到邓小平领导改革开放，翻到了建设有中国特色社会主义的今天，社会上，文坛上一致肯定孙犁，连攻击过、反对过、批判过、嘲讽过孙犁及其作品的人都改口称赞时，我才悟到孙犁坚持自己的人生观做人，按自己的文学观作文要有多大勇气，要有多高涵养"②。铁凝回忆她第一次与孙犁作品接触时的感觉时说："我胡乱翻起这本'破书'，不想却被其中的一段叙述所吸引。也没有什么特别，那只是对一个农村姑娘出场的描写。……吸引我的是被描绘成这样的一个姑娘本身。特别是她流动的眼和突然断掉一半的弯眉，留给我既暧昧又神秘的印象，使我本能地感觉这类描写与我周围发生的那场革命是不一致的，正因为不一致，对我更有一种'鬼祟'的美的诱惑。那年我大约十一岁。多年以后我才知道这本'破书'的作者是孙犁先生，双眉是他的中篇小说《村歌》里的女主人公。"③从某种意义讲，孙犁用自己独特的美学风格"化育"了中国当代文坛，呵护新中国文学健康成长。这一点是不能忽略的。

孙犁对中国文学史的第五大贡献是其为所有文学家树立了道德楷模，其道德操守对后代文人产生着深远影响。"他一直淡泊名利，自寻寂寞，深居简出，粗茶淡饭"④"没有个人的私利，他歌颂世上之最美，让人们净化心灵；

---

① 邓友梅：《恭送孙犁师长》，铁凝、贾平凹等编《百年孙犁》，百花文艺出版社2013年版，第148页。

② 同上。

③ 铁凝：《怀念孙犁先生》，铁凝、贾平凹等编《百年孙犁》，百花文艺出版社2013年版，第159页。

④ 同上书，第160页。

他爱祖国，爱人民，为使人民素质提高，活得更健康更美丽，他舍得付出生命"①的形象，成为很多人的榜样。孙犁似乎在用自己的生命体验，解决中国革命史和中国文学史上的一大难题：个人生活与艺术生活之间的关系。中国历来讲究作文与做人，相信"文如其人"，但如何做人与如何作文似乎没有标杆，而孙犁却变成了标杆：一个教后代如何做人和如何作文的标杆。人做到极致，文才能做到极致。人做到极致需要用减法——去欲望，直到变成"赤子"——心无挂碍，无官欲，无名欲，无物欲……但文学做到极致则需要做加法，增加哲学涵养、艺术涵养、伦理学涵养、文化涵养……生活上可以直、质，可以耿介、单纯、迂腐，但艺术不可以，必须有艺术智慧等文、纹、隐曲、复杂、温婉、含蓄……没有生活层面的去欲望化，也就不会有艺术层面的提升，因为时间是有限的，生命是一次性的……

中国文学史上有太多聪明的文学家和才华横溢的作家，中国现当代文学史上同样有许多才华横溢的文学家和作家，他们曾成就非凡，但很多坚持不到最后，都因中途受官累、名累、财累，浪费了自己的艺术才华。

孙犁则一直悄无声息地用自己的实践为中国文学史解决了一系列重要的理论问题和实践问题，他的生命形式也是一个唯美的文本，是值得研究的重要对象。我们甚至可以这样说：孙犁的生命形式为异质化了的现代人提供了一套救赎方案，就像他的小说为异质化了的现代文学提供了一个解决方案一样。孙犁其人、其文均是中国现当代文学史上的经典。

二　孙犁小说研究的历史、现状及问题

（一）孙犁小说研究的历史

孙犁小说看似清新简单，实难解读。从成名作《荷花淀》发表的 20 世纪

---

① 徐光耀：《最纯粹的作家》，刘宗武等主编《孙犁百年诞辰纪念集》，河北大学出版社 2013 年版，第 64 页。

40 年代到 21 世纪的今天，70 多年来各种"争论"从未停止。同一篇小说，研究者观点时常相左，且都有一定说服力。在创作风格方面，有人认为孙犁是浪漫主义作家，有人认为孙犁是典型的现实主义作家，也有人认为孙犁是浪漫主义和现实主义相结合的作家；在美学风格方面有人认为孙犁小说是阴柔的，有人认为孙犁小说是阳刚的，有人认为孙犁小说是既阴柔又阳刚……但无论怎么争论，都难以形成统一看法，似乎谁也说服不了谁。这意味着孙犁小说风格的复杂和多元。

最早向孙犁小说"开炮"的是发表在 1948 年 1 月 10 日《冀中导报》上的一篇文章《孙犁同志在写作上犯"客里空"错误的具体事实》。文章虽左，却抓住了孙犁小说的命脉：反映现实"不准确"。与现实的关系问题成为我们理解孙犁小说的关键节点。只有将这一问题解释清楚才能读懂孙犁小说，解释不清楚，孙犁小说只能作为经典而被边缘化，但这一问题至今没有得到理论阐释，孙犁研究史上关于这一问题的论争也就始终存在。50 年代人们对孙犁小说的认识有所深化，但关于孙犁小说没有准确反映现实的问题被更尖锐地提了出来。林志浩、张炳炎发文说："孙犁同志曾经在冀中典型村中待过一段时期，但由于生活的局限性，不能更深入，更全身心地参加轰轰烈烈的革命斗争，所以他的大部分作品，便只能表现一些意义不大的细节。又由于他是出身小资产阶级知识分子，在未彻底改造以前，虽然在理论上认识到'在共产党组织教育下，农民不只改变了他们的生活，而是改变了他们的思想和情绪'，但在创作实践上，却仍摆脱不了自己小资产阶级的恶劣情趣——把他们写歪曲了，弄成了衣服工农兵、面孔小资产阶级的四不像的人物。孙犁同志所犯的错误，正是毛主席所批评过的：不爱工农兵的感情，不爱工农兵的姿态。所以表现在他作品里面的，便经常是些诗情画意的题材，和轻佻美慧的女性。"① 王文英在《对孙犁的〈村歌〉的几点意见》② 中说："最近读了

---

① 林志浩、张炳炎：《对孙犁创作的意见》，《光明日报》1951 年 10 月 6 日。
② 同上。

孙犁同志的中篇小说《村歌》，我觉得这部作品里面有许多问题处理得很不恰当……作者在写作实践中，对于自己企图反映的事件和选择的人物，却做了不恰当的处理和不正确的描写。更明确地说，就是作者错误地描写了当时党在张岗村这个村子里各方面的决定性的领导作用，和歪曲地塑造了几个新的人物的典型形象。……"① 孙犁一直标榜自己是现实主义作家，以上批评文章抓住孙犁小说的"不真实"进行说事，的确是蛇打七寸，非常致命。为此，王林和方纪都为孙犁进行了辩护。王林在《介绍孙犁的〈白洋淀纪事〉》一文中说："孙犁同志是个有浓厚的地方色彩，有自己的独特风格的作家。"他《白洋淀纪事》中的 54 篇作品"篇篇象女人头饰上的珠花，珠珠放光。……"② 方纪在《一个有风格的作家——读孙犁同志的〈白洋淀纪事〉》中说："孙犁同志是有他的读者的。……但也有说他缺乏时代特色的人。这大约是指他作品里的细腻的柔情，和我们时代豪迈粗犷的气氛有距离吧？……但如果说一个作家，在我们这个时代的暴风雨般的斗争生活里，不止表现了那些激流中的滔滔巨浪，也表现在它周围继续展开的明亮的波纹，因而更烘托出了这巨浪的力量，是不是更加显示了我们生活的光彩呢？"③ 但在文章结尾，方纪却说："当然，孙犁同志在创作上是有他的弱点的，主要是在生活面前还不够勇敢，有时回避生活中的尖锐矛盾；有时只表现自己所感受到的一个较小的精神世界。"④ 批评者和支持者，实际上都发现了孙犁对现实的"选择性"表现，不是完全照搬。放到今天，我们可能会说这里潜藏着一个文学本体论问题。关于文学是什么，批评者和孙犁似乎根本不在一个层面，难以形成对话。

　　到了 60 年代，仍有人纠结于孙犁小说反映的现实是否准确。楚白纯在

---

　　① 王文英：《对孙犁的〈村歌〉的几点意见》，《光明日报》1951 年 10 月 6 日。
　　② 王林：《介绍孙犁的〈白洋淀纪事〉》，刘金镛、房福贤《孙犁研究资料专集》，江苏人民出版社 1983 年版，第 355 页。
　　③ 方纪：《一个有风格的作家——读孙犁同志的〈白洋淀纪事〉》，《新港》1958 年第 4 期。
　　④ 同上。

《评〈风云初记〉》中说："……我们认为，在《风云初记》里，对于正面人物写得不够深厚，在一些正面人物的描写中所产生的缺点，结构上的不够严谨，以及一些不甚成功的章节，就构成了这部长篇小说中的缺点。这些缺点的产生，一个是生活基础的原因，一个是创作思想和对于现实的认识问题……"① 关于孙犁小说中与现实的关系问题还没有理论地解决，研究者的焦点开始转移到孙犁小说的形式问题。黄秋耘在《关于孙犁作品的片断感想》中说："我觉得，孙犁的作品，虽然绝大多数都是小说，却有点近似于诗歌和音乐那样的艺术魅力，像诗歌和音乐那样的打动人心，其中有些篇章，真是可以当作抒情诗来读的，当作抒情乐曲来欣赏的。作家在艺术上所追求的，似乎是一种诗的境界，音乐的境界。"② 钟本康在《风格独特的〈风云初记〉》中说："《风云初记》有很浓郁的抒情味，给人以丰富的美感享受。人们好把诗情画意连起来说，这部小说所写的景物，都有动人的画意。"③ 冉淮舟在《读〈风云初记〉》中说："从艺术描写上来说，《风云初记》发扬了孙犁同志那种一贯的极富诗意地概括生活中最平凡的特征的才能。正是在一些平凡、朴素的性格中，显示出一种爽快、健康的人民英雄主义的昂扬的精神。"④ 冯健男在《孙犁的艺术（上）——〈白洋淀纪事〉》中说："《白洋淀纪事》里的故事是诗的小说，小说的诗。"⑤ 在《孙犁的艺术（中）——〈铁木前传〉》中，他说："浓重的诗意和醇厚的抒情味，鲜明的地方色彩和清新的泥土气息，在这个故事中也随时散发出来。这些特色，不但有利于这个作品的艺术风格的形成，而且有利于这个作品的思想内容的表现。"⑥ 而在《孙犁的艺术（下）——〈风云初记〉》一文中，他说："孙犁不是版画家，而是水彩画家；

---

① 楚白纯：《评〈风云初记〉》，《河北文学》1963 年第 8 期。
② 黄秋耘：《关于孙犁作品的片断感想》，《文艺报》1961 年第 10 期。
③ 钟本康：《风格独特的〈风云初记〉》，《文艺报》1963 年第 5 期。
④ 冉淮舟：《读〈风云初记〉》，《文汇报》1963 年 2 月 20 日。
⑤ 冯健男：《孙犁的艺术（上）——〈白洋淀纪事〉》，《河北文学》1962 年第 1 期。
⑥ 冯健男：《孙犁的艺术（中）——〈铁木前传〉》，《河北文学》1962 年第 1 期。

他的武器不是坚硬的冰棱的刻刀，而是流利的热情的彩笔。"① 因为未能在理论上解决孙犁小说与现实关系的问题，人们对孙犁小说的误解达成了共识：孙犁小说形式大于内容，或可说重形式轻内容。

学界对孙犁小说风格极为赞赏，对孙犁小说的诗情画意给予了充分关注。20 世纪 60 年代孙犁小说研究开始学术化、专业化，但尚未展开和深入，"文化大革命"开始了。研究中断，研究者们开始被动接受"文革"思想洗礼。

"文革"结束之后，人们对孙犁小说的兴趣越来越高。学界研究的兴趣点似乎保留在 20 世纪 60 年代还没有展开的关于孙犁小说风格的讨论上。此时人们关心的是孙犁小说到底是浪漫主义还是现实主义，是诗化还是散文化。吴子敏在《白洋淀上抒情曲——孙犁的〈嘱咐〉》中说："孙犁作品的语言风格是十分突出的，这里只谈从《嘱咐》中看到的两个特色。一个是充满诗意的抒情，带来革命浪漫主义的气息。"② 但郭志刚认为孙犁小说风格是现实主义的。在《人物、描写、语言——〈白洋淀纪事〉阅读札记》中，他说："现实主义要求描写的精确。也只有描写的精确，才能给人以新鲜、真实的感觉。孙犁同志有着丰富的农村生活经历，又是一个十分重视作品生活内容的作家……他的《白洋淀纪事》，有许多描写是具有生活实感的，是做到了精确和传神的。"③ 在《谈孙犁的〈白洋淀纪事〉》中则说："《白洋淀纪事》中的各篇，处处显示着作者的这种深厚的生活功底。"虽然没有明确指出孙犁的现实主义风格，但已经开始强调孙犁作品"深厚的生活功底"④。20 世纪 70 年代匆匆而过，争论没有结束。

20 世纪 80 年代，中国进入一个改革开放的新时期，人们思想更加活跃，对文学性和人性有了深刻认识。这时，人们发现孙犁作品既满足了人们对文学性的需求，也满足了人们对人性的渴望，孙犁研究越发繁荣。这种情况下，

---

①　冯健男：《孙犁的艺术（下）——〈风云初记〉》，《河北文学》1962 年第 3 期。
②　吴子敏：《白洋淀上抒情曲——孙犁的〈嘱咐〉》，《北京文艺》1978 年第 4 期。
③　郭志刚：《人物、描写、语言——〈白洋淀纪事〉阅读札记》，《文学评论》1978 年第 6 期。
④　郭志刚：《谈孙犁的〈白洋淀纪事〉》，《光明日报》1978 年 4 月 29 日。

人们发现孙犁小说就像多棱镜一样，变化万千，争论也多了起来。只要有人就孙犁小说的某一方面有所发现并形成结论，就会有人起来发表相反观点。孙犁小说的复杂特质显现出来了。关于孙犁小说风格是浪漫主义、现实主义还是两结合主义，研究界争论不断，且难以统一，但现实主义似乎压倒了浪漫主义。资历较高的研究者普遍认为，孙犁小说是现实主义的。比如，金梅在《试论孙犁的美学理想和短篇小说》中说："从总体上说，孙犁是现实主义的，而不是浪漫主义的。"[1] 郭志刚在《孙犁现实主义创作的特征》中说："……从整体上来看，孙犁依然是一位现实主义的作家……他的现实主义的路子是扎实的。"[2] 而在《充满激情和思想的现实主义——孙犁创作散论》中，他则进一步指出，"孙犁不主张在现实主义之上再加限制词……但在实际上，他是非常强调现实主义的革命作用的，也可以说，在实质上，他所主张和坚持的，正是革命的现实主义。……他不主张给现实主义加限制词，但他对现实主义的认识，较之从前的作家，明显地前进了一步，深入了一步。"[3] 但并没有彻底统一浪漫主义主张，因而出现了协调派，认为孙犁是现实主义与浪漫主义相结合。例如，冯健男先生在《孙犁风格浅识》中说："孙犁的艺术是革命现实主义和革命浪漫主义的结合。关于'两结合'，近年很有些争论，我是赞成'结合'说的。"[4] 孙犁小说和现实之间的关系究竟怎样，没有理论地解决，而是用权威进行了调和。当关于现实主义、浪漫主义的争论被"压"下去之后，人们的争论转移到了阴柔还是阳刚的美学风格方面。有人认为孙犁小说的美学风格是阴柔的。例如，王家伦在《贮满着诗意的小说——谈孙犁小说的写景与抒情》中认为，"孙犁的小说较多地继承了阴柔之美，他往往用'生括的诗'和美来反映时代风貌，形成了自己独特的艺术风格"[5]。另有

---

[1]　金梅：《试论孙犁的美学理想和短篇小说》，《文学评论》1982 年第 8 期。
[2]　郭志刚：《孙犁现实主义创作的特征》，《社会科学战线》1983 年第 1 期。
[3]　郭志刚：《充满激情和思想的现实主义——孙犁创作散论》，《北京大学学报》1983 年第 3 期。
[4]　冯健男：《孙犁风格浅识》，《河北师范大学学报》1982 年第 2 期。
[5]　王家伦：《贮满着诗意的小说——谈孙犁小说的写景与抒情》，《名作欣赏》1981 年第 4 期。

人认为，孙犁小说是"阳刚"和阴柔兼具的。比如，高城英在《孙犁的艺术个性——兼谈他小说的浪漫主义倾向》中曾说："孙犁笔下的战士、农民、少女形象，一个个都闪耀着独特的美学光彩和辉煌的人格力量。虽然他们有的没有自己的姓名、年龄，个性也并不突出，但是他们互相补充，交相辉映，汇成了我们伟大的民族性格，既有阳刚之美，又有阴柔之美……"① 除此之外，还有关于孙犁小说文体的论争，有人强调孙犁小说的诗体化特征。比如，胡明珠在《孙犁小说的"诗美"》中说："'诗美'，是孙犁小说风格的内核，是孙犁小说的艺术个性。"② 苗时雨在《诗的艺术——简论孙犁的创作风格》中说："孙犁的小说具有诗的意境、诗的构思、诗的手法、诗的语言，以至诗的风致和神韵。"③ 有人强调孙犁小说的散文化特征，如李延才的《论孙犁小说的散文化倾向》强调孙犁小说的散文化特征④。也有将散文化和诗化综合在一起的提法。比如，袁振声在《论孙犁对小说文体的革新》中说："孙犁作为一位杰出的文体家。在更新和开拓小说体式上，作出了有益的艺术尝试。以诗为文，使小说诗化，是孙犁在更新小说文体上的一个突出贡献。……以散文笔法写小说，使小说散文化，是孙犁在革新小说文体上的又一重要建树。孙犁的审美意识是特异的，但并不是单一的。"⑤ 但无论是关于风格的争论，还是关于文体的争论都与孙犁小说与现实之间的关系有关，是对孙犁小说究竟是现实主义还是浪漫主义之争的深化、具体化。

　　90 年代，孙犁研究领域成果显著，但遗留问题仍没有得到理论解决，人们依然在思考和探讨孙犁小说与现实的关系问题。比如，陈艰在《孙犁仍在前行》一文中就对陈越发表在《文学自由谈》（1989 年第 3 期）上的《我观孙犁》中的观点提出质疑。陈越认为，"孙犁小说创作中趋美避恶的强烈的主

---

① 高城英：《孙犁的艺术个性——兼谈他小说的浪漫主义倾向》，《零陵师专学报》1987 年第 1 期。

② 胡明珠：《孙犁小说的"诗美"》，《安徽师大学报》（哲学社会科学版）1988 年第 4 期。

③ 苗时雨：《诗的艺术——简论孙犁的创作风格》，《河北大学学报》1982 年第 2 期。

④ 李延才：《论孙犁小说的散文化倾向》，《台州师专学报》1986 年第 2 期。

⑤ 袁振声：《论孙犁对小说文体的革新》，《孙犁作品评论续编》，百花文艺出版社 1991 版，第 214 页。

观倾向，使他对现实生活的反映更多地带有理想主义色彩，这并不是一种完全的现实主义"①。陈艰则认为，陈越对孙犁的批评不够公允，他没有看到孙犁后期揭露人性丑恶的作品。两篇激烈争论的文章涉及的问题是，孙犁是不是真正的现实主义，如果是，为什么在抗战小说中回避"丑恶"，只写"美的极致"呢？不从理论上回答孙犁小说与现实之间的关系问题，这样的论争迟早还会提出来，只不过会变一种形式而已。比如，90 年代，人们不再为浪漫主义、现实主义、诗化、散文化论争了，但开始争论孙犁小说是不是田园抒情小说。比如，彭在钦《简论现代"田园抒情小说流"》中认为："'田园抒情小说流派……三十年代，由沈从文把这首歌推向了一座新的高峰。……到了四十年代，又是孙犁把这一流派推向了另一个新的高峰，并且演绎出了一支由他主擂的'荷花淀派'……"② 刘增杰《四峰并立：论解放区短篇小说创作》中说："孙犁的作品抒情色彩浓厚。……他以单纯、率真的艺术手段，浪漫主义的格调，真实地再现了抗日军民的战斗生活。作品在艺术上独辟蹊径，卓然独立。"③ 马伟业在《孙犁：新牧歌文学的创造者》中认为："孙犁是一位具有浓重的'牧歌情结'的作家……"④ 赵建国在《孙犁解放区作品的历史贡献》中说："孙犁所写出的战争中的诗情画意和人情美……是孙犁对我国战争文学的独特贡献，也是孙犁对整个中国文学的独特贡献。"⑤ 这些依然是对孙犁小说与现实之间关系的持续思考。

80 年代的阴柔、阳刚之论，90 年代的牧歌情结、田园情结之争实际上还是关于孙犁小时中的"现实性问题"的深化和细化。也就是说，因为孙犁没有"照搬"现实，而是有选择地反映现实，导致了其小说中现实生活的"陌生化"。不同的人也就从不同的现实碎片里看到了不同的东西。自然也就有了浪漫

---

① 陈越：《我观孙犁》，《文学自由谈》1990 年第 3 期。
② 彭在钦：《简论现代"田园抒情小说流"》，《湘潭师范学院学报》1991 年第 2 期。
③ 刘增杰：《四峰并立：论解放区短篇小说创作》，《中国现代文学研究丛刊》1992 年第 2 期。
④ 马伟业：《孙犁：新牧歌文学的创造者》，《学习与探索》1996 年第 4 期。
⑤ 赵建国：《孙犁解放区作品的历史贡献》，《岱宗学刊》1997 年第 3 期。

主义和现实主义的争论。也就是说，孙犁小说中的现实不够"纯正"，不够"客观"，不够"坚硬"，是可塑的、柔软的现实主义，留给了读者和研究者更大的空间进行"想象"。但不管怎样，人们对孙犁小说的认识越来越深入、细腻，人们似乎越来越接近孙犁小说的实质。

　　新时期以来，孙犁研究中有一大批高质量的博硕学位论文产生。他们在很多方面拓展了孙犁研究的宽度，开掘了孙犁研究的深度。苏州大学硕士研究生张洁在其《变与不变之间——论孙犁五十年代创作风格的变化》一文中注意到：孙犁一直在寻求"政治宣传和内心表达的"平衡，"但又难以达成的矛盾心态""这是在主流话语叙述中有意无意试图回归本真的一种摸索和妥协""在特定的政治话语下，他坚持用自己的方式，用人文关怀叙写社会和人生……"吉林大学硕士研究生邵静在《孙犁抗战小说中的家园意识》中说："孙犁的家园所指的是根据地这个现实生活的家园，与其他流亡作家的精神家园不同，而且孙犁的家园始终与'家国'有着千丝万缕的联系……"论者注意到，"孙犁的抗战小说创作早于《在延安文艺座谈会上的讲话》的发表，他的家园意识与民族国家想象，无意中暗合了解放区的文艺政策，也可以说是自愿的文学选择。孙犁的抗战小说描绘了与以前不同的生活样式，参与了现代民族国家的建构"。也有研究者注意到孙犁始终如一的坚守。比如，河南大学硕士研究生何明清在《守护与抗争——论孙犁的退隐意识》中认为："新老孙犁的创作在内在精神上是完全相通或者说一致的。'老孙犁'竭力挖掘着人性、人情与人伦的美；'新孙犁'之所以对现实表现出强烈的失意和激愤，正是因为在他看来，在现代的商业社会里，市场经济的条件下，人性正经历着可怕的腐化与堕落，其激愤之情正是缘于理想人性的日渐消失和难以追寻。还有人意识到孙犁小说和孙犁本人的复杂难读。如南京师范大学硕士研究生张玉娟在《赤子之心寂寞之道——论晚年孙犁的创作心理》中认为："孙犁本身的确是一个充满深刻矛盾的、多层次、多侧面的有机体，他的存在也是一种独特的文化现象。"

　　新时期，人们通过孙犁小说的多元、复杂，发现了孙犁内在世界的诸多无奈。这可以理解为，孙犁之所以没有纯客观地反映现实，是因为他看到的现实有一部分是不可以写的，必须有所选择。而孙犁小心翼翼地选择导致了其风格的独特。这其中的关系似乎越来越明显了。

纵观近70年的孙犁研究，虽然争论不断，但人们越来越逼近一个真实的孙犁，也越来越发现孙犁小说的复杂美学意味。发现在孙犁与其小说之间始终存在一种"达·芬奇密码"。孙犁通过自己从现实中的捡、选、挑、辨，"真实"地表达着自己对时代的关注和思考。孙犁小说是极其认真的，他的每一篇小说都是经过了细致的择选来反映现实的。孙犁小说的现实，是另一种意义上的真实，是符合艺术真实的真实，而不是纯客观的、冷硬的、现成的真实，如果那样，就不是艺术了。

（二）孙犁小说研究现状及问题

孙犁小说研究还在深入，且越来越接近孙犁小说高蹈的美学标准。比如，刘亚在《试论孙犁延安时期小说的模糊叙事》中说："长期以来，人们对孙犁小说的评价集中在简洁清新的语言风格、情景交融的艺术手法、性情纯美的人物塑造、明丽诗意的意境氛围上，很少有人注意到孙犁在叙事方法上呈现出的特点，即他作品中的情节运用了简化与跳跃的手法，遮蔽了现实斗争的残酷，形成模糊叙事的特点。"[1]"极简""跳跃""模糊"正是孙犁小说研究过程中不断争论的根本原因，也是孙犁小说的"诗意"所在。还有的学者发现了孙犁小说一直"游移于隐藏和解释之间"[2] 的特征。人们逐步发现"'诗性'与'真实'作为两种不可分割的元素共同影响着'白洋淀系列'小说的创作风格，也作为一种内化了的创作技巧，探寻着政治与艺术的中间地带"[3]。孙犁小说研究越来越走向深化，人们似乎很快就能找到孙犁小说的达·芬

---

① 刘亚：《试论孙犁延安时期小说的模糊叙事》，《延安职业技术学院学报》2015 年第 1 期。
② 魏美玲：《游移于隐藏与揭示之间——论孙犁的"芸斋小说"》，《长江学术》2015 年第 1 期。
③ 宋宇、马德生：《诗性与真实——孙犁"白洋淀系列"小说创作风格探析》，《河北学刊》2014 年第 1 期。

奇密码。但只要没有将孙犁各个时期的小说统一起来，只要还用"新""老"两个视角来看待孙犁小说，人们距离孙犁小说的达·芬奇密码就还有一段不近的距离。就像一些研究者所说："孙犁晚期文章风格变化之剧，让人咋舌。除去孙犁自己所说'十年荒于疾病，十年废于遭逢''荒废期'（1957—1976），他前后两个阶段的差别，即由此前《荷花淀》《芦苇荡》《风云初记》的清新明媚一转而为《耕堂劫余十种》的枯槁疏简，更兼后期作品蕴含的沧桑之感，几让人有两世文章之叹。孙犁的这种晚年之变，大概更合萨义德意义上的晚期风格：'这经验涉及一种不和谐的、非静穆的（nonserene）紧张，最重要的是，涉及一种刻意不具建设性的、逆行的创造。'除了当时每个人都经历的艰难时世，还有什么左右着孙犁的写作风格吗？"①人们的研究虽越来越深入细腻，但只要还是分裂、孤立的，就一定会发出这样的疑问。这就是孙犁小说研究中存在的问题。人们始终割裂、孤立、碎片化地看待孙犁小说，从没有整体化、全方位、综合地对孙犁各个时期的小说进行关照。对孙犁小说的研究只要没有走到这一步，藏在孙犁小说中的达·芬奇密码就永远无法解开。

既然"文如其人"是我们一直以来的信条，既然孙犁无论经历了什么都还是孙犁，那么在早期孙犁和晚期孙犁之间，就一定存在共同的东西。这正是本文试图解决的问题。本论文之所以选择孙犁小说主题入手，就是为了避开一直以来的兴趣热点。人们对孙犁小说的形式、风格谈论得太多、太久，但这么多年来，关于风格的争论不休并没有铺设出一条解决新旧两个孙犁问题的清晰道路，并且，只要停留在形式、风格角度，孙犁就永远是分裂、难以统合的。因而，本书另辟路径，旨在解决将"新""老"两个孙犁还原为一个孙犁的任务。

---

① 黄德海：《知识结构变更或衰年变法——从这个角度看周作人、孙犁、汪曾祺的"晚期风格"》，《南方文坛》2016 年第 6 期。

三　研究思路及方法

孙犁小说复杂、多元。单一视角、单一理论、单一工具难以完成本论文的研究任务。从本论文题目中可以看出，笔者进行的是主题研究，但用的是叙事学的方法和空间理论的视角。在具体进行过程中，还要动用文本细读这一批评工具。由于孙犁小说反映的是中国革命最"左"的一段历史时期，要想理解其背景，必然涉及一些政治理论问题。而孙犁自己曾说："你要不知道中国的伦理学，你也很难写好小说。因为小说里面要表现伦理。"① 如此，本书还会利用伦理学的视角对孙犁小说进行考察。政治理论、文化学、空间视域、叙事学、文本细读各种批评理论的综合运用才能帮助我们厘清孙犁小说主题的复杂、多元、渐变……对于我们来说，理论是工具，多种工具并用，是用来解决存在于孙犁小说主题及其表现方式复杂多变的唯一可能。但无论有多少种理论工具，其前提是对孙犁小说文本的细读，甚至"超细读"——解剖。孙犁小说重空间叙事，不重线性叙事，很多典型细节并置在一起，将丰富的历史境遇、政治变化包含其中。且孙犁小说的大面积互文现象导致省略叙述，被省略的部分又并未真的被略去，因而需要一边解剖一边联想。总之，本书以对文本的"超细读"为基础，以多种理论为工具为主要研究方法；以分析、综合、提炼、概括为基本思维模式；以文学—历史相互参照为辅助手段，终极目的是将各个时期的孙犁小说打通。

本书的研究重点是通过文本分析从孙犁各个时期的小说中提取叙事结构，考察孙犁小说主题渐变与叙事的嬗变之间的规律，探索孙犁小说的叙事秘密。孙犁是怎样完成既服务政治又不失真诚，不违背良心，且保证小说的诗情画意这一复杂美学任务的。而在这一叙事过程中，孙犁怎样将"群体突围"这一宏大主题表达得那样生动、细腻，又怎样在不同历史时期进行主题转换的。总之，是打到叙事技巧与主题表现之间的规律及变化。

---

① 孙犁：《文学和生活的路》，《孙犁文集》（5），百花文艺出版社 2013 年版，第 569 页。

本书的难点在于梳理孙犁小说由"群体突围"向"个体救赎"转变的逻辑机制。因为孙犁关于抗战题材的小说创作时间较长，有写于抗战时期的，有写于土改时期的，有写于建国初期的，不同时期的相同题材小说都会根据现实情况的不同在叙事上有所观照。这就为梳理孙犁小说主题与叙事嬗变之间的关系带来了麻烦。以题材为依据还是以创作时间为依据进行梳理成为一个逻辑难题。按照题材划分，同是抗战小说，写于抗战期间的、写于土改期间的和写于建国初期的，居然有那么明显的不同。比如，《邢兰》《老胡的事》《走出之后》《荷花淀》等并没有阶级斗争概念，是全民抗战，呈现出来的是群体形象。但《风云初记》中存在两个截然不同的阶级。他们之间的对立是鲜明的。如果按照时间划分，在抗战时期的抗战小说和解放初期的抗战小说之间存在一个土改小说板块。写作时间相同，但因题材不同，叙事策略不同。这一难题着实不好解决。

本书的创新之处有三：其一，打通了孙犁写于三个时期，时跨半个多世纪的小说创作脉络，将被分裂的"新老两个孙犁"还原统一到了一起；其二，找到了孙犁隐藏在小说中的关于文学、政治、现实等各要素关系的"达·芬奇密码"，为孙犁小说作为"革命文学经典"提供了理论依据；其三，发现了孙犁短篇小说的结构机制——"构件式"短篇组合而成的"另类长篇"。所以，孙犁小说虽短，却给人一种史诗般的宏大感和崇高感。

第一章　抗战小说：战争空间下的群体突围

　　"突围"是19世纪末20世纪初中国先进知识分子的一种集体意识，抗日战争将这一意识转变为了实际行动。正如梁漱溟所说："甲午战争是中国近百年史中最大关节，所有种种剧烈变动皆由此来。"① 因为自甲午战争开始，积弱的中国开始了屈辱的历史。中国的"弱"暴露在世界人民面前，世界各大帝国开始对中国各种进犯、瓜分、抢掠。中国百姓不得不忍受屈辱。到抗日战争时期，虚弱的中国几乎到了亡国边缘。日寇铁蹄深入中国的心脏——首都南京，中国各大城市迅速沦陷。日寇所到之处烧、杀、抢、奸无恶不作，视中国百姓不如草芥。此时，曾经不关心国家命运的普通百姓也意识到亡国奴不那么好当。但当时的国民政府没有及时组织群众，也没有保护、营救他们，逃难成为敌战区百姓无奈的选择。中国共产党在百姓盲目奔逃却无处可去的紧要关头，来到百姓中间，将广大农民组织起来团结抗日。抗日战争也就变成了在中国共产党领导下，由中国广大农民参加的一场"群体突围"。在这场"群体突围"中中国农民第一次表现出"伟大"品格。孙犁的抗战小说抓住日寇入侵造成民族围困，导致中国传统伦理、文化被践踏而无力自守的破败局面，以及中国被压迫的农民群众在共产党领导下，以新伦理、新文化为武器，团结一切可以团结的力量，轰轰

---

　　① 梁漱溟：《我生有涯愿无尽》，上海人民出版社2013年版，第4页。

烈烈"突围"这一时代特征，重塑了中国农民和劳动妇女的形象，让他们一直以来的被侮辱被损害变成了真正英雄。他们敢于奉献、不怕牺牲、吃苦耐劳的精神成为战胜日本帝国主义的有力精神武器。中华民族由被压迫者变成突围者，最终取得伟大胜利的过程，像史诗一样回肠荡气，激荡人心。

第一节 从围困中突围：孙犁抗战小说的叙述主题

甲午战争开启了中国历史上的百年屈辱史，这屈辱促使中国知识分子走上文化改良道路。此后，"中国的改良思潮与革命浪潮以前所未有的程度迅猛发展"①，抗日战争爆发时，中国"新文化"已得到充分发展，它凝聚的民族精神初具形态。这样，抗日战争就具有了两个民族在双重意义上较量性质，即抗日战争是日本民族先进武器及野蛮暴戾文化与中华民族落后武器及包容、灵活、兼收并蓄的新文化之间的双重较量。孙犁捕捉到了抗日战争这一性质，在小说中，既记录了根据地人民的战斗生活，也记录了中国新文化在抗日根据地蓬勃发展的全过程。他以共产党领导的由广大农民组成的八路军、游击队在抗日根据地的生活及人与人之间关系的变化为叙述客体，讲述伴随抗日战争深入而发生的文化、伦理新变。这种将军事突围与新文化、新伦理合并叙述的方式，增加了小说的思想深度。

一 "围困与突围"——孙犁抗战小说的主题选择

抗日战争是中华民族历史上"最伟大、最神圣的民族解放战争"②，中国当代文学史上反映这一题材的小说很多，但基本分为三种叙事模式："灾难模

---

① 李伟：《甲午战争与中国近代改良运动》，《山东师大学报》（社会科学版）1995 年第 2 期。
② 朱兆华：《抗日战争与中华民族精神的现代化》，《社会科学辑刊》2002 年第 4 期。

式、净化模式与胜利模式"。写于抗日战争时期的小说多是灾难模式，处处烧杀抢掠，到处血腥死亡，似乎向世界展示伤口，祈求同情，被研究者称为典型的"弱者哲学"①；写于中华人民共和国成立后的抗战小说则多是净化模式和胜利模式，"该时期的抗战题材文艺作品在人物设置、情节布排、意绪营构等方面呈现出鲜明的家族相似性。小说《苦菜花》《烈火金刚》《野火春风斗古城》《战斗的青春》《铁道游击队》《敌后武工队》等，电影《地雷战》《地道战》《平原游击队》《鸡毛信》等"②都以"我方"胜利、日寇失败而告终。与"灾难模式"比，"净化模式"和"胜利模式"有事后诸葛亮味道。

而孙犁的抗战小说无论主题还是叙事模式都视角独异。他创作于抗战时期的小说没有展示伤口和血污，却有意识将战争造成的伤痛隐藏起来。写于抗战结束后的抗战题材小说也不是简单的"净化模式与胜利模式"，而是对战争期间不同群体发挥的历史作用进行反思和总结。

孙犁抗战期间的小说中，采取了"藏痛"叙事策略，即将战争给人民造成的死亡、伤痛、饥饿、恐惧等"藏"起不叙或少叙，选择人们快乐和突围成功的瞬间进行叙述。这种"藏痛"叙事策略，与孙犁个人"气质"有关，也是"燕赵风骨"的一种民间化表现。孙犁《乡里旧闻》中的"凤池叔"，就是一个典型的"藏痛""藏饿""藏穷"的人物。凤池叔很贫穷，但很自尊，不能忍受别人的歧视和白眼，他经常会因与东家关系不和而遭辞退，也就经常忍饥挨饿，但他"从来不向别人乞求一口饭，并绝对不露出挨饥受饿的样子，也从不偷盗，穿着也从不减退"③。这种"穷而硬"的性格特征，是需要不断讴歌、大肆弘扬的中华民族精神内核。孙犁抗战小说中的农民多是这种性格。无论男女老少，孙犁笔下的中国农民都表现了对灾难的蔑视。抗战期间他们经常挨饿受冻、担惊受怕，却没有一个人露出悲伤、可怜样子。邢兰穷到没钱给孩子买衣服，大冬天穿着单衣爬山侦察，但他欢乐、勇敢、

① 汪树东：《呼唤超越精神的出场》，《文艺评论》2006 年第 4 期。
② 同上。
③ 孙犁：《凤池叔》，《孙犁文集》（3），百花文艺出版社 2013 年版，第 294 页。

坚韧；小梅（《老胡的事》）没有一件像样的棉袄穿，只能穿一件又破又小的棉袄，在大风中捡拾一家人的吃食，但她没有自卑感，只有快乐和自信。孙犁抗战小说中唯一表现了哀戚情绪的是《杀楼》中的柳英华妻子。柳英华妻子因公公和儿子被日寇杀害，一人难以承受，常年哭哭啼啼。柳英华来到村庄，不能回家安慰她，她跑到柳英华面前抱怨哭诉，被柳英华"训斥"了一顿。在柳英华看来哭没有意义，勇敢战斗赶走鬼子才是出路。这种"藏痛"叙事，展示了民族自信，弘扬了民族自尊，是一种重要的叙事策略。

抗战胜利后，孙犁没有在小说中重复"胜利"喜悦，反而开始思考抗战中人民的奉献和牺牲，以此向那些在抗战中牺牲了的战士和给了八路军帮助的农民兄弟姐妹表达由衷的敬意。比如，《山地回忆》《吴召儿》《小胜儿》等是对那些在抗战期间给予八路军各种帮助的农村妇女们的怀念。原八路军战士在抗战结束后进城、提干，而那些曾经帮助过八路军战士的妞儿、吴召儿、小胜儿等依然过着艰苦的生活。孙犁通过小说为她们在文学史上留下光辉的一页。而《碑》则是通过小说反思抗战间那些极左路线带给军队和人民的巨大损失的。

无论"藏痛策略"还是反思策略，孙犁抗战小说始终围绕"围困与突围"这条伸向历史深处的意识结构进行。因为，抗日战争是日本帝国主义自甲午战争后对中国"围猎"百年的一个总爆发。中国一百多年来就像一只被世界各大列强"围猎"的庞然大物，到了最危险的边缘，不反抗只有死路一条。与中国屈辱历史相伴随而萌发于甲午战争时期的"现代民族精神"到抗战时期也发展到极致。抗战爆发，各阶层的抗战热情空前高涨。这样，"围困与突围"这对矛盾便形成了一种民族意识结构。

孙犁听着"教案"故事长大，上学期间又阅读了大量革命文学作品。他自己就有明显的"围困与突围"意识结构。比如，他早年的小说《孝吗？》、独幕剧《顿足》讲述的都是帝国主义欺侮殖民地人民的故事。《孝吗？》中的秋影10岁就有了突围意识，出去求学寻求复国出路。所以到抗战时期，孙犁很自然地就从现实中提炼出了"围困与突围"这对矛盾作为小说的精神结构。

而这一精神结构既是小说主题，也是小说的叙述结构，小说在内容与形式两方面达到了高度融合，创造出了革命文学的叙事经典。

二 "围困与突围"叙事模式的形成

孙犁的抗战小说虽有明确的"围困与突围"构想，但在具体叙事方式上，存在一个摸索、探求过程。他对"围困与突围"这一主题的表达经历了以下三个阶段。

第一阶段是"实突围虚围困"。孙犁第一篇抗战小说《一天的工作》，将故事背景设置为"民族围困"。由于"围困焦虑"早已深入中国知识分子意识深处，在小说中也就变成了叙事背景，成了"缺席"的存在。而长时间的突围期待，导致了《一天的工作》中对"群体突围"细节的张扬。由于过度张扬"群体突围"气氛，小说叙事有点虚张声势：场面宏大，但情节浮夸。小说"被叙"是各村青年自卫队，响应组织号召参与"抗日"工作。三个少年作为主要叙述对象，也暗含着"崛起""未来"的意思。小说关于"围困"的叙述通过空间叙事中的碉堡和人物对话时的"鬼子"等信息"镶嵌"进去，所以构成了"实突围和虚围困"之间的张力。之后的《邢兰》《战士》仍保持"实突围虚围困"叙事模式。在《邢兰》与《战士》中，"围困"逐渐"显"出来。《邢兰》中的"围困"通过邢兰深夜摸敌情和部队转移得到"落实"；《战士》中的围困通过战士受伤残疾，战士讲述参战经历及战士指挥伏击战等细节得到补充。

第二个阶段是"实围困虚突围"。随着抗日战争深入，敌人的铁蹄越来越近，"围困"变得实实在在，而国民党军队不断南下，根据地军民又装备落后，此时，"突围"只能是精神上的，无法落实为具体行动。《芦苇》是"实围困虚突围"的典型文本。《芦苇》讲述的就是敌人的各种围困：敌机不断轰炸，炸翻了梨树林，敌人到处叫嚣，而"被叙"就藏在坟地的芦苇丛中，气氛相当紧张，但"突围"只是叙述者的虚张声势。叙述者口口声声要出去和"他们"拼了，要保护两个妇女，但一直没有实际行动，直到天黑下来，敌人走远为止。

第三个阶段是"围困与突围"完全对接阶段。围困变得具体，突围也变得具体。基本结构就是敌人先将群众包围起来进行折磨、羞辱，之后由外界介入，或是村里的年轻人，或是村外的八路军，或是埋伏着的子弟兵。外界一旦介入，敌人便闻风丧胆，逃之夭夭，围困解除，突围获得成功，如《黄敏儿》《荷花淀》《钟》《"藏"》等。《黄敏儿》中，汉奸带着鬼子包围了豹子营，村民们被赶到操场，鬼子和汉奸将村民包围起来，百般羞辱。尤其是黄敏儿，一会儿让他下河游泳，一会儿要活埋他，一会儿又带回去关进笼子，之后又审讯他。读者总是替黄敏儿紧张、担心着。"围困"不但具体，而且一步一步紧逼，给人越来越重的压迫感。但小说峰回路转，让黄敏儿成功突围出去，连收养黄敏儿的老师夫妇也安全突围出去，小说没有出现死亡和流血细节。但也没有回避"苦难"，只是采取了"略叙"手段，将苦难和伤痛"藏"在了字里行间。比如，敌人对百姓百般侮辱，将一中年妇女推到河里。但小说点到为止不交代结果，因为结果是可以推想的。灾难也不必渲染，同时代人不必亲历也不必耳闻目睹都可以想见血腥和死亡场面。这是孙犁叙事的节制。《荷花淀》中，一群毫无战斗经验的女人，为找自家男人，遭遇了鬼子，她们手无寸铁，必死无疑。当鬼子逼近她们时，她们纷纷跳入水中，准备以死明志，没想到恰好遭遇埋伏在那里的游击队，女人们毫发无损，敌人却被彻底消灭。这种先遭遇"围困"然后"突围"的叙事模式，给人一种民族自豪感。《钟》里，慧秀和林村的百姓，被敌人包围，带至村中心的广场上，要逼问出谁是抗日村长。慧秀受伤，生命危急，但此时大秋和民兵们动手反击，鬼子四散而逃，慧秀得救。有流血，无死亡。《藏》中，"浅花"和村里的老少被鬼子抓住，驱赶到村中心的宽阔地带，敌人对百姓百般羞辱，"浅花"怀有身孕被敌人折磨得死去活来，快要挺不住时，"南蛮子"带领民兵前来营救，"浅花"被人背到地洞里，并在那里生下女儿"藏"。总之，"围困和突围"由意识结构变成了叙事模式，获得了核心地位。

　　孙犁小说中"围困与突围"叙事模式，并不只局限于战斗场面，还包括经济上的"围困与突围"、精神上的"围困与突围"、空间上的"围困与突围"、生活上的"围困与突围"等。

　　经济上的"围困与突围模式"，以《老胡的事》《山里的春天》《麦收》等最为典型。《老胡的事》中，小梅为了一家人吃饭问题做出的艰难努力；《山里的春天》中，八路军战士帮助百姓开荒种田；《麦收》中二梅带领村里的妇女抢收小麦；《小胜》中，小胜卖掉棉袄为小金子买挂面和鸡蛋等，都属于经济领域里之围困与突围叙事。

　　精神上的"围困与突围"模式，以《丈夫》最为典型。《丈夫》叙述了长期战争给妻子带来的精神压抑，使她活着没意思，但妻子带着女儿去娘家，在那里体会到光荣感，精神得到安慰，傍晚又见到和丈夫一起工作的八路军战士，并得到了丈夫的消息，精神大振，精神围困得到解决。

　　空间上的"围困与突围"模式，以《第一洞》《芦花荡》最为典型。《第一洞》里的杨开泰发明了地洞，可以保证前来开会的干部们的安全。《芦花荡》里的老船工，凭着自己的勇气和机警，以及自己对水域的熟悉和划船技巧，在敌人机枪、探照灯密切监视下护送八路军战士出入芦花荡，敌人在空间上对八路军游击队的围困彻底破产。

　　生活上的"围困与突围"模式，以《菏儿梁》《采蒲台》《吴召儿》《山地回忆》《看护》等最为典型。抗日战争中八路军战士受到多重围困：饥饿、疾病、缺衣少穿、敌人的追击等，但在群众的帮助下，每一重围困都得到解决，八路军战士在群众帮助下获得衣食和医护算是成功突围。

三 "围困与突围"作为一种思维模式

　　抗日战争是一场民族解放运动，它需要个体为民族解放而献身。个体命运和民族国家命运第一次尖锐地"对立"起来。个体的需求、权利、利益必须无条件服从民族国家需要，个体面临被挤压的命运。对于中国农民来说，他们刚刚体验到从地主、封建压迫下解放出来的快感，体验到"自我"的诞生，很快便在国家民族命运面前被异化为一种"工具"，其内在焦虑是难以避免的。孙犁作为一个深刻的、有独立思考习惯的文学家，在捕捉到"围困与突围"这一具有普遍意义的精神结构的同时，也捕捉住了"群体与个体"之间的矛盾对立。尤其当党内极左路线占上风时，个体命运在民族利益面前更显得微不足道，如托派问题、延安整风中的极左做法等。这些伴随着民族解放而发生的对个人权利的挤压、剥夺，在小说中反映还是不反映，如何反映？成为摆在作家面前的重大问题。

孙犁主张"真实"反映时代，这种重大"左倾"错误，作为重要历史事件影响着那个时代的气氛，自然应该反映。但如何反映是一个复杂、敏感问题：直接反映，授人以柄，威胁自己的生命安全，也不符合国家民族利益。以丁玲《在医院中》为例。抗战时期，延安的生活条件，医疗技术水平，管理水平毫无疑问存在各种问题，是可以反映的，但在当时特定历史条件下，直接反映会影响共产党在社会上的形象，不利于共产党领导的八路军成长壮大。丁玲作为主动投奔延安的进步作家，肯定不愿看到共产党威信下降。她写作的本意是出于文学家的职责：提出问题，改进和改良医院的管理水平。但文学的影响力和作家的写作动机不是一回事，丁玲的《在医院中》成了授人以柄的证据，日后也给她带来了悲惨命运。可见，文学反映生活的方式不是镜子式映照，应有一整套复杂的转换机制才可以。

孙犁汲取了丁玲等人的教训，换了一种含蓄、曲折的表达方式：既可以反映问题，也不令执政当局难堪，还会增强小说的艺术性。那就是"藏"的艺术手段。"藏"是孙犁从民间发现的"藏痛""藏拙""藏穷"的生活智慧。在抗战小说中，他选择"藏痛""藏穷""藏弱"，以弘扬民族自信，而伴随着主题的"藏"，他最终找到了叙事方式上的"藏"。以《琴和箫》《芦花荡》《荷花淀》《嘱咐》为例：孙犁的《琴和箫》《芦花荡》，具有很强的互文性，是同一个故事的两种版本，却是同一个故事的不同时段。《琴和箫》讲述故事的前半段，《芦花荡》讲述故事的后半段。一个故事被剪成两段，放进不同小说讲述，保证了小说的艺术性和反映问题的真实性的完美结合，也使历史上那个真实故事的伤感性被冲淡不少。《荷花淀》和《嘱咐》也是互文叙事。两篇小说讲述一对儿夫妻水生和水生嫂的故事。前者侧重抗战前期和抗战初期这对夫妻的经历，后者侧重抗战胜利后这对夫妻的遭遇。如果将水生和水生嫂的故事放在一起进行线性讲述，完整交代这对夫妻的经历、结局，小说的味道就完全变了。拆开叙述，小说主旨含蓄、委婉、丰富、厚重、杂多，叙事格调却依然保持乐观向上。

这种讲述故事的方式属于孙犁独创的互文叙述，而互文的目的是保留历史线索，规避历史事件造成的政治风险。但这种叙事方式由于过于含蓄，藏得太深，极有可能失去历史价值。就像海盗们藏匿宝贝后忘记地点，使宝贝变成了无意义的东西一样。孙犁或许考虑到了这一问题，为后世读者留下了一枚"钥匙"——《"藏"》。

《"藏"》和《第一洞》讲述的是同一个故事。但它们不是故事的不同时段，而是同一故事的不同讲述，如在《"藏"》中增加了怀孕细节。战争局面紧张时，妇女怀孕也就具有了更复杂的叙事功能。怀孕的浅花在《"藏"》中具有怎样的叙事功能呢？《第一洞》和《"藏"》关于挖地洞藏匿共产党领导人的叙事是相同的，都表达了农民的机智和牺牲精神。但《"藏"》中相同的故事因浅花怀孕，将"地洞"变成了一个"生产"场所。地洞不但可以掩护共产党的领导，还可让怀孕的浅花生产。浅花生产似乎变成了这个故事被再次讲述的主要目的。小说中的主要情节是浅花被敌人抓住、折磨，又被营救，然后在洞里生下一个女儿"藏"，故事结束。但这个生产的细节经不起一点推敲，因为生产需要很多条件，在浅花被折磨得死去活来以后在地洞完成生产，简直不可想象。因而，我们不得不怀疑孙犁讲述这个故事的"别有用心"，那就是要告诉读者，《"藏"》是一个特殊表述方式。至少《"藏"》在小说中就有四重内涵：其一，藏身的藏；其二，浅花生了个女儿取名"藏"；其三，文本"藏"；其四，衍生出来一种新意表达方式——"藏"。这样，浅花的生产具有了隐喻价值。

如果说《琴和箫》与《芦花荡》完成了对一个特殊历史事件的珍藏，

《荷花淀》《嘱咐》完成了对一对夫妻命运的珍藏，那么《第一洞》和《"藏"》就是在完成对自己小说文本隐藏的具有史学价值的叙事方式的揭示。因为《"藏"》作为小说，有点"欲盖弥彰"。《"藏"》作为小说的主题价值远不如其形式价值更加明显。至此我们发现，孙犁小说形成的一套与"围困与突围"有关的叙事系统：提炼出"围困与突围"叙述主题，寻找"围困与突围"叙事模式，驯化出"围困与突围"思维方式，衍生出"藏"的叙事策略，以规避政治风险。"藏"也就变成了极左文艺路线给作家造成叙述困境时的一种突围手段，显然这一"藏"的叙述手段在孙犁的写作中发挥了巨大作用。比如，《村歌》中的双眉与孙犁具有"处境相似性"。双眉因漂亮又极具艺术才华，被无端地扣上了流氓帽子。孙犁小说也因个性鲜明、美，被无端批评。孙犁有自己的美学追求，对批评肯定心存怨言，但无处诉说，也不能诉说。在《村歌》中，他借双眉之口充分表达了自己的观点，却未被发现。《村歌》中，双眉面对区长为"美"进行无罪辩护，义正词严，有理有据，让区长"老炳"意识到双眉的无辜和委屈，给了双眉一个施展才华的机会。现实中的孙犁虽不得不忍气吞声，但有双眉这个泼辣女性为他出一口气，也一定是过瘾的。此外，建国初期左的政治对人的个性强力挤压，孙犁作为文学家坚决抵制这种无理要求，并公开表达了自己的文化主张。他借助《铁木前传》表达自己对个性的坚持，却未被发现。《铁木前传》中的小满儿因为漂亮不断遭到批评和否定，干部甚至住到小满儿姐姐家，盯着小满儿，恨不得捆住小满儿强行带到会场进行教育和改造。实际上，小满儿什么也没做，只是愿意和六儿在一起，不喜欢开会学习而已。六儿作为贫农的儿子，也同样有自己的个性和生活诉求，他和小满儿混在一起，拒绝开会学习，拒绝参加集体劳动。直到《铁木前传》结束，小满儿和六儿依然保持自己的独立性和完整性，没有被改造。其实，这是孙犁的精神诉求，是孙犁拒绝接受极左文艺路线对他进行规训的一种委婉、含蓄却异常坚决的表态。如果不是他小说中存在的表达机制的复杂性，这份固执的文化坚守一定会带给可怕后果。

孙犁的文学主张与极左文艺路线存在严重对立，他不改初衷，却规避了风险，没有在历次政治运动中丧命，与"藏"的艺术手段直接相关。随着政治的越来越左，"藏"越来越成为孙犁表达思想的一种常态，也逐步成为他的一种精神生态。而孙犁之所以能找到这种文学突围方式，与他的"内潜"质素有关。孙犁在"内潜"过程中发现了自己身体里的民族无意识，并从中提炼出"围困与突围"这一精神结构，而这一精神结构本身蕴含着极大的生存智慧和文学智慧。也只有能够内潜的作家才能领会这一来自民族无意识结构的奥秘。

结语

孙犁的抗战小说是一个相当复杂的叙事系统。在叙述取材于真实发生的历史事件时总是点到为止，甚至"点而不到"，只有一点草蛇灰线，一些蛛丝马迹，一些淡淡的情绪。完整的事件被分别保留在不同的小说当中，只有经历过的人知道作者所指为何，其他人只能品出其中的味道。除非不嫌麻烦，仔细阅读，反复阅读，再对照小说、散文、诗歌、书信一起阅读，才能将作者的思想领略差不多，但也未必是全部。孙犁总说自己的小说带有自传性质，强调的就是其历史价值。但那些历史价值并没有平铺直叙出来，而是"藏"在字里行间，藏在不同的小说文本中。这种被逼出来的叙述智慧成为孙犁抗战小说的最大贡献。总之，孙犁的抗战小说具有独特价值，值得我们玩味和挖掘。

第二节　孙犁抗战小说中被围困的空间意象

通常情况下叙事强调时间的线性。线性叙事强调被叙事件的逻辑性。即使对时间进行各种处理，将故事时间像变魔术一样开头变结尾，结尾变开头，或中间变开头，中间变结尾，但事件的内在逻辑还是存在的，稍加辨析即可发现。但抗日战争的内在逻辑是什么？难道抗日战争的爆发是因为我国的积弱，或者说我国的弱是日寇侵略我们的合法依据吗？抗日战争是日寇强加给中国人民的灾难，甚至中国近百年来的积弱，也是世界帝国主义强加给中国人民的旷日灾难，其间没有什么逻辑性。世界列强对中国的瓜分毫无理由。在这种情况下，关于抗日战争的叙事，采用传统的线性叙事未必具有合法性。此外，中国抗日战争期间的现实也由于日寇的占领，被分割成"国统区、解放区、沦陷区和所谓孤岛等几个区域"[①]。这些区域在政治、经济、文化各个方面各不相同，甚至难通信息。中国局势，通过"空间"的政治化方式表现出来。各种力量争夺的也是"空间"。在孙犁的"现实主义"小说中，"空间"必然具有了相当分量的叙事功能——被围困的家园、被围困的异质空间，不可避免地成为孙犁抗战小说的一个叙事维度。在这种现实背景下，孙犁抗战小说的叙事采用了空间视角。龙迪勇在《空间叙事研究》中对空间叙事进行了广泛而深入的探讨。他的空间叙事学既关注小说、历史、传记等传统上偏重时间维度的叙事文本的空间化问题，也关注绘画、雕塑、建筑等传统上偏重空间维度的艺术文本的叙事问题，还关注电影、电视、动画等既重时间又重空间的叙事媒体[②]。本文所说的孙犁小说叙事的"空间视角"，是指孙犁小说中通过大量空间意象——村庄、院落、地洞、炮楼等完成叙事的行为。这些空间意象具有极强的叙事功能，有点像绘画、雕塑、建筑等的叙事特点，但因是文字性描述所以并不完全相同。其次，孙犁小说在话语层面人为切断故事的线性，造成叙述的省略，产生了龙迪勇所说的主题并置现象[③]，给人的感觉是空间性的。还有就是孙犁小说存在政治空间视域，即当时的红色根据地、国统区、沦陷区等空间区域概念。除此之外，孙犁小说的大面积互文也具有空间叙事感觉，小说集合与单篇小说之间的关系像乡镇与村庄之间的关

----

① 周晓风、凌孟华：《新世纪以来中国大陆抗战文学研究的回顾与思考》，《华中师范大学学报》（人文社会科学版）2015 年第 5 期。

② 龙迪勇：《空间叙事研究》，生活·读书·新知三联书店 2014 年版，第 26 页。

③ 同上书，第 43 页。

系，既相互独立又存在复杂血缘关系，交叉粘连撕扯不断。

一 白洋淀——中国百姓的精神家园

1937 年 7 月 7 日抗日战争全面爆发，而"1937 年 12 月 17 日，日军板垣师团山口联队一部攻占安新县城"①，华北明珠白洋淀在抗日战争一开始就落入敌人手里。当时的白洋淀是：

> 村庄被点燃，到处冒浓烟，火光里哭声一片。
>
> 这年夏天，日军利用汛期扒开大清河南岸河堤，人为造成水灾，致使决堤一百二十八处，千里田园汪洋一片，二百万灾民无家可归。
>
> 这年冬天，鬼子"扫荡"白洋淀，在端村、马堡、吴城村杀害百姓二百多人，烧毁房屋千余间。
>
> 端村建于明初，湖北屯兵来淀边筑城，生息繁衍，形成村落。这里是大清河一段漕运落脚点，故称"段村"。清康熙帝几乎每年夏天都到白洋淀巡幸水围，在段村建水围行宫，嫌"段村"二字绕口，下令改为"端村"……
>
> 这天一早，鬼子进村，把所有村民赶进奶奶庙"开会"。当全村人来到时，庙门突然关上，而且被钉死。鬼子架起机枪，纵火烧庙。百姓推倒西北墙角，哗啦拥出。鬼子的机枪瞄准每一个奔跑的人……鲜血成河！②

为了占领、征服白洋淀，敌人的手段极其残酷，这激起了白洋淀人民的顽强抵抗，著名的"雁翎队"就是活跃在白洋淀地区的一支游击队，几乎全部由渔民组成。孙犁曾在白洋淀地区的安新县同口镇小学教过书，"初步了解了白洋淀一带人民群众的生活"③，白洋淀的美和独特的环境气质，特别适合

---

① 董耀奎：《保定抗战史话》，新华出版社 2015 年版，第 494 页。
② 同上书，第 494—495 页。
③ 孙犁：《我的自传》，《孙犁文集》（7），百花文艺出版社 2013 年版，第 4 页。

承载孙犁对祖国的所有想象。孙犁抗战小说多篇以白洋淀地区的淀名或村名为题目：《荷花淀》《芦苇荡》《采蒲台》。在散文中也记录过白洋淀地区的抗日斗争——《白洋淀边一次小斗争》《渔民的生活》《织席记》《采蒲台的苇》《安新看卖席记》《一别十年同口镇》《同口旧事——〈琴和箫〉代序》等，《芸斋小说》中的《鱼苇之事》也是写白洋淀地区端村旧事的，而《葛琴》虽是写人，但仍然写的是白洋淀。在孙犁的诗歌中，有关于白洋淀的叙事长诗《白洋淀之曲》；1972 年，他还写过戏曲《莲花淀》。孙犁对白洋淀的爱是持续的，白洋淀已成为孙犁表达精神寄托的最好"场所"。

孙犁笔下的白洋淀，不仅是美丽的风景区，还具有丰厚的文化内涵。只要如实介绍白洋淀，它的美就已经将读者征服，白洋淀风光进入小说，不是讴歌，已完成讴歌，这是白洋淀这一特殊地理空间的品质决定的。孙犁小说中的白洋淀不仅是水生的家园，也是无数中国人的精神家园。它的美丽、恬静、和谐、丰饶对所有中国人都有精神抚慰功效。白洋淀这一空间意象具有以一当百的文学作用。

抗日战争爆发，日寇入侵，象征家园的白洋淀被敌人重重围困，铁蹄践踏，枪炮摧毁，白洋淀发生的变化变成了一个无语的控诉。将孙犁抗战小说中关于白洋淀的叙事进行互文阅读，将《荷花淀》—《嘱咐》；《琴和箫》—《芦花荡》；《采蒲台》《新安游记》等放在一起，一个相对完整的白洋淀。白洋淀在日寇铁蹄下所发生的惨变，白洋淀人民的抗日热情以及"突围"过程全部呈现出来，其蕴含的丰富意旨令人不得不遐思苦想。

二　白洋淀的异质化过程

孙犁是现实主义作家，有宏大政治叙事意愿，并具有深厚的传统文化底蕴。如何在小说中完成对白羊淀在抗日战争中遭遇的叙述，并通过对白洋淀的叙事，达到多重目的：揭露日寇的残暴；解释日寇入侵给中国人民带来的巨大深远灾难；歌颂中国人民顽强不屈的精神；记录中国女性为战争做出的巨大贡献，以及伴随抗日战争的进展，发生在女性身上的性别革命；歌颂中国共产党的英明领导，以及偶尔的"左"倾带给人们的伤害……如此杂多的想法，怎样表述？

孙犁在小说创作之前，曾有很长一段时间从事文艺理论研究，对于文学有系统且深入的思考。他主张"空间营造"，认为，小说中的空间和人物像植物和土壤，水和容器，构成一个不可分割的整体。不仅人物具有空间"特性"①，空间也具有人物性格。在《文艺学习》中，他说"文学书提到蛙，就要写到傍晚、池畔、青草等等情景了。植物学和动物学书上的记载……不是田野里的、树林里的、河海里的、草丛里的东西；不是生活着、动着的东西"②，这是科学和文学之本质区别。就像诺伯－舒兹（Christian Norberg－Schulz）所说："诗有办法将科学所丧失的整体性具体地表达出来。"③ "整体性"是文学捕捉—反映时代气息的最好方式。因而，孙犁抗战小说中的水淀、村庄、洞穴……和人、物一起成为他思想的"形式"。人作为物的支配者，空间的拥有者和场所的主宰者而存在，传递出一种姿态和信念。这种整体表现法，从更深层意义上将入侵之敌刻在历史耻辱柱上。试想：侵略者利用武力强行进入别人家园，抢掠财物，侵占空间，糟蹋、玷污神圣场所，将生活于宁静中的善良百姓抛掷于炮火硝烟中；强奸妇女，虐杀老弱，本来祥和的家园变成污秽血腥之地，其罪何其明显，其恶何其昭彰！孙犁的叙事手法不显山不露水，没有声嘶力竭，却深深刻在人们脑海里，让人挥之不去。《荷花淀》开场的画面那么祥和、安宁，到《芦花荡》时，浩荡的水域被敌人占领，敌人在水域旁边盖起炮楼，安上探照灯和枪炮，日夜监视着人民的行动，自己的家园成了自己的"监狱"。而到《采蒲台》时，鱼米之乡已饿殍遍野，原本宁静的乡村在日寇野蛮暴行中成了人间地狱。小红一家人从早到晚劳作，

① ［挪］诺伯－舒兹：《场所精神——迈向建筑现象学》，施植明译，华中科技大学出版社2010年版，第11页。

② 孙犁：《文艺学习》，《孙犁文集》（5），百花文艺出版社2013年版，第98页。

③ ［挪］诺伯－舒兹：《场所精神——迈向建筑现象学》，施植明译，华中科技大学出版社2010年版，第7页。

却挣不到活命的口粮。辛苦编织的席子卖不上价钱，人们简直没有一点活路。美丽的白洋淀已经异化成了监狱、牢房地狱，生活在白洋淀的人就生活在死亡边缘。这是互文阅读白洋淀地区抗战时期状况得到的印象。

但孙犁在小说的话语层面没有渲染悲凉、无助、死神威胁，而是强调百姓的勇敢和共产党人的机智，以及共产党和百姓合作共同战胜敌人的大团圆结局。而在互文的空间意象之间及话语层面的缝隙里我们分明还看到了另外一层意思：对入侵之敌的控诉和嘲讽——无声的控诉和嘲讽。如果中国百姓无法在中华大地享受正常生活秩序，入侵之敌可以享受中华大地上的丰饶物产和宁静家园吗？怎么可能？这里包含的反战思想具有很深的哲学意味。

孙犁将物、空间、场所全部纳入叙事当中，将一场侵略和反侵略战争"变成"了一场深刻的文化较量：中华民族的善良、包容、宽厚与日本民族的野蛮、暴戾、贪婪、自私之间的较量。中华民族的文化性格在近代历史上一直被日本民族所轻视、蔑视、侮辱，日寇侵华除了经济原因外，还有更深刻的文化上的自以为是。甚至，今日的日本民族仍为自己的强悍、野蛮、粗鲁、暴戾深感自豪，对中华民族的宽厚、包容极度蔑视。孙犁的抗战小说从文化上对日本民族的傲慢给予了彻底否定。一个欺小凌弱，视生命如草芥的民族经济再强大，体魄再强健也是一个令人不齿的民族。它或许可得一时之快意，但不会得万世之安宁。而中华民族奉行克己、善良、包容、温柔敦厚的处世原则，虽遭强敌欺凌，但其文化并无残缺，这一点随着历史的发展越来越清晰，尤其当后人使用生态美学视角思考不同民族文化差异问题时，会发现中华民族的温柔敦厚品格更值得别的民族尊敬和学习。

"荷花淀"是孙犁对空间的有意"借用"。在字面意思上，"荷花"具有的高洁品格也是作者用来传递信息的一种高效手段。《荷花淀》中，孙犁巧妙地将日常生活空间向战争异质空间的转化过程表现出来，将日本侵略者发动侵华战争的罪恶本质轻而易举地揭露出来，也将中国百姓的大义凛然，奔赴国难的高尚情怀表现了出来。这种通过空间意象进行叙事的手段具有事半功倍的艺术效果。

《荷花淀》先从战前的日常生活空间写起，将一个传统农家小院呈现于读者眼前。院子很干净，陈列着农家劳动必须的物质资料——苇眉子。一个"女人坐在小院当中，手指上缠绞着柔滑修长的苇眉子"①，季节是夏季，时间是晚上，天气是晴朗的，有月亮挂在天上，一幅"夏夜农妇织席图"清新优美，这也是中国劳动人民的经典生活模式：自给自足的庭院经济。这种"以小农经济和家庭手工业为核心的""中国社会经济结构"② 是中国持续了几千年的生活、生产模式。只要没有战争和大的饥荒，中国农民就对这种生活、生产方式感到"心满意足"③。《荷花淀》叙述者在叙述这种生活、生产模式时，语调里充满自豪和留恋，也证明了这一点。

在叙述了传统经典的中华民族的诗意生活模式后，小说使用概述④模式，将白洋淀地区的经济、文化、习俗以及生活方式，高度浓缩地交代出来，与第一段的农家庭院生活相互映衬、相互阐释。第一段是具体的日常生活画面，第二段则是历史化了的一个地区的日常生活形态，给人一种繁荣、富足、热闹、喜庆的感觉。

接下来的叙述则交待了正常情况下中国家庭中的夫妻、母子、翁媳等伦理秩序。公公带着孙子睡觉了，女人在院子里织着席等丈夫归来。既有恪守本分的传统伦理层面，也有安宁、和平、幸福美满的社会生活层面。中华民族的民族性格在日常生活场景中展现出来。文字极简洁，但信息量极大：有对历史传统的交待，有对地方风俗的介绍，有对中华民族家庭伦理的描摹。宁静、温馨、和谐、安详的传统日常生活和劳动场景让人深深眷恋，带给读者一种强烈的回归意识。

---

① 孙犁：《荷花淀》，《孙犁文集》（1），百花文艺出版社 2013 年版，第 91 页。

② ［德］卡尔·马克思：《英中条约》，《马克思恩格斯文集》（2），人民出版社 2009 年版，第 641 页。

③ ［德］卡尔·马克思：《对华贸易》，《马克思恩格斯文集》（2），人民出版社 2009 年版，第 675 页。

④ ［美］杰拉德·普林斯：《叙述学词典》，乔国强、李孝弟译，上海译文出版社 2011 年版，第 222 页。

《荷花淀》交待日常生活空间的篇幅不长，但因将人物置于特定空间，赋予空间特定氛围，使不多的话语负载了多层次的思想内蕴，传递出叙述者对中国传统生活方式的高度肯定。然而，这种令人向往留恋的日常生活画面随着女人等待的男人的归来逐步逆转，气氛开始紧张起来。刚才优美和谐的农家小院一下子变得局促不安。

水生夫妻的对话中谈到游击组、大部队，将"异质素"带入。女人的手因而被划破。接下来的谈话依然保持正常夫妻伦理，但"异质素"越来越多，家庭生活、生产的小院儿逆转为抗战动员会。水生居高临下给女人讲解着参加游击组的重要性，动员女人承担起本该由自己承担的照顾老人孩子的责任。那句"不要叫敌人汉奸捉活的。捉住了要和他拼命"① 的"嘱咐"将日常生活空间彻底"异化"了。

水生走后，几个妇女再次来到水生家，小院儿还是水生家的小院儿，但小院儿里没有了坐着编席的女人。那些聚在一起的妇女们，叽叽喳喳谈论的是与战争有关的话题。妇女们离开水生家后，叙述空间逐步扩展，但叙述气氛越来越紧张。女人们寻找的男人因"游击"而踪迹不定。尽管如此，没有经历过战争的女人依然不知自己生活、游戏、劳作的地方被敌人占领意味着什么，她们的家常谈话和战争气氛极不协调。她们以为男人们参加游击队是出去享受，是快乐的。直到看见敌军的大船才紧张起来。当她们将船摇进"荷花淀"时，盛开的荷花也失去了审美价值。女人们纷纷跳进荷花淀，做好了必死准备。巧的是，女人们寻找的男人就在这里潜伏着，等待敌人的大船经过。男人女人无意中完成了一次默契配合，打了一个漂亮的伏击战。敌人被彻底消灭，女人们毫发无损，还见到了自己的男人，回来时带给家乡缴获的战利品，可谓一举三得。女人们亲身体验了战争的紧张气氛，从中受到教育，知道男人必须参加游击队，自己也应拿起武器保卫家园。

"荷花淀"自此变成了真正的异质空间，成为战场。祖祖辈辈延续着的生

---

① 孙犁：《荷花淀》，《孙犁文集》（1），百花文艺出版社 2013 年版，第 93 页。

活、生产方式被敌人的铁蹄践踏，正常伦理秩序被摧毁。之后的生活无论如何也回不到开头那种恬静美好、安宁温馨之中了。

在篇幅不长的小说中，通过空间营造，完成了对日寇发动的侵略战争的批判；并通过同一空间中两种对立"特性"的交代，为读者提供了一个对比，告诉读者日常生活空间与异质空间的区别。而同一地理空间里的两种"特性"的对比叙述，将战争的罪恶暴露出来，让读者看到，日本侵华战争不仅毁掉了中国百姓的和平生活，还毁掉了中国人民延续几千年的生活传统和伦理秩序，动摇了中国传统文化的稳固根基，对中国人民的伤害，对中国传统文化的破坏强度难以估量。

《芦苇》是一篇通过典型异质空间展示抗日战争紧张、激烈、危机四伏局势的小说。福柯在谈异质空间时，将墓园作为"奇特的差异地点"①，认为墓园是西方每个家庭"暗晦的长眠处所"②。而《芦苇》的核心叙事空间恰好就是"一块坟地"③，与福柯所说的异质空间完全吻合。但《芦苇》中的异质空间远比福柯表述的异质空间更多异质因素。小说开头就是战火弥漫的战场："敌人从只有十五里远的仓库往返运输着炸弹，低飞轰炸，不久，就炸到这树林里来，把梨树炸翻。"④ 叙述者"我"从这一炮火连天的异质空间逃出来，却逃进了另一异质空间——"一块坟地"。在"一块坟地"里，居然"藏着两个妇女，一个三十多岁的妇女，一个十八九岁的姑娘……"⑤ 之后，三个人在"一块坟地"里展开了一系列没什么意义的对话。小姑子和嫂子对是否另找个藏身之地发生争执，嫂子向我介绍小姑子的倔强和手中拿着的自卫工具——一把小刀……在距炮火连天的轰炸地点一二里路的"一块坟地"里，三个人的言行举止令人匪夷所思，更何况，敌人就在外面走动。"一块坟地"能

① ［法］米歇尔·福柯：《不同空间的正文与上下文》，包亚明主编《后现代性与地理学的政治》，上海教育版社 2001 年版，第 24 页。

② 同上书，第 25 页。

③ 孙犁：《芦苇》，《孙犁文集》（1），百花文艺出版社 2013 年版，第 23 页。

④ 同上。

⑤ 同上。

有多大能量，竟护佑三个人躲过一劫？显然，《芦苇》是一个空间隐喻。天空里战火纷飞，轰炸声不断，地面却只有"一块坟地"可以栖身。这便是当时中国百姓的生活现实：几无藏身之处。这种情形之下，若要生存只能依靠坚定的信念。这也是"一块坟地"与福柯所说的"墓园"相吻合的另一层面。"墓园"在西方文化里与病魔有关，而在中国文化中与祖先崇拜有关。在中国人的文化里，每一块墓地埋葬的都是自己的神圣祖先，具有护佑后代的神力。因而，"一块坟地"在孙犁小说中便有了双重指涉：一是隐喻当时中国百姓的生存状况；二是隐喻中国百姓的信仰。正是依靠这种坚定的信仰，才度过了那段极度残酷又生死难料的被围困的日子。

《芦花荡》开头就是"夜晚，敌人从炮楼的小窗子里，呆望着这阴森黑暗的大苇塘，天空的星星也像浸在水里，而且要滴落下来的样子。到这样深夜，苇塘里才有水鸟飞动和唱歌的声音，白天它们是紧紧藏到窠里躲避炮火去了。苇子还是那么狠狠地往上钻，目标好像就是天上"①。在这段话语中，炮楼的存在将空间完全异质化。这不再是适合生命栖息的空间，连水鸟都在深夜才出来"飞动和歌唱"。第二段开头："敌人监视着苇塘。他们提防有人给苇塘里的人送来柴米，也提防里面的队伍会跑了出去……"敌人的"监视"将一个大空间缩小成一个小战场。"炮楼"改变了"场所"②的"特性"。在空间关系上，"炮楼"对于"大苇塘"就像一个"强奸犯"或"绑架者"，呈现出紧张对立"特性"。

第三段出现的"船"，是一种能够将人或物从一地点运送到另一地点的异质空间。它狭小、半封闭，在水上才能运动，但它灵活、轻盈，可以承载人的希望和寄托。接下来的叙事就是在"船"这一特殊空间里进行的。这样，白洋淀、小船、大苇塘、炮楼组合成一个更大的战争"场所"。大苇塘和炮楼是对立空间，白洋淀和小船却是互助空间。炮楼里的敌人监视着大苇塘，而

---

①　孙犁：《芦花荡》，《孙犁文集》（1），百花文艺出版社2013年版，第114页。

②　［挪］诺伯-舒兹：《场所精神—迈向建筑现象学》，施植明译，华中科技大学出版社2010年版，第7页。

小船却照样可以在白洋淀里轻盈灵活地前进。尽管如此，小船作为异质空间仍不适宜人类生存。所以，大菱和二菱在老头子的小船上没有得到保护。尽管老头子骄傲地认为敌人拿他没办法，凡事靠给他"一切保险"①，但大菱和二菱还是被敌人的机枪扫中。第二天，老头子将十几个鬼子消灭于白洋淀中，算是给大菱报了仇，但"芦花荡"异质空间属性被血腥的事实所坐实。

《采蒲台》也是孙犁抗战小说中关于异质空间描述最多的一篇。它对异质空间的交待从第三段开始，采用概述模式："自从敌人在白洋淀修起炮楼，安上据点，抢光白洋淀的粮食和人民赖以活命的苇，破坏一切治渔的工具，杀吃了鹅鸭和鱼鹰；很快，白洋淀的人民就无以为生，鱼米之乡，变成了饿殍世界。"② 整个白洋淀被敌人占领之后的惨状被交代得清晰可见。之后，小说叙事转移到采蒲台这个小村庄。采蒲台作为小说的核心叙述空间成为展示白洋淀人民具体生活状况的场所。小说中出现了与《荷花淀》开头相似的场景：庭院里的家庭经济活动，但已失去恬静、温馨气氛，多了挣扎求生味道。"被叙"曹连英一家食不果腹，但每个人都拼命工作。"每天，天不明，这一家人就全起来了。曹连英背上回子，沿着冰上的小路，到砸好的冰窟窿那里去掏鱼。他把那有两丈多长的竿子，慢慢推进冰底下，掏着捞着拉出来，把烂草和小鱼倒在冰上……"③ "直等到天晚了"④ 曹连英才"背着回子回来了"⑤。而曹连英的妻女也是天不明起来，女儿推动大石碌子来回碾压苇皮子，"轧完苇，交娘破着，她提着篮子去挖地梨。直到天晚了才同一群孩子沿着冰回来……"⑥ 小院儿里的家庭经济活动虽在维持，但人的生存变成了挣扎。一家人忙忙碌碌只为活命。这是一个只有生存而无生活的典型异质空间。小说后半部分，有一个关于集市的叙述。集市本该是日常化的生活空间，但采蒲台的

---

① 孙犁：《芦花荡》，《孙犁文集》(1)，百花文艺出版社 2013 年版，第 115 页。
② 孙犁：《采蒲台》，《孙犁文集》(1)，百花文艺出版社 2013 年版，第 231 页。
③ 同上书，第 232 页。
④ 同上。
⑤ 同上书，第 233 页。
⑥ 同上书，第 232 页。

集市因被敌人操控失去了买卖自由，只有一群用劳动产品期待换回全家救命口粮的百姓，却看不到买主。整个集市变成了一个饥饿展示空间和无助百姓等待救世主的空间。日常空间偏离了日常性而"异化"了。

孙犁抗战小说通过《芦苇》《芦花荡》《采蒲台》将抗战时期典型异质空间从各个角度进行刻画，紧张、惨烈气氛在并无硝烟的情况下一一展示。其中蕴含的主题信息相当复杂：有民族围困，有文化对抗，有反战思想……这种通过异质空间营造而完成的叙事，对揭露侵略战争的罪恶本质具有更强的艺术魅力，既耐人寻味又引人遐想。这种表达方式说明孙犁不是不会写战争，而是更艺术地表现了战争给人民造成的长久伤害，给中国文化和经济造成的根本性破坏。

三　地洞——被围困的异质空间

中国百姓的生存本不容易，战争爆发，更需智慧和勇气，没有这两样东西，生存难以为继。抗战初期，日寇空前疯狂野蛮，他们占据了冀中大部分村庄之后，手无寸铁的百姓成了待宰羔羊，甚至可能成为日寇的狗粮①，百姓的焦虑不安可想而知。《芦苇》中，两个妇女无处躲藏；《风云初记》里，老百姓慌慌张张把女儿嫁出去，就是因为听到了日寇所到之处糟蹋妇女的事件。随着抗日战争深入，日寇更加疯狂和残酷，他们将炮楼修在各个地方，仅在"安新、容城、赵北口、留通四大据点之间"修建了"三十多个炮楼"②。敌人的炮楼"就像一个阔气的和尚坟"③安插在中国百姓行走的各个交通要道。人们在自己国家行走，时刻都有牺牲"在一个炮楼附近"④的可能。手无寸铁的中国百姓，暴露在敌人炮楼下无处藏身，便意味着被侮辱、被杀害的命

---

①　边伴山：《大和魂的狗》，《冀中一日》，河北人民出版社 2011 年版，第 35 页。
②　董耀奎：《保定抗战史话》，新华出版社 2015 年版，第 498 页。
③　孙犁：《游击区生活一星期》，《孙犁文集》（3），百花文艺出版社 2013 年版，第 28 页。
④　孙犁：《老胡的事》，《孙犁文集》（1），百花文艺出版社 2013 年版，第 64 页。

运。《黄敏儿》中，"敌人把全村里的男女老幼全圈到街中央那个大池子边上去"①，对百姓百般羞辱。他们先是让老婆子们站出来，给日本鬼子"跳秧歌舞"②，"老婆子们不站出来，也不跳"，"一个鬼子骂着，拉出身边的一个中年妇女推到水池里去"。之后，又叫"青年妇女全体下水"；《杀楼》中，五柳庄的村民曾被鬼子集中到祠堂门前的广场上，"刀砍柳英华年老的父亲，枪挑死他七岁的孩子，推进那广场旁边的死水坑里"；《钟》里，村子被敌人包围，慧秀和村民们被敌人从家里赶出来，集中到"大街中间那个广场"羞辱、恐吓，上演各种丑态；《"藏"》中的浅花和老百姓被敌人包围后，被驱赶到街上，敌人"要人们直直地跪起来，把能找到的东西放在人们的手里，把一张铁犁放在一个老头手里，把一块门扇放在一个老婆手里，把一个粗木棍放在一个孩子手里，命令高高举起，不准动摇""浅花托着一个石墩子直着身子跪着，肚子里已经很难过，高举着这样沉重的东西，她觉得她的肠子快断了。脊背上流着冷汗，一阵头晕，她栽倒了。敌人用皮鞋踢她，叫她再跪好，再高举起那东西来"。在这种情况下，生存成为一个巨大问题。

《第一洞》中的村治安主任杨开泰，在焦虑了一段时间之后，终于想到了藏身的方法——地洞。这与卡夫卡完成于1924年的小说《地洞》不谋而合。卡夫卡《地洞》中的"我"，也面临同样的生存焦虑。为了预防敌人的侵略，"我"进行了非常周密的策划、安排——掘"地洞"。将"地洞"建造的像宫殿、城堡。地洞有很多出口，有中心广场，四通八达。卡夫卡《地洞》里的"我"是只老鼠，心理活动却与人类无异。或许，卡夫卡对自己想挖地洞的奇思妙想无法解释，才将"我"变成了一只鼠吧。卡夫卡作为犹太人在欧洲的生活情景，凡经历过"二战"的人都能理解。只是卡夫卡写《地洞》时，距"二战"尚有多年，不敏感的普通人很难像卡夫卡那样意识到犹太人的巨大生存焦虑，预料到有一天犹太人会面临无处藏身的处境。"二战"期间，面对

---

① 孙犁：《黄敏儿》，《孙犁文集》（1），百花文艺出版社2013年版，第68页。
② 同上。

希特勒的野蛮行为，犹太民族被从自己的生存空间彻底清除，那时，如果有地洞可以掩身，犹太人宁愿像鼠一样活着，也不愿像狗一样死去吧？人钻入地洞以求生，到底是谁的悲哀？是逼人钻入地洞的人的悲哀，还是被逼钻入地洞的人的悲哀呢？这或许要看一个民族崇尚什么，信仰什么吧？崇尚善的被人杀，崇尚恶的去杀人。如果一个民族集体崇尚恶，把入侵别人家园，把抢掠、烧杀、强奸视为英雄行为，侵略战争也就难以避免了。崇尚善、容忍、宽容的民族永远无法与崇尚恶的民族和平相处。与崇尚恶的民族生活在一起，崇尚善者势必会感到某种生存焦虑，就像卡夫卡那样。卡夫卡过早感觉到了"恶"对自己的生存逼迫，也就有更多时间打造自己的地洞。卡夫卡的地洞阔达、幽密而幽静，与杨开泰的地洞相比可谓豪华至极。

卡夫卡作为生活在欧洲的犹太人面对的生存焦虑和抗战时期的杨开泰面对的是同样的生存焦虑，他们不约而同地想到了地洞，与法国科学哲学家加斯东·巴什拉在《空间诗学》中介绍的法国作家、画家、建筑师伯纳德·帕利西的建筑构想不谋而合，伯纳德·帕利西的建筑中也有地洞。"伯纳德·帕利西在'战争的可怕危险'面前幻想着绘制一张'要塞城市'的图纸。"① 伯纳德·帕利西希望找到"某种灵巧的动物"为自己建造的"灵巧的家宅"，在搜集了大量动物的家宅之后，他设计了自己的"要塞城市"②。而这个"要塞城市"就像"一只无比庞大的蜗牛"。③ "帕利西的第四间小屋是家宅、贝壳和洞穴的综合……这是一个涡旋贝壳状的洞穴。……生活在地面的伟大的帕利西的真正家宅是位于地下的。他想要生活在岩洞深处，岩洞的贝壳里。"④ 加斯东·巴什拉赞美说："帕利西在他的梦想中是一位地下生活的英雄……洞穴—贝壳在这里成了独居者的'要塞城

---

① ［法］加斯东·巴什拉：《空间的诗学》，张逸婧译，上海译文出版社 2013 年版，第 163 页。
② 同上书，第 164 页。
③ 同上书，第 165 页。
④ 同上书，第 167—168 页。

市',他是一位伟大的孤独者,懂得用简单的形象来自我防卫和自我保护。不需要栅栏,不需要铁门:别人会害怕进来……"① 卡夫卡、帕利西和中国的农民不谋而合地发明了地下洞穴,这意味着什么呢?"地洞"作为向下的延伸,是一种神秘力量的启迪。从某种意义讲,现代战争之所以邪恶是因为它的枪炮威力难以抵挡。一个手无寸铁,没有经过严格训练的人,无法和现代军人对抗。古老战争中的肉搏,拼的是力量和勇气,而现代战争依赖的却是科技。正因如此,现代战争将人的生存变成了难题。对于大多数普通百姓来讲,现代战争一旦发生,生存便被悬置。卡夫卡幻想"地洞生活"的时候,帕利西思考"要塞城市"的时候,正说明现代战争带给人的生存焦虑具有普遍性。当日本侵略者用大炮、机枪甚至化学武器对付毫无准备、手无寸铁的中国农民时,在极端焦虑的情况下杨开泰获得神启一般,与伟大的文学家、著名的建筑师相遭遇,发现了地洞,既是一个奇迹,也说明人类生存状况的普遍性。地洞,作为一个异质空间,在非常规情况下,是否是人类最后的可能?

但不同的是,杨开泰挖掘地洞不为自己,他操心的是八路军干部的安全,他"一个人在这里掘洞。整整掘了五夜,才成功了"。他下去看了看,"里面可以盛四五个人",他说:"以后,我们就不必提心吊胆,可以在这里面开会了。"《"藏"》中,新卯的妻子怀孕几个月了,她很担心自己因为日本人不断扫荡,无处生产。知道丈夫挖洞时很高兴,以为自己可以在这里安心生产了,但新卯说:"那可不行,这洞里要藏别的人。"后来,洞里隐藏着的"是个南蛮子"。正是这个南蛮子,组织、领导当地农民,将新卯的妻子救了回来。而卡夫卡《地洞》中的"我"则声嘶力竭地强调说:"这里是我的城堡,是我用手抓,用嘴啃,用脚踩,用头碰的办法战胜了坚硬的地面而得来的,它无论如何也不能归任何人所有,它是我的城堡啊……"② 在寻求安全居所这一

---

① [法]加斯东·巴什拉:《空间的诗学》,张逸婧译,上海译文出版社2013年版,第168页。
② [奥]卡夫卡:《卡夫卡文集》(上),木青、赤丹编,内蒙古人民出版社1997年版,第434页。

点，人与鼠何其相似，为了安全居住，都竭尽全力，但胸襟全然不同。人为了"类"的最大利益甘愿牺牲自己。抗日战争时期中国农民的"地洞"是为自己的组织者发明的掩体，有的则用来保护弱者的尊严。《村落战》里，五柳庄的人们和住在炮楼里的鬼子结下了冤仇，先是鬼子杀害了村民，三个月后，村里的子弟兵归来复仇，将炮楼里的鬼子全部消灭，两天之后，鬼子又返回来报仇，五柳庄的老少妇女就藏进了地洞，而五柳庄的青年和他们的子弟兵在村庄里和敌人战斗；《小胜儿》中，小金子是八路军的骑兵，在战斗中负伤，不得不回家养伤。但敌人就住在村子里，每天查户口，于是小胜儿"母女两个连夜帮着小金子的爹挖洞，劝说着小金子进去养病养伤""每天早晨，小胜儿把饭食送进洞里去，又把便尿端出来，"地洞成为小金子的医院和病房。随着战事的延长，中国老百姓又开发出地洞的另外一种功能——表达浪漫温情的功能：《钟》里，慧秀被日本鬼子刺伤之后，被大秋率领的民兵救了出来，和大秋结了婚。婚后，大秋为慧秀"在远远的密密的高粱地里"挖了个洞，"又秘密又宽敞，里面放了水壶干粮，铺着厚厚的草。洞口边还栽上了几棵西瓜，是预备一旦水短，摘下一个来就吃"。"地洞"作为异质空间，是最后的生存处所，即使这样的处所，也会被热爱生活的中国百姓开发出浪漫温馨的内涵。"地洞"是战争岁月里百姓求生意志的表现。

第三节　人群的聚集与突围：孙犁抗战小说中的"拟家结构"

如果说"空间意象"是孙犁表达侵略战争对中国各个方面造成的严重破坏的高效叙事手段，"拟家结构"就是孙犁表达新文化、新伦理建设，歌咏根据地军民关系的高效叙事手段。因为"家"在中国具有特殊地位，是一切的基础。"在以家为本位底社会制度中，所有一切底社会组织，均以家为中心。

所有一切人与人底关系，都须套在家底关系中。"① 动摇了中国的家族制度，拆散了中国人的"家"，中国文化的根基也就动摇了。因为中国是一个"伦理本位"的社会，而中国的伦理是以家为核心的"家族层套"结构，所谓父父子子君君臣臣，所谓父母官，均以"家"为参照。这也是鲁迅等"五四"新文化运动旗手首先向封建家族制度发难的根本原因。他们早就发现，中国封建宗法社会的要津在家族内部。经过"五四"新文化运动，中国的家族制度受到重创，但反对封建家族制度的任务还没有彻底完成，抗日战争就爆发了。"出于向文化传统寻找民族凝聚力的需要"，抗战时期的文学"在五四反叛传统的地方重审传统……与离家、弑父的五四情结不同，抗战时期文学对家园意识的诠释、对家庭亲情的依恋、对家族文化的反思等恰成就了契合时代心理的民族经典"②，"一些反映家庭生活的作品，也表现出向传统伦理思想的回归。……如孙犁《荷花淀》《嘱咐》，杨朔《月黑夜》，陈瘦竹《庭训》中塑造的父亲，都是拥有与下一代同样品格的爱国者、牺牲者，二者在政治上的一致性，已经掩盖和弥合了代际之间在伦理观念上的冲突。"③ 但当时的战争现实是家已不家——侵略者的炮火摧毁了家园，突围使命将每个人引向战争前线，和解的"父子"已不能相聚在同一屋檐下，这是抗日战争局势下，中国文化面临的尴尬局面。过去批判、反对的一切今天却成了值得珍惜的一切，但意识到时，为时已晚。不过，革命根据地政府并没有为旧的、传统文化感到伤感。他们在封建家族制度无力回天之际"痛打落水狗"，将封建家族制度中最反动的一面——对中国妇女的禁锢和残害的旧的伦理制度彻底"摧毁"，将中国妇女彻底解放了出来。从某种意义讲，解放中国妇女，是抗日根据地政府最重要的贡献之一。孙犁对此表现出极大热情，他从抗日根据地的社会现实中提炼出的"拟家结构"，就是为抗日政府新文化建设高唱的赞歌。关于"拟家结构"，下面分三部分予以论述。

---

① 冯友兰：《新事论——中国到自由之路》，生活·读书·新知三联书店 2007 年版，第 43 页。
② 张谦芬：《对话：抗战时期文学经典的生成与流传》，《首都师范大学学报》2014 年第 6 期。
③ 贺仲明：《论抗战时期文学中的道德精神变异》，《学术研究》2005 年第 9 期。

一　"拟家结构"的基本形态

中国封建家族是维持社会稳定的基石，它既是一个教育单位，通过私塾模式在家庭内部实施教育，也是一个法律机构，通过"家法"惩治触犯家规者；同时是一个经济单位，一个"公司"。一个大的封建家族，就像一个小的国家，层级分明，结构严谨，甚至岗位明确。妇女们有妇女们的岗位和职责，孩子们有孩子们的任务，男人们自不必说，每一个家族都自行运转。家族与家族又相互连接，成为一个更大的社会网络。封建家族在社会中的作用可见一斑，一个外人想渗透到家族内部是比较困难的，除非他变成家族机器的一个齿轮。"五四"新文化运动打出反封大旗，向封建家族制度猛烈"开炮"之时，瞄准的是什么呢？鲁迅的《祝福》是在向封建家族制度中妇女的物化地位"开炮"。祥林嫂只是一个劳动妇女，其家族并非封建大家族，但祥林嫂一旦变成家族的"螺丝钉"就失去了人身自由，她没有任何发言权，必须任长辈和家族里的男人们买卖。柔石《为奴隶的母亲》也是在向封建家庭制度中的妇女的物化地位开火：即使在一个最小的家庭内部，因妇女地位低下，女性成为像牛马一样的工具被"租赁"。巴金的《家》则是向封建家族的继承制、封建迷信思想、家长对青年人的禁锢等开火。可见，中国封建家族最反动、落后的一面主要表现在妇女问题和教育问题两个方面。这两个问题并不是家庭造成的，而是一个社会问题，只不过在家庭内部得到了最具体的反映而已。

中国的妇女地位问题之所以严重，就在于它因残害妇女身体，损毁了妇女的健康，对繁衍后代造成巨大恶劣影响，也为经济发展造成了不利影响，中国妇女问题不解决，中国的人种衰落必将导致灭种亡国的危险。

封建家族的另一个反动性是一夫多妻制。一夫多妻的反动性表现在两个方面：一是将妇女当作生育工具；二是将子女当作支配工具。对于封建家长来说，孩子成群，进一步强化了他的权利和地位，他对孩子有极大的控制权。封建家长权力越大，妇女和孩子地位越不稳定，封建家族内部的矛盾斗争就会暗流涌动。为争宠、争地位和财产，亲人之间上演各种悲剧。这在中国历史上并不少见。长久上演的人伦悲剧，对中国人的思维模式产生着深远影响。所谓"内耗""内斗"思维机制，就是这种为个人利益而相互损害以致影响大家共同利益和前途的情况。"内耗"思维模式与封建家族中同父异母兄弟争宠的生存模式有直接关系，是长年累月的文化积淀结果。

可见，封建家族制的反动本质主要表现在妇女地位低下和一夫多妻制两个方面。清除了这两大毒瘤，中国的家族制度与西方的家族制度并无二致。因为家族是人类繁衍生息的最基本模式，哪个民族都有自己的家庭和家族。抗战时期的根据地政府，正是抓住了封建家族制最反动的两个毒瘤进行手术，对中国家庭—家族制进行了一场彻底"革命"。

去掉两大恶性肿瘤之后，中国的"家"充满活力，家的革命性表现出来。孙犁抗战小说中的"拟家结构"便是对当时抗日根据地人民新的家庭伦理秩序的一种肯定。孙犁抗战小说中的"家"都是轻盈、简洁的小家模式：一夫一妻一孩，如邢兰的家、《山里的春天》中那个抗属的家、《采蒲台》中曹连英的家、《碑》中老赵的家等；一夫一妻一孩一老，如《荷花淀》中水生的家、《村落战》中柳英华的家等。但由于抗战需要，传统的家庭不得不暂时拆开，家庭中的男人奔赴前线，传统家庭暂时解体。为了工作需要，在抗日根据地组成了新的家庭模式——"拟家结构"。

所谓"拟家结构"是指在形式上像家庭一样，在气氛上也像家人一样，但在实质上没有家的内涵，既没有夫妻关系，也没有血缘关系。最典型的拟家结构就是《山里的春天》。在形式上，八路军战士和抗属母女俩在一起劳动，关系非常和谐，特别像一家人。但男人和女人不是夫妻，男人只是响应号召帮助女人干活。在感情上，二人也没有关系，甚至还刚吵过一架，他们是为了解决问题组成一种类似家庭一样的临时关系。

孙犁抗战小说中的"拟家结构"有四种基本形态：其一，叙述者居住在"房东"家里，讲述的是他与房东家的各种关系，如《邢兰》《走出以后》《老胡的事》《山里的春天》等；其二，在没有房东的叙述里，叙述者和被叙人物，也给人一种家庭伦理笼罩下的亲密关系，如《吴召儿》《山地回忆》《嵩儿梁》《看护》等；其三，孙犁抗战小说还常把一群人放在一个叙述环境里，他们的关系像中国传统社会里的大家族，由一堆堂兄弟姐妹、叔、伯、婶子、大娘等组成，如《荷花淀》《杀楼》《村落战》等；其四，在真正的家庭伦理叙述中，家因为包括了其他亲属，而变成了"拟家结构"，如《丈夫》《琴和箫》《"藏"》《碑》等。《丈夫》将堂姐和堂姐夫纳进故事当中，把婆家、娘家归并为一个家庭概念。"丈夫"一词暗示出的"小家庭"变成了一个"拟家结构"；《碑》的叙述是从赵老金一家开始的，但最后把八路军的一个连队归并进来，大娘对战士惦记、思念的程度超越了房东和借住者之间的伦理感情，有点像对亲人的思念。"小家"被扩展为"大家"，叙事变成了一个"拟家结构"；《钟》的叙述本是从尼姑庵开始的，按理说最不可能带有家庭性质，但慧秀和大秋谈了一场轰轰烈烈的恋爱。大秋和慧秀成婚，也经过村民同意，于是《钟》也变成了一个"拟家结构"。确实应了冯友兰那句话："在以家为本位底社会制度中，所有一切底社会组织，均以家为中心。所有一切人与人底关系，都须套在家底关系中。"

"拟家结构"过于概括和含蓄，导致了人们对孙犁小说的误会，认为孙犁刻意歌颂"抗日军民间'无冲突'合作"，并通过"对'摩擦'的隐匿"，"对'战争'进行美化"①。这种观点只是看到了孙犁小说中的"家庭一般"的温馨，而忽略了其"拟家结构"的多重文化属性。孙犁小说，一直以来在备受欢迎的同时常常被人误解、批评，原因就是其小说中的抽象、概括手段的大面积使用，超越了人们对普通小说的认识。

"拟家结构"是对现实生活中出现的人与人之间新型社会关系的提炼，也是当时特殊情况下表现出来的真实社会氛围。对中国农村生活模式有所了解的人，对《荷花淀》《杀楼》《村落战》中农民之间的那种关系一定不陌生，

---

① 宋宇、马德生：《诗性与真实——孙犁"白洋淀系列"小说创作风格探析》，《河北学刊》2014 年第 1 期。

那是农村社会的一种应急机制。"拟家结构"也具有"应急机制"色彩，符合中国民间处理应急问题时通常采用的行为模式。更重要的是，"拟家结构"具有多重隐喻功能，提高了孙犁抗战小说的表达效率，成为文学创新的典型案例。

二 "拟家结构"的多重隐喻

"拟家结构"有坚实的文化基础和现实基础，准确地反映了抗战时期根据地军民的精神状态，也表达了作者的丰富诉求。"拟家结构"一旦变成艺术结构，便具有了多重隐喻，有些层面是作者的应有之义，有些层面可能超出了作者的预期。多重隐喻包括军民一家的隐喻、舍小家保大家的奉献精神隐喻、旧秩序解体与新秩序建立的隐喻、多变的社会结构隐喻等。

第一种，军民一家的隐喻。抗日战争时期，中国政治区划被四分：沦陷区、国统区、红色根据地、上海孤岛。国统区属于官方控制的区域；红色根据地是共产党领导的抗日根据地，而抗战根据地在当时既是日本帝国主义的眼中钉，也是国民党政府的肉中刺，受到两方面打击，红色根据地军民的生存极其艰难，必须发动广大群众，团结一致，才能获取最基本的生活资料维持根据地军民的日常生活。所以，八路军战士和当地农民之间形成了一种特别密切的互助关系。八路军战士维护农民的切身利益，对农民进行文化普及，农民则为八路军战士提供基本生活保障，如住宿、军服等。这种军民关系与国民党军队对农民的欺压形成鲜明对照，具有政治宣传鼓动作用。《风云初记》中，国民党军队和共产党军队轮流住在子午镇。当国民党军队开进子午镇时，地主田大瞎子会积极提供一切帮助，国民党士兵则开始在全村进行抢掠。共产党的队伍住进子午镇时，会一户一户地"号"房子，和农民之间的关系也非常融洽。因为战士多是农民，回村便是回家，如芒种和高庆山都是村民，返回村庄自然受到农民的欢迎。

小说中的"拟家结构"提供给读者的第一感受就是军民之间的亲密关系，但没有说教意味。比如，《邢兰》中，叙述者"我"在和邢兰聊天时，很快就了解到邢兰家坚壁物资的地点。"我"为邢兰的信任而惊讶，并叙述道："我有这个经验，过去我当过那样的兵，在财主家的地上，用枪托顿着，一通通地响，我便高兴起来，便要找铁铲了——这当然，上面我也提过，是过去的勾当。现在，我听见这个人随便就对人讲他家藏着东西，并没有一丝猜疑、欺诈……"这段叙述，将两种军民关系呈现出来，但没有说教意味。因为小说中的"拟家结构"提供了一个叙述环境和一种叙述语调。在叙述者的叙述里，这种交代具有无意识和下意识感觉，强化了根据地军民之间家人般的信任关系。

第二种，舍小家保大家的精神隐喻。在第一种"拟家结构"中，总有一个八路军战士借居在农民家里，二者关系虽然很好，但八路军战士毕竟不是在自己家里。《邢兰》中，邢兰提供给八路军战士的住房是在"一个高坡上……这房子房基很高，那简直是在一个小山顶上……那几天正冷得怪……我躲在屋里，把门紧紧闭上，风还是找地方吹进来……手便冻得红肿僵硬了。脚更是受不了……"邢兰虽热心地提供了"五六块劈柴和一捆茅草"让"我"感激涕零，但"我"的实际生活之窘迫是无法解决的。而在《老胡的事》中，老胡在铁匠家似乎很自在，等人家吃过饭，自己就将饭桌拿进来当作书桌用，作为知识分子的老胡仍与铁匠一家格格不入。老胡的读书和插花行为遭到"歧视"，老胡只好跟着小梅去拾"风落枣子"。而在《山里的春天》里，"我"因为想买农民两个鸡蛋，竟无端地被农妇训斥一顿。可见，八路军战士在"拟家结构"中远不如在自己家中更自在舒心。正是这一点，暗示出八路军战士舍小家为国家的奉献精神。

第三种，旧秩序解体与新秩序建立的隐喻。如果说传统大家族生活模式是几千年封建统治的象征，"拟家结构"实际上还包含着对封建大家族解体的暗示。尽管"五四"新文化运动已经动摇了封建统治的旧秩序，日寇入侵又从现实层面彻底摧毁了家族统治的基本单位"家"，但新秩序尚未建立。就像那个著名的关于除草和撒种子的故事所讲的道理，没有新秩序，旧秩序是不会自动退出历史舞台的。只要不撒下蔬菜种子，地里的野草怎么也除不干净。孙犁抗战小说中的"拟家结构"恰好既暗含新秩序的建立，又影射旧秩序的瓦解。如果旧秩序是指封建大家族的等级秩序，新秩序则是无等级的军民一家。在新秩序中劳动者确实成为主人，掌握了更多话语权和主动权。比如，《老胡的事》中老胡作为"念书人"试图对小梅有所影响，但小梅实际上比老胡有更多话语权。当老胡"从山沟里摘回几朵开放着的花，插在一个破手榴弹铁筒里，摆在桌上"时，"小梅对这件事觉得好笑"，认为"胡同志，你有空，还不如和我去摘树叶呢！"老胡最后确实跟着小梅摘树叶去了。小梅虽没有文化知识，却是一个典型的劳动者，"父母每天打马掌铁，把烧饭、打水、割柴的事，就全靠给她做了""她整天放下东就是西，从来看不见她停下休息"。而在当时生活极其艰难的情况下，小梅这种特别能干的劳动妇女确实具有重要的社会地位，也便掌握了一定的发言权，或者说，孙犁在暗示妇女们将来的话语权。抗战之后，中国妇女的社会地位确实得到了极大提高，掌握了更多话语权，甚至在局部夺取了知识分子的话语权。

第四种，多变的社会结构的隐喻。如果前三个层面的隐喻是作者构思的结果，第四层面的隐喻恐怕是作者并没有意识到的，那就是社会结构的动荡不安。家作为社会的细胞，其稳定性是非常重要的，如果家庭不再稳定，整个社会就难以稳定。家族可以解体，但家庭需要稳固。毕竟，家族是庞大的由若干小家庭组建的血亲结构，家庭则是由血缘、亲情、爱情共同维持的人类繁衍发展的基本单元，如果家庭结构失去了稳定性，意味着亲情、爱情这些温情脉脉的社会润滑剂将不复存在。而"拟家结构"虽然在当时社会风尚里显得军民一家，将并非一家的人组合在一起，显示了人类最高尚的一面，但"拟家结构"毕竟不是法律承认的社会结构，只是一种权宜之计。比如，《老胡的事》中，铁匠家刚刚走了一个八路军，又来了一个八路军；《山里的春天》里，尽管"我"帮助抗属做农活，理论上，抗属的丈夫也会帮助"我"家做农活。但这并不是必需的，而是道义上的，属于友情互助。正因理论上存在"交易性"，"我"帮抗属干活，抗属说："刚才我还觉得辛苦你，自己不落忍，这样一说，你和我们当家的是一家人……"感谢自然免去。但二人毕竟不是真正的一家人，这一理论具有的虚伪性，早晚会被"揭穿"，一旦揭穿，人与人之间的关系就可能发生变化；在小说《石榴》中，孙犁恰好补充了《山里的春天》里尚未被揭穿的虚假逻辑。石榴中的"我"也是因为工作关系住在房东家里，一家人对"我"非常照顾。工作完毕离开房东家之后，我"留恋这家人，骑车子又回来了。一进村，大街上空无一人，在路过地主家门时，那位被拉过的老头儿，正好走出来。他拄着拐杖，头上裹着一块白布。他用仇恨的目光注视我。我回到房东家，大娘对我的态度，和几天以前比，是大不一样了。我又到贫农团，主席对我也只是应付"。当然，《石榴》中讲述的故事已不是抗战时期，与《山里的春天》所讲故事已时隔三年。也就是说，在不到三年的时间里，那种温情脉脉的"拟家结构"中包含的虚假逻辑已被老百姓意识到了。或者，是老百姓自己感觉到了"军民一家"的暂时性。

但不管怎样，孙犁小说中的"拟家结构"在抗战时期仍然发挥了巨大的凝聚作用。

三 "拟家结构"作为主题表现方式

孙犁创作抗战小说时，中国政局四分：沦陷区、国统区、革命根据地、上海孤岛。武装力量最薄弱的是革命根据地。国民党和日本侵略者都对它进行经济封锁，只有获得广泛的民众支持，革命根据地才能发展壮大。要获得民众支持必需宣传，但若没有艺术手段，直白的宣传难以发挥作用。正如孔子所说"言之无文，行而不远"[①]，小说的"文"就是叙事策略。"拟家结构"是孙犁抗战小说的一种叙事策略。"拟家结构"使孙犁的抗战小说达到了"化境"。下面分三部分进行论述。

---

① 《左传·襄公二十五年》，《中国美学史资料选编》，复旦大学出版社 2008 年版，第 4 页。

（一）"化"宏大主题为"微叙事"

抗日战争是一个宏大历史事件，小说必须反映；抗日战争是农民战争，每一个农民家庭都参与了这一时代大潮，为抗日战争做出了贡献，小说也必须反映；但农民是在共产党组织、领导、宣传教育下，参与到抗日战争之中的，这也必须反映。没有好的艺术机制，这么复杂的关系很难在一篇小说中得到反映。"拟家结构"使抗日战争这一宏大历史事件和农民家庭之间的关系得到了很好的抒写。八路军战士入住农民家庭，成为农民家庭与抗日战争之间的"中介"，也表达了共产党发挥的作用。这样，"群体突围"这一重大意识形态事件，被"移植"到"家庭"内部，在"拟家结构"中徐徐展开。群体突围的"宏大主题"被分解成若干"微主题"：爱国主题、互助主题、救助主题、节制主题、谦逊与尊重主题等。"微主题"与"微叙事"在"拟家结构"里相得益彰。

在孙犁的抗战小说中，"微叙事"与"微主题"并非一一对应，而是一个"微叙事"蕴含若干"微主题"。以《邢兰》为例，小说是关于居室冷暖的"微叙事"，核心事件是邢兰在极其穷困的情况下，从家里拿劈柴帮"我"生火烧炕，"我"和邢兰以此建立亲密、信任关系。关于抗日战争的宏大叙事部分是通过邢兰的"侦查"和"我"的转移透露出来的。小说在两个层面表现了"互助"主题：邢兰和我构成互助；邢兰参加代耕团、合作社，构成另一层面的互助。"我"作为八路军战士，为抗日远离家乡，邢兰为抗日拼命工作，又表达了群体突围主题。邢兰和"我"在欲求方面，都表现出"节制"美德，因而，有"节制主题"。一个"微叙事"蕴含多个"微主题"，隐藏一个宏大主题。篇幅不长，但意涵丰富。

"拟家结构"让故事在"拟家"内部展开，能产生一定的精神抚慰功效。叙述者和人物不是一家人，却"像"一家人一样生活在一起，构成一个温馨、和谐的"拟家庭"。"拟家庭"成员之间的互助关系对抗日战士具有精神抚慰作用，让他们可以安心抗日，不必惦记家人。以《山里的春天》为例。小说中的"她"，丈夫参加八路军，家里的农活无人料理，"我"作为八路军战士，帮"她"家干农活，在休息时逗逗小孩子，"她"为我送水，整个画面就是一幅天伦图，非常温馨。只是通过"她"和"我"的谈话，才知道这是一对"拟夫妻"，是一个"拟家"结构，叙述者"我"只是一个"帮助者"，不履行情感义务。这样小说从三个层面对抗日战士起到了抚慰作用。第一个层面是信息传递，告诉战士们家里的事情有人管，不必担心，好好打仗；第二个层面是审美的，人们读到的是一个其乐融融的温馨画面，尽管是"拟家庭"，仍然给人一种"天伦之乐"的美感；第三个层面就是必胜信念。因为"拟家结构"里的"其乐融融"包含了政治意味，散发出军民一家、团结抗日之宏大主题具有的昂扬向上气息。这样的民族，必然是战无不胜的。

此外，"拟家结构"将普通家庭扩展放大，使表层上的"微叙事"，带有了"宏大"性质。但这种"宏大"与宏大叙事里的宏大不同，它符合"整体大于部分之和"的原理，起到了深化主题的作用。一个"拟家结构"等于一个"微叙事"与若干"微主题"及一个"宏大主题"相加的和。这种结构技巧将主题深化，使主题深不见底。以《丈夫》为例，从题目看，是一个指涉夫妻关系的"微叙事"，但由于"丈夫"一词在汉语里具有双重含义：已婚女人的男人，中国家庭的支柱；阳刚之气、英雄之气、豪迈之气的男人，所以，《丈夫》作为小说题目就产生了双重指涉。小说中的"微叙事"也就与宏大主题发生了关系。但小说以"女人"对"丈夫"的埋怨为主要内容，表面上是一个对比结构：两对夫妻（女人与丈夫；堂姐夫妇）的两种不同的价值选择。显性叙述是家庭伦理：夫妻、母女之间的"天伦"。堂姐和堂姐夫，选择的是夫妻相伴，夫唱妇随的传统生活方式。"女人"的丈夫却选择了远离家乡，奔赴国难。正常情况下，夫唱妇随的生活方式本无不可，但日本鬼子的入侵，使中华民族陷于危难之中，都像堂姐夫妻那样追求传统的夫妻伦常，必陷国家于危难，家庭必难保全，男人只能沦为汉奸走狗，失去做"丈夫"的资格。而远离家乡，奔赴国难的"丈夫"虽无法履行为儿、为父、为夫的伦常义务，被妻子埋怨，却是国家的脊梁、民族的精魂。小说不显山不露水地对"堂姐夫"们实施了政治规劝，对"堂姐"们也进行了政治伦理教育，具有浓厚的意识形态意味。

（二）"化"道德宣讲为"微叙事"

抗日战争时期，中国传统道德遭到破坏。几千年来，一直挣扎在社会底层的农民觉醒并被武装起来，在社会上扮演起各种重要角色。他们迫切需要一种新的道德标准，新道德的建设成为一个迫切的社会问题。孙犁意识到了这一点。但他深知，小说中的道德不是通过空洞的口号喊出来的，是通过对人物关系、人物行为，合理、合情、合法的设计、规约，表现出来的。他曾批评某些人"所做文章虽貌似卫道，充满子曰诗云，但从中不会看到一点美好的东西，他们所做的小说，是坏人心术的，败坏道德的"①。如果小说中的人物，行为不道德，作家空喊道德，只能让人感到虚伪、虚假，不会对读者产生好的影响。在小说中怎样渗透自己的道德观，在抗日大于一切的民族危难之际是一个技术难题。过分强调道德，可能显得不合时宜，但忽视道德肯定不行。这就需要一套好的艺术表达机制。"拟家结构"就是孙犁在小说中进行道德渗透的最好艺术表达机制。

在"拟家结构"中，人物关系比较密切，人物之间似乎有义务满足彼此的要求，人物们因为太熟悉可能失去分寸感。作家没有道德标准时，人物的行为就可能"过度""越轨"，不合礼数。孙犁在"拟家结构"中很好地把握了人物的行为，极好地渗透了自己的道德标准。

他首先在小说中渗透了"节制"美德。孙犁说："任何民族"都有"本民族的道德观念，用这一道德观念""维系人心"，才能"保持民族的团结，保证民族的发展"②。中国农民非常崇尚节俭，即使"掉了一条线"也要"绕世界寻找起来"③。对于食物，也以维持最基本的生理需求为标准，绝不会追

---

① 孙犁：《小说是美育的一种》，《孙犁文集》（6），百花文艺出版社 2013 年版，第 363 页。
② 孙犁：《小说与劝惩》，《孙犁文集》（6），百花文艺出版社 2013 年版，第 397 页。
③ 孙犁：《节约》，《孙犁文集》（3），百花文艺出版社 2013 年版，第 118 页。

求"快感"和享受。他把这些道德原则用在人物身上，传递着一种"节制"美德，并用这一美德"维系人心"。

考察孙犁的抗战小说，就会发现，他小说中的人物似乎签订了一份"欲望限制性满足条约"，出现匮乏时，必须得到满足，但满足仅限于基本的生存需求，不能超标。人物一旦提出过分要求，就会遭到拒绝，并被呵斥一顿。《邢兰》《红棉袄》中，人物的物质"匮乏"达到极限，影响到正常的工作甚至生存，但小说提供的满足仅限于生存需求，邢兰为我"烧炕"取暖，"我"感激得不知说什么好；《红棉袄》中，顾林生病、衣少、天气冷，物质"匮乏"影响到生存，但顾林仅得到一件"红棉袄"。小姑娘坐在"灶前"，有条件给顾林提供更多帮助，但小说没有提供这些细节；在《看护》中，"我饿得再也不能支持，迷糊过去"，得到的也不过是"一把酸枣儿"；《山里的春天》里，"我"为"她"家"翻沙"，"她"也只给我送来一壶水。

孙犁小说中"最丰盛"的食物出现在《吴召儿》和《小胜儿》中，但也只是一种精神上的奢华。在《吴召儿》中，"等我爬到半山腰，实在走不动了""她坐在我的身边，把红枣送到我的嘴里……"一颗红枣，便使我有了继续攀登的力量。等到了吴召儿的"姑家"，大家"吃了香的、甜的、热的倭瓜"。其幸福感通过三个形容词——"香的""甜的""热的"表现出来，给人的感觉是丰盈的、充裕的、享受的；在《小胜儿》中，小金子伤的重，需要补充营养，小胜儿卖了棉袄，给小金子吃了"两碗挂面、四个鸡蛋"，让人感觉到一种"富足"甚至"奢侈"。

如果说，当时的现实生活条件，是造成孙犁小说对人物欲求的"限制性满足"的逻辑基础，似乎并不足信。因为，在《杀楼》中，为了诱惑鬼子，我们读到了丰盛的令人垂涎的食物："二十斤犁、五只杀好的鸡、十斤月饼、十五斤葡萄。"孙犁在《吃粥有感》中记载了这样一件事，他和曼晴曾经"游击到了一个高山坡上的小村庄，村里也没人，门子都开着。我们摸到一家炕上，虽说没有饭吃，却好好睡了一夜"。敌人的"飞机走了以后""两个人勉强爬上山坡，发现了一小片胡萝卜地。因为战事，还没有收获。地已经冻了，我和曼晴用木棍掘取了几个胡萝卜，用手擦擦泥土，蹲在山坡上，大嚼起来。事隔四十年，香美甜脆，还好像遗留在唇齿之间"①。这意味着，孙犁在小说中，对人物欲求的"限制性满足"是一种道德诉求。

与杨沫的《苇塘纪事》互文阅读，也可以证明这一点。《苇塘纪事》里，作者写到敌人围困"大苇塘"这一事件。当时，敌人发动了几万兵力，包抄"大苇塘"，意在彻底消灭八路军游击队。当时，游击战士吃饭相当成问题。但在小说中，我们还是读到了一顿比较丰盛的食物："一桶绿豆汤、一篮子烙饼和饼子。"② 烙饼是农村较为"奢侈"的食物，在敌人不断扫荡的时候出现"烙饼"，不得不说是老百姓冒着生命危险提供的。或许，作者是想表达，老百姓对抗日战士的支持。但作者对人物欲求的满足没有提供"节制"美德，有"过度"嫌疑。

对人物"过度"要求进行拒绝、呵斥的细节，在孙犁抗战小说中比比皆是。《山里的春天》中，"我"去老乡家里"买鸡蛋"，遭到了一顿呵斥："没有！还有什么鸡蛋？"《丈夫》中，七岁的小女孩，因为那天是"八月十五"，期待一些好吃的，就遭到了母亲的呵斥："什么也不叫你吃。"《第一个洞》中，杨开泰因为晚上挖洞，累了，对妻子说"我看你该叫我吃点儿好东西了"，结果被女人狠狠地骂了一顿；《麦收》中的二梅觉得自己收麦有功，对奶奶说"我想吃白饼"，被奶奶训斥了一顿："折死你！秫面饼还不好，你要吃什么？忘记那二年吃糠咽菜的日子了。"这从另一方面证明，孙犁有一条"欲求的限制性满足"的基本道德标准，通过这一标准，他在渗透一种道德观念。

"节制"是中国民间的传统美德，比较容易被老百姓接受和认可，但"谦逊"美德不是。人们极容易犯的错误就是不谦逊，自以为是。这常常成为破坏人与人之间和谐关系的"恶"。比如，《苇塘纪事》中有一段让读者感觉到

---

① 孙犁：《吃粥有感》，《孙犁文集》(3)，百花文艺出版社2013年版，第262页。
② 杨沫：《苇塘纪事》，《河北新文学大系·中长篇小说集》(中)，河北教育出版社2013年版，第687页。

叙述者的不谦逊。叙述者"我"是一个女知识分子，因为工作需要，和打游击的农民在一起生活和工作。在"我要报仇"一节里，于政委、小队长老金、李金芳、叙述者"我"等，在房顶聊天。聊完之后，叙述者叙述道："我这话似乎给了于政委一点儿鼓励，他的脸色变温和了……"接下来，叙述者告诉我们李金芳对吴金胜说的话："他妈的一顿饭四两小米，脑袋掖在裤腰带上……"然后，于政委对老金说："老金，不要紧，这些人都是好农民，打鬼子是硬汉。只要加强教育，关心他们的生活……没问题。"再之后是于政委问："农会老李呢?"小队长皱着眉说："睡得呼呼的，天不管，地不管，就是睡大觉。"于政委也皱了眉说："情况那么紧，工作没人做，光跟着睡觉……"①这里的农民成为被审视、批评的落后对象，小知识分子"我"是被肯定的，政委"老于"具有判断是非的资格，"人"有了等级。叙述者作为掌握着话语权的人，没有表现出"谦逊"之德。

孙犁抗战小说的叙述者则采取的是低姿态叙述，表现了一种谦逊美德。知识分子叙述者在小说中常常以低于人物的口吻和姿态说话和行为。即使和那些"没见过世面"的女人们在一起，也极为谦卑，"人物"对叙述者则采取了评论、训斥的高姿态。《山地回忆》中的"妞儿"嘲笑"我"的卫生习惯;《老胡的事》中小梅嘲笑老胡插花的行为;《走出以后》的女人们似乎都对"我"指手画脚：女教师质疑"我"办事不符合组织规定，王振中的婆婆嘲笑我使用的钢笔不是"打水"的，睡觉不枕枕头等。这种低姿态叙述，实际上是孙犁内在精神结构的外化。孙犁始终认为，农民是伟大的、多才多艺的。所以，他让邢兰在穷困劳苦的生活间隙里，用口琴吹奏自己谱的曲子;让变吉哥既画画又写诗、演戏，还能唱"梨花调";让高四海"吹起大管，十里以外的行人，就能听到"②;让穷困潦倒的"根雨叔"，在每天早晨担水时

---

① 杨沫：《苇塘纪事》，《河北新文学大系·中长篇小说集》（中），河北教育出版社2013年版，第682—683页。

② 孙犁：《风云初记》，《孙犁文集》（2），百花文艺出版社2013年版，第7页。

"'咦——咦'地唱着""昆曲《藏舟》里的女角唱段"①。除了孙犁对农民真心的了解和尊敬外，还暗含着意识形态方面的思考：既然抗日战争是以农民为主力的战争，农民的素质、德行必然具有决定战争胜负的作用，如果农民什么也不管，只知道呼呼睡大觉，抗日战争如何胜利？靠几个政委、队长、知识分子恐怕是不行的。只有全体农民都具有了某种抗日积极性及思考判断能力，抗日战争的最后胜利才是可能的。因而，抬高农民身份，是在为抗日战争胜利夯实逻辑基础。

孙犁在抗战小说中渗透的另外一种美德就是爱国家、爱民族。一些不了解中国文化的西方人这样说："正是他们对家庭的热爱，才使得他们的心里没有给爱国主义留下空间。"② 把这句评语套在所有中国人头上肯定是荒谬的，但的确有一些人缺乏清醒的爱国意识。《丈夫》中堂姐夫就是一个典型；《风云初记》中的田大瞎子，为了自己的一点利益，宁愿投靠日本人；一些女人，如《丈夫》中的女人、《山里的春天》中的"她"、《光荣》里的"小五"等，都还不能理解，民族危难之际自己应该承担的基本责任。因此，在小说中渗透爱国主义美德是极为必要的。孙犁在渗透爱国家、爱民族这一道德时，采取了两种模式：一是，通过生动的演绎，将人在特定历史时期的选择及其结果展示给大家，让人们明白，怎样做是错误的。《丈夫》《懒马的故事》《瓜的故事》等告诉大家，懒惰、自私，在民族危难之际不是爱国行为；二是，通过对正面人物形象的讴歌告诉大家，民族危难之时，勤劳、吃苦、节俭、奉献是一种爱国主义行为。孙犁小说中塑造了很多正面人物，尤其是女性形象。那些年轻的女性各个都能干、吃苦、简朴、奉献，留给读者很深的印象。很多人误读了孙犁笔下的女性形象，误以为那是作家女性气质的反映，或者以为，那是作者的爱情遗迹。如果那样理解，小说中很多细节无法打通，很难阐释。但如果把孙犁笔下的女性当作"拟家结构"里的爱国主义美德的

---

① 孙犁：《乡里旧闻》，《孙犁文集》(3)，百花文艺出版社 2013 年版，第 315 页。
② [英] 麦嘉湖：《中国人的生活方式》，秦传安译，电子工业出版社 2012 年版，第 186 页。

宣扬机制，一切就贯通起来了。以《山地回忆》为例，"妞儿"和叙述者初次见面时，表现的并不可爱。她有点蛮不讲理，很泼，对叙述者冷嘲热讽。她的性格和叙述者的性格很不协调，但小说还是提供给我们大量彼此合作的细节。"妞儿"把家里仅有的一块布拿来给我缝了一双"布袜子"，我穿了三年不破；"我"每天到"妞儿"家洗脸、吃饭，和"妞儿"的爹一起去贩枣，直到赚得的钱可以为"妞儿"买一架织布机为止，解放之后"我"还惦记着"妞儿"一家。情意绵绵，跃然纸上。但如果细读文本，就会发现，"妞儿"对"我"没有什么"情意"，"她"把为"我"制作袜子、让我到她家洗脸、吃饭等事情，均视为一种"恩赐"，有"可怜""我"的意思，与爱情无关。而"我"对"妞儿"的感情，更多是对"她"身上具有的那种干练、勤快、直爽、奉献、豪气、质朴等品格的一种敬意和怀念。

《老胡的事》里，老胡对小梅也非常喜爱，特别容易让人误以为，那里包含着一份爱情。所以，作者把老胡的妹妹，不远万里"调动"过来。让老胡有一个和小梅一样大、一样漂亮的妹妹。老胡妹妹的出场意味着什么呢？除了向读者说明，老胡对小梅的感情是"敬意"而非爱情，老胡对小梅就像对妹妹一样，作者还想说明，老胡因为妹妹的革命行动，对妹妹也深怀敬意。对老胡来说，"热爱劳动的小梅和热爱战斗的妹妹"是一样的。"小梅""妹妹"在孙犁笔下浓缩为民族品格，她们成为民族形象的代言人。叙述者对"她们"的爱，就转化为对民族的爱，对她们的讴歌就具有了对民族精神的讴歌性质。

当我们把孙犁笔下的女性当作民族形象代言人来看时，似乎一切迎刃而解。比如，在《老胡的事》里，"小梅"的所有行为都发生在家庭内部，老胡帮小梅"拾风落枣子"只是一个"微叙事"，把小梅当作个体看待，在抗日战争这一背景下，意义何在？无法理解。她无论多么能干，都具有私人属性，与当时的历史背景格格不入，但如果将"小梅"当作群体代言人看待，小梅热爱劳动的品格就具有了民族品格性质，"老胡"在小梅面前采取"低姿态"，也有了依据。小梅的故事，有了意识形态属性：在民族危难，敌人对边区政府实施经济封锁之际，吃苦耐劳、生产自救，都具有政治宣教功能。

总之，孙犁在抗日战争时期的小说中，渗透了节制、谦逊、爱国等美德，丰富、饱满了小说的主题。

（三）"化"民族自信为叙事结构

抗日战争是极其残酷的，边区军民无论是武器装备，还是物资供应都极其缺乏，他们面对的敌人却极为强大：一方面是日寇的大规模、频繁扫荡；另一方面是国民党军队的阻挠和破坏。力量对比悬殊，边区军民如何取得最后胜利实在令人堪忧。然而，在孙犁的抗战小说中，几乎全是大团圆结局。从现实主义角度讲，这有点不符合实际，但就小说自设的逻辑结构来说自然而然。也就是说，"拟家结构"，还具有弘扬民族自信心的功能。

存在主义"他人即地狱"的观点众所周知，但孙犁的抗战小说创造了一系列"他者神话"，使每一个面临围困局面甚至死亡威胁的人都获得了救助，小说呈现出皆大欢喜的终局。其艺术逻辑是：国难＝家破；无"家"成为抗日战士的实际处境；"拟家"将无"家"可归者"归并"成一个大家庭。这一大家庭就是"民族""国家"。"拟家"具有"国家"隐喻。当故事在"拟家结构"发生时，失败终局意味着"国破"。现实世界里的"国破"反映到艺术世界里仍然是"国破"，艺术就失去了救赎的力量，这违背了艺术创造的本意，因而，小说终局必须是大团圆结局。

其次，当"拟家结构"把抗日军民之间的关系由政治伦理"降格"为家庭伦理时，人与人之间的关系由战友、上下级转换为"兄弟""兄妹""夫妻"等关系。这种关系，将"他"人的危难视作自己的责任和义务，"救助"行为不惜代价，因而也一定是大团圆结局。

以《菅儿梁》为例。菅儿梁是一个偏远的小村庄，在鬼子扫荡时，八路军伤员被"坚壁"到这一小村庄，"这个不到三十户的小村"一下子住进来七口人。"自从添了这么七个生人，小庄上热闹起来，两盘碾子整天不闲，有时还要点上灯推莜麦，青年人要去放哨，坐探，小孩子要去送信砍柴，妇女们拆洗伤员的药布衣服，分班做饭。全村每个人都分担了一点儿责任，快乐而且觉得光荣。"这个由"穷佃户"组成的村庄，"只有莜麦面和山药蛋吃"，为了给伤员养伤，增加营养，"妇救主任"冒险到"川里"寻找食物。伤员的饮食成为每个人的责任，人与人之间的关系确如家人一般。鬼子到蒿儿梁扫荡时，带队的杨纯医生恰好不在村子里，听到枪声，他"心里阵阵作痛"，担心伤员们遭受损失。正在此时，他看到"由蒿儿梁老少妇女组成的担架队，抬来了五个伤员"，一个大团圆结局。没有他人的帮助，五个伤员无论如何不能存活，杨纯再精心照顾、守护，没有村民的帮助，也保护不了五个伤员。这正是对"他者神话"的极好注解。

《钟》《"藏"》《荷花淀》等均如此。《钟》里，慧秀被敌人的刺刀刺穿了胳膊，倒在地上，不及时救助必死无疑。此刻"全场的老百姓都不能忍耐，大秋第一个站起来，从背后掏出了火热的枪，在他后面紧跟着站起来的，是一队青年游击组。一场混乱的、激烈的战争，敌人狼狈退走了。人们救起了慧秀，抬到大秋的家去"，慧秀不但没死，和大秋的爱情也修成了"正果"。《"藏"》中，敌人包围了村庄，浅花和乡亲们被驱赶到街上，怀孕八九个月的浅花，挺着大肚子被敌人罚跪，逼她"托着一个石碌子，直着身子跪着，肚子里已经很难过，高举着这样沉重的东西，她觉得她的肠子快断了。脊背上流着冷汗，一阵头晕，她栽倒了。敌人用皮鞋踢她，叫她再跪好，再高举起那东西来。……浅花的脸上，一点儿血色也没有，流着冷汗。她知道自己就要死了……谁来解救？一群青年人在新卯的小菜园集合了，由那外路人带领，潜入了村庄，趴在房上瞄准敌人脑袋射击。敌人一阵慌乱，撤离了村庄。他们把倒在地上的浅花抬到园子里去。不久，她就在洞里生产了"。

孙犁的抗战小说，很少有失败结局。《芦花荡》中，出现了死伤，作者也一定要血仇血还，让"老头子"一个人消灭了很多鬼子，给人一种"过瘾"的感觉。抗日战争时期，这种大团圆结局带有神话般的神奇效果。似乎脱离现实，却符合小说自我设定的艺术逻辑，是"拟家结构"中，男人对女人，强者对弱者的天然保护责任。如果"拟家结构"民族国家指涉，大团圆结局便是对民族尊严的维护。女人不能受辱，伤者不能死亡，这是"拟家结构"的内在逻辑要求。"突围"失败意味着国破家亡的命运，这不是作者希望看到的，也不是抗日战士们想看到的结局。因而"他者神话"，不是"虚构"，是抗日战争时期的民族心理图式和人民的精神吁求。

第四节　孙犁抗战小说中女性的"三重"突围

抗日战争前期，中国大多数女性社会地位低下，遵从着在家从父、嫁人从夫、夫死从子的传统伦理道德。尤其是农村妇女，她们依附于家庭，大门不出二门不迈，没有任何社会地位。女性的问题成为一种重要社会问题，也成为中国革命的关键问题。原因有二：其一，它关涉"反封建"任务的完成。只要不彻底解决妇女问题，中国的反封建任务就等于没有完成；其二，它关涉中华民族的发展。任何一个民族都是女人和男人共同繁衍出来的。残缺的女人必然导致残缺的民族，这是毫无疑问的，无论是生理上的残缺还是心理上或文化上的残缺。中国历史上的哲学家从没有反思过残害女人、禁锢女人导致的严重后果。

毛泽东将中国革命与反对封建文化，建设新文化联系起来，又将妇女问题当作反对封建文化的核心，不能不说是一种远见卓识。1929 年毛泽东就说过："妇女占人口的半数，劳动妇女在经济上的地位和她们特别受压迫的状况，不但证明妇女对革命的迫切需要，而且是决定革命胜败的一个力量。以后对妇女要有切实的口号，作普遍的宣传。"[1] 1939 年，在纪念"三八"大会上，他又说："在一切斗争中，要是说男子的力量是很大，那末，女子的力量也是很大的。世界上的任何事情，要是没有女子参加，就做不成气。我们打

---

[1]　毛泽东：《中国共产党红军第四军第九次代表大会决议案》，《毛泽东文集》（第二卷），人民出版社 1993 年版，第 98—99 页。

日本，没有女子参加，就打不成；生产运动，没有女子参加，也不行。无论什么事情，没有女子，都绝不能成功。"① 他还说："什么叫做女子有自由、有平等？就是女子有办事之权，开会之权，讲话之权，没有这些权利，就谈不上自由平等。我们共产党是提倡这种权利的……女大同学，将来到各地去，就要照延安这样办，照共产党中央的好办法去办。"② 之后，中国共产党领导的地区，妇女的社会地位得到了彻底改变。

抗战期间，中国女性被解放，又被政治所规训，成为抗战的重要力量，在后方为抗战胜利做出了巨大贡献。"她们……入则能'主中馈、务农桑'，出则能杀日寇、战顽敌，儿女似水柔情与家国民族命运融为一体，一方面突破了传统囿于宅院居室的空间限制，另一方面也超越了只做贤妻良母的心灵藩篱，同时也进一步意识到自己决不仅仅是一个生理学意义上的'女人'，更是一个与男性相媲美的'社会人'，其间展露无遗的是新一代乡村女性'作为主体对自己在客观世界中的地位、作用和价值的自觉意识'，意即展现了立足家庭任劳任怨的奉献意识、心系天下勇于担当的责任意识和投身抗日战争不畏强暴的抗争意识等主体意识的觉醒与嬗变。"③ 抗日战争结束时，女性的地位发生了天翻地覆的变化，她们摆脱了父权、夫权的统治和奴役，成为重要的社会力量。在毛泽东的鼓励、肯定下④，中国妇女十几年时间里，实现了三重突围，由"非人"到人，然后走向了"非女人"的方向。下面分四部分予以论述。

一　从"非人"到女人——女性的觉醒

几千年来，中国女性被"困"在命运的符咒里，被"物化""降格"对

① 毛泽东：《妇女们团结起来》，《毛泽东文集》（第二卷），人民出版社1993年版，第167页。
② 同上书，第171页。
③ 张江义、吴红玲：《试析孙犁短篇小说的女性主体意识》，《辽宁行政学院学报》2014年第7期。
④ 张彤：《近现代中国妇女解放运动中的男权陷阱》，《海南大学学报》（人文社会科学版）2007年第3期。

待。孙犁抗日战争初期的小说就是从被"物化"、被"降格"的女性开始叙述的。《一天的工作》《邢兰》《战士》三篇作品中的女性,尚未具有主体意识,她们是"背景"的组成部分;是理解"被叙"的"辅助性"信息;是"被叙"生存空间里的"活性元素"。她们作为"点缀"① 物,在男性活动区域的边缘,发出可有可无的声音。

《一天的工作》里,女性是挑起三福和小黑狼之间矛盾的一种"声音",但她们并非必不可少,没有她们"站岗的小孩子们"也可以成为三福和小黑狼矛盾冲突的刺激物,有了女性的存在,文本的色彩就不再那么单调了;《战士》里,"女性"仍然是环境的组成部分,那些在河边淘菜的"村妇",不再是一种"声音",而是"我"视野里的一种色调,她们"淘菜"和小孩子们捉鱼一样,让处于战争气氛里的男人感到温暖和安定;《邢兰》中,"女性"是邢兰日子过得很穷的佐证"物"。没有"她","我"会认为邢兰的"景况不错",有了"她",才知道邢兰的日子穷到"女孩子没有裤子穿"。

三篇小说中的"女性"作为被降格的"具身性"② 存在,和孩子们一起,形成一种"并列"③ 结构,间接表达着"唯女子与小人难养"的传统观念。《一天的工作》里,女性在洗衣服,小孩子在站岗;《战士》中,女性在"淘菜",小孩子在"捉小沙鱼";《邢兰》中,女性虽然抱着孩子,但和孩子没有本质上的不同,都是被"展示"的躯体。在《一天的工作》里,孩子承担了"核心"叙事功能,银顺子、小黑狼、三福作为半大孩子,在故事层面发挥着重要的作用,而女性则只是挑起孩子矛盾的一种声音。这意味着,当时的女性地位还不如小孩子,她们在抗日战争中没有发挥作用。总之,孙犁抗日早期的三篇小说中,女性缺少存在感,没有成为叙事"核心",④ 只作为

---

① [俄] 普罗普:《故事形态学》,贾放译,中华书局2006年版,第89页。
② [英] 克里斯·希林:《身体与社会理论》,李康译,北京大学出版社2010年版,第197页。
③ [法] 罗兰·巴特:《符号学原理》,李幼蒸译,中国人民大学出版社2008年版,第30页。
④ [美] 杰拉德·普林斯:《叙述学辞典》,乔国强、李孝弟译,上海译文出版社2011年版,第112页。

"随体"① 出现在话语层。

这与当时社会实际状况密切相关。抗战早期，"华北农村妇女饱受'男主外女主内'等传统思想意识的熏陶，早已习惯忍受痛苦，养成了不关心家庭以外事务的习惯，对未来变化没有期待，麻木、顺从而不敢反抗"②。女性，尤其是劳动妇女，总体呈现出被动、麻木、无知觉的一面。她们承载不了更高、更丰富、更复杂的叙事功能。而"叙事"必须承载人类的情感、欲望、追寻等精神诉求。因而，被牢牢"围困"在家庭内部的传统女性，无法成为叙事"核心"。她们必须获得"心灵"，成为"人格实体"，才能进入叙事核心。但"心灵"存在于"人类有机体和社会的关系"之中③，只有进入"社会过程"，女性才能获得"心灵""自我意识""智能"等属人本质。

抗日战争为中国女性进入社会提供了"契机"（尽管是残忍的）。"在日中战争中，日军的侵略行为对于中国女性来说，还包括'性蹂躏'。"④ 中国女性，为了躲避这种灾难，不得不从家庭、院落逃到旷野、荒山、坟地、芦苇丛中……在逃跑、躲藏过程中，女性"身体"经受了从未有过的"越轨"体验（对中国女性来说，运动就是犯规）。《芦苇》中，两个妇女"藏"在芦苇中，她们的姿势无论"蹲""爬"都是"非常规""不合法"的。非常规的身体姿态又刺激了非常规的思维活动，导致了非常规的"话语"产生。《芦苇》中姑娘的话语带着明显的"越轨"痕迹。她看到"我"的"白布西式衬衣"，觉得"这件衣服不好"，就把她的上衣脱下来扔给了我。按照弗洛伊德的理论，这套话语包含着"性心理活动"，放在传统的"庭院"里，是"有伤风化"的，但战争使这些"越轨"行为"合法化"了。

在日本鬼子"大扫荡"期间，为了躲避灾难，许多妇女孩子睡在"高粱

---

① ［美］杰拉德·普林斯：《叙述学辞典》，乔国强、李孝弟译，上海译文出版社 2011 年版，第199 页。

② 张志永：《华北抗日根据地妇女运动与婚外性关系》，《抗日战争研究》2009 年第 1 期。

③ ［美］乔治·H. 米德：《心灵、自我与社会》，赵月瑟译，上海译文出版社 2005 年版，第105 页。

④ ［日］笠原十九司：《日中战争十五年与中国女性》，《抗日战争研究》1993 年第 4 期。

地里豆棵下面",或者"钻进"地洞,都是前所未有的"身体"遭遇。那些不幸被鬼子抓住,被迫"托着一个石墩子,直着身子跪着";"被鬼子一刺刀穿到她的胳膊上";或被"推到水池里去"的,其体验更骇人听闻。再麻木的妇女,经历过这些非常规体验之后,其"意识"也会发生变化。正如大卫·勒布雷东所说:身体"是社会与文化共同作用下的产物"①。被传统文化作用了几千年的女性身体,在极致的非常规体验中,必然伴随极致的意识活动。当时的边区政府,及时地对被迫走出家门的女性进行了组织、教育、引导,大力开展"抗日支前、大生产运动""带动妇女走出封闭的家庭参加边区建设"②;"大力发展边区的文化教育事业,不断提高妇女的思想文化素质,帮助她们逐步摆脱愚昧无知的状况"③ 等。在接受意识规训和身体规训之时,女性获得了政治符码的资格。正如福柯所说:"只有在肉体既具有生产能力又被驯服时,它才能变成一种有用的力量。"④

抗战时期,"女性"和"边区政府"像一对恋人,在特定的历史条件下,结为"伴侣",形成了"共赢"局面。女性在边区政府的组织规训过程中"解放"了自己,而边区政府也得到了女性的大力支持。中国的"新女性"大量诞生。这些"新女性"不但能自由支配自己的身体,频繁活跃在公共空间里,她们的意识活动还对社会产生着各种各样的"顺应性反应"。她们脱去了"物性"找回了"主体性"。在叙事作品中,取得了"核心"叙事资格。所以,《女人们》三篇中,女性第一次充满了奔放的革命激情,不但"自由"支配自己的身体,还主动与男性形成"互动"关系。《红棉袄》中的小姑娘,为了病中的顾林"断然"将早晨刚穿上的"红棉袄""脱了下来",她没有

① [法]大卫·勒布雷东:《人类身体史和现代性》,王圆圆译,上海文艺出版社 2010 年版,第 3 页。

② 雷甲平:《抗日战争时期陕甘宁边区的主要社会问题及其治理》,《抗日战争研究》2009 年第 1 期。

③ 同上。

④ [法]米歇尔·福柯:《规训与惩罚》,刘北成、杨远婴译,生活·读书·新知三联书店 2007 年版,第 27 页。

"害羞"，而是"自豪"；《瓜的故事》里，马金霞独自来到野外的窝棚，"把鞋脱掉了。放在一边。把右腿的裤脚挽到了膝盖上面，拿过一团麻，理了一理，在右腿上搓起麻绳来"，嘴里还哼着小曲。这种并不"雅观"的身体动作，在这里，显得挺"美"；《山里的春天》和《丈夫》中的传统女性，已具备了"理解""反思"功能，她们对丈夫抛家舍业的抗日行为先是不理解，在经过一段时间的社会互动后终于理解，并在内心有了"光荣感"。

女性的"光荣感"具有极大的社会作用，这意味着她们已成为社会的重要组成部分。正如社会心理学家认为的，虽然"关于意义的意识发生之前，意义的机制已经出现在社会动作中"，但"第二个有机体的动作或顺应性反应使第一个有机体的姿态具有了它所具有的意义"①。"光荣感"是女性作为"第二个有机体"（第二性）对"第一个有机体的姿态"（男性突围行动）的"顺应性反应"结果。男性的行为得到女性的鼓励，女性成为深刻的"动力源"，发挥着叙事功能。《村歌》中"兴儿"参军与双眉对参军的"顺应性反应"有关；《风云初记》中"芒种"和"老温"参军，也与爱慕她们的女性的"顺应性反应"有关。女性不再是可有可无的物化存在，而成为有影响力的主体性存在。

如果说，中国女性一直"被"困在自己的命运里，抗日战争则逼使她们"逃出"家庭，而"边区政府"则赋予了她们先进的意识形态，并对其身体进行了规训，使其成为一股对社会有用的力量。女性"被唤醒""被复活"。"复活"了的女性，从此踏上了一条"突围"之路，呼应着社会对她们的召唤。

二　走出反动家庭——女性的第一重突围

女性一旦参与到抗日战争这一"社会动作结构中"②，她们的"心灵、自我和自我意识的存在与发展"③ 就得以展开。女性一旦被唤醒，就会发现：她

---

① ［美］乔治·H. 米德：《心灵、自我与社会》，赵月瑟译，上海译文出版社 2005 年版，第 61 页。
② 同上书，第 64—65 页。
③ 同上。

们对"传统信念的不加反思的接受"① 曾是导致她们被"不公正地对待"② 的深刻根源。这必然促使她们进行反抗——摆脱旧式婚姻,走出反动家庭。

孙犁抗战小说中有两个从旧式婚姻中突围的女性:李佩钟、王振中。她们的共同特点是:既要摆脱旧式婚姻,又要反叛婆家的反动阶级立场,具有双重突围性质。李佩钟的公公田大瞎子,在那年暴动时曾"跟着县里的保卫团追剿农民,被打伤了一只眼睛";日本入侵之后,"田大瞎子领回红布白布,叫老蒋派去做太阳旗"。李佩钟的丈夫田耀武,和其父一个立场,仇恨共产党、游击队,对李佩钟的抗日行为极为憎恨,对女性的态度也非常守旧和残酷。得知李佩钟提出离婚后,他对父母说:"你们不要生气,她爹不了刺儿!"等他偷袭县城时,和正在撤退的李佩钟相遇,"用手电筒一照,就抱起一支冲锋枪,向她扫射",李佩钟"倒在了跑马场上"。亲眼目睹这一幕的老常想:"这个畜生,平日那样窝囊,对待自己的女人,竟这般毒辣。"

田耀武的"毒辣",既有传统男人对背叛自己的女人的"惩治",也有"正统"权力机制对新权力机制的复仇。李佩钟当时的身份是"县长",按照田耀武的说法就是:"我们不承认他们这份政权。论起官儿来,我比她大着一级哩,我是个专员!我是中央委派的,是正统,她是什么?邪魔外道,狗尿苔的官儿!"李佩钟的第一重突围面对的是一堵"铜墙铁壁",既顽固又冷酷,其失败是必然的。

王振中的"公公在村里名声最不好,没人愿意招惹。事变以前,仗着那座店,臭酸臭美地不和凡人说话,没缝也要下蛆,霸人霸地全干过"。抗日战争开始之后,"先是明着说坏话,村里送了他一次公安局,回来就变了样,见了骑马的挂枪的,区里的县里的,就狗舔屁股突地奉承,背地里却还是冷言冷语,最瞧不起村干部;这样,在村里人缘坏透了,有名的顽固分子"。王振中"在家里怕他们,整天整夜听那些没盐没醋的谈话,又不能塞住耳朵;出

---

① 〔印〕阿马蒂亚·森:《身份与暴力——命运的幻象》,李风华、陈昌升、袁德良译,中国人民大学出版社 2012 年版,第 7 页。

② 同上。

门见人就害臊"。可见，王振中与婆家的冲突主要是意识形态方面的。

王振中的身份不同于李佩钟，但在与婆家的对立上是相同的，她们都因和婆家站在了不同价值立场而备受精神"折磨"。她们先离开婆家，和他们画清界限，再要求离婚，摆脱包办婚姻。这意味着她们的行动是一种价值选择，是"主体性行动"，具有"突围"性质。

同样以女性离家为核心的叙事，在刘黑枷的《人的旅途》① 中，缺乏主体意识。《人在旅途》的主人公的"不幸像是与生俱来似的"，"她在婆家像牛马一样地，顺从地、艰辛地、无声地工作着，从来没有想到过反抗"。婆婆"脾气很怪，令人摸不着它的边缘""而丈夫并不温存，相反的，脾气更坏，几乎和婆婆差不多少，没有一天不揪着她的头发，不分青红皂白地痛打一顿"。"她"和婆家的矛盾仅仅是人性上的，没有阶级对立。而"她"也处在懵懂之中。当她终于从婆家逃出来，逃到一个尼姑庵里时，老尼姑也是"一个伪善者"，且认为她是"半路出家的人，无诚心"，还灌输给她"前生作孽太多，今生才要受罪"的思想。在尼姑庵待不下去时，参加了"女学生宣传队改编"成的"战地服务团"。服务团收留她，也是因为"她可以帮我们烧饭做菜"等。参加到了革命队伍，仍被当作劳动力看待："力量很大，无论烧饭，洗衣服，甚至担行李以及一些别的笨重的工作，她都能做得来，差不多可以抵得上一个能做的男人。但她却很少喜欢说话，可以说是一个沉默寡言的人。"这样的女人让人同情，但不能从她身上看到希望和力量，她完全是本能地活着，从家里逃到尼姑庵，从尼姑庵逃到"战地服务团"，无论在哪儿，她都只是一个洗衣服、烧饭的苦力，不会说话，不敢说话，不爱说话，实际上是没有表达能力。人们只是利用她，却无法帮助她，因为她很少"主体性"，更多"工具性"。所以，小说虽然讲述了一个"走出之后"的故事，却不是一个关于"主体""突围"的叙事。

---

① 刘黑枷：《人的旅途》，《中国新文学大系》（第四集），上海文艺出版社1990年版，第736—756页。

《走出之后》的王振中，因为主体意识的觉醒，有了自己的判断和价值观。她的出走，具有反叛性。她一旦离开家庭，就焕然一新："她的脸更红、更圆，已经洗去了那层愁闷的阴暗；两个眉梢也不再那样神经质地跳动。"并获得了新的"力量"——"她"可以"给伤员上药"，还用"德文告诉我那药的名字"。一个全新的女性"诞生"了。

李佩钟和王振中是孙犁抗战小说中"女性主体"进行第一重突围的典型代表。李佩钟代表小知识分子女性，王振中代表社会最底层妇女。但作为"女性主体"她们的突围有相同的性质和意义，结果却大不相同。作为底层妇女代表，王振中的突围，得到更广泛的支持和帮助："我"给她开了一封信；杏花帮她"试探"和"掩护"；"抗属中学卫生训练班"为她提供了避难所。而知识分子李佩钟的突围却没有获得更多帮助：当李佩钟鼓足勇气对高庆山说："我想和田家离婚，你看可以吗？"高庆山说："这是你自己的事情，我很难给你提意见。"李佩钟把一封《离婚通知》委托春儿带给田家的时候，春儿作为女孩子，"不知道说什么好"，无情地问："李同志，还有别的话没有？我该追她们去了。"由于李佩钟的特殊身份，她的第一重突围变成了个人的事情，与她承担的"民族突围"重任相比简直无足轻重。然而正是个人突围的失败，导致李佩钟身负重伤，成为第二重突围的障碍。第一重突围成功的王振中，焕然一新地进入了第二重突围。而李佩钟"自从那年受伤之后，身体一直衰弱"，她的价值没有得到很好开发和使用就被毁灭了，既是她个人的损失，也是国家民族的损失。

李佩钟和王振中在孙犁的抗战小说中，具有不同的"意指作用"①。李佩钟代表"知识女性"。"知识女性"意指"五四"新文化运动中得到"解放"的女性，这意味着，对她们的更高要求：她们掌握的知识应服务当时社会。而王振中代表"劳动妇女"，是这一时期的主要解放对象，她们需要更多帮助和支持。但这里隐藏了两个错误命题：女性必然与旧式婚姻相联系；知识女性完全有能力摆脱旧式婚姻。李佩钟作为知识女性，显然被放在这样一个意

---

① ［法］罗兰·巴特：《符号学原理》，李幼蒸译，中国人民大学出版社 2008 年版，第 34 页。

识形态背景中。实际上，孙犁抗战小说为女性的第一重突围的定位是："反动家庭＋旧式婚姻。"反动家庭在前，旧式婚姻在后，与反动家庭决裂带有鲜明的意识形态性质。同为女性，目标都是与反动家庭决裂，"知识女性"面对的压力比"劳动妇女"面对的压力更加复杂。李佩钟面对的田家，称霸一方，拥有权力和武力，而王振中的婆家不过是带些"痞味儿"的"落后分子"。所以，李佩钟更需要帮助，但没有获得帮助，这正是当时众多知识女性面临的窘境。"五四"新思想给了她们同旧式婚姻斗争的武器，并没有给她们同反动意识形态斗争的武器。而抗日战争时期，她们面临的已不是旧式婚姻的"围困"，而是反动意识形态的"围困"。同是走出家庭，"知识女性"要经历的是一场严肃、崇高的突围，不但需要极大的勇气和力量，还需要先进意识形态的支持和帮助。但由于人们对"知识女性"的"成见"，以及对她们在抗战时期面临问题的错误判断，导致了对她们的深刻误解。不但没有提供及时的帮助，还从态度上冷落她们，嘲笑她们，先进意识形态几乎"遗弃"了她们。李佩钟突围受伤、失败，正是对"知识女性"的政治关怀缺失造成的。她们为解放"劳动妇女"做出了贡献，但在进一步解放自己时，遇到了来自反动意识形态的疯狂报复。

孙犁抗战小说为女性的第一重突围，定位为"反动家庭＋旧式婚姻"既是慎重的，也有其深刻的政治洞见。

三 参与抗日——女性的第二重突围

对女性的支持和解放，是一套复杂的操作系统，正如福柯所说："为了控制和使用人……伴随的是一整套技术，一整套方法、知识、描述、方案和数据。"① 成功走出家庭的女性，必须具备更高的"使用的价值"才能回馈社会。但由于大多数中国女性长时间活动在家庭内部，并不掌握社会共同使用

---

① ［法］米歇尔·福柯：《规训与惩罚》，刘北成、杨远婴译，生活·读书·新知三联书店2007年版，第160页。

的交流符码。要"使用"她们就必须"规训"她们。所以，当时的边区政府"动员和组织妇女参加各种社会教育组织，接受文化教育。为了扫除文盲，提高妇女的文化水平，妇女识字是各级政府的一项主要工作。在边区，许多妇女在农闲时间或利用晚间就在冬学、夜校、半日校和识字组里接受文化教育"①。当时的"课程，主要有政治、文化、生产、珠算、应用文、卫生防疫等"②。《吴召儿》《风云初记》中有大量妇女接受教育的情节。

经过政治规训，女性在短时间内掌握了大量意识形态符码："内阁""三个坚持""坚持抗战""坚持团结""坚持进步"（《识字班》）；"组织系统""上级""抗属""青抗先""青工会""妇女自卫队""解除婚约""法定结婚年龄"（《走出以后》）；"婚姻自主""民主建设""矛盾""典型""唯物辩证法""抗战文艺""论持久战""统一战线"等（《风云初记》）。乔治·H. 米德说："语言符号无非是一种表意的或有意识的姿态。"③ 掌握了和男人一样的交流符码的女性，开始操着意识形态话语，参与社会交流活动：女房东知道"抗日是件大事"，小学女教员知道办事要符合"组织系统"，王振中的婆婆满口"主任""上级"；《琴和箫》中大菱和二菱"参加了分区的剧社"；《丈夫》中，姥姥知道什么是"光荣"；《老胡的事》中，铁匠的女人经常和"冀中区"念书的"老王""老胡"打交道，小梅通过老胡等知道什么是"革命道理"；《山里的春天》中，那位年轻的女抗属知道"你家里的进步"；《荷花淀》中的女人们，知道"游击组长""党的负责人""区上""大部队"；《碑》中，赵老金的老伴儿知道"晋察冀边区'双十纲领'"的要求并和很多"八路军"熟悉；《藏》中的浅花知道什么是"抗日工作"；《嵩儿梁》中帮助安置伤员的是"妇救会主任"；《采蒲台》中，曹连英的妻子知道"同志"一词的意味；《山地回忆》中的妞儿满口"卫生"。

"操着"意识形态话语的女性，还选择和男人一样的突围姿态：《红棉

---

① 黄正林：《抗战时期陕甘宁边区的乡村妇女》，《抗日战争研究》2004 年第 2 期。
② 邓红：《论晋察冀边区的社会教育》，《抗日战争研究》1999 年第 2 期。
③ ［美］乔治·H. 米德：《心灵、自我与社会》，赵月瑟译，上海译文出版社 2005 年版，第 62 页。

袄》中的女孩子，是"平山县妇女自卫队"队员；《麦收》中的二梅是"村里的青妇部长"；《钟》中的慧秀，"参加了村里的抗日工作"；《吴召儿》是"女自卫队员"；《瓜的故事》里的马金霞知道受伤的八路军战士是在"百团大战"中受的伤，主动赠送一个西瓜；《懒马的故事》中，懒婆娘马兰也知道自己做的是"抗日鞋"；《走出之后》中，房东的女儿和王振中都参加了"抗属中学的卫生训练班"。此外，女性还"执行"着意识形态要求她们的动作：纺线、织布、做军鞋、收麦、破路、慰问伤员……并直接参与了民族突围活动，甚至奉献出了自己的生命：《看护》中，"十六七岁"的女孩子刘兰，虽然"长得很瘦弱"，但"背着和我一样多的东西，外加一个鼓鼓的药包"，作为"女看护"参加了1943年的冬季"反扫荡"；《风云初记》中，春儿、李佩钟都积极参加了抗日救亡运动。李佩钟在敌人对冀中区疯狂"扫荡"的时候，和"地委机关"一起转移，"被敌人冲散"，悲惨地牺牲在一口"土井里"，"在死以前，她努力保存了"党的文件；《老胡的事》中作为故事中的故事，老胡的妹妹和她的朋友"小胡和大章"都参加了"军队"，"小胡和大章"在"反扫荡"中遇敌牺牲。女性成为抗日根据地突围者中的中坚力量。她们是宣传队、慰问队、后勤保障队；她们收麦、破路、抬伤员、救治伤员、慰问伤员、照顾伤员。所以，《风云初记》中的老常说："什么工作也离不开妇女！"

"女性主体"在民族突围中发挥了重要的作用，因此孙犁抗战小说中的女性形象丰富多姿，甚至可以说是"千姿百态"。她们有些虽无姓名，却生动、鲜明。因为她们是"女性主体"发展过程中一个特定阶段的形象化再现。

四　女性对男性的模仿——滑入第三重突围

女人熟练地使用意识形态话语，就像熟练地使用自己的身体一样，之后，她们意识深处发生了更为深刻的变化。她们首先发现自己的偶像——男人们不再神秘，之后便发现，自己完全具备和男人一样的能力，她们身体里的雄性物质被激活了。就像别尔嘉耶夫所说："人不但是有性别的存在物，而且是雌雄同体的存在物，在自身中以不同的比例兼有男性和女性的原则，而且这两个原则常常发生残酷的斗争。"① 《圣经》中，夏娃之所以被惩罚，是因为她发现了上帝的秘密，上帝在夏娃眼里就失去了光辉。中国女性，匍匐在男人脚下几千年，甚至为了换取男人的赏识，自甘残缺（裹脚）。如今，却发现，她们自己也像男人一样拥有力量：《荷花淀》中，"女人们"无意中参与了一场伏击战。战斗结束的时候，她们意识到一些事情，她们说："我们没枪，有枪就不往荷花淀里跑，在大淀里就和鬼子干起来！""我今天也算看见打仗了。打仗有什么出奇，只要你不着慌，谁还不会趴在那里放枪呀！""水生嫂，回去我们也成立队伍，不然以后还能出门吗！"这些曾经坐在自家的院子里织席的女性，在"这一年秋季，她们学会了射击。冬天，打冰夹鱼的时候，她们一个个登在流星一样的冰床子上，来回警戒。敌人围剿那百顷大苇塘的时候，她们配合了子弟兵作战，出入在那芦苇的海里"。这些"偷吃"了"智慧果"的夏娃，在发现了"上帝"的秘密之后，很快产生了要变成"上帝"的"梦想"。这是曾经嘲讽她们落后的水生们没有想到的。"水生们"出去抗战八年，抗战结束的时候，"水生嫂们"已不再是原来的水生嫂了。那个曾对丈夫说："你有什么话嘱咐嘱咐我吧"的女人，到了《嘱咐》中，已经可以使用意识形态符码"嘱咐"水生："国民党反动派又要和日本人一样，想来把我们活着的人完全逼死！""向上长进，不要为别的事分心""好好打仗，快回来，我们等着你的胜利消息。""水生"和"水生嫂"地位置换，嘱咐和被嘱咐实现对调。如果这与"话语权"有关，就隐藏着"规训"的隐秘快乐。这意味着，14年抗日战争，女性不仅仅是"被规训"者，在被规训的同时偷偷学习规训的技术。所以，那些掌握了意识形态符码的女性，很难不尝试"规训"的快乐。《嘱咐》中，水生嫂对水生进行着不断的"调侃""讽刺"。她和水生的对话里失去了《荷花淀》中的柔软语调，变得有点呛人。水

---

① ［俄］别尔嘉耶夫：《论人的使命》，张百春译，学林出版社2000年版，第82页。

生问孩子："你叫什么?""几岁了?"水生嫂在外边说："别告诉他，他不记得吗?"女人撑着冰床子送水生返回部队时，她逗着孩子说："看你爹没出息，当了八年八路军，还得叫我撑冰床子送他!"不但如此，水生嫂已开始悄悄地"规训"水生。她问水生："从哪里回来?""今天走了多少里?""不累吗? 还在地下溜达?"水生就"靠在炕头上"了。当水生因想起父亲，吃不下饭，"胡乱吃了一点儿，就放下了"时，水生嫂说："怎么? 不如你们那个小米饭好吃?"送水生回部队时，"出了村，她要丈夫到爹的坟上去看看。水生说等以后回来再说，女人不肯"，然后是一大段规训性话语。水生基本无法抵抗。水生的妻子不但掌握了新的意识形态话语，还掌握着传统伦理话语体系。懂得根据不同场合使用配套话语体系，这种强大的沟通技术，使女性"茁壮"起来。"水生"也许会失望，也许会高兴，但面对一个不再"熟悉"的女人，在《嘱咐》中有点不知所措。

与《荷花淀》互文阅读时，《嘱咐》让人体验到一种女人对男人实施"报复"的隐秘快乐。《荷花淀》里，男人对女人的种种"做法"，在《嘱咐》里被女人悄悄"奉还"回去。时隔只有"八年"，但女人从"非人"到"女人"再到"超女"，好像经历了几个世纪那样漫长。"历史"被"压缩"进一个文件包里，变成了一段难解的符码。但女人前进的步伐没有停止，她们在短时间内品尝到太多太浓郁的滋味，处于"癫狂状态"，难以静下来反观自己，她们不自觉地继续前进。

《麦收》中，二梅是接受过身体"规训"的妇女队长。她"从学校的先生那里学来"新的"规矩"，不但一一照做，还增加了一个新动作，手里拿了一根"青秫秸"——高粱秆。"二梅把铁铲扛在肩上，手里拿着一根高粱秆，一到街上，就掏出笛子吹起来。"铁铲，是劳动工具；笛子是号召、组织大家的工具；高粱秆则成为一个"隐喻"。"青秫秸"拿在手里像"权柄"，却不是权柄。暂时一用，很快就烂掉。这根"青秫秸"后来传给了《村歌》里的双眉。双眉"手里提着一根粗粗的青秫秸""用青秫秸"指挥敲鼓的节奏，用青秫秸"教训那些地主富农""训教那些落后顽固队"，甚至"带领妇女大队，手里也是捉着那个家伙""把青秫秸指到小黄犁的鼻子上"。"青秫秸"成了"二梅"和"双眉"自我确认的象征。按照弗洛伊德的理论，这是女性对男性雄性特征崇拜到极致后的模仿，是女性借助工具克服自己"阴性"欠缺的无意识行为。

二梅和双眉对自己拥有的权利格外重视，表现得非常"积极"。在《麦收》中，二梅收麦回来，"急急忙忙吃了两个饼"就去集合人们干活了。一个女人抱怨说："俺刚说歇歇，就吹笛!"《村歌》中，双眉作了妇女大队长，"每天，双眉摸黑集合妇女们下地，天很晚才收工。人们回到家里胡乱吃点东西，双眉又在月亮下尖声吹着哨子，集合人们开会了。"群众抱怨说："选了这么一个大队长，连叫孩子们吃口奶的工夫都没有了!"女人们在"抱怨"，在"嘀嘀咕咕"，没有大声表达出来。这是一个关于"女性解放"的悖论命题。"欺压"女人的不再是男人，女人们失去了大声表达不满的资格。实际上，"欺压"她们的仍然是男人，因为，双眉和二梅，完全使用男性原则，忽略了自身的女性原则，但这是当时那些妇女们无法理解的。

二梅作为"青秫秸"的始作俑者，在日寇疯狂"扫荡"时，是完全"合法"的。其他女性相当配合。"二梅站在队前讲话""非常严厉"地问："'你们拿着家伙干什么去呀?''挖沟!'大家一齐大声地回答。"二梅的强硬和"雄性化特征"，给女人们带来安全感。因为男人们出去抗日，连青抗先都到前线之后，女人们需要"雄性"的保护。很多女人不得不启动自己的"雄性化原则"，那些"雄性化特征"最明显的人，受到女人们的欢迎。所以，人们鼓励了女人"雄性化特征"的继续发展。但继续发展下去，目标超越了民族突围，变成了对性别的突围。她们越界了，却不自知。在挖沟时，她们不自觉地唱道：

是谁说

妇女不如男子汉?

挖沟破路

男人女人是一般。①

　　超越男性，成为女性第三重突围的目标。"二梅"已悄悄地从第二重突围滑入了第三重突围。如果男性化原则意味着权力和力量，抗日战争中的女性的确体验了权力和力量，体验了自身的雄性化原则。这一体验一旦开始，停止下来是不容易的。所以，抗日战争后期的中国女性已经踏上了"性别突围"之途，开启了第三重突围的神秘之旅——向着"非女人"的方向发展却不自知。

　　孙犁抗战小说综合塑造了一个女性主体。每一单篇作品都为这一女性主体增补"血肉"，使"她"越来越丰满。综合考察孙犁抗战小说中的女性形象，就会发现一条清晰的女性成长、发展、成熟、异化之过程。

---

① 孙犁：《麦收》，《孙犁文集》（1），百花文艺出版社 2013 年版，第 109—110 页。

第二章 《风云初记》：记忆空间里的战争叙事

《风云初记》是孙犁唯一一部长篇小说，写于 20 世纪 50 年代。20 世纪五六十年代的中国文坛出现了一批抗日长篇：如《铁道游击队》《烈火金刚》《敌后武工队》《长城烟尘》《战斗的青春》《大江风雷》① 等。这些长篇小说基本以人物、事件为主要叙事对象。而孙犁的长篇小说《风云初记》却无主人公（也可叫多主人公）、无主要事件（也可叫多重要事件）。《风云初记》讲述的是一个时代的"风云"变幻。小说中的每一个人物似乎都很重要，没谁都会是一大缺憾，但似乎也都没重要到能够推动情节发展的地步，只有时代"风云"是小说前进的推动力。所有人都跟着时代"风云"不断前行，这是小说命名为"风云初记"的原因。但《风云初记》之"风云"似乎并非单一意义，而是多层意义的。小说创作年代之"风云"变幻：50 年代，孙犁创作《风云初记》时，中国政坛正在对知识分子进行"改造"运动，如 1951 年针对《武训传》的批判、1954 年关于俞平伯的批判等。这一切促使孙犁思考知识分子在抗日战争中的作用问题，《风云初记》中的高翔、李佩钟、田耀武都是传统意义上知识分子，变吉哥则是"土圣人"，是通过自学成长起来的农民知识分子。这样《风云初记》就涉及了三种知识分子。他们因接受了不同的教育内容而分别走上了不同的道路。田耀武走上反动道路，甚至堕落为汉

---

① 房福贤：《中国抗战文学新论》，中国社会科学出版社 2012 年版，第 17 页。

奸。而高翔和李佩钟属于典型的革命知识分子，他们都为中国革命做出了巨大贡献高翔和田耀武出身相似，按后来的阶级划分都属地产阶级，但因各自接受了不同的思想和信仰而走上了完全不同的两条道路。变吉哥作为农民中的文化人掌握了多种文化技能，具有天然的政治倾向，一旦参加抗战工作就表现出了高昂的热情，一边接受先进知识分子的教育，一边自学，很快成长为一个革命知识分子。除了与知识分子有关的时代风云外，《风云初记》还反映了伴随抗日战争发生的农民翻身当家做主和妇女解放走向社会，承担起社会中坚力量的风云变幻。子午镇、五龙堂农民在党的领导下组织起来，妇女们由在家庭中做家务为主逐步参与到抗争过程中，《风云初记》中的第三层意义上的时代风云是文化方面的巨大变化，新文化对旧文化的替代，一场轰轰烈烈的文化运动风云。比如，春儿参加演出，变吉哥组织、参加文艺宣传活动等。《风云初记》之《风云》强调的是大变革时代的社会风云，有时代精神意味。

第一节 《风云初记》中的情感记忆

抗日战争在孙犁心中意味着什么，使他总是以"彩笔"描绘，以颂体讴歌？就像他自己所说："我最喜爱我写的抗战小说，因为它们是时代、个人的完美真实的结合，我的这一组作品，是对时代和故乡人民的赞歌。"①孙犁甚至这样表述："我经历了美好的极致，那就是抗日战争。"②抗日战争在孙犁心中具有特别意义，其特别之处在于，那是一个风云骤变的时代。但因抗日战争的激烈紧张，掩盖了那场风云突变的急骤变革，使很多人难以理解孙犁的表述。要想理解孙犁的表述，必须对中国当时的社会形势进行分析：众所周知，"五四"时期的新文化运动是反对封建主义的，"反封建"任务尚未完

---

① 孙犁：《自序》，《孙犁文集》（1），百花文艺出版社 2013 年版，自序第 4 页。
② 孙犁：《文学和生活的路——同〈文艺报〉记者谈话》，《孙犁文集》（5），百花文艺出版社 2013 年版，第 567 页。

成，抗日战争爆发。这样"反封建"与"反帝"两大政治任务合并。自此，中国共产党有了更明确的政治主张：抗日救国，在这一主张号召下，"全国青年，风纵云合，高歌以赴，万死不辞"①，这意味着以家为中心的中国青年从此开启了以国为己任的时代，这一变化对中国传统社会是巨大冲击。中国传统社会在英国人麦嘉湖看来是一个"没有原创的天赋，缺乏发展的力量"的社会②，之所以如此，乃是因为"中国人所处的文化阶段或者中国的社会组织类型是与西方截然不同"③ 的，因为中国人太爱家，"没有给爱国主义留下空间"④。原因或许是中国人没有宗教信仰，只有"周孔教化"⑤ 导致的，但结果是中国近百年来不断被世界列强欺侮而无力抵抗。抗战时期的国民党政府，面对日本帝国主义的大规模入侵也手足无措，不能给中国百姓一个明确的主张。当所有人将中国近百年落后挨打的责任推给"传统文化"时，中国共产党提出抗日救国、土地革命和反对封建文化的一系列主张，便得到当时热血青年的积极响应。孙犁作为那个时代的青年，对抗日战争掩盖着的中国传统文化的节节败退和中国新文化的不断成长给予了热情讴歌；对当时中国农民和劳动妇女社会地位的提高给予了热情关注。作为中国农民的一员，他感到那场轰轰烈烈变革的伟大意义，其激动、欣喜也就不言而喻了。中国工人、农民、知识分子，纷纷奔赴国难，开启"团体生活"新模式，正是"五四"新文化倡导者们要实现的改造国民的理想。中国人民在抗日战争中变得空前团结，表现出他们身上所有的正面力量。这才是孙犁一直强调的"美的极致"。下面分三部分叙述。

一 另一种"拟家结构"

孙犁在 50 年代那一特定历史时期"回忆"抗日战争那段"美的极致"的

---

① 孙犁：《无题》，《孙犁文集》(1)，百花文艺出版社 2013 年版，第 456 页。
② ［英］麦嘉湖：《中国人的生活方式》，秦传安译，电子工业出版社 2012 年版，序言第 3 页。
③ ［美］E. A. 罗斯：《变化中的中国人》，李上译，电子工业出版社 2012 年版，原序第 7 页。
④ ［英］麦嘉湖：《中国人的生活方式》，秦传安译，电子工业出版社 2012 年版，第 186 页。
⑤ 梁漱溟：《中国文化要义》，上海人民出版社 2011 年版，第 50—51 页。

生活时，其在战争中训练出来的思维模式再次启动，表现在叙事上就是对"拟家结构"的不自觉运用。因为"拟家结构"是孙犁从抗日战争现实中分析、总结、提炼、概括出来的叙事结构，它既深刻又准确地反映了那个时代的综合信息。关于那个时代的书写也就不自觉地伴随着"拟家结构"这样一种叙事模式而展开。

在《风云初记》中，孙犁想紧跟时代，与时俱进，所以在小说一开始就动用了阶级观念。但其根深蒂固的思维方式，不自觉地将其拉回到传统生活场景中。这样，小说中就出现了话语层面和故事层面的分离。在话语层面是对农民阶级的歌颂。春儿、秋分两姐妹在村外纺线，与《荷花淀》中水生嫂在小院中编席，性质相同，都表现了中国农民的勤劳品格，也是对抗战前文化氛围的书写。但很快田耀武出现，田耀武是地主阶级的代表，又是蒋介石集团的坚定拥护者。他与春儿和秋分在同一场合出现，显示出阶级关系的紧张。这种叙事态度符合四五十年代的历史氛围。但在故事层面，田耀武一出场，一个"拟家结构"就悄然形成，这是中国农村延续了几百年的雇工制度。因为田耀武出场时，乘坐着的是老常赶的马车，而老常多年吃住在田耀武家，与田耀武是家人一般的"拟家结构"，尽管与抗战时期八路军和当地农民之间的"拟家结构"性质不同，但在形式上是相同的。即使雇工们自己也不自觉地站在"东家"立场思考问题。比如，老常回去的当晚，老常、老温、芒种在长工屋里议论田家的事情，老温不自觉地对田耀武不争气，恐难继承家业表示了担心。这正是"拟家结构"中成员间应有的立场，但立刻被老常止住了。老常用阶级斗争思维分析了田家的家业和田耀武的行为，将雇工和东家摆放在阶级对立模式之中。这实际上是作者对"阶级斗争"思维方式的强化书写，是他"强制性地省察自己的弱点"① 的结果。可见，"拟家结构"是无意识带入的。有意识的"阶级斗争"思维和无意识的"拟家结构"在《风云初记》中得到了很好表现。

---

① 毛泽东：《给萧军的信》，《毛泽东文集》（第二卷），人民出版社 1993 年版，第 364 页。

　　阶级斗争思维，使孙犁在小说布局上采取了二元对立模式。比如在空间布局上，以滹沱河为界划分区域，一南一北形成两个不同的人群。而《风云初记》中的"拟家结构"因作者采取了二元对立模式变得复杂起来，比抗战时期小说中的"拟家结构"蕴含更多，反映的问题也更深刻了。抗战时期的"拟家结构"是临时的权宜之计，出于抗日战争的需要，八路军和农民暂时居住在一个小院里，相互帮忙，共渡难关。但《风云初记》中，作者使用二元对立的阶级斗争思维模式，将小说中的人物分成了两个板块，两个阶级。两个板块，是以滹沱河为界而分成的南北两岸；两个阶级，是指农民阶级，和以田大瞎子为首的地主阶级。当两个板块和两个阶级发生关系时，不自觉地形成了两个"拟家结构"。二元对立思维模式反而将本来不稳定的"拟家结构"变成了牢固且规模巨大的"拟家结构"：以春儿、芒种为核心的"拟家结构"和以俗儿、田耀武为核心的"拟家结构"。

　　以春儿和芒种为核心的"拟家结构"。秋分的父亲吴大印曾经和老常、老温、芒种一起干活，吴大印不但亲自把芒种带进田大瞎子家做长工，还让女儿们照顾芒种。吴大印闯关东后，芒种和秋分姐妹俩在吃穿上、劳动上相互关照，已胜似一家人。等高庆山返家后，芒种又成为高庆山的勤务员，与高庆山吃住在一起，加之芒种和春儿的恋爱关系，芒种、高庆山、春儿、秋分、高四海、吴大印等应该算是一个"拟家结构"。小说结束时，芒种和春儿依然没有结婚成立自然家庭，仍属于"拟家结构"。此外，老温因为长年和芒种吃住在一起，在老温和寡妇结婚后参军，寡妇作为老温的妻子，春儿作为芒种的未婚妻来往，寡妇自己说和春儿是妯娌关系。这样，春儿和寡妇也构成了一层拟家关系。这样，以春儿和芒种为核心有两种意义上的"拟家结构"，他们具有相同的阶级立场和相同的价值追求。

　　俗儿和田耀武组成的"拟家结构"。田耀武和俗儿之间算是勾搭成奸，田耀武供给俗儿吃穿用度，俗儿也愿意跟着田耀武，只是田耀武已经结婚，没法和俗儿组成家庭。后来俗儿又嫁给高疤，俗儿和田耀武之间的关系变得更加复杂，但并未断绝来往。由于政治利益关系，高疤和田耀武又在俗儿的撮合下走到一起。加之，俗儿的父亲整天"抱"田大瞎子的大腿，吃田大瞎子的剩饭，喝田大瞎子的剩酒，两个人也算是不住在一起的，没有拟家形式的"拟家结构"。尤其是当田大瞎子为了躲避"合理负担"，和老蒋签订了虚假卖地合同之后，实际上的关系已胜似一家人。这样，俗儿、高疤、田耀武、老蒋、田大瞎子也就组成了一个比较稳定的"拟家结构"。这个"拟家结构"本不该属于相同的阶级，但由于相同的价值追求和相同的生活愿景，关系也相对稳定。

　　无论是以春儿为核心的"拟家结构"，还是以俗儿为核心的"拟家结构"都比孙犁早期抗战小说——《邢兰》《老胡的事》《山里的春天》中的"拟家结构"更具普遍性，也更稳定持久，其表现出来的社会问题更加复杂。比如，以俗儿为核心组成的"拟家结构"，完全是利益关系，更稳定，也更具破坏力量。田大瞎子父子一直想破坏农民的抗日活动，但若没有俗儿和高疤的帮助，他们很难产生破坏力。因为，他们虽有破坏之心，却无行动能力。而高疤和俗儿属于穷苦人，行动力较强。在阶级属性上，他们本该与田大瞎子对立，但在价值追求上与田大瞎子一致，渴望不劳而获，不付出劳动而享荣华富贵，因而走在了一起。俗儿和高疤在抗日开始阶段，都参加了抗日工作，俗儿还表现得相当积极，与田大瞎子老婆还产生了激烈冲突。高疤也抢劫了田耀武的枪支和钱财，表现出受压迫者的反抗精神。但二人的价值观是腐朽的，俗儿的价值观是讲究吃穿、好逸恶劳；高疤的价值观是耀武扬威、不受管束、胡吃海喝、没有纪律。二人做事情均以此为目标，参加抗日工作也是为了这个目的。当发现抗日工作不能带给他们想要的生活时，立即转头投靠田大瞎子一伙。田大瞎子因为有了高疤的帮助，破坏力增强。田耀武轻而易举攻进了被共产党占领着的县城，举枪扫射县长李佩钟，给抗日工作造成了巨大损失。高疤和田耀武都投靠了日本人。高疤投靠日本人是想不劳而获，得高官厚禄，却什么也得不到，还得重操旧业，打家劫舍。他和俗儿到张教官的村庄绑架抗属，给百姓带来了极大恐慌。俗儿还带领日本汉奸炸毁滹沱河的堤坝，造成洪水，使子午镇处于飘摇之中。

《风云初记》中一组二元对立的"拟家结构"都带有中国传统文化基因，比因政治因素组成的"拟家结构"黏性更强。它说明了价值观、生活观是比阶级立场更根深蒂固的东西。当一个人拥有错误、反动腐朽、落后的价值追求时，越是受压迫阶级，危害越大，因为其行动性强且欺骗性强。只考虑阶级对立因素，忽视价值对立和生活观念对立，会产生错误判断。将高疤和俗儿作为农民阶级对待，忽视了她们身上存在已久的反动价值观，给抗日工作带来了极大破坏力。与他们相反的是李佩钟和高翔。高翔是地主家的儿子，李佩钟是地主家的儿媳妇，老乡绅的女儿，但二人因有正确的价值观和生活观，而站在了农民阶级一边。这是《风云初记》中二元对立"拟家结构"提供给读者的又一个理解问题的纬度。孙犁在具有了阶级思维之后，他的"拟家结构"向深处走了一步，与中国传统的"家文化"接续上了，还暗示出，中国传统"家文化"的根深蒂固。"家"不过是一种文化形式，其根本所在，还是经济利益和价值追求。只要有共同的价值观，人们不自觉地会走向一起。《风云初记》中的"拟家结构"已接近西方的"集团"性质。这是中国文化在经历了抗日战争的冲击之后，接受了一些新内容而产生的"文化变体"。

二 情系宅院

孙犁抗战小说主题是多元而复杂的，原因在于他多维度地考察分析了抗日战争这一重大历史事件，在具体写作过程中，又不断掺杂进现实因素。在其小说中，我们看到了抗日战争的风云变幻，体会到当时社会现实问题的复杂，也嗅到了孙犁不自觉的文化回归倾向。《风云初记》中的"拟家结构"与抗战小说中的"拟家结构"相比具有明显的文化回归意图。除此之外，还有空间上的回归倾向。《荷花淀》中，水生家的小院留给读者深刻的唯美印象。小院恬静、隐秘、温馨、幽雅，带给中国读者一种强烈的精神抚慰。但因篇幅关系，小说很快进入战时的异质空间叙事，传统的"小院文化"自此消失。而在《风云初记》中，宅院文化成为孙犁叙事的一个重要场所。有的时候，让人感觉到，作者似乎过度迷恋那种幽谧、恬静的宅院文化，一些不该在宅院里的叙事也放在了宅院里进行，使得宅院更像一个政治中心，一个上演历史剧的舞台。下面分别介绍三个宅院。

第一个，秋分家的宅院。平日里，高庆山不在家，秋分要么和公公在外面做生意，要么和春儿一起纺线织布，秋分的宅院总是空荡荡的。好不容易等到高庆山回来，又有很多人前来探望、询问，甚至谈论工作、开会等，宅院又太热闹了。寂寞的宅院和热闹的宅院都不是家的常态。就连秋分和丈夫高庆山分别十几年后的第一面儿都不能安静地在自家的宅院里相见，而是"在船上，秋分就看见在她们小屋门口，围着一群人"。因为分别太久，秋分听到一点有关高庆山的消息，就迫不及待地出去寻找。而高庆山就在秋分出去寻他的时候回到了家里，夫妻两个错过了在自家宅院见面的机会。甚至秋分和高庆山这儿苦命鸳鸯，团聚后的第一顿饭都不能安稳地吃。正吃着饭，"高翔赶来了，两个老同志见面，拉着手半天说不出话来"。寒暄一会儿后，高翔就把秋分和家人赶出去了，他说："我马上要和庆山哥谈谈这里的情况，开展工作，你们先到外边去玩一会儿。""他们两个在屋里谈着，秋分他们就坐在堤坡上等着""一直等到满天的星斗出全了，他们还没有谈完"。高翔的父亲带着高翔的女儿，高四海、秋分，几个人都在外面等着。两家人就这样近距离地分离着。直等到秋分不耐烦了，进屋把高翔撵回家去。她说："高翔，快家去吧，俺们没有这么些油叫你熬，天快发亮了！你媳妇也来了，家里安好被窝等你哩！""高翔一家子在黑影里走了，高四海把几只羊牵进小屋来，披上自己的破棉袍子说：'我到街上找个宿去。'高庆山想和爹再说会儿话，高四海说："家来了，有多少话明儿说不了，我困了，你们插门吧！"团聚的一家人，依然不能团聚。秋分一家不能在自家的宅院里团聚叙旧。她家的宅院变成了一个公共空间。

小说第二十八节，秋分的宅院成为"禁地"，连妹妹春儿都不能随便进去了。春儿因为给芒种写了信，想让姐姐送过去，因为芒种在给高庆山当通讯员。春儿来到姐姐家，看到"几只山羊，卧在墙边晒暖儿。小屋的门紧掩着，春儿听听：屋里不止姐姐一个人，好几个妇女在说话，她推了推门"。姐姐听见声音下炕来开门，见是春儿，就打发她到外面去等着。对春儿说："我们正在开会呀。"春儿非要进去，姐姐拦住她说："你看你这孩子，人家开的秘密会！是党的小组会！"春儿只好到河滩里去放羊了。

小说第五十九节，秋分的宅院了举行了一场庄严的仪式——春儿的入党仪式。仪式上，变吉哥很严肃地将高四海、秋分介绍给春儿，他立正了说："我们开会吧，我先向春儿同志介绍：高四海同志是五龙堂、子午镇中国共产党的支部书记，我是支部的宣传委员，秋分同志是组织委员。同志们，我们今天举行春儿同志的入党的仪式。……"熟悉的一家人，在这个仪式上变成了"陌生人"，经他人介绍，相互认识和了解。宅院一下子变成了一个充满庄严气氛的陌生场所，失去了日常家居气氛。

第二个，春儿的宅院。春儿的宅院，因为父母不在场，春儿成了自己的家长。她的抗战的热情几乎是自发的和本能的，李佩钟稍加提点，春儿就参加了抗日工作，并很快得到成长。春儿宅院里的丰富内容也都带有自发性质，或者说春儿按照自己的想法和意愿在行为。比如，春儿把芒种接到家里养伤，却又叫来医生的丈母娘做伴儿。大娘不仅具有"做伴儿"的叙事功能，还具有很多叙事功能。比如，她把丈夫早年闯关东，至今下落不明的故事带进来；她帮助春儿处理了老温婚礼中的很多事情；她负责向张荫梧队伍里的两个士兵交代，他们闯进来的是春儿的宅院，而春儿就是其中一个士兵的救命恩人。我们感觉到春儿的宅院似乎不是一个单纯的场所，而是一个上演民俗剧、历史剧的舞台，并同时预报战争的进程。

小说第三节，春儿和秋分在春儿家，"每天从鸡叫，姐妹两个就坐在院里守着月亮纺线，天热了就挪到土墙头的阴凉里去，拼命地拧着纺车，要在这一集里，把经线全纺出来"。这应该是最正常的中国农村的宅院经济，是普通家庭的日常生活和劳动场景。但很快就被"老蒋"的到来破坏了。老蒋和"管账先生"，又来"摊派花销"，春儿和老蒋吵起来，直到"管账先生说：'你这孩子，不要骂人，这次泼钱是买枪，准备着打日本。日本人过来了，五家合使一把菜刀，黑间不许插门，谁好受得了啊?'"春儿一听说是买枪打日本，就说："打日本，我拿。"一幅日常家居图，被一场战争预报搅扰了，这也是"家"将解体的预报。之后，芒种就来了，是要让春儿给他"对对这褂子！"他要"到山里送信去！"又一幅日常家居图被"送信"这样的信息破坏了。关于战争的信息已经渗透进日常生活的每一个细节里。这意味着，人们无法在自家宅院里享受安宁，日出而作、日落而息的田园生活不能继续了。

小说第六节，"春儿回到家里，月亮已经照满了院，她开开屋里门，上到炕上去，坐在窗台跟前，很久躺不下"。春儿在回忆咀嚼她和芒种在"柳子地里"亲密接触的味道。这本该是一个少女在静谧的夜里独自品味爱情甜美的时刻，但很快她就听见了"起风的声音"。"夜半里下起大雨来，雨是那样暴，一下子就天地相连。"她的"小屋漏了，叮叮当当，到处是水……"然后，春儿听见了"这么多的蛤蟆，一唱一和，叫成了一个声音，要把世界抬了起来。春儿一个人有点胆小，她冒着雨跑到堤埝上去……'看样子要发大水了'春儿往家里跑着想"。从家里到村外，从村外又返回家里。家里和家外，似乎都不能让春儿享受平静安宁的生活。这个女孩子的生活世界被战争气氛和不祥和的自然环境搅扰而不得安宁。家不再是避风港，失去了抚慰人的功能。

小说第十二节，春儿在家里，"舀了一盆热水洗了洗脸，坐在窗台前，用母亲留下的一面破碎的小镜照着梳光了头。找出一件新织的花夹袄穿上了"。但很快，"春儿从炕洞里把那支逃兵留下的枪扯出来，擦去了上面的尘土，放在炕上……"一幅日常生活场景，再一次被和战争有关的信息——枪，破坏了。春儿给芒种穿上自己新做的衣裳，把枪给芒种背上，"两人一前一后，在街上走"，春儿对乡亲们说："我这是去送当兵的！"爱情和战争就这样混合在了一起。

小说第十三节，芒种背着枪到春儿家里向春儿辞行。"太阳照满了院子，葫芦的枝叶干黄了，一只肥大光亮的葫芦结成了。架下面，一只雪花毛的红冠子大公鸡翻起发光放彩的翎毛，咯咯地叫着，把远处的一只麻丽肥母鸡招了来，用自己的尖嘴整理润饰着它的羽毛。"这样一幅画面加上屋里两个年轻人为了表明心迹的一系列对话，构成了无限温馨浪漫的日常生活图景。但芒种背着的枪，和芒种即将奔赴抗日前线的事实，使这样一幅图景改变了性质。温馨和优美的画面携带着悲壮和崇高的新质素了。日常的家居，因为即将失去，显出其悲凉的一面，伤感气息萦绕着小小的宅院。

小说第二十七节，变吉哥赶集，在春儿家的门口卖灯笼，散集以后，他"把筐子挑到春儿的院里，春儿先进屋扫了扫炕，放上小桌擦抹干净，请变吉哥炕上坐。她又烧了一壶水，倒了一碗放在桌上"。这是典型的农家日常待客图。但两个人的谈话内容，依然和战争有关。日常的家居形式和非日常的家居内容，显示出不和谐一面。

小说第四十四节，芒种在战争中受了伤，住到春儿家里养伤，春儿家暂时变成了医院。第五十三节，春儿的宅院里，上演的是一出儿闹剧。张荫梧队伍里的两个士兵"登着篱笆门，跳到院子里来了"，他们和为春儿看门的大娘在春儿的院子里的问答就像一场小型话剧或一个小品。春儿的宅院，置换成了"舞台"，一个上演历史剧的小舞台。当春儿的父亲带着继母返回家中，春儿的宅院里可能会出现传统的生活画面，但小说叙述的重点挪到其他地方了。这意味着，春儿家的宅院承担着重要的叙述任务。通过春儿的宅院，我们既得到了战争的消息，也了解了战争的进程，还看到了不同军队在战争中的表现。

秋分的宅院和春儿的宅院组合在一起，成为一个完整的叙事结构：春儿的宅院是多种力量的较量场所；秋分的宅院则是被共产党"占领"的"根据地"。秋分的宅院发挥着"领导"功能。无论是五龙堂还是子午镇，只要老百姓遇到了困难就会到秋分的宅院里寻求帮助。比如，老温和寡妇生养了私生子，不敢抱到外面来，不知道怎么处理，寡妇就到秋分家里询问；老温不想在田大瞎子家当长工，想辞工当八路军，也跑到秋分家，向高四海询问；芒种想当兵，也是被春儿领到这里，交给高庆山。秋分的宅院实际上已具有了隐喻价值。春儿的宅院和秋分的宅院成为相辅相成的一个完满自足的结构。去掉任何一个宅院，小说的叙事进程就会出现问题，其呈现给我们的历史、生活就变得片面，无论其细节多真实，其历史真实都无法得到反映。两个宅院，两种风格，甚至是两种不同的社会模型。因而，小说的空间叙事就具有了隐喻价值。

第三个，张教官家的宅院和高翔家的宅院。小说第六十八节，张教官带着变吉哥和春儿回家。还进村儿，就遭遇了一场战斗，一群日本人和几个战士在村庄里进行着激烈的战斗，春儿还参与了这场战斗，用战士身上的枪打死了枪杀战士的日本兵。天黑他们才进到村里。张教官的父亲，看见儿子和他带来的两个人，说："日本人刚走！家家拾掇了个落落翻，在东头烧了好几家的房子，杀了四五口人。"在这个家里，他们用书换吃的，用书烧火做饭，一顿饭，"主人客人全吃得苦脸愁眉"。半夜他们还遭遇了一次打劫，张教官的"媳妇叫土匪捉住了"。这个特别不愿意离开家的女人，终于哭着说："你带我出去吧，家里待不得了，我什么也不要了。"在这里，家不但不能安慰人、保护人，反而成了一个更加危险的地方，是人要逃离的地方，"家"的不堪一击，具有了某种预言性质。

小说第七十一节，写的是高翔家的宅院。"这个军队最初住进来，高翔的父亲赶集去了。这班人马既不通过干部，又不招呼主人就拥进了正房。"当高翔的父亲"走进家门，张荫梧正在房里和石友三、高疤会议。庭院里和台阶上布满了马弁卫兵，穿的都是灰色服装。现在到了吃中午饭的时候，前院里一棵大槐树上落下了两只鸽子。这是一雌一雄，它们还没来得及看清庭院里的变化，和往日一样，在阳光下面，忘情地追逐着，嘀咕着。一个卫兵走过来，掏出小手枪，简直是没有什么声响地就打落了一只……""半夜里，长工开门喂牲口，青马不见了。他跑来告诉主人，差一点没把高翔的父亲气挺在炕上。"宅院里的这些活动，不但使家不能安居，甚至成了一个最不安全的场所。自家的鸽子在宅院里被枪杀，自家的马匹在那么多人的情况下不翼而飞。家里的孩子、女人甚至不敢出门，不敢大声说话。

宅院是老百姓安居乐业的地方，但在《风云初记》里，宅院失去了最传统的安居乐业的功能。人们虽然不得不在宅院里居住，但心无法安宁，更无法在自家的宅院里从事传统的经济活动，无法长久地居住和休养。宅院成为年轻人要离开的地方，成为老年人和孩子不得不在此担惊受怕，等待命运判决的处所。张教官家和高翔家两个宅院呈现出社会动荡不安的性质，表现了民不聊生的现实状况，缩微了抗日战争期间辽阔中国大地上发生的事情，具有"特叙"功效，就像电影里的特写镜头，放大了历史的局部细节。这种通过"抓拍"局部细节，保留历史真相的艺术处理手段，将文学的审美价值和历史价值完美统一起来，这是孙犁善于使用"空间特叙"艺术手法的极好证明。

宅院在《风云初记》里是重要"叙事场所"，很多重大历史事件在宅院里进行，这一叙事行为具有"家庭政治化"暗喻，意味着中国革命已经将每一个普通家庭拉进政治活动之中，那种两耳不闻窗外事的传统家居生活再也没有了，政治与每一个普通百姓发生着密切关系。

三 "风云"喻体——滹沱河

"风云"是一种抽象的、精神化的东西，在一部小说中，记录"风云"需要一种实体化的事物作喻体。滹沱河作为冀中大地上的一条河流，用它作喻体反映"风云"变幻，有一定的合理性。一方面因为"河流"是养育一方人民的重要资源，另一方面水作为"一种动态的大地力量"，具有变动不居的形态特征，与"风云"具有同构关系。所以，在《风云初记》中，滹沱河发挥着重要的"动态"作用，去掉了关于滹沱河的叙述，小说就像缺少了灵魂一样，失去了"精神气儿"。

但小说中写滹沱河的章节并不多。在第一节有关于滹沱河干旱情况的描述："滹沱河底晒干了，热风卷着黄沙，吹干河滩上蔓延生长的红色水柳，三棱草和别的杂色的小花，在夜间开放，白天就枯焦。"第六节有关于滹沱河水涨加上敌人的飞机轰炸给逃难百姓带来灾难性后果的描述："半夜里下起了雨，雨是那样暴，一下子就天地相连。远远的河滩里，有一种发闷的声音，就像老牛的吼叫。……堤埝周围，不知道从哪里钻出了那么多的蛤蟆，一唱一和，叫成了一个声音，要把世界抬了起来。春儿一个人有些胆小，她冒着雨跑到堤埝上去，四下里白茫茫的一片，有一只野兔，张慌地跑到堤上来，在春儿的脚下，打了个跟头，奔着村里跑去了。'看样子要发大水了。'春儿往家里跑着想。第二天，雨住天晴，大河里的水下来了，北面也开了个口子，大水围了子午镇，人们整天整夜，敲锣打鼓，守着堤埝。开始听见了隆隆的声音，后来才知道是日本人占了保定。大水也阻拦不住那些失去家乡逃难的人们，像蝗虫一样，一扑面子过来了。"第七十九节有滹沱河发源地的样子："溪水围绕着三座山流泻，使人不能辨认它们的方向和源头。溪流上面，盖着很厚的从山上落下的枯枝烂叶，这里的流水，安静得就像躺在爱人怀里睡眠的女人一样，流动时，只有一点点细碎的声响。"第八十四节有滹沱河水暴涨、大堤被毁时的样子："一夜的工夫，滹沱河的洪水，经过代县、崞县、定襄、五台、盂县，从平山入冀中，过正定入深县。一夜之间，五龙堂的河流暴涨了。高四海家堤坡上的小屋，又被连夜的大雨冲刷着。高四海坐在炕上，守着窗户，抽着烟，倾听着河里的声音。从雨声和河水声里，他又预感到今年的水灾严重""人们都集到大堤上，妇女们手里提着玻璃灯笼，灯光在风雨里闪动着。人群的影子，一时伸到堤里的坑洼。人们抬土培挡堤身，寻找缺口獾洞，踏实填补。子午镇的居民，也在这一天夜里动员起来，抢修大堤。春儿领着妇女们，冒雨在大堤上工作"。因为，俗儿领着汉奸把大堤炸了个缺口，滹沱河的水淹没了村庄："窝棚下面的水已经齐着木板，就要漫了上来。老蒋四下里一看，大水滔天，他这窝棚已经成了风雨飘摇中的孤岛，成了大水灾中飞禽走兽的避难所，他心里一惊，浑身打起寒战来。大水铺天盖地，奔东北流。有几处地方，露出疏疏拉拉的庄稼尖儿，在水里抖颤着。瓜园早已经不见了，在窝棚上，老蒋啃剩的几片瓜皮，也叫兔儿们吃光了，老蒋一生气，把大大小小的动物们，全驱逐到水里去。大水吼叫着，冲刷着什么地方，淤平着什么地方。坟墓里冲出的残朽的木板，房屋上塌下的檩梁，接连地撞击着窝棚。老蒋蹲在上面，生怕它一旦倾倒，那就是他的末日到来了。"而"子午镇被水泡了起来，水在大街上汹涌流过。很多房屋倒塌了，还有很多正在摇摆着倒塌。街里到处都是大笸箩，这是临时救命的小船，妇女小孩们坐在上面，抱着抢出的粮食和衣物"。

文字虽不多，滹沱河的完整面貌却被勾勒出来。滹沱河因而具有了拟人化的一面，它的形体样貌和性格特征全部展现出来。又因其出现在小说最重要的部分：开头和结尾，给人一个印象就是——它占据了小说大量篇幅，读完《风云初记》你很难忘掉滹沱河。诺伯－舒兹说："水是所有造型的原始本质""水的出现可赋予大地自我意识"①。小说中滹沱河的"造型"能力，创造了南岸的五龙堂和北岸的子午镇。两个村庄只一河之隔，却风格迥异。五龙堂地势险要，因为"河从西南上滚滚流来，到了这个地方，突然曲敛一下，转了一个死弯。五龙堂的居民，在河流转角的地方，打起高堤，钉上桩木，这是滹沱河有名的一段险堤"。而滹沱河北岸的"子午镇和五龙堂隔河相望，却不常泛水，村东村北都是好胶泥地，很多种成了水浇园子，一年两三季收成，和五龙堂的白沙碱地旱涝不收的情形，恰恰相反"，同一条河流造成了两种不同的乡村气质，而不同的乡村气质又培养出不同的村民性格。

滹沱河不驯服的一面，培养了五龙堂人的固执、倔强。尽管"大水好多次冲平了这个小小的村庄；或是卷走它所有的一切，旋成一个深坑；或是一滚黄沙，淤平村里最高的房顶。小村庄并没有叫大水征服……"桀骜不驯的滹沱河与桀骜不驯的五龙堂村民恰好可以相互阐释。作为一个重要的地域性符码，滹沱河与燕赵风骨在此处产生互文关系，使我们可在五龙堂的高四海、高庆山、高翔、秋分、变吉哥等人身上感受到某种燕赵风骨的遗风。这种性格的五龙堂人在抗日斗争中，发挥领导作用也就顺理成章了。小说中的五龙堂人高翔、高庆山、高四海、秋分各个都是领导者角色。变吉哥虽不是领导者，但因掌握了文化艺术这一能力，与领导者具有很多相似的地方。所以，春儿有事情经常向变吉哥请教。

地域特征相反的子午镇，其村民的性格胸襟也就与五龙堂有了区别。所

---

① 诺伯舒兹（Christian Norberg－Schulz）：场所精神—迈向建筑现象学，施植明译，华中科技大学出版社2010年版，第24页。

以，子午镇的人多是"群众"，且成分复杂：有穷苦的雇工——芒种、老温、老常；有反动地主——田大瞎子；有积极善良勤劳的普通农家妇女——春儿；也有落后、好吃懒做甘愿当汉奸的女二流子——俗儿；有识大体、靠劳动吃饭的——吴大印；有自私、抱大腿的——老蒋。

一条河流冲积出两个不同的村庄，不同的村庄养育着不同的儿女。滹沱河具有的自然、天然、难以把握的品格呼之欲出——滹沱河是一条复杂的河，它不受人的控制，受"天"的控制，但滹沱河可以培养人的性格。或者也可以说，人可以逆着滹沱河的性子，与滹沱河斗，就像五龙堂人那样，不断地重新开始，在不断重建的过程中培养自己的倔强、坚强、豪迈之气；滹沱河也可以护佑那些顺应它的子午镇人，给他们比较丰厚的自然环境，让他们安稳生活。

滹沱河这样一种特征有什么特别指向吗？似乎有，也似乎没有。因为，历史上的确有逆天而行的，也有顺应天意的，其结果各得其所，谁是谁非难以评说。至少五龙堂人愿意生活在那段险堤上与滹沱河年年斗争，那是五龙堂人的选择，其奈他何？而子午镇甘愿平庸那又怎样？至此，《风云初记》似乎在群体突围主题背后，有了点"杂音"，而对这"杂音"的解释依赖于解释者所站的立场。比如，你可以从自然、本性的角度解释一个时代不同人的选择，给出一条性格决定命运的结论；也可以站在阶级斗争的立场，对战天斗地的精神气概给予更多颂辞；或者，就像中国传统哲学主张的那样"无为而治"，不预评说。总之，滹沱河作为一条自然存在的河流，在《风云初记》中承担了"风云"喻体的功能。其性格本身的复杂性，带给文本更多阐释维度。

第二节 《风云初记》里的现实政治

抗日战争结束，中国社会发生巨大变革，在抗日战争中"突围"的群体，被一种观念所分化，先是土改中的地主、富农、中农、贫农、雇农的阶级分化；之后是先进、落后的人群分化。中华人民共和国成立后，共产党干部进城，又出现了城乡分化；随着各种制度完善，突围群体又被细分为：工、农、兵、学、商……这种不断分化的现实生活，在《风云初记》中被不自觉表现出来，如城乡二元对立。之所以说是"不自觉"的，乃因《风云初记》的主题依然是"群体突围"。其中两个重要的"突围策略"——"拆城""破路"，在引入二元对立思维模式之后，变成了对现实中"城乡分化"状况的"映照"。而城乡分化并非当时的主要矛盾，甚至连次要矛盾都还不是，当时的社会状况，还未将"城""乡"问题提到意识日程上来，故而属于不自觉带入的"微主题"；除了城乡对立外，被不自觉带入的微主题还有对"道路"的寻找和各种观念冲突。总之，《风云初记》渗透了作者创作时间里的大量政治信息和文化信息，虽是抗战题材小说，却反映着 20 世纪 50 年代的中国政治和文化现实。

一 "拆城"的多重隐喻

中国建筑是封闭式结构，"中国古建筑之美既不在于它的建筑空间也不在于其结构，而在于其组成围合方式"[1]。在中国人的思维中，只有封闭起来才是最安全的。从家庭的四合院，到城墙，再到万里长城，一直到现在的城市小区，也还是"围合"式的封闭状态。这种建筑特征，恰与中国人封闭、内敛的思维方式有关。中国古代哲学强调的修身养性，养吾浩然之气，都重视内敛，其实也是一种封闭哲学。因而，《风云初记》中的"拆城"也就具有了特别重要的意义。

《风云初记》中，抗日政府组织群众抗日的重要举措是"破路"和"拆城"。"破路"在小说中只占两节，而"拆城"却占了六节。"拆城"场面宏大，叙事手段复杂。李佩钟为"拆城"一事和高庆山辩论过；和其父李菊人辩论过；百姓和李菊人当面碰撞过。可见，"拆城"在小说中具有特别重要的

---

① 李晓东、杨茁善：《中国空间》，中国建筑工业出版社 2007 年版，第 111 页。

叙事功能。"拆城"即拆城墙。城墙将一个空间"围合"起来成为"城"。因为城墙的围合功能，"城"内与"城"外区别开来。在小说中，"城"之内与"城"之外区别巨大。"城关"里有诸多"商家店铺"，有圣姑庙、天主教堂、城门楼，还有"森阴的树木"，这些都是古老的历史和文化象征，是"祖先留给全县人民的财产"。然而这只是理论上的说法，因为普通百姓，尤其是农民始终与"城"保持距离。他们进出城门常常受到各种盘查。城墙对农民来说意味着卑微和被动，拆除城墙对他们意味着一种反抗。所以，从事拆城的全县农民对"拆城"充满激情。当李菊人一伙试图阻止时，"群众等不及了，乱嚷嚷起来：'这点儿道理，我们这庄稼汉们全捉摸透了，怎么这些长袍马褂的先生们还不懂？别耽误工夫了，快闪开吧！'"之后就是镐铲乱动，尘土飞扬。当有人说"等到把敌人赶走，我们再来建设，把道路上的沟壕填平，把拆毁的城墙修起"时，变吉哥反对说：到时候，太平了，还修城干什么？把它修成电车道，要不就栽上花草，修成环城公园！农民和旧乡绅之间的对立显而易见。

此外，城墙作为一种保护机制，已存在千年，人们依赖它的高、厚、雄、固，抵御敌人的攻击和入侵，保护城内人民的安全。如今的敌人使用大炮飞机可以穿越城墙，"城墙"不但失去了保护功能，还易使人民丧失警惕。拆除城墙，表面看似乎拆除了人们赖以自我保护的物质基础，实际是一阵急促、响亮的警钟，让人们意识到：没有东西可以保护、可以依赖，必须警惕、防范、抵抗。"拆城"就有了"破旧""立新"的隐喻功能。

城墙的古老历史具有深厚的文化内涵，拆城也就必然具有摧毁古老文化传统的第三层隐喻，这是大家不愿意承认的。李佩钟作为县城里长大的孩子，对"拆城"有诸多舍不得。但大敌当前，出于易攻难守的战略考虑，或者为了游击战术的方便，不得不忍痛割爱，指挥百姓将城墙拆除。

可悲的是，日寇未到，李佩钟的丈夫田耀武却带领国民党的军队轻而易举冲进县城，冲李佩钟扫射了一机枪子弹。李佩钟重伤倒地，不得不撤出县城。撤出县城之后的李佩钟似乎失去了活力，在小说中销声匿迹了。直到小说第七十五节，才出现一次。说李佩钟自从受伤以后，调到地委机关工作，暂时负责过路干部的介绍信和审查。李佩钟的工作积极性似乎也受到了影响，让变吉哥对她不满意起来。"变吉哥把学院党委的介绍信交过去，李佩钟问了他很多的似乎不应该在这个时间审查的内容。因为一天劳累，和还没有人招待他们饮食，变吉哥的态度变得很不冷静。"变吉哥不但不满意李佩钟的审查内容和工作态度，对李佩钟写的介绍信也不满意，"他认为李佩钟的文字，过于浮饰，有些口气甚至近于吹嘘"，就把介绍信撕了。此后，李佩钟在小说中不再出现，直到结尾处，由隐含作者直接告诉其最后命运——牺牲于一口枯井里。

李佩钟在县城里的那段时间最为活跃和精彩，离开了县城，也就失去了适合她生存的文化环境。就像一棵果树被从自己生长已久的土壤移出去，其结果要么死去，要么重焕青春，但那需要时间和精细呵护。李佩钟显然没有得到精心呵护，其最终的命运只有死亡一条路。《风云初记》有诸多人物、诸多场战争，却只有李佩钟一人牺牲。如果将李佩钟与拆城联系起来思考，可能别有深意，再将李佩钟与变吉哥那段矛盾联系起来，四个寓意就更深了：其一，李佩钟尽管作为子午镇的媳妇，没在子午镇生活过一天，只是和高翔、秋分一起乘车到子午镇"视察"过一次。小说中的李佩钟始终生活在她熟悉的县城。在那里组建抗日政府，在那里做民运工作，在那里组织拆城，照顾拆城的百姓……县城对李佩钟来说，是最合适的生存空间。不仅因为那里是她的家乡，更重要的是那里有她浸淫已久的传统文化。作为一个知识女性，文化是她的精神滋养，失去了文化的滋养，其生命必然干枯。其二，李佩钟主动提出与田耀武离婚，她喜欢高庆山，却不忍心拆散高庆山和秋分的婚姻。这意味着，李佩钟既遵守着传统道德，又破坏了传统伦理秩序，自己将自己置于两难境地。作为一个柔弱女性也就失去了任何保护。其三，李佩钟的娘家就在县城，离婚后的李佩钟按照中国传统可以依赖父母，而拆城举措却将父母的家拆掉了。她的父母准备变卖家产，离开县城。李佩钟没有了最后的退路。其四，李佩钟作为传统女性知识分子，在面对"土圣人"变吉哥时，没有表现出基本尊重，反而有刁难嫌疑。这意味着李佩钟对新成长起来的"土圣人"并不买账，也就意味着她在文化上的处境。当变吉哥蒸蒸日上时，李佩钟也只有不断没落下去了。可见，小说中唯一一个知识女性李佩钟的命运与拆城举措共同构成了一个文化隐喻。

李佩钟的命运不仅仅是一个女性知识分子的命运，也是中国传统文化人共同的命运。有时代因素，有自己的因素，也有政治的因素。就像毛泽东在给萧军的信中所说："强制性地省察自己的弱点，方有出路，方能'安心立命'。否则天天不安心，痛苦甚大。"[①] 在不断变化的时代面前，中国知识分子难以适应政治上的风云突变，成了不断批评、改造、批判的对象。到"文化大革命"时，所有知识分子变成了"劳改犯""牛鬼蛇神"，被强制下放到最艰苦的农村接受劳动改造。与抗战时期的拆城相比，"文革"期间的"五七干校"，彻底拆除了知识分子的"城"——知识带给他们的特权。中国历史赋予知识分子的精神尊贵荡然无存。此后中国知识分子，无论学问怎样，都丧失了精神贵族的独特身份，他们变成了一个普通劳动者，和农民一样甚至不如农民的卑微群体。

二 永远的寻找——"道路"

抗日战争结束后，共产党要建设的是一个"新中国"，一个与过去完全不同的中国。妇女走出家门，成为社会重要一员；农民参政，工人当家做主，知识分子成为小资产阶级的代表。传统的一切都要颠倒过来。这在参与群体突围、救亡图存时，没有预先设想。知识分子向封建家族制猛烈开炮，他们要解放、要自由，但并没有想到摧毁了旧的家族制度之后，旧的伦理制度同时被摧毁了，而旧的伦理制度也包括他们在社会上的尊贵地位。就像李佩钟一样，她组织"拆城"时，并不知道有一天自己会因失去城墙的保护而身负重伤；农民们只想得到能够自由耕作的土地，并没有想得到

---

① 毛泽东：《给萧军的信》，《毛泽东文集》（第二卷），人民出版社 1993 年版，第 364 页。

更多。但没想到，他们得到土地的同时"失去"了妻子，女人们再也不能被限制在家庭内部，做伺候男人的工具了。女人们，想要自由，但自由来到后，她们失去了自己的女性身份，变成了"非女人"，不得不像男人一样在社会上承担重体力劳动，这也不是她们想要的。总之，一个"新中国"出现时，大家都并没有想好它的样子。"新中国"的建设问题，也就成了一个"在路上"的问题。每个人都在路上寻找，寻找那条通向理想的道路。"从此，'梦中道路'替代了昔日的田园。"① 在路上，成为群体突围者的宿命。

《风云初记》开篇，每个人物都"在路上"。春儿、秋分没在家里，而是在堤埝上纺线；田耀武刚从学校回村；高庆山、高翔多年不在家；吴大印多年不在家……小说中的几个重要人物都在家外，在寻找和探索……所寻不同，所求不一，但状态是相同的。《风云初记》中的每个人，被时代风云所裹挟，走上了革命道路。

在话语层面，第一个"上路"的人是芒种。芒种作为雇工，长期为田大瞎子家干活，吃住在田大瞎子家。抗日战争爆发，田大瞎子敛钱买枪，派芒种出去联络一个熟人。离开田大瞎子家的芒种，像从笼中飞出的小鸟，连蹦带跳地跑下堤埝去……"小风从他的身后边吹过来，走在路上，像飞一样"，"在路上"的芒种"头一回听见子午镇村边柳树行子里的小鸟们叫得这样好听"。他心情自由、快乐，他愿意帮助一切人，甚至好心地扶起一棵倒地的庄稼。"在路上"，对芒种来说是一种解放；第一次与他劳作的田地拉开审美的距离。这意味着芒种对"在路上"这种状态的天然亲近。此后，芒种无法再定居一处，行走成为芒种的一种宿命。小说里的芒种不断返回，又不断出发，直到小说结束时，芒种还没有找到自己的定居之所，还在路上。

小说第六节，群众从家里跑到村外，跑到滹沱河堤埝上去了。去看"那

---

① 吴晓东：《乡土中国———一个"世纪故事"》，《革命，还是变迁？》，中信出版社 2013 年版，第 142 页。

些逃难的人"，逃难的人们"像蝗虫一样，一扑面子过来了"。"在路上"成为一种全民总动员。日本人的飞机大炮打到哪里，哪里的人们就不得不"上路"，关外的人指望逃到关里，谁知道日本人又赶过来，逃得不如他们占得快。"逃难的人"是被驱赶到"路上"的，他们不得不"在路上"拼命奔逃。

第七节，田耀武"上路"。田耀武"上路"，带有"奔逃"性质。

第九节，秋分为了寻找高庆山，也"上路"了。秋分离家寻夫之时，高庆山却回到了家里。秋分上路延迟了夫妻团聚。当秋分看到高庆山时，不是在家里，而是"在船上"。离家十几年的高庆山返回家中，不是为了团聚，而是为了再次离开，当他再次离开时，还带上了芒种。

第十二节，芒种跟随高庆山参加了抗战工作，高庆山接受命令，负责"整编这一带杂牌队伍"。抗战工作拉开序幕，传统家居生活成为不可能。"离家—返家"成为每个抗战工作者的常态。"在路上"成为小说叙述的主调。

第十五节，春儿和变吉哥离开村庄来到县城，找到芒种和高庆山，要求参加革命工作。春儿也开始了"离家—返家"的行程。此后，春儿无数次离家，又无数次返家。

关于春儿的叙事很多是"在路上"的。第一次关于春儿"在路上"的叙述是小说第二十节，春儿、老常、田大瞎子一起到县城告状。第二次关于春儿"在路上"的叙述是小说第二十六节。响应"破路"号召，完成了自己的任务后，和高四海一起返回家中，一老一少谈论着和抗日有关的事情。第三次"在路上"的叙述是小说第三十一节。春儿和姐姐一家，全副武装准备到县城参加"拆城"。第四次关于春儿"在路上"的叙述是小说第四十节，参加完"全县男女自卫队的会操和政治测验"返家，她和浇地的女孩聊天，和几个儿童团的小孩子"嬉闹"，和芒种一起骑马。第五次关于春儿"在路上"的叙述是小说第四十二节，春儿和高四海一起"侦察"敌情。第六次关于春儿"在路上"的叙述是小说第五十一节，春儿、芒种、老常"担任了进城送信的任务"。第七次关于春儿"在路上"的叙述是小说第六十一节，春儿要去报考抗日学校。"她带了一个小挂包，装着她珍惜的纸笔和文件；一个小包裹，里面只有一身替换的单衣和一双新做的鞋"。第八次关于春儿"在路上"的叙述是小说第六十七至第七十节。"变吉哥、春儿，还有教'抗战文艺'的张教官，接受一个任务，到滹沱河沿岸，慰问一支新来到冀中的队伍"。第九次关于春儿"在路上"的叙述是小说第七十三至第七十四节。"春儿他们接到通知，学院暂时结束，张教官和变吉哥调路西参加文化宣传工作……春儿留在地方工作……"春儿"返家"。

春儿返家之后，变吉哥和张教官依然在路上。小说从第六十五节开始，变吉哥、张教官和春儿总是结伴而行。第七十四节春儿根据上级安排"返家"后，变吉哥和张教官则越走越远。第七十五节之后，小说几乎全是"在路上"的叙述，关于张教官、变吉哥、芒种、老温，他们"从树林里出来""经过几座山峰""行进在荒凉和高险的山区"，他们"走进深山老峪"，走进了"仙乡佛界"，他们"在狭窄的河滩上的乱石中间集合""露宿在山腰的羊圈里"，但依然惦记着"家乡的音问"。"滹沱河发源的地方"给了他们些许安慰。他们"住在山腰上面一座孤立的白色小房子里"，咂摸着"乡土的感情"，他们曾"站在驻地最高的一个山头，遥望平原"抒发自己的感情……

小说结束的时候，变吉哥、张教官、芒种、老温、高庆山、高翔都依然在路上，李佩钟则命丧"远离村庄的一眼土井里"。只有春儿返家，等着芒种迎娶她。芒种何时返家呢？作者把故事的结局留给了读者，但暗示读者"只要在康庄大道上行走，就可以每天遇到和你奔赴同一方向的旅客"。只要停下行走的脚步，便难以和行走的人相遇。"行走""在路上"，成为那个时代人们的一种命定结局。

全民在路上，暗示出一种不稳定状态。而这正是"拟家结构"应有之义，是日寇入侵中国带给中国人民的一种长久疼痛。

三 二元对立模式的介入

毛泽东很早就确定了中国革命应走的道路。他说："激烈方法的共产主义，即所谓劳农主义，用阶级专政的方法，是可以预计效果的，故最宜采用。"① "阶级专政" 自此成为毛泽东一生的指导思想，并用此思维模式指导一切。这种典型的二元对立模式，成为中国革命不断进行阶级斗争的理论资源。抗日战争时期是民族对立，日本侵略者和被侵略者的我中华民族是一种最大的二元对立；土地革命时期是地主和农民的二元对立；之后还有无产阶级和小资产阶级、资产阶级的二元对立……这种二元对立思维模式在中华人民共和国成立之后越来越明显地成为人们思考问题的方式，甚至成为指导工作的方式。50 年代的孙犁不可能不受这种思维模式的影响。在《风云初记》中，明显地存在着二元对立模式：阶级对立；雅俗对立；善恶对立……下面分别介绍这三种对立。

第一，阶级对立。《风云初记》一开场，就出现"农民们说"的话语。这是二元对立中的第一元素，是一种思想定位。之后叙述沿着阶级对立方向前行。在交代秋分和春儿姐妹俩纺线的画面时，强化了农民生活的"愁苦"，暗示出受剥削受压迫的社会环境。这幅图与《荷花淀》中的妇女夏夜织席图何其相似，但同是农家妇女劳作图因不同意识形态观念的确立，角度有了差别，这幅妇女劳作图带有控诉剥削的意味。这幅图之后，是地主的儿子乘坐着"一辆小轿车"华丽登场。春儿告诉读者："那是大班的车，到保府去接少当家的死着回来了。"话语层面的第一组二元对立完整了。接着，由秋分的身世引出一段农民暴动历史，将高四海、高庆山、高翔与田大瞎子在故事层面对立起来。农民阶级和地主阶级之间的矛盾在小说中处处表现出来，且难以调和。芒种、老温、老常为田大瞎子家扛活，长年居住在田大瞎子家的长工房里。田大瞎子家的一切劳动都是他们的，甚至包括走亲戚、串门子、送礼等。田大瞎子家的人不屑也不会做事。小说第二十五节，田大瞎子的女儿，坐了月子，婆家报了喜来，田大瞎子的老婆要老常担礼物送去。老常为了响应党的号召"破路"，拒绝了田大瞎子老婆的安排。田大瞎子只好自己挑担子

---

① 毛泽东：《在新民学会长沙会员大会上的发言》，《毛泽东文集》（第一卷），人民出版社 1993年版，第 2 页。

送礼，但觉得丢人，可又不想破路挖沟。总之，地主田大瞎子什么也不想干。但因农民已经组织起来，与地主阶级形成了阶级对抗，田大瞎子只能选择一项劳动。但他挑担子挑不了，没走几步就将礼物撒了一地，只好去挖沟破路。在挖沟破路现场，又吝惜自己家的地，舍不得挖，让高四海讽刺了一顿："日本人侵占我们的地面，我们费这么大力气破路挖沟，还怕挡不住他！像你这样，把挖好的沟又填了，这不是逢山开道，遇水搭桥，诚心欢迎日本，唯恐它过来得不顺当吗？"阶级对立在对待劳动和对待抗日工作的态度上得到展示。

在对待军队的态度上，不同阶级也立场鲜明。抗日政府安排为抗日战士缴纳军鞋，田大瞎子家表示拒绝，为此先与俗儿打了一架，后与春儿和老温打了一架，还闹到了县里去告状。而当张荫梧的军队入住子午镇时，田大瞎子家忙得不亦乐乎，从"粮食囤里"取出最好的粮食待军。老常作为一个农民也逐步看清了这个问题："他的主人，缴纳八路军的公粮和迎接中央军的时候的两种心情"意味着"这两种军队，负着什么不同的使命？"

第二，雅俗对立。《风云初记》中的俗儿，是老蒋的第三个女儿，"十五六上就风流开了，在集上庙上，吃饭不用还账，买布不用花钱……"当田耀武用枪吓唬她说："你要再和别人好，这个玩意儿可不饶你！"俗儿不但不怕，竟比田耀武还会使用枪支，反倒把田耀武吓着了。她告诉田耀武，说不给她钱花比用枪吓唬她管事。当高疤表示不愿意服从八路军安排去路西受训时，俗儿劝说："不受苦中苦，难为人上人。"这彻底暴露了俗儿和高疤参加抗日工作的目的。高疤对高庆山的工作作风实在不能理解，他说："这些日子净叫我们开会，我、李锁、张大秋，谁后面也是跟着十几个人，他就只有一个小作活的，背着一只破枪。那天我们三个团长合计了一下，说支队长走动起来，不够体面，和我们在一块儿，我们人多他人少，也不合人情。我们决定：一人送他两匹马，两个特务员，两把盒子。谁知给他送去了，他不收，还劝我们把勤杂人员减少减少，按编制先把政治工作人员配备起来。你看这些共产党，有福也不知道享，生成受罪的命，和他们在一块儿干，有什么指望？"

在芒种的观念里也存在享受思想，他最初当兵只是想着改善一下处境，不再受田大瞎子的气，没成想，高庆山职位挺高，生活条件还不如职位不如他的几个土匪头子。芒种很不高兴地对高庆山说："高疤他们住的什么院子，占的什么屋子？铺的什么，盖的什么？他那里高到天上不过是个团部，难道我们这支队部的铺盖倒不如他！"可见，芒种在为什么参加抗日工作这一点上与高疤没有本质不同，他们观念深处都有享受、等级、特权等庸俗社会学观念。而高庆山告诉芒种，"革命的头一招儿，就是学习吃苦，眼下还没打仗，像我们长征的时候，哪里去找这么条平整宽敞的大炕哩！"当然，芒种最后一定成长了，接受了高庆山灌输给他的价值观。

与俗儿和高疤他们的庸俗社会学相对的是李佩钟、高庆山他们的奉献、吃苦等革命的社会学观念。小说中，李佩钟不断将属于自己的东西奉献出去。当高庆山和芒种没有被褥时，她从家里拿来被褥；当负责宣传抗日政府政策的小印刷厂没有呢子无法正常印刷时，老崔找到李佩钟，李佩钟将自己的红呢外氅送给了老崔。老崔心疼得不行，但李佩钟觉得既然革命需要，一件大衣算什么。在对待爱情的态度上，李佩钟也是坚持原则。她崇拜、热爱高庆山，但绝不破坏高庆山和秋分的夫妻关系，自己压抑着那份感情。等到秋分到县城参加拆城时，李佩钟还为高庆山和秋分夫妻安排住宿，好让这对分多聚少的夫妻相聚几日。

"俗"并非表面的穿着，而是骨子里的观念。当观念庸俗的时候，暂时没有条件和机会享受，自己也会追求，想各种办法获得，甚至不惜出卖革命，残杀无辜。俗儿和高疤正是如此。所以，观念上的俗是最可怕、危害最大的一种俗。革命的目的就是抛弃这些庸俗的社会学。高庆山和李佩钟的革命就是从奉献、吃苦开始的。而革命者对百姓的教育和影响也应是先从奉献和吃苦开始。芒种作为一个长工，和每一个中国农民一样拥有一套庸俗的社会学价值观，他若参加错了队伍，也就接受了不一样的观念，会成为不一样的人。他跟随着高庆山，最终将成为和高庆山一样，以苦为乐，以奉献为荣的真正的革命者。

孙犁《风云初记》里的这种价值对立才是革命最本质内容，是革命工作长期的任务。就像毛泽东所说："一贯地有益于革命，艰苦奋斗几十年如一日，这才是最难最难的啊！"① 事实上，抗日战争一结束，享受、排场、炫耀等思想就开始抬头。那些有机会掌握权力的人就忘记了革命的初衷，开始滋长了特权思想。这在孙犁土改小说中有所反映。这是孙犁在《风云初记》中借雅俗对立告诉读者的一个关于革命的重要命题。

第三，善恶对立。亚里士多德在《论善与恶》中说："明智是理性部分的德性，温和与勇敢是激情部分的德性，节制和自制是欲望部分的德性，公正、慷慨和大方则是作为整体的灵魂的德性。愚笨是理性部分的恶，暴躁和怯懦是激情部分的恶，无节制和不自制是欲望部分的恶，不公正、吝啬和小气则是作为整体的灵魂的恶。"② 《风云初记》很多地方宣扬温和、勇敢、节制、自制、公正、慷慨、大方等美德。高庆山和高翔自农民暴动失败后就连夜离开五龙堂，之后八九年没有回家。高庆山参加了红军的万里长征，高翔则住了很多年国民党监狱。抗日战争爆发，二人为组建革命根据地，又返回家乡。回到家乡，二人并没有急于与家人团聚享受天伦之乐，而是以工作为重。两个老党员、老战友，将家人赶到屋外，在屋内谈了半夜的工作。高庆山根据高翔的指示在当地负责整顿杂牌军，组建革命武装。离家不远，但为了不影响工作从不回家。有一次，他和芒种骑车回来寻找高疤，遇见妻子秋分，秋分非常希望他能回家，他说：

> "我还要到子午镇去！"
>
> 高庆山推起车子来，芒种在堤坡上跷起一条腿，先飞下去了。秋分送了几步，小声问：
>
> "晚上你家来睡觉吗？"

---

① 毛泽东：《吴玉章寿辰祝词》，《毛泽东文集》（第二卷），人民出版社 1993 年版，第 262—262 页。

② ［古希腊］亚里士多德：《论善与恶》，《亚里士多德全集》（第八卷），苗力田译，中国人民大学出版社 1992 年版，第 459 页。

"不回来了"，高庆山说，"情况紧一点，工作很忙"。①

高庆山和秋分很少在一起。李佩钟对高庆山的爱慕，高庆山未必不知道，但两人都各自克制，不越雷池一步。高庆山作为一个老共产党员，经历过万里长征的老红军，有自己的革命信仰。他认为"革命的头一招儿，就是学习吃苦……"但芒种并不这么认为，向他抱怨生活条件艰苦，不如回去当长工时，他并没有生气，也没有训斥芒种。他开始教芒种用枪，并潜移默化地教育芒种，最终使芒种成长为一个共产党的干部。

李佩钟当县长后第一个案子就是审自己的公公田大瞎子，高庆山对李佩钟的审理结果并不满意，但在表达自己的态度时，没有高高在上的感觉，而是温和地讲清道理，举些案例，让李佩钟心服口服。当发现高疤产生动摇，并违反军纪时，高庆山没有动用长官威风。所以，俗儿和高疤说起高庆山时都满口称赞。俗儿说："你看人家高庆山，说起来受的那苦更多哩！"高疤说："高庆山这个人，我摸不透！""按说，对待咱们也不错，就是脾气儿古怪。"而高疤所谓的古怪就是和他们不一样，不喜欢享受，不接受送礼。

和高庆山相反的则是田耀武。田耀武其实是恶的集中体现。老常到保定府接他，回来时，他躺在车上，"露着一只穿着黑色丝袜子的脚"，显得傲慢无礼。他在北平朝阳大学专学法律，在一年级时，就习练官场做派：长袍马褂，丝袜缎鞋，在宿舍里打牌，往公寓里叫窑姐儿，甚至"到了保府，还去住了一宿哩！"芒种对此评价说："佩钟等了半年，怎么不憋到家就撒了！"一回到家，田耀武就和俗儿勾搭到一起。田耀武还是一个极为怯懦的人。他拿着枪去找俗儿，本想吓唬一下俗儿耍耍威风，没想到，俗儿一只手抓起盒子来，抬起穿着红裤衩的大腿，只一擦就顶上了子弹，对准田耀武。田耀武赶紧躲到炕头里面去。小说第三十八节，田耀武带着护兵

———————

① 孙犁：《风云初记》，《孙犁文集》（2），百花文艺出版社 2013 年版，第 92 页。

返回子午镇，在集上遇到俗儿，就到俗儿家去了。两个人打情骂俏，不成想高疤突然回来了：

> 高疤一见田耀武，就抓起枪来，大喊着说：
>
> "我说这么晚了，还开着大门子，屋里明灯火仗，原来有你这个窝囊废，滚下来！"
>
> 田耀武把头一低，钻到炕桌底下去了，桌子上下震动着，酒盅儿、菜盘子乱响，饺子汤流了一炕。俗儿一手按着炕桌，一手抓手巾擦炕单子上的汤水，一只脚使劲蹬着田耀武的脑袋说：
>
> "你还是个专员哩，一见阵势儿，就耷成这个样子。快给我出来！"
>
> 一边笑着对高疤说："你白在八路军里学习了，还是这么风火性，人家是鹿主席的代表，这一带的专员，来和咱们联络的。交兵打仗，还不斩来使呢，你就这么不懂个礼法！"
>
> "哪里联络不了，到他妈的炕上联络！"高疤把手里的盒子在炕桌上一拍，把碟子碗震了二尺高，饺子像受惊的蝴蝶一样满世界乱飞。①

这个场面把亚里士多德所说的几种恶都展示出来了：暴躁、怯懦、无节制、不自制等。但这样一个怯懦的田耀武，在攻打县城遇到妻子李佩钟时，"就抱起一只冲锋枪，向她扫射"。占领县城之后，又返回去对农民进行报复，"把长工老温倒吊在牲口屋里的大梁上，下面是牛屎和马尿。田耀武拉过长工们的棉被垫着屁股，坐在土炕沿上，手提着一根粗马鞭子，拷问老温"，其凶残至极，也是极恶之表现。

田耀武身上的恶与高庆山身上的善，构成一组二元对立。田耀武是旧官场"道德"代表，而高庆山身上则是新道德代表。孰优孰劣，孰胜孰败，一看便知。

---

① 孙犁：《风云初记》，《孙犁文集》（2），百花文艺出版社 2013 年版，第 180—181 页。

第三节 《风云初记》中的"新人"形象

孙犁写于抗日战争时期的小说涉及各个层面的人物：积极抗战的青年农民：邢兰、杨开泰等；拥护支持八路军工作的农村妇女：红棉袄、小梅、二梅、水生嫂等；由农民身份而参加抗战的八路军战士：叙述者、老胡、水生、柳英华等；热情辅助抗日工作的儿童：三福、小黑狼、银顺子、黄敏儿、小星；通情达理的抗战家属：《山里的春天》中的抗属、《丈夫》中的女人、《荷花淀》和《嘱咐》中的水生嫂等。人物分布很有层次。不过，孙犁抗日战争时期的小说缺少两大类人物：一是知识分子，二是反面人物，比如汉奸、地主等。叙述者似有知识分子影子，但没展开叙述。原因不外两个：其一，形势需要。抗日战争时期为发动农民积极抗战，对农民进行宣传动员是第一位的事情；其二，知识分子问题比较复杂，需要深度思考和较复杂的表现形式。中华人民共和国成立后，生活安定下来，孙犁用长篇小说开始弥补抗战小说中的人物欠缺，表现知识分子和反面人物了。在《风云初记》中，孙犁塑造了三大类人物：一类是大家都熟悉的农民形象；二类是知识分子形象；三类是先是反动势力后变成汉奸的一类人物。这样，孙犁抗战小说系列算是圆满收束了。之后，孙犁似乎不再继续抗战题材的写作。这意味着，孙犁抗战系列小说作为一个表达体系已经完成。在抗战系列小说中孙犁思考的是民族围困与群体突围的重大政治问题。他通过小说展示给读者的是：在民族围困之际，不同阶级、不同阶层以怎样的方式，贡献了怎样的力量，或以怎样的方式为民族突围设置了怎样的障碍，带来了怎样的后果。《风云初记》作为一个带有总结色彩的小说，对各色人物在民族"围困与突围"这一重大历史事件中的不同作用进行了相当深入的思考和举证，极有说服力，也符合历史真实。下面分三部分予以论述。

一 《风云初记》中的知识分子形象

知识分子问题是中国革命中一个极端重要又相当复杂的问题，"是我国国内政治生活中的一种重大政治关系，采取何种方针政策来处理这一关系，也始终是党和国家面临的一项十分重大而复杂的政治课题"①。自延安时期起，知识分子就成为一个十分敏感的政治问题。国共两党因对待知识分子的不同态度，导致了知识分子政治立场的急剧分化。一大批先进知识分子，抗日战争爆发不久，在中国共产党抗日民族统一战线政策感召下，"从天南海北奔赴延安，'国统区''敌占区''根据地'犹如几个不同的渠道，源源不断地把党所需要的各种人才输送到延安"②。延安成为中国先进知识分子的聚集地。

由于知识分子是一个特殊群体，是"二维的存在物：既是一个以肉身栖息于现实的人，又以肉身承载其精神性和超越性的面相"③，他们总是"面对如何对待社会和怎样自我对待两个问题"④，在如何对待社会这一问题上，"知识分子和权力的关系问题：是融入权力还是疏离权力，是针砭权力还是竞逐权力"⑤，连他们自己也十分矛盾。加之，知识分子历来"不是一个独立的阶级，而是掌握现代科学文化知识、具有各类专门技术的脑力劳动者阶层，只能依附于一定的阶级"⑥，这必然导致知识分子的多重面孔。他们因人而异，因不同的信仰而有不同的行为。他们中有最先进的革命者，也同样会有最反动的汉奸。如何对待知识分子也就成了一个"政治技术"问题。中国现代知识分子，在中国历史上的角色更是难以一言以蔽之。没有知识分子的启蒙就没有民众的觉醒，没有知识分子将国外最先进的文化、思想、理念介绍到中

① 张瑞兰：《新中国知识分子与工农关系的演变及启示》，《武汉大学学报》（哲学社会科学版）2010 年第 2 期。

② 刘忠：《延安知识分子的角色定位与价值差异》，《中州大学学报》2014 年第 4 期。

③ 李琦：《知识分子与社会良知辨析》，《厦门大学学报》2009 年第 6 期。

④ 同上。

⑤ 同上。

⑥ 孙继虎：《毛泽东对知识分子阶级属性判断失误的原因》，《西北师大学报》1998 年第 2 期。

国，马克思主义也就不会传播进来，中国共产党也不会成立。正是知识分子发动的五四运动和新文化运动将中国几千年来的传统文化与传统秩序破坏了，也正是知识分子最了解中国传统文化，并在其骨子里保留着儒家文化的遗风，使他们与农民群众表现出不同的气质。这么复杂的一个群体，在这场旷日持久的抗日战争中，到底发挥了哪些作用，价值何在？这恐怕也是孙犁在建国后较安定环境里思考这一问题并创作《风云初记》的原因。

《风云初记》中的知识分子几乎占据"半壁江山"，如高翔、李佩钟、田耀武、张教官、变吉哥；与知识分子相对的是农民群体，高庆山父子、春儿、秋分、芒种、老温、老常等。按照出场顺序似乎春儿、秋分、芒种是小说中的主要人物，但在故事层面是高翔、高庆山、李佩钟发挥着重要功能。他们的到来将群众组织了起来，是他们在安排任务，分配工作，将分散的农民们变成了一个个组织。在话语层面他们又具有结构功能，高翔的出场将高庆山介绍给大家，安排高庆山组建队伍，改造土匪帮；是李佩钟调动春儿组织起了妇救会，将俗儿等引到故事中来。高翔将高庆山引进到故事中后就隐退而去。但高翔作为领导在"遥控"高庆山和李佩钟，安排他们拆城、破路。而拆城、破路则是小说的主要线索，使各个层面的人物得到叙述。高庆山倒像是高翔的"工具"，执行高翔的任务，直接组织、参与战斗。高庆山虽然比高翔活跃，却受控于高翔。高翔出身地主家庭，在革命时间上和高庆山同步，在阅历上和高庆山不同，但都做出了巨大牺牲。高翔在北京蹲过国民党监狱，高庆山参见了红军长征，都属于"老革命"。

在小说中，高翔和高庆山几乎难舍难分，具有"形影不离"的话语功能。说到高翔得说高庆山，说高庆山也得说高翔。在故事层面他们也是同一天同一种方式离开五龙堂，又前后脚返回五龙堂。他们一文一武，在革命中发挥着相同的作用。但二人出身不同，受教育程度不同。高翔家是地主，在北京接受过高等教育。高翔出身和受教育程度与田耀武相似；但革命的坚决、彻底与高庆山相同。这正是作者的巧妙之处：通过高庆山、高翔的紧密联系，完成了对知识分子作用的讲述，同时完成了对知识分子和农民在抗日战争中作用的对比；而通过高翔与田耀武相同出身，相同文化背景却有着不一样的革命追求这一叙述完成了政治伦理表述——出身无罪，知识无罪，信仰殊异，品性不同，具体问题具体对待，不能一概而论。当然，还可以从这一组身份较高的人物关系中提炼出更复杂的伦理思想。这一组人物关系，是对知识分子在革命领导层面发挥重要作用的举证。

小说另一层面的知识分子是变吉哥。变吉哥是地道的农民，却是农民中的秀才，他拜师学艺，掌握了各种艺术技能。与变吉哥构成对比和相互说明的是芒种。芒种是出身清白的雇农，是官方要求塑造歌颂的人物形象。但小说中的芒种并不是一开始就"高大全"的，而是有诸多错误观念，比如盲目，分不清该参加谁的军队，是春儿及时给了他一个方向，让他等着高庆山，参加高庆山的队伍。芒种有为了享受而革命的庸俗社会学观念，是高庆山及时进行了教育和训导；芒种还有地位、气派、层级等封建思想，也是高庆山对其进行了启蒙教育；芒种还有轻视文化作用的思想，是变吉哥对他进行了批评，高庆山又进行了说明。可见，根红苗正的芒种，如果没有及时引导完全可能变成另一副模样：有可能会像春儿救下的那个南逃的国民党士兵，不好好打仗，抢百姓的鸡鸭，依仗自己手中的武器而作恶。芒种的存在是孙犁关于知识分子问题的另一层举证。芒种的存在也是为变吉哥的出场在铺路。

变吉哥是由春儿引荐给芒种的，希望通过芒种引荐给高庆山。这一合情合理的细节设计将芒种对文化艺术的无知、轻视态度展示出来。变吉哥作为传统民间文化代言人，表达了对芒种的不满。高庆山作为党的领导人，对变吉哥的到来表示了极大欢迎，对变吉哥掌握的民间艺术技能对抗战工作的作用给予了充分肯定。这一组细节设计将党的领导人与普通群众对文化的不同态度展示出来。当时，党的干部是否有讽刺轻视文化者的嫌疑呢？谁轻视文化，谁便是文盲？因为得到了领导层面的高度肯定，之后变吉哥在抗战工作中热情高涨，积极参与抗战宣传工作，发挥了巨大的作用。

变吉哥与芒种构成一组对比。二人都出身农民，都对抗战工作充满激情，但在参加抗战工作之前，芒种存在各种错误价值观，而变吉哥有相当成熟的价值判断。芒种作为战士后来又作为连长在保护大家安全方面发挥了巨大作用。变吉哥作为负责宣传工作的八路军战士似乎具有更大的作用。比如，当子午镇出现诬陷春儿和八路军声誉的事件时，变吉哥四两拨千斤，用一组漫画就对妇女们进行了很好的教育。变吉哥身上具有很传统的礼教思想，对待和自己年龄差不多却当过自己三个月老师的张教官始终执弟子礼，处处照顾张教官。

变吉哥因为农民出身不怕脏累，也没那么多小资情调，在和张教官一同过路西的路上，表现得异常坚定。张教官显得有点小资情调，带着一身累赘。

变吉哥在抗战学院参加了几个月培训之后，由学员变为教员，和张教官、春儿一起执行各种宣传任务。三个人有很长一段时间一起行动，因而三人构成一组对比关系。在这三个人中，张教官的确有小资思想：恋家、恋妻、恋物，什么都舍不得，放不下。张教官的妻子也同样是恋家、恋物、恋夫，不能毅然决然地参加革命，直到遭遇绑架才明白过来：非抗日不足以生存，连命都保不了，况物乎？

春儿作为唯一的女性，是革命最彻底的一个，什么都舍得，什么都拿得起放得下，英勇果敢。当遭遇敌人时，三个人只有春儿会用枪，击毙一名敌人，保证了大家的安全。

春儿、张教官、变吉哥这一组关系，将知识分子和妇女在抗日战争中的作用进行了生动说明。春儿和变吉哥都发挥了更大作用，而张教官虽然曾做过他们二人的老师，但有很多毛病，处处需要二人照顾。张教官除了"恋旧"似乎并无其他问题。"恋旧"成了张教官的致命缺陷。日后必受连累，但小说不再展开。不过，张教官的"恋旧"和小资做派倒影响了变吉哥和其妻子。变吉哥的妻子此后也学会了"十里相送"，以表达爱情。

变吉哥在小说中还有另外一种功能，那就是与李佩钟进行对照。李佩钟比变吉哥更早参加革命，也掌握更多艺术技能：唱戏、书法、写作等。与变吉哥的梨花调、水墨画、漫画、剧本写作等技能具有血缘关系，分属不同层级。李佩钟掌握的艺术技能具有"贵族血统"，而变吉哥掌握的艺术技能，是纯粹的"农民血统"。二者都属于中国传统文化，可以说是血脉相连，但一个服务于地主阶级，另一个服务于农民阶级，一个雅一个俗。当李佩钟掌握领导权的时候，变吉哥和李佩钟没有碰撞和冲突。在拆城时，变吉哥还热情支持李佩钟。但当李佩钟因伤失去领导权，变成一个普通办事员之后，变吉哥和李佩钟有过一次正面冲突。变吉哥似乎还想投诉李佩钟，结果发现李佩钟的顶头上司也是他的顶头上司高翔和高庆山。李佩钟为变吉哥开了一封介绍信，介绍其情况，但变吉哥读后认为其文风浮华，就撕掉了。这是二人在"形式"问题上的一次较量。变吉哥因为撕掉了李佩钟的介绍信，在过路西之后遇到了麻烦，感到后悔了。这些细节是否可以当作关于艺术形式的雅俗之争及其结果来看呢？至少就这些细节可以提炼出孙犁对传统艺术中的雅俗问题的观点和看法。他对"雅"具有保留，对"俗"也很欣赏。

张教官在完成了抗战学院的教学任务之后，变成了变吉哥的影子，不再展开叙述。张教官在小说中的主要使命就是对春儿、芒种、变吉哥等进行文化、政治规训。张教官具有符号功能。他的存在意味着所有抗战人员无论男女、无论知识水平怎样，都必须经过抗战学院的规训。在抗战学院里，芒种和春儿完成了知识化过程。变吉哥完成了干部化过程。之后，张教官似乎就变成了一个累赘，一个影子。这种处理方式意味深长？张教官的身份具有鲜明的权宜色彩的文化功能，属于政治化的文化，是那种短期、速成文化类型，除了规训功能不再发挥其他作用。

芒种和春儿进抗战学院学习的经历却意味深长。他们算是革命的中坚力量，但他们都必须接受启蒙，必须用先进的知识进行武装，不然难以完成革命任务。而武装他们的是张教官。这一方面强调了知识分子的作用，另一方面又指出春儿、芒种所受教育的短期、速成教育，是抗日战争工作中的规训文化。他们与张教官构成一种意味深长的关系。这可以提炼出很多观点。

《风云初记》中的田耀武也是一个典型的知识分子，却是一个立场顽固，具有根深蒂固封建等级观念的知识分子。他在北京接受教育时依然是马褂加身，缎鞋丝袜，学的是旧中国升官晋爵的官场文化，习得是吃喝嫖赌毒的糟粗文化。所以，他会成为国民党军队里的专员，最后堕落为一个汉奸。在《风云初记》中危害最大的是他和蒋俗儿。田耀武枪杀李佩钟，蒋俗儿率领汉奸炸毁堤坝，都给革命工作带来了巨大损失。在小说中，他们的危害比日寇的危害更直接也更深入。

总之，《风云初记》中的几个知识分子具有不同的价值取向，分别代表不同的利益群体。在革命过程中表现得也不一样。这几个知识分子共同完成了孙犁对知识分子问题的深度思考和举证工作，构成了一个庞大复杂的关于知识分子命题的学性论证。

二 《风云初记》中的反动势力群像

汉奸问题是中国现代历史上难以一言蔽之的问题。"从鸦片战争以来，由于官僚政府的腐败，中国社会饱受侵略者的欺凌，汉奸开始层出不穷。"[1] 整个鸦片战争时期就"有那么多的汉奸出现（在当时的当事诸臣的奏报中，"汉奸"二字比比皆是），原因是多方面的。尤其是平民，投敌从奸，固然为逐利营私，但背后更有着深刻的社会原因"[2]。"以至到日本侵略者的铁蹄践踏华夏领土时，出现了汪精卫、周佛海等大汉奸。到伪满洲国，则出现了汉奸群体。"[3] 若不是大批汉奸里通外国，日本是一个弹丸之国，地狭人少。针对地广人多的中国发动一场战争谈何容易？即使武器装备相差悬殊，只要不动用核武器想大举入侵中国也不应该那么容易。而事实正好相反，日寇大举入侵中国，速度之快令人难以想象。日寇所到之处，大批汉奸踊跃为其服务。甚至，日寇驱使大批中国人充当侵华工具。其深刻的文化根源到底是什么呢？在《风云初记》中，孙犁对这一问题进行了认真思考和梳理。

---

① 俞慈韵、刘北辰：《外敌入侵容易出现汉奸群——读〈汉奸秘闻录〉》，《东疆学刊》（哲学社会科学版）1993 年第 3 期。

② 潘攀：《鸦片战争时期平民充当汉奸问题探析》，《绵阳师范学院学报》2003 年第 1 期。

③ 俞慈韵、刘北辰：《外敌入侵容易出现汉奸群——读〈汉奸秘闻录〉》，《东疆学刊》（哲学社会科学版）1993 年第 3 期。

《风云初记》是从抗日战争全面展开之前叙述的。也就是说，《风云初记》交代了某些人之所以成为汉奸的文化根源和过程。这一根源和过程具有一定的普遍性。小说开始时，田大瞎子是作为镇压农民暴动的刽子手而出场的。他的一只瞎眼既是镇压农民的罪证，也是其与农民对立关系的"证物"。田大瞎子为了维护自己的利益，不可能与农民达成和解。因为他自己没有任何劳动技能，除了依赖压榨剥削农民劳动外，不但无法维持其地主阶级的生活水平，连基本生存都会成为问题。他的儿子田耀武越发丧失了基本劳动技能。因而，田大瞎子会竭尽全力维护其封建社会秩序。

老蒋是农民当中游手好闲不务正业者。自己一无所有，本应属于贫农，但因其稍有文化，又有不烂之舌以及厚脸皮，愿意为田大瞎子之流效力，以求吃点剩菜，喝个剩酒。按中国俗语所说"吃了嘴短，拿了手短"，势必成为田大瞎子的帮凶。老蒋若按照生产资料划分阶级成分应与田大瞎子势不两立，但价值观与田大瞎子一样，追求不劳而获，威风气派，虚荣面子等。两个人观念一致，利益也就一致了。这样，老蒋就成了"双面人"，既可以和农民站在一起，又可以和地主田大瞎子站在一起，其危害性也就可想而知了。

老蒋和田大瞎子的后代深受其父辈影响。蒋俗儿也同样信仰不劳而获，好吃懒做，十几岁就开始和男人鬼混挣吃挣喝了。田耀武虽受过"良好"教育，也已娶妻，但因其所受教育乃中国传统的官场文化，而不是新式文化，所以其吃喝嫖赌无所不为，是典型的腐朽没落文化的继承人。他和蒋俗儿可谓天生一对儿。蒋俗儿专靠田耀武这种人养活，田耀武专找蒋俗儿这种人才能鬼混。高疤也有典型的传统恶习，崇尚中国文化中的草寇文化，他常常拦路抢劫，杀人放火，吃喝嫖赌。但在小说中，高疤一开始还表现出了一点点爱国热情，接受了高庆山等的改造。只由于其信奉讲威风、排场、大碗喝酒、大块吃肉这样的恶俗文化，对八路军的严明纪律和朴素生活作风无法接受。高疤与八路军属于典型的价值观冲突。这种人空有爱国热情，不愿为自己的爱国热情吃苦受罪，也就不可能坚持到底了。高疤实际上代表的是变节者。他表面上是一个很男人的形象，五大三粗，骑高头大马，率领着一帮弟兄，耀武扬威地欺压百姓，但这种人因为没有信仰，价值观恶俗，表面上的威猛也就是纸老虎一个，遇到任何挫折都会知难而退。这种变节者给共产党造成伤害是最严重的。没有高疤的帮助，单凭田耀武是办不成什么大事的，也不可能对李佩钟实施报复。有了高疤的帮助，田耀武才更加嚣张，并成功对李佩钟实施了报复。

蒋俗儿作为一个女流氓，是孙犁小说中唯一一个反动女性形象。虽出身农民家庭，因不爱劳动，爱慕虚荣，贪图享受而逐渐堕落。她是老蒋的血脉传承，因而也就不可能像她一开始表现的那样，甘心情愿为抗战工作出汗流血。她当时参与妇救会的选举不过是好奇和虚荣，以及对权力的欲望而已。但当她遇到困难，知道没有什么好处时，也就不再参与了。蒋俗儿对高疤和田耀武都没有什么感情，只是靠他们吃饭穿衣，是典型的寄生生活方式。她虽曾支持高疤参与抗战，甚至支持高疤接受培训，不过是希望高疤"吃得苦中苦，方为人上人"。如果吃得苦中苦，未为人上人，蒋俗儿是不会让高疤在八路军中继续待下去的。高疤、蒋俗儿的确是一对儿狗男女，是穷人中的败类。他们富了会欺压百姓，穷了就落草为寇为娼，但绝不甘愿凭劳动生存。这是中国民间文化中的糟粕，是很普遍的一种文化现象。甚至在芒种的观念里也有这种思想。

高疤、蒋俗儿、老蒋最终成为"一家人"，成为民间糟粕文化的代表，专在老百姓之间作恶，为富人帮凶。老蒋和田大瞎子联手导演的假卖地一案，就把吴大印害惨了。如果不是遇到共产党执政，吴大印为此家破人亡也是有可能的。蒋俗儿和高疤最终沦落为汉奸，也是期望从日寇那里获得更多经济利益，以维持他们的体面生活。但他们不晓得，日寇正是通过他们欺压百姓，搜刮百姓，盘剥、抢掠百姓以维持在中国的生活的。日本人怎么可能供养他们？正是这些蠢材沦落为汉奸后更加堕落的原因。

孙犁小说中的汉奸基本上包括三类人：其一，"顽固封建的豪绅地主"，他们"剥削思想特别浓厚，他们的封建剥削和利益是不允许侵犯的，但是处在这样一个战争与革命的伟大时代，为了维持其封建权利就只好当特务。特别是敌人（这里指日寇——笔者注）也摸着这些人的脾气，如不给做事即以侵犯其财产相威胁"①。其二，"流氓、地痞、破鞋及一切无正当职业的人"。这类人"游手好闲，不愿劳动，因之就'有奶便是娘'，只要给以小利就可以做坏事，同时这些人品质也较坏，缺乏廉耻，什么也不在乎，什么事也能干得出来，没有长远打算，投机取巧，过一天算一天，今天做了坏事，哪管他日如何，有很坏的一种人生观"②。其三，"封建迷信会门组织。这类包括土匪汉奸，都是政府统治之外自发形成的组织"③。这些人之所以成为汉奸，更多是自私自利的价值观、贪图享受、爱慕虚荣、贪生怕死等思想造成的。虽与其出身有关，但更多还是其信奉的恶俗价值观导致的。

总之，《风云初记》中的田大瞎子、田耀武、老蒋、俗儿、高疤等属于中国革命的对象。他们代表着中国历史上各种"反动"——文化、经济、思想、价值观、道德伦理等方面的反动，是中国革命最应解决的问题。但若仔细分辨会发现，所有反动势力，与其出身无关，与其价值观的确立有关。本身的自私、狭隘、懒惰、虚荣、自制力差等人性之恶，才使他们不断"恶"下去，最终走向自己民族的反面，成为民族败类。

三 《风云初记》最复杂的艺术形象——李佩钟

孙犁塑造了诸多女性形象，也塑造了诸多知识分子形象。但李佩钟却是一个将女性、知识分子、干部等多重身份组合在一起的复杂形象。李佩钟的复杂还在于其出身。她是传统乡绅的女儿，但不是正枝正脉；是最反动的地主田大瞎子家的儿媳，却与其子感情不和，正闹离婚。这样李佩钟就成了一个"积木"一样的存在，是由各种势力组合成的一个复杂存在。她"不同于

---

① 赵华：《抗日根据地汉奸的类型及成因简析——兼论抗战时期日寇的内奸政策》，《兰州学刊》2007 年第 1 期。

② 同上。

③ 同上。

孙犁笔下那些理想化的、美好的农村劳动妇女"①。她"与整个小说的叙事结构和氛围之间存在一定疏离感、分裂感，她的出现与消失都很突兀，又不影响叙事进程，其成长太仓促，缺乏必要的铺陈、渲染和心理逻辑。作者对这个人物的叙述一直非常内敛、克制甚至矛盾，既有怜爱之情，又带有调侃、讽刺的意味"②。按照《风云初记》中的人物方阵，李佩钟到底应该属于哪一方阵呢？应该归属知识分子方阵，与高翔具有同等功能。出身地主（旧乡绅）、接受过高等教育、积极参与革命，在革命中成为领导阶级。唯一不同的是其女性性别和婚姻状况。高翔和妻子感情很好，而李佩钟却在闹离婚。这样李佩钟就具有了"先驱者"的功能。她不但与反动家庭决裂，也与无爱的婚姻决裂。敢于离婚成为女性知识分子李佩钟在抗日战争期间"溢"出来的一个特殊使命。这一使命具有"反封建"和"反男性"话语功能。李佩钟作为县长，公审其公公田大瞎子具有强烈的"革命色彩"。这一行为在民间难以得到认同和支持。无论李佩钟与田耀武的婚姻多么不幸，也无论田大瞎子多么"反动"，但李佩钟与田大瞎子的翁媳关系都决定了李佩钟审理田大瞎子一案的不合情理。这也是田耀武绝情报复李佩钟的民间根源。而当田耀武举枪扫射李佩钟时，意味着李佩钟"反封建""反男性"行为的彻底失败。也就是说，李佩钟可以革命，甚至可以背叛自己的出身和阶级，但不能背叛自己的女性命运。李佩钟作为县长，审理任何一个人都不具有审理田大瞎子的特殊功能。比如，李佩钟在拆城现场与父亲的一顿辩论，与审判无异，但女儿与父亲之间的关系，充其量可以算是叛逆，是"反封建"性质的，所以，无论是其父亲还是公众，都原谅、理解李佩钟。而审理田大瞎子却具有反男性话语的特质。因为"儿媳"身份是女性与男性的本质区别。男女都可以有父亲，但只有女性可以有"公公"。女性一旦背离了自己的性别身份，也就失去了存在的基础。对女性背叛自己性别实施惩罚的应该是男性。因为背叛性别

---

① 王玉、成湘丽：《破碎的革命历史叙事——重读孙犁的小说〈风云初记〉》，《新疆大学学报》（哲学·人文社会科学版）2012 年第 4 期。

② 同上。

主要是背叛妻性，女性从不背叛自己的母性，母性是本能，妻性则是规约。惩罚女性这一背叛行为的只有丈夫。小说中的田耀武没有带多少人马，占领县城只具有话语属性，在故事层面没有展开。故事层面，田耀武就是举枪扫射李佩钟，李佩钟倒地，之后，田耀武占领县城这一节再无下文。而此后李佩钟似乎也不知所终，直到与变吉哥相遇。而李佩钟与变吉哥相遇时，已脱去了妻性，变身为知识分子，作为高雅艺术形式的代言人与变吉哥发生龃龉。变吉哥与张教官过路西时，需要地委审查，恰好李佩钟做地委办事员负责此事。她的审查使变吉哥极为不满，她为变吉哥开的介绍信也令变吉哥看不上，认为语言浮夸，就给撕了。原来的英武豪气、飒姿英爽在李佩钟身上全然不见。再之后，李佩钟就消失了。有点虎头蛇尾。

小说结尾时，对李佩钟补叙一笔：

> 李佩钟自从那年受伤之后，身体一直衰弱，同年冬季，敌人对冀中区的"扫荡"非常残酷。一天夜里，地委机关人员被敌人冲散，李佩钟从此失踪，很长时间，杳无消息。后来就有些传言，说她被敌人俘至保定，后来又说她投降了敌人。第二年春天，铁路附近一个小村庄，在远离村庄的一眼井里淘水的时候，打捞出一个女人的尸体。尸体已经模糊，但在水皮上面一尺多高的地方，有用手扒掘的一个小洞，小洞保存了一包文件。这是一包机密文件，并从中证实了死者是李佩钟。①

可是，小说中人物众多，激烈的战斗不时发生，但除了李佩钟并没有叙述其他伤亡事件。为什么李佩钟非死不可？李佩钟的独特魅力对读者具有极大吸引力，却线索中断不予再续，原因何在？作恶多端的俗儿，带领汉奸炸毁堤坝，淹没了自己的村庄，村民们恨不得"啖其肉"，但在老常的劝说下还保留了她的性命，交给抗日政府去审判。而李佩钟却死得不明不白不清不楚，死得孤独寂寞，死得憋闷。

---

① 孙犁：《风云初记》，《孙犁文集》（2），百花文艺出版社 2013 年版，第 390 页。

　　小说作为叙事艺术，显然是作者的有意安排，是作者不想再叙。李佩钟被机枪扫射都没有当场死亡，还活到了与变吉哥发生一次冲突，后来却不明不白地死去了。显然，这一处理方式别有深意。

　　比如，我们根据李佩钟在小说中的功能，可以这样推测，李佩钟的死，具有三大隐喻功能：其一，女人的妻性没了；其二，高雅艺术形式没了；其三，敢作敢当的知识分子没了。

　　但李佩钟的死法也别具深意。她不是被敌人打死的，而是掉进一口枯井之后没有人营救，生生给冻饿而死。死后还给自己引来各种污名。联系现实就可发现，这一推测颇有道理。伴随中国革命进程，女性逐步失去妻性，艺术逐步失去了高雅形式，知识分子逐步失去了独立性。失去妻性之后的女性实际上也失去了价值，因为其母性也难以实现了；失去了高雅形式的艺术，实际上也失去了自己，此后再无艺术；而失去了独立性的知识分子，还叫知识分子吗？故此，李佩钟只有死路一条。但李佩钟的死的确与敌人无关，而是我们自己的过错。

　　从李佩钟成为历史上第一个女县长开始，她组织拆城、破路，均是对上级指示的落实。然而，上级从没有考虑过李佩钟的安全问题，没有保护好李佩钟。城墙没了，大部队要去前线打仗，留下李佩钟一个弱女子，和一个空头县长的名称，没有什么可以调动，只有一堆工作需要处理，田耀武趁机占领县城，伺机报复李佩钟也是必然结局。受伤后的李佩钟身体虚弱也没有得到很好的照料；在转移时与组织失散，失散后，没有人寻找、营救她，她死后也没有人信任她。连变吉哥那样一个通情达理之人，对李佩钟也格外苛刻起来。可见，李佩钟既是一个人物，也是一个复杂的隐喻机制；她是小说中一个特殊文化符号，寓意深刻，具有无限解读空间，是一个浓缩了作者诸多思考，背负着丰富意蕴的能指系统。

第三章　日常空间下的叙事转换

　　孙犁抗战小说除了"群体突围"这一宏大主题外，还有一个新文化、新伦理建设主题。新文化、新伦理始终与中国革命相伴随。抗战期间"群体突围"任务压倒一切，新文化、新伦理建设作为副题而存在。抗战结束，群体突围任务完成，新文化、新伦理建设变成了显题。这样，孙犁土改题材小说的叙事模式也就随之发生了变化。在土改题材小说中，关于物欲，关于各种社会关系的思考成为小说的聚焦点。那些在抗战时期曾经牺牲一切个人利益的中国农民，面对土地分配、浮财分配时表现出了人性的负面。而在抗战时期曾经和谐，甚至亲如一家的社会关系，到土改时期也表现出另外一面。无论干群关系、农民之间的关系，甚至兄弟、朋友关系都出现了分裂倾向。这从一个方面反映了政治对人的巨大影响。人，尤其是尚未形成独立思考能力的中国农民，在政治面前的可塑性被空前暴露出来。政治需要他们全力以赴时，他们个个都是英雄，而当政治要求他们彼此斗争时，他们也能彼此成为敌人。正是在这层意义上，孙犁土改小说成了抗战小说和芸斋小说之间的一个桥梁，将历史的两头连在了一起。给"文化大革命"那场政治灾难提供了一个文化的、伦理的、心理的依据。

第一节　孙犁土改小说中的"物象"

中国革命从一开始就带有"文化革命"色彩。而"文化，就是吾人生活所依靠之一切"①。所谓一切，自然包括"物"，"物"是文化的重要表现形式。孙犁土改小说中最突出的意象变成了"物"。其实在孙犁的抗战小说中，就有一个"物"维度，只不过那个时期"物意象"远不如"空间意象"更具时代特征，"空间意象"压倒了"物意象"。但"物意象"仍然是孙犁抗战小说道德叙事的重要手段，成为孙犁歌颂物资极端匮乏时人的高贵品质的一种艺术方法。土改时期，"物意象"越来越鲜明突出，"物意象"成为孙犁"和平"时期重要的叙事手段。下面分四部分论述。

一　"物"的叙述功能

土改时期，孙犁之所以使用了繁复的物意象进行叙事，与"物"具有的特殊功能有关。"物"作为重要的文化形式，对人具有"替代"作用，甚至，"物"具有更强、更持久的叙述功能。各种博物馆就是通过"物"讲述一切的。孙犁抗战小说中的"物"意象就像一个博物馆："五六块劈柴""一捆茅草""耀眼的口琴""一张破席子"、一条"不只破烂，简直像纸一样单薄"的棉被、"一件红色的棉袄""一件皱褶的花条布的小衫""炉膛里一熄一燃的余烬""西式白衬衫""中式蓝粗布褂子""水里泡过的被褥"、不在场的鸡蛋挂面、看不见的高粱小米、无法支架起来的织布机、不得不卖掉的"花丝葛袄"、每天吃的"红饼子"、那双"布袜子"、一颗红枣、一把酸枣叶子……这些"物意象"渗透着大量信息，比所有话语更具艺术魔力，留给人巨大阐释空间。

---

① 梁漱溟：《中国文化要义》，上海人民出版社 2011 年版，第 7 页。

如果说，抗战小说中的一部分主题是"渗透"进"物意象"中的话，土改小说中的"物意象"已经具有了讲述功能。比如，《石猴儿》就是一个多层叙事文本，而每一层叙事都与物有关。第一层叙述是俯视角的。叙述者看到的是两个紧邻村庄里发生的事件，他既讲述大官亭里的故事，又讲述小官亭里的故事。但大小官亭的故事都是通过物完成的。他说："大官亭是饶阳县有名的富村，这村里有很多的地主和财东。平分的时候，这村的浮财，远近都嚷动。大官亭附近有个小官亭，小官亭的浮财，账单不到一尺长，有几个妇女坐在炕头上，一早晨的工夫就分清。分清了可人们还有意见，妇女们为一尺二尺洋布争吵起来。你的细，我的粗，她的花样好……新农会主席就说……"① 至此，第一层叙述的叙述者将叙述任务移交给被叙人物——新农会主席。如果叙述者不移交叙述权利，其观点和态度将暴露无遗。他戛然而止，不再亲自讲述，使叙述罩上了一层薄纱。

第二层叙述是通过被叙者新农会主席之口完成的。这层叙述的叙述者视角小于第一层叙述的叙述者，他只讲述大官亭发生的事件；讲述口气里带有明显的羡慕成分，但他还是尽量克制，似乎想用这个故事，转移正在争吵的妇女们的注意力。他说："别争了，你们到大官亭去看看，人家那里……要像你们这么争起来，就一辈子也分不清了！"妇女们果然将注意力转移到了大官亭："在那里主事的，可得有两下子，账房先生也得有一套！""一套还不够！总得有好几套。……"在新农会主席的叙述中，繁复的"物意象"："丝锦绸缎，单夹皮棉""衣服布匹，锡铜漆器，大镜花瓶"欢欢喜喜地列队而出，它们抑扬顿挫，像在人的意识里游行示威一般。

当新农会主席讲完，第一层叙述的叙述者接过叙述的接力棒继续讲述。这种安排就像"镀金"，第一层叙述的叙述者让故事在第二层叙述的叙述者新农会主席那里"镀金"之后，故事变得更加"可靠"。这样，第一层叙述

---

① 孙犁：《石猴儿》，《孙犁文集》(1)，百花文艺出版社 2013 年版，第 241 页。

的叙述者，便可以轻松讲述了。因为第二层叙述的叙述者在阶级成分上是贫农，是当时最值得信赖的人。相对于隐含作者的知识分子身份，更加可靠。叙述经过"镀金"，第一层叙述的叙述者便可以用调侃的口气说话了。他说："小官亭的人们正议论大官亭的红花热闹，大官亭的贫农团却出了问题。"这句话的言外之意是：你看，这下好了，麻烦了不是，不要羡慕他们了，人为财死鸟为食亡，浮财多了没什么好处。于是，第一层叙述的叙述者给小官亭的人们讲述起，"在大官亭做平分的干部"——"县联社的老侯"，如何因为一只"小石猴儿"，而被调到党校整风的故事。老侯的故事还是和"物"有关：在一次会议上，老侯掏出烟荷包抽烟，那个鲜亮精致的玩意儿，"蓝缎子白花，还有一个用黑丝绳系着的小小的石猴儿。那小猴儿躬着身子吃着偷来的仙桃"。其可爱的样子引起工作组同志们的"围观"，大家传看一遍，人人夸好。"夸针线活做得好，也夸小猴儿雕刻得巧。"结果区委书记老邴板起脸来，开始质问老侯。小石猴儿的来历演变成一个"政治问题"。老侯因此被调到党校整风。临走哭了一场，把荷包和小猴儿交给了老邴。

老侯和小石猴具有某种修辞关系，物和人相互修饰，使故事的蕴含变得更加丰富。将老邴对老侯与小石猴儿的态度，与《圣经·创世纪》中上帝对穿上"裙子"的亚当和夏娃的态度对比一下，意味深长。老侯炫耀小石猴儿，意味着老侯的虚荣心和占有欲，而老邴的态度则是对老侯私欲的一种批判。老侯被调去党校整风，也与上帝将亚当和夏娃逐出伊甸园具有类比关系。可见，在对待物的态度上，老邴和上帝的立场一致。

《石猴儿》的第三层叙述的叙述者是"物"，讲述的是不在场者——地主和财东们的故事。《石猴儿》中并没有地主、财东出场，但读者能感觉到他们的存在，能听到他们的故事。那是因为"物"在讲述：丝、锦、绸、缎、单、夹、皮、棉、衣服、布匹、锡、铜、漆器、大镜、花瓶、牲口、车辆、红货、木器、农具、粮草，都具有讲述能力。格雷马斯说："名词形象似乎都含有多种潜在可能性，其潜在性不仅能让人猜测它们实现为语句义素的方式，还能让人预测它们的义群，义群引导出种种形象述谓……"① 丝、锦、绸、缎，这些名词，每一个都具有鲜明的形象性，并"引导出种种形象述谓"，让人联想到和它们的品质相关的人的生活。它们数量之多，让人联想到物主人曾经的富有、奢华、气派的生活场面；它们质量之好，让人联想到其主人曾经的精致、高雅、细腻的生活方式。但因为它们只是物，不携带任何观点和倾向，提供给读者的便只是"一种'真相'的迹象……"② 作为赤裸裸的"真相"的迹象，它们将读者置于历史的夹缝当中，让读者自由选择立场。读者可以痛恨地主的奢侈生活，因为众多的物实体，令人想象到无限充盈、眼花缭乱、富足奢靡的贵族生活，曾经的傲慢和权势，再按照阶级分析的思维定式，可以联想到地主对农民的欺压、剥削等；读者也可以站在另外一个角度想——那些丰富的物是几代人努力积攒下来的家业，几代人不舍得吃穿，用最苛刻的方式对待自己和家人，逐步达到丰盈。如今，这些财富不但没有荫庇后代，反而成为后代的罪孽。总之，"物"叙事，既不左也不右，赤裸裸地讲述着历史的真相，任凭读者站在历史的夹缝里，随意"处置"。

《石猴儿》作为典型的物叙事，从物开始，以物结束。物携带着故事，引发出故事，讲述着故事。其他土改小说中，"物"虽不像《石猴儿》中这样强势和霸气，但"物"依然承担着重要的叙述功能。讲述着由它们引发的人的故事。《秋千》中，当大娟被刘二壮指责为富农时，大娟感到十分委屈。针对大娟爷爷的调查展开。在这一过程中，"物"参与叙述，帮助叙述者纠正刘二壮所犯下的错误。大娟爷爷发家过程和买卖有关，但他买卖的商品是：针头、线脑、火绒、洋取灯、烧纸、寒衣纸、碱面、香油、醋……这里又是名词的结伴儿出场。这些名词和《石猴儿》中那些霸气十足的"丝锦绸缎"具

---

① ［法］A. J. 格雷马斯：《论意义》，《符号学论文集》（下册），百花文艺出版社2011年版，第62—63页。

② ［法］让–波德里亚：《冷记忆（2000—2004）》，张新木、姜海佳译，南京大学出版社2013年版，第31页。

有同等讲述能力。这些物同样召唤读者介入文本，思考由它们提供的"真相的遗迹"。这些物是通过"麻子老点"之口，列队而出。"麻子老点"的语气和腔调充满了同情，为这些名词着上了一层色调，也为大娟爷爷早年的经历定了性质。在这些物名词面前，任谁也无法将它们的主人和地主富农联系在一起。物的叙事能力再次得到证明。

《正月》里讲述的是一家极其贫困的农民家庭，贫困到什么程度呢，除了物的诉说外，其他任何方式都无法完成这一讲述。小说中最先出场的物是："一架织布机""它叫小锅台的烟熏火燎，全身变成黑色的了。它眼望着大娘在生产以前，用一角破席堵住窗台的风口；在生产以后，拆毁了半个破鸡筐才煮熟一碗半饭汤"。这家的母亲去看望女儿，也是拣一筐"豆根谷茬"。这里的物组合在一起显示出极端贫苦的生活：谷根、豆茬、破鸡筐、半碗汤、硬饼子、小葱。而花瓶、大镜子、洋瓷洗脸盆，则成为她们的奢望。对她们来说，花瓶、大镜子、洋瓷洗脸盆就是"天堂"一般的生活。

《女保管》中，我们注意到两类完全不同的物：烂棉花、柴草棍、破布拆、烂套子、白粗布被子、黑粗布棉衣，它们构成一个物系列；龙井香片、土耳其皮帽、直贡呢袍子等构成另一个物系列。这时，物的叙事功能已经更加清晰。前者是穷苦人的所有物，后者是富人的所有物。两个系列的物世界，难以协调。所以我们在《女保管》中听到一种嘈杂的声音，是价值观的不断碰撞，是人们为了利益而起的争吵。

在孙犁的土改小说中，我们既看到了由针头、线脑、火绒、洋取灯、烧纸、寒衣纸、碱面、香油、醋、谷根、豆茬、破鸡筐、半碗汤、硬饼子、小葱、炒豆构成的世界，也看到了由丝、锦、绸、缎、单、夹、皮、棉、衣服、布匹、锡、铜、漆器、大镜、花瓶、牲口、车辆、红货、木器、农具、粮草构成的世界。物搭建的终究还是人的世界，关于人的世界里的故事用物来讲述，产生的是另一番意境。正如马克思所说："工业的历史和工业的已经生成的对象性的存在，是一本打开了的关于人的本质力量的书，是感性地摆在我们面前的人的心理学。"①"物"并不是单纯的物,它们"是感性地摆在我们面前的人的心理学"。它们和它们的主人构成一种同谋关系,它们呈现出它们主人的世界,并以特定的方式将其主人的生成史"摆放"在文本里。

二 "物"对人的异化

尽管庄子在《齐物论》中说"天地与我并生,而万物与我为一"②,但人和物毕竟不同。庄子强调"物我一体"不过是希望人在对待物的时候,多一份体恤之情,多一份同情。这样人与物才可以和平相处。比如,人把汽车看作和自己一样"有生命"的存在,就会特别爱惜,汽车的寿命就会延长。如果认为汽车没有"感知",暴力以待,汽车很快就会"死亡"。在"寿命"这个意义上,"物我"的确是相同的。但这个"相同"是比喻意义上的,而不是本体意义上的。从本体意义讲,人就是人,物就是物。把物看作和人一样的存在,是一种拟人化修辞手段,表达了人待物的一种态度。但若把人看作物,问题就出来了,就变成了"异化"。人一旦被"异化",会出现两种极端倾向:人变成工具——战争机器,杀人机器等;或者人变成"物",任人"宰割"。奴隶,就是"物化"存在:被买卖,被鞭打,被剥夺一切权利。人的异化,不论哪种情况都是人的堕落,是人的悲哀。

在人类发展史上,人不断向着异化之路狂奔而不自知。就像当下中国大多数人的生存境况那样,为了满足自己的物欲,提前消费,用自己的一生偿还贷款,在这一过程中,因为压力巨大,心里只有一个挣钱的目标,丧失了人的本性,变成了房奴、车奴、卡奴……

人在对待物时异常矛盾,这是人类发展到"现代"之后的一种"物悖论"——一方面大量生产物,推销物,甚至通过各种手段刺激人提前消费物,将人变成"物奴";另一方面又在抱怨自己的不自由,甚至抱怨过多的物带给

---

① [德]卡尔·马克思:《1844年经济学哲学手稿》,《马克思恩格斯文集》(1),人民出版社2009年版,第192页。

② 《庄子·齐物论》,中华书局2007年版,第39页。

自己的麻烦。比如，物占领了自己的空间，清理物占去了自己的时间。但人就是陷在这个自己给自己制造的物的怪圈里难以自拔。所以，马克思说："最初一看，商品好像是一种简单而平凡的东西。对商品的分析表明，它却是一种很古怪的东西，充满形而上学的微妙和神学的怪诞。"①

孙犁的土改小说中，就表达了"物"的怪诞——对人的逐步"异化"。"物"本是人生产、制造的，"物"体现着人的劳动价值。对人来说，劳动才是最重要的"价值"所在。只有在劳动中，人的本质力量才能得到显现。但土改时期的人们似乎对劳动失去了兴趣，他们将自己的注意力从劳动转移到物，在他们看来，盯着那些"物"，不让别人得到那些"物"是最大的价值所在。《村歌》中，李三作为干部，天天守在保管股，每天晚上提心吊胆。而村民们不断到保管股向李三表达自己的诉求，希望得到照顾，李三不断给人们做工作。那些堆积起来的浮财，将人心搅得无法安宁。

《女保管》中，大官亭的"浮财"多得让人紧张。除了男女保管昼夜不停地看护外，还有纠察队队长毕洞巡逻，区里派来的李同志睡在保管股的南屋里。甚至因为这村的保管股东西多，事情也杂，还起了个伙食。一个服务于"浮财"的机构建立起来。甚至合作社的一座油坊，开始平分时也停止了工作。人们担心自己不在场而吃亏，跑到平分现场盯着那些浮财和平分过程，结果搞得现场异常混乱。

女保管刘国花更像是个守财奴，认真守护那些浮财。每天"收拾院里的烂棉花，用一个竹筛子筛着，拣棉花里的柴草棍，拣完了就顺手倒在屋里"。她觉得这是公众的东西！棉花扔在院里，下雨糟蹋了可惜了儿的。为此，另一个女保管陈春玉整天骂她："穷性不改！"平分之前的那些日子她夜里很少睡觉，总是坐在院里静听着，张望着，前后院巡逻着，露水打湿了头发和衣裳，她对李同志说："人家给我们扔根洋火，就毁了我们！我是穷人的'看财

① ［德］卡尔·马克思：《资本论》，《马克思恩格斯文集》（5），人民文学出版社2009年版，第88页。

奴'！"如此尽职尽责，却没人赞赏，人们叫她"刘国花同志""有点儿轻视她的意思"。

和刘国花一样尽职的李同志，从小区上接受了分浮财的任务，到村来执行平分，格外认真负责，怕出纰漏。他兢兢业业，大有"澄清天下"的志向。"每天召开会议，下午是新农会的委员会，晚上是新农会全体大会""每天开完会回来，总是已经鸡叫的时候了"。但还是有人不满意，觉得干部们分多了。"有个荣军举着拐杖说：'不能分，要重新搭配！'李同志说：'不能再耽误了，万一我们要受了损失……''哪怕它损失完了哩……也不能叫少数干部多分！'"人们的不满和积怨随处可见。《女保管》中的几个人都变成了浮财的"奴隶"，自己却不知道。

物奴役了人，将所有人变成了自己的工具，但人们却对此一无所知。被集中起来的物不会因为看着他的人而增多，也不会因为人们的照管而增值。但人们固执地看着物，照顾物，在脑子里想象拥有物。创造物的劳动也停止了。人们忘记了物是他们生产的，他们是物的真正主人。

物堆积在一起，像山一样，也像山一样压在人们心里。与孙犁抗战小说相比，土改小说中的人和物更具有"群体性"，他们整天聚在一起开会，就像"物"聚在屋子里那样。而抗战时期的人们很少在室内活动，也难以形成群体开会场面。但抗战时期的人们呈现出精神上的"群体意识"。土改时期聚在一起开会的人们，精神上却各自分离，难以形成具有凝聚力的群体，这正是"物"对人异化的结果。

三 "物"的离间作用

《圣经·创世记》中，亚当和夏娃因为"拿无花果树的叶子，为自己编作裙子"惹怒了上帝，被驱逐出伊甸园。可见，"物"具有"离间"作用。"物"之所以能够"离间"人与上帝的关系，是因为"物"代表着一种权力。物如果掌握在上帝手里，由上帝分配，人必然听从上帝的安排。但人一旦学会了制造"物"，就等于抢了上帝的"饭碗"，必惹怒上帝。在人类发展史上，"上帝之死"与人类的"现代化"密切相关。人在不断发明、创造过程中，实现了曾经难以想象的超越。飞机、轮船等现代交通工具改变了人与空间和时间的关系。人就像"掌控"了时间一样，能够尝试更多事情。在这种情况下，宇宙的秘密越来越少，上帝对人类的意义也就越来越小。

在人与人之间的关系中，"物"具有更强的"离间"作用。它刺激人的欲望、忌妒心，甚至刺激人为了占有某物而采取暴力：掠夺、谋杀、战争。世界上的每一次战争，都是一个国家利用暴力对另一个国家实施的掠夺。可见，物能离间人与上帝的关系，人与人的关系，也能离间国家与国家的关系。

土改时期，人们正是通过"物"对人进行阶级划分的。首先根据占有土地的多少，将人划分成地主、富农、中农、贫农等；之后，开始"斗争"，贫农和雇农对地主进行斗争。抗战时期他们曾是一个突围的群体，共同抵抗日本帝国主义的侵略，但突围任务完成之后，占有土地的不均衡，上升为主要矛盾。斗争开始。随着土地改革的深入，家庭中的"物"也成为划分人群的一个标准。物像标签一样，贴在人身上。人们看到物就知道物主人是什么成分，什么阶级。

《石猴儿》中大官亭有丝、锦、绸、缎、锡、铜、漆器、大镜、花瓶、牲口、车辆、红货等；而《婚姻》和《秋千》中的贫农拥有的是针头、线脑、火绒、洋取灯、烧纸、寒衣纸、碱面、香油、醋、谷根、豆茬、破鸡筐等。不同的物就像不同的人一样，成为阶层、阶级的标志。两种物摆放在一起，导致两类人之间的对立。孙犁将阶级对立转化为"物"的对立，两个不同阶级之间的矛盾变得形象而具体。

此外，物也成为人道德操守的一杆标尺，通过对物的不同态度，还可以对人进行道德评价，甚至可以给人定罪。贪污、腐败正是人对公物的一种占有、挪用。

《石猴儿》中的老侯在对待物的态度上，犯了一个不很严重但性质恶劣的错误。他将不属于自己的物据为己有，还沾沾自喜，到处炫耀。且他所占有之物与他的身份极不相调。因为用缎子绣上花做成烟荷包，再挂上小玉坠，是典型的剥削阶级形象，是腐朽没落生活方式的象征物。老侯虽然长期给地主当管家，接受了地主阶级的生活方式，但当时他是贫农团的干部。这种奢侈之物，会给农民一个错误引导，与国家满目疮痍的气氛极不合拍。土改时期，是需要艰苦奋斗和艰苦朴素的时期，烟荷包作为一种消费、装饰物，会降低人们的战斗力，导致士气低下。老侯自然没有如此政治觉悟，只是因为长期受地主阶级生活方式影响，本来就喜欢漂亮东西，现在能够不费吹灰之力得到，也就毫不客气了。但当他在其他农民干部中炫耀时，引起了其他人的强烈反应，大家都觉得漂亮，夸赞不已。此时，不制止，不批评，势必产生巨大影响，其他农民团成员，也会仿效老侯的做法，到贫农团找自己喜欢、漂亮的小东西。果真如此，土地改革的性质瞬间就会演变成一场"抢劫"，一种杀富济贫性质的运动。老邴作为老干部，有相当的政治觉悟，听到人们的强烈反应和老侯的得意腔调，很生气地质问批评老侯，责令老侯反省。但老侯不知道自己反省什么。在他看来这有点"鸡毛蒜皮"，反省等于小题大做。但老邴异常严肃，把此事当作一个重大的政治问题看待。最终将老侯调到党校整风去了。可见，"物"时时发挥着离间作用。

土改时期，"物"几乎成为人们的一种思考方式，人们常常通过"物"对人进行评判、区分，甚至因为对"物"的态度不同而彼此区别。老侯和女保管陈春玉，因为长时间为地主服务，接受了地主阶级的价值观，甚至羡慕地主阶级不劳而获的生活方式。他们在一起，"好说过去这院里拾掇得多讲究，多阔气，哪个人什么脾气，过年过节吃什么东西，婚丧嫁娶有什么排场"。而女保管刘国花则坚决抵制地主阶级的所谓排场。每当老侯和陈春玉议论地主家过去的排场时，她就说："不叫他们排场大，还不斗他们哩！"刘国花和陈春玉因此成为一对冤家。

《婚姻》中，大马庄的人为了分买拆炮楼的砖瓦，东西两头结成宗派，尖锐对立起来。村长将反对他的如意关了一夜，造成了很坏的影响。他还诬陷如意和宝年乱搞男女关系。宝年的父亲怕受连累，不许宝年和如意谈恋爱。"物"不但将村长和村妇女主任之间的关系变成了敌对关系，还成为如意和宝年自由恋爱的一道屏障。

孙犁土改小说中的物，没有将人们带进更幸福的新生活，反而给人们制造了许多新的矛盾，让人与人之间的关系变得更加复杂，甚至仇恨起来。

四　关于"物"的思考

孙犁在土改小说中，尝试着用各种方式处置物，在平分过程中，他发现，无论怎么处置物都无法令人满意。他尝试了按劳分配、按需分配等。比如《女保管》中，在给二孚包包袱的时候，陈春玉说："按说二孚就该多分点儿！"言外之意是二孚有功，这是在贯彻按劳分配原则，多劳多得。但曹二孚说："俺不多分，做工作是应当的。不过俺娘老是叨叨，愿意分件送老的衣裳……"既表现了积极的政治思想水平，也贯彻了按需分配原则，但按劳分配原则被否定了。按劳分配之所以被否定，至少有两个理由：其一，按照社会主义原则，管理者是人民公仆，是为人民服务的，他们多劳多得，也就违背了党性原则；其二，关于劳动的性质和量的界定存在问题。比如，《女保管》中刘国花和陈春玉工作性质一样，但刘国花在值班时不断"收拾院里扔着的烂棉花，用一个竹筛子筛着，拣棉花里的柴草棍，拣完了就顺手倒在屋里"。而陈春玉值班的时候好坐在那张翻身石桌旁边，抽着烟，和管大账的侯先生说闲话。但陈春玉不但不觉得刘国花的劳动有效，还认为刘国花"整天家这样乱摆列！弄得屋里不像屋里，院里不像院里！"刘国花并不理直气壮，她反驳说："这是公众的东西！棉花扔在院里，下雨糟蹋了不可惜了的？我拾掇起来，又有了不是？"陈春玉就骂她："穷性不改！"显然，陈春玉想保持整洁，刘国花破坏了整洁。两个人之间争吵不休。虽有价值观的区别，也有对有效劳动的不同认识。如果站在今天的立场，很多人可能会站在陈春玉的角度，把整洁当作劳动标准。但在当时，刘国花才是时代的模范。这两个人的劳动如何评判？

按需分配作为共产主义理想，一时还不好反对。所以，当曹二孚说要给娘分件送老的衣裳时，"李同志点了点头"。接着，大家都开始"按需索要"了。陈春玉扔出一件小孩儿的花袍，说："给我包上这一件！回头给了俺家小外甥！"侯先生也从大堆上挑出一顶土耳其皮帽，放在身边，等搭配他的包袱时，也扔过去，包上了。很快，屋里的工作情形就变了，每个人都记起了老婆孩子的嘱咐，挑选着合适的果实……结果可想而知，那些真正的群众，远离平分现场，无法按需得到自己想要的东西，不满情绪开始蔓延。

按劳分配和按需分配都无法贯彻落实下去，这个时候，人们不得不问，关于物到底应该怎么处置呢？平分不行，按劳不行，按需不行，怎么办？

物之所以带给大家难题，是因为人们改变了物的所有制形式。一直以来，物属于人，是某人的所有物。而土改时期，物从其主人手里剥夺出来，第一次脱离了它和主人的私有关系，变成了公物。"公物"的潜在含义是：每个人都拥有对它的处置权，但实际上每个人又都无权处置。比如，女保管和老侯私自处置了一小块儿缎子和一个小石猴儿，引来了一堆麻烦。两个人顶着作风不好的名声，老侯还被"整风"。用心照料"公物"的刘国花不被肯定，蹭吃公家饭的人也一样遭人讥讽。想通过使用"公物"赚钱的人，自然也心虚，不敢声张出去。"物"一旦被贴上"公有"标签，就意味着无人可以处置，无人可以使用，公物成为悬空之物。与"公物"相对的是"大家"，而"大家"是抽象的、概念化的。如何在具体的物和抽象的所有者之间架起一道桥梁呢？这恐怕是一个无法解决的经济学难题。

孙犁在土改小说中思考了人与物的关系，但没有解决这一问题。他把问题提出来，留给了我们。他让我们看到，物一旦成为"公有"，就被高高悬置了起来。而作为悬空之物，它就出现在每一个人的视野里，给人造成一种假象，只要伸手可及便能得到，人的欲望被空前刺激起来。当每一个人在意念中得到物，实际却得不到时，失落感倍增，对得到物的人的怨恨也会倍增。比如，《正月》里多儿的姐姐说："我们翻了身，也得势派势派！三妹子，你说吧，要什么缎的，要什么花的，我们贫农团就要分果实了，我去挑几件，给你填填箱！"多儿的娘也说："这村也快分了，你该去挑对花瓶大镜子，再要个洋瓷洗脸盆，我就是稀罕那么个大花盆！"在平分开始之前，人们已经在意念上得到了某些东西，当实际情况与此不符时，其失落感是巨大的，不满和怨愤也就更大。人与人之间的关系也就埋下积怨了。《婚姻》中大马庄村东头和村西头之间的结怨和宗派也就是这样留下来的。

但作为一种参考方案，作者将刘国花当作解决问题的一个选择，提供给我们。刘国花两袖清风，绝不近水楼台，对想占公家便宜的人也毫不客气。当时，保管股开了伙食，"谁来了，赶上吃饭，不饿也要喝一碗。刘国花不吃，赶不上回家吃饭，就坐在门口啃她带来的干粮，也不到厨房去。人们只好喝着杂面汤，冲着她喊'模范'她也不理。等那些吃蹭饭的人们放下碗筷擦嘴要走的时候，她才说：'回去端个盆来吧，大伙里的粮食，吃着又不心疼！'"刘国花很穷，但很廉洁。即使有合理的理由享受公家的物资，她也坚决拒绝。别人怎么嘲讽都没用。当"纠察队长毕洞，要到张岗庙会上开饭铺，来借保管股的家具和碗筷，叫刘国花洗涮"，刘国花坚决拒绝。"毕洞恼了，大声吓唬她。"她说"要嚷到街上去"，毕洞也就服软了，"你别嚷了，赚了钱分给你一份，行不行？"刘国花又拒绝了。下雨天，刘国花没有雨伞，保管股里就放着雨伞，但她不用。陈春玉说："你这个人，这么大雨也不打个伞，可就淋成个水汤鸡儿，保管股里那么多伞！"刘国花很不客气地说："我是个傻子！"刘国花因为管住了自己，所以就什么也不害怕，对谁也不客气，不讨好，不巴结。刘国花对"物"的态度，正是作者对物的态度。怜惜物、珍爱物，但绝不贪占不属于自己的物。当别人伸手公物时，不怕得罪人，敢于拒绝。但刘国花势单力孤，面对来自老侯、陈春玉、毕洞以及蹭吃的人们时，她幼稚得让人嘲笑，得不到任何支持，让人替她捏着一把汗。作为一条理想的救赎之路，刘国花似乎还需要点制度的支持。若没有更好的制度，刘国花不但走不远，可能还会遇到《婚姻》中如意遇到的危险。孙犁通过小说让我们看到物在我们生活中的分量，让我们思考物的不可轻视的作用，是对我们警钟长鸣。

第二节　孙犁土改小说中的"聚散结构"

中国道家主张"齐万物"，思维方式是"整一"。儒家强调"礼"，就得将人按照不同的划分标准分层次、等级，目的是安排秩序，要求不同层次、不同等级的人恪守本分。两种思维模式都存在，但因儒家被统治阶级利用，其思维模式逐步流行，影响甚广。中共领导的中国革命虽采取反封建立场，思维模式仍与儒家将人进行层次、等级划分异曲同工。但同时吸收了马克思的阶级对立思想，将人群分成剥削—被剥削、压迫—被压迫两个对立团块。这表面上是简单的二元对立，但在实际工作中复杂得多。1948 年毛泽东在给"边区政府机关"的指示中指出："像晋冀鲁豫这样大范围的政权机关不应只是代表农民的，它是应当代表一切劳动群众（工人、农民、独立工商业者、自由职业者及脑力劳动的知识分子）及中产阶级（小资产阶级、中等资产阶级、开明绅士）的，而以劳动群众为主体。"① 可见，当时的干部多采用简单二元对立思维模式，对中国社会的复杂程度了解不够。毛泽东对中国社会各阶层，及其中国社会的思维模式有较深刻了解，所以，在整个中国革命进程中，他基本采取儒家思维模式＋马克思的二元对立思维模式。而在具体工作方法上，采取儒家的教育方法。表现在形式上就是先聚后散：聚是为了说服教育；散是为了再聚。抗日战争时期的"团结一切可团结的力量"就是"聚"的思维模式。土地改革时期的"划分"就是散的思维模式。先"聚"后"散"成为中国革命的一大特点。抗日需要"聚"，天下有志之士，纷纷"聚"到一起，形成一个巨大的抗日突围群体，一起接受教育、改造，然后又"散"到各地从事具体的革命工作。就整体来看，抗日阶段是"聚"，土地革

---

① 毛泽东：《边区政权机关不应只代表农民》，《毛泽东文集》（第五卷），人民出版社 1993 年版，第 33 页。

命时期是"散"。就土地革命阶段的具体工作方式来说，采取的仍然是先"聚"后"散"，但对象变成了财、物。所有财物先被"聚"到一起，清点造册，然后平"分"。"聚散"似乎成为一种基本思维方式和工作方式。最典型的流传至今的聚散模式，就是开会。毛泽东在一次妇女大会上就曾讲过："我们共产党号召全中国的男女同胞，统统开会，统统结团体，而现在特别号召女子起来。"① 开会，像教师召集学生上课一样，先集中后解散，再集中再解散。这是自孔子以来延续至今的一种基本教育方式。孙犁从土改时期的现实中提炼出"聚散结构"，很好地概括了那一时期中国革命的特点。下面从三个方面论述。

一　空间并置叙事方法与人"聚"心难"聚"

孙犁土改小说的叙述者常常将两个对称空间里的故事放在一起讲述。先讲 A 空间里的故事，然后讲 B 空间里的故事。A、B 两个空间又常常呈现出对称并置的结构模式。《石猴儿》的叙述者，讲述的是大官亭发生的故事，但小官亭的故事也没忽视。他先从小官亭讲起，然后引出大官亭的故事。这样大小官亭就作为一个对称结构被并置到叙事当中；《秋千》讲述的是张岗镇的故事，但"张岗镇是小区的中心村，分四大头"。这样故事展开的过程也就渗透进空间对称产生的阻抗效应了；《婚姻》讲述的是大马庄的故事，但大马庄偏偏分东头和西头，一个大空间拆分成两个对称空间并置在一起；《女保管》似乎是单一空间里的叙事，是大官亭的故事，但因为叙事核心是仓库，是保管股，而保管股又成了当时政治斗争的中心。这样，保管股所处空间与人们的生活空间区别开来，一个空间拆分成两个对称空间。

空间对称的目的是推进故事的发生和发展。因为，只有当故事发生在两个对称空间时，矛盾冲突才会自然而然地发生，叙事调度也才可以随心所欲。《石猴儿》中，大小官亭两个空间不仅对称，而且产生对比和烘托。两个空间

---

① 毛泽东：《妇女们团结起来》，《毛泽东文集》（第二卷），人民出版社 1993 年版，第 170 页。

发生的故事彼此推进，使小说的叙事进程显得自然而然，抹去了人为痕迹。小官亭的人为分浮财争吵时，为了转移他们的注意力，把大官亭引了进来。大官亭、小官亭在形式上是对称的，在内容上是对比的。在对称和对比中，故事得以推进。"大官亭附近有个小官亭，小官亭的浮财，账单不到一尺长，有几个妇女坐在炕头上，一早晨的工夫就分清。"分清了人们还争吵，为了停止争吵，大官亭的故事得到叙述："你们到大官亭去看看，人家那里，丝绸锦缎，单夹皮棉，整匹和零头的绢纺，堆满五间大房子，间间顶着房梁。要像你们这样争起来，就一辈子也分不清了。"大官亭的故事起到了抑制小官亭争吵的作用，但不免引起小官亭人们的羡慕情绪。为了平衡小官亭人们的羡慕之情，大官亭的故事便朝着令人遗憾的方向发展。当"小官亭的人们正议论大官亭的红花热闹，大官亭的贫农团却出了问题"，小官亭的人获得一次心理补偿。至此，对称并置的两个空间相互阻抗，使得故事呈现出丰富、多层、复杂的形态。当并置的两个空间完成了推进故事的作用以后，小说叙述的重点停在"出了问题"这个节点上。这样故事的讲述就有了两拨听众，一拨是小官亭的人；另一拨是正在读故事的人。两拨听众又构成两个对称的空间结构，彼此呼应。

《秋千》因为将张岗镇拆分为东西两头，故事便可以悄悄地在两个空间里进行。推动故事发展的，仍然是不同空间里人们的利益冲突。故事的叙述是从张岗镇的西头开始的。西头的气势一上来就很"嚣张"，"西头有一帮女孩子，尤其是学习的模范。她们小的十四五，大的十七八，都是贫农和中农的女儿。她们在新社会里长大，对旧社会的罪恶知道得很少。她们从小就结成一个集团，一块儿纺线，一块儿织布；每逢集日，一块儿抱着线子上市，在人群里，她们的线显得特别匀细。要买你就全买，要不就一份也不卖，结果弄得收线的客人总得给她们个高价儿。卖了线，买一色的红布做棉裤，买一个花样的布做袄，好像穿制服一样。吃过晚饭，就凑齐了上学去，在街上横排着走。在黑影里，一听是她们过来了，人们就得往边上闪闪。只许你踏在泥里，她们是要走干道的，晚上也都穿着新鞋。"来自西头的这群女孩子将西头的气势演绎得霸气十足，但因为是女孩子，也就少了点匪气，多了点天真的矫情。又因为她们爱劳动，爱美，这种矫情也就被抹去了不少，变得让人羡慕了。但故事这样发展下去，太顺畅就会显得单调。所以，很快，"东头扎花的刘二壮"开始反击，提出"西头大娟家，剥削就不轻，叫我看就是富农"。这句话在当时杀伤力极强，听到这话，"人们都望着大娟。李同志觉得在他的面前，好像有两盏灯刹的熄灭了，好像在天空流走了两颗星星。他注意了一下，坐在他面前长凳上的大娟低下了头，连头发根都涨红了"。村东头和村西头也就不仅仅是空间位置的区别了，他们在精神上也属于不同的空间，又因为空间位置的远离、相对，终于出现了较劲儿、对抗。西头姑娘们的气焰瞬时间被东头小伙子压下去了，阻抗效应产生，故事显出扑朔迷离的一面。大娟家是否富农不重要，重要的是两个空间里人们之间的关系得到叙述。A空间的人不能处处得意，永远闪光，B空间的人一定会因忌妒而不满，因不满而报复，而找事，两个空间就必然相互阻抗。生活就这样无法一帆风顺地发展，总得有点矛盾，有点斗争。叙事也就风生水起地展开了，但又显得自然而然。

《婚姻》讲述的是发生在大马庄的故事，故事发展的空间本可以相对稳定的，但这个村"为了分买拆炮楼的砖瓦，东西两头结成宗派，尖锐地对立起来。东头宗派的头领是村长，村长的祖父是一个小地主，又在村里开着一座药铺，没事的时候，好坐在大梢门底下看看《三国》"，东头的强势也就交代清楚了。东头的村长喜好势派铺张，利用职务之便占大伙便宜，"村里人，西头反对得更厉害，因为如意当着指导员，有机会人们就向她耳朵里吹风：'什么便宜事，也没咱西头的了！''难道咱这一头就没个能行的人吗？'"利益冲突，转变为空间对立。不同空间的人都在寻找代言人，以保证利益分配时的均衡。东头的代言人是村长，西头的代言人是如意。村长和妇女队长地位不对等，其代表的利益团体也必然出现一盛一衰，最后以村长为代表的东头战胜了西头，对西头宣布了"戒严"，其代言人也被关押起来。大马庄成了村长的天下，变得平静下来，聚散结构遭到破坏。

中国源远流长的"连坐制"将同一空间的人们牢牢维系在一起。空间具有集体无意识作用。不同空间既意味着不同利益，也意味着不同权利和价值选择。因而，利用不同空间里人们利益冲突进行叙事，给人真实、自然、可靠的感觉。孙犁土改小说通过设置对称空间，推进小说的矛盾进程，契合了中国传统文化和传统习俗，是一种独特的中国式结构模式。

二 "场所"① 叙事与财"聚"人不"聚"

"场所"是人类活动的区域。场所特性常常具有叙事功能，向人们讲述正在或曾经在"这里"活动的人们。名人故居就是一种可以叙事的"场所"，宗教建筑也可以进行叙事。孙犁抗战小说中提炼出来的"拟家结构"，叙事场所在家庭内部，气氛是典型的家庭生活模式，虽有八路军这一政治因素介入，但因其叙事姿态的"低"，未破坏家庭内部的和谐，其性质是凝聚。土改小说中，叙事场所发生了变化，变成了"开会"场所。政治因素强行介入，将叙事气氛变得紧张起来。有时候，叙事是在真正的"家"里进行，但因政治因素强行介入，将家变成了开会场所，失去了"家"的温暖。《正月》里讲述了一次家庭聚会，多儿、两个姐姐、母亲，娘儿四个在自家的炕头上唠嗑，谈论多儿的婚事。但谈着谈着，谈到了阶级立场上去，价值观出现矛盾，"娘儿几个说不到一块，吵了起来"。女儿和母亲是最亲的关系，女儿回娘家是最温暖的事情，娘儿四个坐在炕头唠嗑是最享受的事情，但因政治内容的强行介入变成了一次家庭会议。"家"和"炕头"也都政治化了。这与抗战时期"拟家结构化"的社会氛围完全相反。土改时期一切都是分的，是"聚散"模式。可见，孙犁对社会现实的把握和提炼是准确到位的。

孙犁土改小说中的人们似乎在不断开会，各个级别的会议，各种内容的会议："土地会议""小区联席会""小区工作组开会"等。只要开会，人们

① ［美］诺伯－舒兹：《场所精神——迈向建筑现象学》，施植明译，华中科技大学出版社 2010 年版，第 7 页。

就得聚集在一起。而只要聚集在一起，矛盾、冲突就难免集中表现出来。聚集场所成了观念生产和输出的集散地。不同观念在聚集场所里表现出来，又在聚集场所里传播和更新，目的是统一观念。

　　孙犁前几篇土改小说，以浮财的聚散为主要内容。《石猴儿》中小官亭的妇女为了平分浮财聚在一起。小官亭村子小，浮财少，其聚集场所也小，"有几个妇女坐在炕头上"，炕头就成为一个聚集场所。只要有聚集，就会有矛盾。所以，小官亭的浮财虽然"分清了，可是人们还有意见"，争吵也就不可避免。大官亭因为村子大，浮财多，事情复杂，聚集场所也就随之升级，出现了"土地会议""小区联席会""小区工作组开会"三级会议场所。叙述先是这样："工作组刚从土地会议上下来。"这显示出"土地会议"规格之高，是一个自上而下的空间结构，像楼层一样，这个"土地会议"位于第三层。"小区联席会议上，大官亭一个代表反映老侯有男女问题"，这是中间层的会议，具有承上启下的作用，是一个信息通道。这个会议负责向下传递上层精神和指示，接受来自下面的信息反馈，并负责解决问题。大官亭的代表反映了问题，意味着这个会议的成功，也意味着接下来要发生的事情。所以，当"小区工作组开会的时候"老侯成了众矢之的，老侯和老邴之间的观念冲突发生。大官亭人的频繁聚集实际是因为物的聚集。大家商讨怎样处置"聚集"在一起的巨大财物。这在当时成为一项重要工作，也成为整个社会的矛盾焦点。大官亭的浮财聚集在"五间大房子"里，好像也在召开会议，但由于"间间顶着房梁"，让人感觉到"空间的拥挤"，作为浮财的物，似乎也充满了嘈杂的争吵。聚集起来的物什么时候不分下去，人们的争吵就不会停止，社会矛盾就不会平息。以散为目的聚通过"分浮财"的形式被充分表达出来。"聚散结构"深刻含义得到揭示：人像物一样，是不能聚在一起的，只有将他们分散下去，给他们充分自由，社会才能安定下来。就像被聚在一起的这些浮财。作为物只有被使用才能发挥功能，而聚集在这里不但发挥不了作为物的功能，还给人带来一系列麻烦，导致社会不安定。

《女保管》的聚集场所是一户地主家的院落。这里也存在两种聚集模式：一是物的聚集模式；二是人的聚集模式。物被聚集在五间大房子里，需要人的照看，人也就不得不聚在这个院落里。物的聚集模式在《石猴儿》里有交代，是间间顶着房梁的拥挤聚集。而人的聚集模式反而呈现出一种宽松、舒适的空间模式。比如，女保管"陈春玉好坐在那张翻身石桌旁边，抽着烟，和管大账的侯先生说闲话"，但还是出现争吵，而且争吵得很厉害。女保管刘国花和女保管陈春玉"老是闹不团结，顶嘴抬杠"。因为二人的价值观、生活观完全不同：一个讲究朴素、朴实，另一个讲究排场、气派；一个勤劳、节俭，另一个懒惰、铺张。不同价值观的人聚集在一处，必然出现矛盾和对抗。平分工作开始，人聚集到物的空间里，人与人的对抗，物与物的抵抗，人与物的对抗搅和在一起，场面异常混乱。空间呈现出嘈杂、不安定因素。"包袱包好了，宣布要分的时候，有个荣军举着拐杖说：'不能分，要重新搭配！'"另外一些人也跟着喊："哪怕他损失完了哩，也不能叫少数干部多分！"人们之间的紧张对峙局面出现。"李同志耐心解释，好说歹说才把果实分下去了。以后还出了很多麻烦事情。"物的"聚散"过程引发的人的矛盾揭示出人与物之间的复杂关系。人虽然不是物，但人与物确实难舍难分。在文明社会里，没有物人根本无法生存，当物被控制的时候，人不得不低下高贵的头颅。《村歌》中，当所有的浮财被聚在一起的时候，有多少人找李三乞求关照啊。地主的儿媳妇从不出门，此时也不得不羞答答地跑出来，给李三说尽好话，但李三是不会照顾她的。因为地主阶级是当时主要的斗争对象，人们分的就是他们的浮财。物似乎变成了权力的化身，人们通过掌控物掌控了人。这也是物最终能够异化人的原因吧。

《婚姻》讲述的故事发生在大马庄。大马庄的年轻人在抗战时期的聚集场所是"河滩上""高粱地里""地洞里"。但那时大家共同的敌人是日本鬼子，所以，青年男女聚在一起，无论怎样的空间都不会出现摩擦。"他们在炎热的河滩上……用浑浊的河水解渴，烧熟山药豆角会餐""有时在无边的高粱地里用高粱秸和衣服支架成一个小窝棚，用豆棵做被褥，睡在里面。有时共同钻到那阴暗潮湿的地洞里，紧紧靠在一起，大气也不敢出，互相听着心头怦怦地跳动""相互仗胆和相互救护"。但"打败鬼子，拆除了炮楼……填沟平路，再种上庄稼"，人们之间的关系反而变得紧张起来。因为大家的聚集失去了稳定的空间，没有会议场所，没有炕头，而是被村长"动员了全村的人马车辆，给他拉砖送土"。村长召集大家聚集在一起，为他修房盖屋。开会的场所变成了劳动场所。村长的权力通过分配物体现出来，又通过安排人进一步被强化。似乎暗示出，土改时期的会议场所，让大家聚在一起各抒己见的场所，已被取消。群众没有了发言的场所，只能寻找自己利益的代言人，如意就被推了出来。如意作为西头利益的代言人，在干部会议上给村长提意见，和村长争吵了几次，事情越闹越大，发展成一场政治阴谋。"村长站在新房顶上，用大喇叭向西头宣布了戒严。"西头的代言人如意被"传"，并被"审"，被"看押"。东西两头的矛盾就这样不断升级，最终敌对化。《婚姻》中人群的分，变成了群众与干部之间的分离，但根源还是财物分配的不均衡，干部因掌握分配财物的权力，并掌握决定群众为谁劳动的权力，群众是否可以开会的权力，而群众此时已经越变越被动。代表群众利益的少数干部成为被打压的对象，社会矛盾悄悄发生变化。

从《石猴儿》到《婚姻》，中国社会的"聚散模式"逐步清晰。经过几次聚散，最终改变了聚的形式，由全体参加的"聚"逐步缩小为少数人的"聚"，"聚"变成了一种权力象征。《石猴儿》中有群众参与的"聚"，到《婚姻》时看不见了。"聚"没有了，意味着社会基本趋于稳定状态，稳定成干部与群众二分模式。

三　时空凝聚叙事模式与人本性上的抗"聚"

人是独立的个体，人没有办法变成一个大机器上的螺丝钉，人的思想或许可以统一，但人的天性仍然难以抹平。就像杨绛在《干校六记》的末尾处所说："改造十多年，再加干校两年，且别说人人企求的进步我没有取得，就连自己这份私心，也没有减少些。我还是依然故我。"① 人最为柔弱，可轻易毙命，但人性是内在的、看不见的。杨绛作为来自旧社会的传统女人、知识分子，在干校里可以做最脏的活，可以光着脚踩在泥巴里，但她骨子里属于杨绛的那个部分是谁都无法抹平的。抗战时期的中国农民因为民族危难一下子被激起万丈豪情，他们身上的无私、奉献、勇敢等正面品格表现得极为充分，因为他们知道非如此不可以保国，非保国才可以有家。因而孙犁说，那是时代使然。而土地改革开始，农民们似乎很快恢复到传统生活当中，变得斤斤计较、狭隘、自私的负面品格带出来。实际上，那些堆积如山的"物"以及对平分的希冀，是刺激他们身体里的自私、狭隘的关键因素。他们既然在一无所有的时候为别人卖掉自己的嫁妆，也可以对一件衣裳毫不吝惜。那取决于社会风尚，或者取决于制度的严格、合理、公平。想开几次会，学几篇文章就解决人的问题，似乎有点简单；通过斗争、折磨的方式规训人也没那么容易达到目标。这就是人的本性难以更改的一面。但当有真、善、美时，人又自由跟随，心向往之，甚至牺牲一切而追求之，用不着别人逼迫、毒打。这是多么奇怪的事情啊！

孙犁对人的观察和洞悉，使他发现了人的难以磨灭的本性，但这种发现，表达出来并非易事。从环境与人的关系讲，一个人之所以如此这般，是一个很复杂的相互影响、濡染的过程。在表达这层意思时，孙犁选择了"时空一体"叙事方法。时空一体偏重时间时，就是时间的空间化；偏重空间时，就是空间的时间化。尽量抹去时间和空间的明显边界，使时间和空间处在混沌胶着状态，显示出人性复杂的一面。这样，对"公""私"冲突的叙述就变得自然，并有了依据。因为人就是一个独特、复杂的时空体。只有通过时空一体叙述模式，人性的复杂才能得到揭示。

"空间的时间化"，通过"空间化了的利益群体"之间的冲突，表现出来。菲利普·E. 魏格纳说："空间，不仅是政治、冲突和斗争的场所，也是

---

① 杨绛：《干校六记》，生活·读书·新知三联书店2015年版，第62页。

被争夺的事物。"① 人们在争夺空间的过程中，形成了不同的利益群体。好的、有价值的空间被强势群体所占领，弱势群体只能选择边缘化的、价值较小的生存空间，任何一个时代均如此。这样，每一生活空间都必然是历史化的空间，也是空间化了的历史。村庄作为"空间化的历史"，是不同家族斗争的场所，人们在村庄里的位置、所占空间的大小，是一个家族兴衰的"历史"。孙犁的土改小说，在讲述村庄里的故事时，总是提到村庄里的不同方位：东头、西头、南头、北头。一个村庄按照方位划分为不同的利益群体。这种因方位而形成的利益共同体，既是时间的痕迹，是时间之流的河床，也是阶级、家族历史留在空间上的遗迹。《婚姻》中，如意之所以和村长争吵，村长之所以打击报复如意，就在于村长属于东头，如意属于西头。两头形成宗派，在平分财物时发生了利益冲突，结下了仇怨。可以设想，如意和村长是一头，这个问题就不会发生。即使如意年轻气壮，说话不礼貌，村长也不会采取那么恶毒的手段对如意打击报复。《秋千》中，刘二壮和大娟一个东头一个西头，不同的空间各自形成了牢固的区域利益，也就较容易发生矛盾冲突了。

时间的空间化通过抹去时间的线性特征，把时间切分成几大板块——抗战之前、抗战之后、土改时期——表现出来。这样时间就像空间一样具有了外部特征。每一个时间板块都所指明确。三块时间里发生的事情形成鲜明对比，让人感到历史的某种胶着状态。孙犁土改小说中有两条流动的河：一条是时间之河，另一条是人性之河。时间之河的前行有时与人性之河的进化是一致的，有时却出现相反的方向。前行和后退，两股力量彼此作用，让人感觉到一种扭结在一起的阻抗效应。就像拔河比赛，双方都在用力把对方带向自己一边：当势均力敌时，便处于胶着状态；一方获得额外帮助，便会战胜另一方。"战胜"，有时意味着"前进"，有时并不意味着"前进"。

《秋千》中，时间的划分是通过个人历史叙事完成的。大娟家被刘二壮指

---

① 菲利普·E. 魏格纳：《空间批评：地理、空间、地点和文本性批评》，［英］朱利安·沃尔弗雷斯编《21 世纪批评述介》，张琼、张冲译，南京大学出版社 2009 年版，第 249 页。

为富农。大娟反对，要求调查，大娟爷爷的历史被牵扯进来。大娟爷爷的历史分为抗战之前和抗战之后两个板块。抗战之前，大娟爷爷曾经不务正业，吃亏一次后开始做小本买卖，积攒了几个钱后就开始买房子置地，家业兴旺起来。这段时间是大娟爷爷个人历史最辉煌的时期。然后日寇入侵，放火烧了一切，大娟爷爷破产。大娟所处的时代正是土改进行时。小说的时间就分为：抗战前、抗战后、土改后。在三个时间板块里，抗战前期，人们的生活状态似乎更好一些，抗战之后，由于日本人的烧杀，日子最艰难；而土改时期则处于变动不居状态，人们的物质生活条件变好了，但大娟遇到的划分阶级成分问题，带给她极大的精神压力。不过，大娟的问题很快解决，痛苦也就随之而去了。这里隐藏的问题是，刘二壮为什么指证大娟家是富农呢？按照大娟的意思，她家很穷，她从小靠着一双手吃饭，这是人所共知的，可刘二壮怎么不知道？如果刘二壮因为和大娟不在"一头"，不了解大娟家的情况，他怎么知道大娟爷爷曾经做过买卖呢？可见，刘二壮的指证是可疑的，有报复大娟一帮女孩子霸道招摇的嫌疑。总之，刘二壮可能并非出于公心。和大娟要好的女孩子们要求李同志调查，也并非完全公心。两种力量出现对抗，处于胶着状态。

《正月》里，时间也是三大板块：抗战前、抗战后、土改时期。抗战前多儿的娘和多儿的姐姐的命运是相似的，这意味着历史没有因为时间的向前流动而使人们的生活发生改变。时间只是将一架织布机烟熏火燎地变黑了，并没有让母女两代人的命运有所不同。抗战后，多儿的命运被改变，她在参加抗战工作的同时得到成长，也得到了一份爱情。土改时期，多儿和刘德发要结婚，正好赶上平分，多儿的婚礼因而比两个姐姐的婚礼要势派得多，风光得多。如果说抗战前的时间流动没能带来生活的改变，抗战后和土改后人们的生活发生了巨大变化。这里也仍然隐藏着一个公私冲突问题。婚礼之所以如此热闹、势派，与刘德发的身份和地位不无关系。刘德发作为农会主席，多儿作为妇女部长，两人的结合并非普通百姓的结合。所以，大官亭动员了所有车辆。按理说，刘德发和多儿的婚礼应该由他们自己操办，但故事中似乎是大官亭的代表代替刘德发操办婚礼，并以村代表的身份和小官亭的代表商量如何操办。两个人的婚礼变成了两个村的婚礼。这和《婚姻》中，村长安排全村的马车给他家拉砖盖房是一个性质，都是公私不分的。但因为是正月，又因为是婚礼，大家忽略了其性质。

《女保管》中的时间板块是通过陈春玉和老侯的聊天呈现的。他们讲述的是抗战前期地主家的生活情况，其势派、其铺张都已成为过去。而眼下正是土改平分期间，地主家的院落成了仓库，存放着没收来的各家的浮财。中间的抗战板块被省略了。这个故事中，公私冲突最为明显。陈春玉和刘国花作为保管，负责看管公物，刘国花尽心尽责，一心为公，而陈春玉则糊弄、卖好，拿公家的东西讨好大家。两个人一公一私形成对比。故事中很多人私心严重，但表现得很通情达理。比如，曹二孚作为农会主席，本应遵守大家制定的分配原则，但在具体分配时东挑西拣，大家都模仿他的行为，平分浮财的活动出现混乱，给群众留下了很坏的印象。陈春玉更是自私到极点，又能说会道，让人们注意不到她的用心，自己占了公家的便宜不说，还卖好给大家，利用公物结交个人关系。毕洞作为治安员，用公物谋私利，还要挟刘国花。但刘国花和李同志二人表现得公私分明不占公家一点便宜，可谓是两袖清风。小说有对抗，有冲突，有争吵。

《婚姻》中，抗战前的历史与如意的母亲有关，那时，如意的母亲没有追求爱情的权利；抗战期间，如意和宝年得以自由恋爱，那是他们最快乐的一段时光，尽管冒着生命危险，吃喝匮乏，缺衣少盖，但他们非常快乐。土改之后，一切都好起来了，路填平了，地种上了，敌人的炮楼拆毁了，但他们的爱情反而遇到了麻烦，如意和宝年追求的自由恋爱成了"淫乱罪"，两个人不但被撤职，甚至不能见面了。历史在这里没有按照人们的预想向前发展。为了利益，村长代表的"一头"和如意代表的"一头"产生矛盾，两拨人越闹越厉害，引起上级关注，派人下来调查。下来的领导，因为和村长的交情，不但不进行调查，反而帮着村长对付如意和宝年，使如意和宝年有理无处讲。这篇小说的不同之处在于，对抗双方的胶着状态，因为新的力量介入，一方战胜另一方，村庄里的矛盾暂时被压制下去。

孙犁土改小说的聚散结构，反映了土改时期的社会样态，人身体聚集在一起，心已无法凝聚。这一特定社会现实，既无所谓前进，也无所谓倒退。因为，每个人都是一个单独的个体，他们有各自的方向和目标。战争时期，民族危难，他们暂时放弃自己的目标和利益，奔赴国难，表现出空前的团结，那是一种高风亮节，是特殊历史时期的特殊精神机制。而当民族危难解决之后，人们必然恢复到平静的日常生活中去，还原为一个单独的个体，各自的方向和目标又彼此区别开来，人与人之间的摩擦、冲突，矛盾、斗争，会因琐碎的小事而发生。相比于刚刚过去的抗日战争，相较于人们曾经的大公无私，这个时候的"私"就显得格外醒目了。孙犁土改小说牢牢抓住不同社会阶段人的精神状态的演变轨迹，巧妙地赋予这种精神状态一种艺术形式，使其能够形象地活在文本当中，既是对文学的贡献，也是对历史的贡献。

第三节　《铁木前传》："拟家结构"的解体

《铁木前传》是孙犁前期小说的最后一篇，是对土地革命的总结性叙事，人性的倔强在这篇小说中被挖掘出来。或者可以说，轰轰烈烈的中国革命在经历了抗日战争、土地革命之后，终于冷静下来。人们的革命激情得到了彻底释放，之后，出现了人性的回归。而当人的本性被激活，其倔强、其难以战胜远比对一块璞的雕琢更加困难。人可以主动顺应潮流，但人难以被雕琢。如果人抗拒雕琢的话，任谁也没有办法。当土改工作重点变成以"散"为目的的"聚"时，抗战时期形成的"拟家结构"也就难以继续下去了。但《铁木前传》中，孙犁对此似乎没有意识，或者说，土改前期的小说中，孙犁提炼出来的"聚散结构"到创作《风云初记》时，因题材的变化孙犁在意识上又返回到了抗日战争那段时光，重温了"拟家结构"的温暖。写《铁木前传》时，不自觉地倒回去了，将"拟家结构"引进了土改小说。但只要尊重

现实，尊重自己，小说自己会引领作家发现真相。所以，《铁木前传》里的
"拟家结构"变成了一首挽歌，一首对抗日时期"拟家结构"的挽歌。下面
分三部分论述。

一 "拟家结构"的拆分

"拟家结构"是孙犁的艺术发现，它凝聚着孙犁复杂、矛盾的诸多感情：
有对新文化、新伦理、新道德的满腔期待和建设热望；有对传统伦理、生活
方式以及文化形式的难以割舍。改变和进步的要求，使他明明知道会破坏、
牺牲旧有的诸多宝贝，却仍然难以放弃那股革命热情。其中的矛盾和挣扎，
其中的不适与痛苦，其中的无奈和坚持，在《铁木前传》中达到极致。《铁木
前传》将孙犁自抗日战争以来的所有复杂情绪表现出来，那种撕裂感，那种
纠结到无法摆脱、梳理不清的头绪令他难以前行。读《铁木前传》你会感觉
到，这个作者不死一次，是无法活下去了。果然，写完《铁木前传》后，孙
犁"死"了一次。那是生理上的不适和精神上的彻底崩溃，也是其对自己政
治命运的放弃。《铁木前传》之后，孙犁似乎摆脱了抗战时期的叙事"激情"
及土改时期的矛盾纠结，陷入了长期的修复过程。孙犁需要修复的是自己对
新文化的热情，对旧文化的不舍，他要在两者之间找到一条通道，将两者联
系在一起，否则，"文化的孙犁""文学的孙犁"难以复活。而"文化大革
命"的决绝更是将孙犁逼到绝境，使他对新文化、新伦理、新传统开始绝望，
返回到故纸堆里寻找希望。

《铁木前传》的撕裂和纠结，首先表现在对于"拟家结构"的态度上。
孙犁在《铁木前传》中，搭建了三个"拟家结构"：铁匠和木匠的"拟家结
构"；杨卯和干部的"拟家结构"；小满儿、姐姐一家和干部的"拟家结构"。
但这三个"拟家结构"却一一解体，一而再再而三地证明在新的社会条件下
"拟家结构"的难以存续。孙犁在抗战小说中建构的理想生活模式，新的伦理
秩序在新的社会条件下难以实现。

《铁木前传》中，第一个"拟家结构"是由铁匠和木匠组成的。铁木组

成的"拟家结构",有阶级因素,有事业上的互帮互助,有长年在一起的深情厚谊,还有儿女们的爱情维系。但就是这样一种牢固的拟家关系,在土改时期也终于解体了。

铁匠傅老刚和木匠黎老东,以"亲家"相称,"交情是深厚的""谈话很是知心"。当傅老刚真的从老家把女儿带来了之后,两个家庭拼组在一起更显出"拟家结构"的温馨。两家的孩子,九儿和六儿"很亲近,就像两个人的父亲在一起时表现的那样"。两个孩子经常一起到野外拾柴,抗日战争爆发后,一块躲藏,"六儿胆子很大,很机警,照顾九儿也很周到。……还产生了一种相依相靠的感情"。抗战结束,傅老刚要回老家,黎老东为傅老刚送行。二人喝酒后,黎老东提出要六儿和九儿定亲的请求,傅老刚没有痛快答应,使黎老东"心凉了半截",为日后二人的分手埋下了伏笔。这样的细节,任谁也没话可说。女儿一方自然愿意攀个"高枝",不见得有钱有势,但男孩子得是个可靠的人。而六儿当时的情况一是还没长成,二是太过娇气,令傅老刚不满意。所以也就没有应下那门亲事,实在是情有可原。而黎老东的想法也同样可以理解:两个孩子玩久了有感情,正因为不懂事,才可以早点"占住"这个女孩子;万一自己变穷了,六儿又不肯吃苦,找不到儿媳妇,黎老东一定会心疼。这就是人,在最关键的时候,怎样亲近的关系也没办法钻到别人肚子里,了解别人的想法。每个人都站在自己的角度,想一些自己认为合情合理的事情,但在对方看来就是不合情理。所以黎老东会生气,会记仇,而傅老刚却以为自己已经答应了,等孩子一大就又来了,这次提出来,对他来讲才能接受。黎老东却又忽略了傅老刚的心情。人与人之间的隔膜有多深呢!

黎老东和傅老刚最终的破裂,表面上是因为黎老东赶工太紧,或者不再提九儿和六儿的亲事,实际上,是因为二人的社会地位发生了变化。黎老东作为先富起来的一部分人,令傅老刚这群还没有富起来的人感到不舒服。如果黎老东能够设身处地好生安抚,好言好语招待,弥补因为两人当前经济地位的差异带来的心理不适,或许还可以继续前行。但只要傅老刚依然穷着,铁匠和木匠之间的友谊就难以维持下去。这才是人复杂的心理机制产生的无法解释的深层原因。两人越是亲，一方急速变化带给另一方的不是安慰，反是伤害。这其中的奥秘谁能解释呢?

第二个"拟家结构"是由杨卯和干部组成的。"杨卯儿是个光棍儿，最初，对来客很表示欢迎，在炕上腾出一段地方，虽然那一段地方是属于炕的寒带。"这一细节将杨卯对干部的不诚心以及干部对杨卯的过度期待全都说出来了。一个光棍和一个干部组成的拟家结构多少有点怪异，但有合理成分。因为，抗日战争结束，百姓回归家庭，开始了正常的生活，干部到谁家都是一种"骚扰"，只有到杨卯这种光棍家里才合情理。不过，理由是"改造落后分子"。如果确定杨卯为落后分子，需要干部改造，两个住在一起的人就变成了貌合神离，"拟家结构"就极不稳定了。果不其然，干部还没坐稳，两个人就呛呛上了。干部要杨卯借壶烧水，杨卯就取出自己那把瓷壶，对干部说："瓷面沙胎，在火上坐水，就像沙吊儿一样，又快又不漏。"干部明明看见"炉口马上被水洇湿，一个劲儿嘶嘶地响……壶底裂了好几道缝儿，这缝儿被火一烤裂得更宽了，不但水喝不成，而且有火灭的危险。"可杨卯就是不承认眼前的事实，还对干部说："我说不漏就不漏。"干部着实奇怪："那不是明明在漏吗?"然后，就被杨卯下了逐客令："在我这屋里，你住着不合适。你搬到别人家去吧。"这个"拟家结构"解体之迅速，令人难以想象，解体的理由也很奇葩。

如果铁匠和木匠的拟家结构是关于社会财富分配机制的一种演绎，杨卯和干部组成的拟家结构就是对现实态度的一种隐喻。是否承认摆在面前的事实，成为两个人分手的唯一理由。这也是对当时社会"求真"意志尴尬处境的一个艺术展示。

第三个"拟家结构"是由干部、黎大傻夫妇和小满儿组成的。这个"拟家结构"一开始就不大协调，令人不安。黎大傻家比较热闹，不但有小姨子小满儿，偶尔还会"挤倒屋子压塌炕的"。干部的到来，引起这家人的惊慌和疑惑。黎大傻在干部面前"表现了很大的敬畏和不安"。当干部问小满儿是这家的什么人时，"黎大傻站在一边有些得意又有些害怕地说：'她是我的小姨子'"。当天晚上干部回来晚了，黎大傻的老婆很不高兴地对干部说："同志，以后出去开会，要早些回来才好。我们家的门子向来严紧，给你留着门儿，我不敢放心睡觉。"干部和房东家的关系有些紧张，干部显得很被动。

干部和小满儿之间的关系也同样是紧张的。干部闹不清小满儿到底是想引诱自己，还是真的特别单纯，没有那么多心眼和邪恶的想法。因为小满儿除了对干部很积极、热情，把炕给干部烧热，煤油灯擦亮外，还准备好了热水，把自己的胰子拿给干部使用。晚上干部开会回来，小满儿还坐在干部的炕头要水喝。干部觉得"在这样夜深人静，男女相处，普通人会引为重大嫌疑的时候，她的脸上的表情是纯洁的，眼睛是天真的，在她身上看不出一点儿邪恶"。干部让小满儿喝完水赶紧回去睡觉，天太晚了，怕人说，小满儿却说："你这炕头儿上暖和，我要多坐一会儿。"干部实在不知道这个女人到底是"随随便便，不顾羞耻"呢，还是"幼年好奇"呢？可见，人对人的了解不再那么容易，就像小满儿说的："你了解人不能像看画儿一样，只是坐在这里。短时间也是不行的。有些人他们可以装扮起来，可以在你的面前说得很好听；有些人，他就什么也可以不讲，听候你来主观判断。"小满儿到底是个怎样的人呢？干部一时半会儿弄不清楚。干部闹不懂小满儿，却一心想改变小满儿，岂不笑话？干部变得幼稚极了。他以为只要将小满儿带到会场就可以改造小满儿，而小满儿有各种理由拒绝开会。毕竟，小满儿所在的村庄不是娘家，不是婆家而是姐姐家。这里的人从某种角度讲，没有权力改造小满儿。小满儿正是想躲避自己村庄里的改造才逃到姐姐家的。可见，关于改造小满儿的想法既不合理也不合情，干部的失败也就是必然的了。干部不但没有完成改造小满儿的使命，还差一点让小满儿改造。一天晚上，干部想带小满儿去开会，被小满儿带到了村外的大庙里，并在大庙里，给他上了"一课"。小满儿给干部讲男女青年的私情，讲尼姑的爱情。干部无动于衷。小满儿只好装"病"，扑到干部怀里。这一招把干部吓坏了，既怕小满儿真的病了，也怕人们看到他们这样的身体接触，产生误会。幸好六儿路过，帮着干部把小满儿背走了。干部的处境变得凶险起来，稍不注意就会惹上麻烦。此后，干部是否还会轻言改造他人，不得而知。但这位干部一定不敢在黎大傻家居住了。这个"拟家结构"在风险中解体。

孙犁抗战小说中的"拟家结构"，是稳定的叙事场所，在战争的大背景下，"拟家结构"带给人温暖和安定的心理感受。《铁木前传》中的"拟家结构"却一再解体。因为战争结束，人们应各归其位，回到属于自己的位置，过属于自己的生活。但一股高于一切的力量还在按照抗日战争时期的惯性安排一切。"干部"就是这种安排的结果。干部本是组成"拟家结构"不可缺少的因素，抗日战争时期最受欢迎，但战后，尤其是土改之后，"干部"不但不能让人安宁和稳定，反而成为干扰人们安定生活的"异质素"。杨卯因为干部的到来，不得不面对那把"瓷面沙胎"的壶，而那把壶携带着杨卯一段不堪回首的往事。干部怎能知道，又怎能理解？杨卯平静安宁的生活，被干部的到来打破了。黎大傻家本是做生意的，干部使常客不敢登门，自然影响生意。小满儿也不得不应承着干部，给他打扫卫生，给他烧炕，给他拿脸盆、胰子、暖瓶。自己没得用，到这屋来使用，还引起怀疑。铁木组成的"拟家结构"，本应最为牢固，但黎老东毕竟有了新的生活理想，有了新的期盼。傅老刚的到来虽然满足了黎老东的虚荣心，但毕竟和过去不同，站在不同经济基础上的两个人，不可能具有相同的价值选择，他们组成的"拟家结构"也就无法稳固了。

可见，社会环境在不断发生变化，人们的观念却没有跟上。小说中的干部没有跟上，小说的隐含作者也没有跟上。他们的失败也就是正常的了，不适应带来悲伤叙事情调，《铁木前传》的挽歌情调也就可以理解为社会发展迅速导致的精神不适。

二 人群的分化

抗日战争时期，因为民族危难，各阶层纷纷放弃习惯了的生活模式，奔向一处，开启了"团体生活"模式，那是他们对"群体突围"使命的领受，并非对"团体生活"模式的向往。抗日战争结束，人们渴望返回传统生活模式，却发现难以返回。因为生活模式是由文化、习惯、环境等多种因素形成的一种结构。19世纪末中国受到世界各帝国主义的欺侮，先进知识分子开始反思自己的民族文化，从而出现了"五四"新文化运动。新文化运动是中国先进知识分子想救国家于危难的一种文化选择。抗日战争时期，日本帝国主义，一方面占领中国国土，掠夺中国财富，另一方面在对中国文化进行绞杀、清除。比如，日本的三光政策和强奸行为，就是对中国传统文化的侮辱。因为名节思想是中国封建文化的重要组成部分，损害女人的名节，是对中国社会的极大羞辱。这是一种罕见的战争策略。此策略也暴露了日本文化的无耻。文化与生活方式像土壤和水果树之间的关系，什么样土壤适合什么样的水果生长，对土壤不满意却喜欢水果，那是无法两全的。换掉土壤，水果也就没了。但抗日战争时期，这个问题不够明显。因为大家不得不过团体生活，无法回归传统模式，也就没有深刻体验。战争结束，很多人回到日常生活，但新旧文化的"战争"并没有随抗日战争结束而结束，还在不断进行着，这就引起人们再次反思。孙犁对新旧文化关系的反思在《风云初记》里已经开始，到《铁木前传》时，已有了深刻体验。

在《铁木前传》中，孙犁通过两拨人之间的关系表达了对新旧两种文化、两种生活方式的看法。小满儿和六儿代表土改时期一部分人的文化选择。这部分人未必年老，但他们的性格、气质本然地倾向于中国传统文化，适合中国传统生活模式。四儿、九儿、杨卯等代表抗日战争时期培养起来的一拨新人，他们喜欢"团体生活"模式——开会、参加合作社、集体劳动等。两拨人都是农民阶级，小满儿成分不明，但也不会是地主阶级。就她姐姐家来看，最多也是那种好吃懒做的懒蛋贫农。在没有阶级对立的情况下，各自选择了不同道路，这便是自觉的文化选择。

但在当时情况下，四儿、九儿代表新文化、新伦理、新道德，掌握更多话语权，频繁接受政治规训，试图对另一拨儿也进行规训。九儿、四儿、锅灶想把六儿拉到他们一边，但屡试不成。小满儿和六儿代表传统的旧文化、旧伦理、旧道德、旧生活模式。小满儿和六儿因为自己的选择，被置于被改造地位，好像被贴上了"落后"标签，感觉低人一等，就像黎老七说的："咱成分不好，就不愿在村里见人。"

两拨人各有自己的生活模式，新文化代表者白天劳动，晚上开会，开会成为他们"先进"的重要标志。落后的一拨最典型的特征就是拒绝开会，但没有人了解他们拒绝开会的理由。小满儿曾向干部吐露真情，怕"挨斗"，还有一点，就是无聊。小满儿曾参加过一次会议。开了不一会儿，大家就开始胡聊，小满儿也就不再开会了。为什么开会成为先进文化代表者的典型动作呢？那是因为，开会是一种"团体生活"，是牺牲个体，成全团体的一种行为。开会常常需要学习党的文件，了解党的知识，有利于统一思想。拒绝开会实际上就是拒绝统一和改造，也是拒绝被政治化。这在当时自有其"不俗"之处：社会地位、名分、社会承认等都放弃了才能那么决绝地拒绝。

对于劳动模式，两拨人也有各自的选择。先进的一拨人参加了互助组，响应号召打井抗旱。他们组成"青年钻井队"，九儿还提出要当掌作的。其他人"轮流抢大锤、拉风箱"，把"零碎的、破旧的……多年埋没在角落里、泥土里"的钢铁，铸接在一起，"形成一杆尖利的，能钻探地下，引出泉水来的铁砧钢锥"。在"这种沉重的劳动"面前，"九儿感到特别振奋和新鲜"，因为这是"按照集体讨论的计划来工作"的。当"青年钻井队的高大的滑车，在平原上接二连三地树立起来"的时候，四儿、锅灶、九儿快乐地劳动，展望未来。他们想，"如果能从他们这一代，改变了自然环境，改变了人们长久走过的苦难的路程，使庄稼丰收，树木成林，泉水涌注，水渠纵横，那对他们是太幸福了"。

六儿和小满儿他们则不喜欢那种重体力劳动。六儿是被黎老东"娇惯"的小儿子，但并不是懒人。他虽不喜欢起圈这样的脏活，但也很少闲着，不断尝试小生意：卖豆腐脑、撮大花生仁、卖包子等，与黎大傻夫妻合伙开了一个包子铺。做小生意，在四儿他们看来就是落后，不务正业。

六儿、小满儿虽然不去开会，没有被"批斗"，但当时的时代氛围告诉他们，他们的选择不被政府所认可。而九儿、四儿他们那种战天斗地般的劳动才是合法的。所以，小说第十六节，两拨人在同一块土地相遇。九儿、四儿、锅灶在田野里打井，挥汗如雨，劳动既脏又累。而"六儿右胳膊上架着一只秃鹰，第一个走上沙岗来。随后而来的是黎大傻和他的老婆，夫妇两个每人手里提着一只死兔子，像侍卫一样，一左一右，站在六儿的身旁，向远处张望着指点着。而在沙岗背后，像隐约的桃枝一样，出现了小满儿的光耀的头面"。四儿和锅灶看见后，想喊六儿他们帮忙钻井，但六儿"那一队人马，早已经从沙岗上退回，折向相反的方向，望不见了"。他们之所以主动躲开：一是他们已被社会贴上标签，定性为"落后分子"，知道自己没有话语权，属于被改造的对象，如果发生争论没有理论支持；二是因为他们有自己的价值观和生活观，不愿意轻易放弃自己的选择。甚至在他们看来，自己不但没错，还应该享有合法权益。但时代不支持他们，不躲开，就得被"开会"教育。

落后的一拨人始终躲避着先进的一拨人，尽量不发生冲突。小说结束时，黎老七和六儿赶着马车，杨卯儿坐在黎老七的车上，小满儿坐在六儿的车上，离开村庄，有逃离的意思。如果六儿、小满儿代表着旧的文化、伦理、道德、生活方式，他们固执地拒绝改造，拒绝开会就变得容易理解了，两拨人的分道扬镳也就是必然结局。但再想一想，他们会到哪去呢？前途何等渺茫？

如果中国传统文化和传统生活方式变成了一种人人"追打"的对象而无处藏身，一个文化人会是什么样的心情呢？——揪心。

三　文本的分裂

阿兰·罗伯-格里耶说："小说家的使命，则是做一个中间人：通过对可见事物——它们本身是完全无用的——作一种弄虚作假的描述，他要揭示出隐藏在背后的'现实'。"① "可见事物"与"隐藏在背后的'现实'"是小说的灵魂，也是生活的真谛。多数情况下，我们会被"可见事物"所迷惑，而

————————

① ［法］阿兰·罗伯-格里耶：《为了一种新小说》，余中先译，湖南文艺出版社 2011 年版，第193 页。

看不到"隐藏在背后的'现实'"。《铁木前传》一方面向我们提供可见的社会现象，另一方面"想"隐藏社会现象背后的现实。或者说，隐含作者不能、不愿将隐藏在社会现象背后的社会现实直接说出来。这样，小说文本就出现了分裂的情况。

《铁木前传》是一个分裂的文本，它的分裂表现在三个方面。

第一，是两种社会现象的分裂。这篇小说提供给我们不止一种"现象"。童年生活，土改之后九儿、四儿、锅灶们的生活，六儿、小满儿、黎大傻夫妻、杨卯儿们的生活……它们都是同一"时空体"中活生生的现象，但它们彼此分裂。尽管一种人想统一另一种人，但难以实现。故事层面的这种分裂和纠结，导致了文本层面的分裂和逆喻修辞。因为，艺术"它自己创造它自身的平衡"①。

第二，是文体的分裂。《铁木前传》开头和结尾都提到童年，给人的第一印象是，这是一篇关于童年的回忆性叙述。但小说只在开头和结尾提到童年，叙述主体似乎与童年无关，变成了成长故事。童年似乎只是故事的"外皮"，是一层包装。比如，小说开头说："在人们的童年里，什么事物，留下的印象最深刻？"虽然有一大段关于童年生活的描述，但那也只是为了引出小说的重要人物——木匠和铁匠。由木匠和铁匠的劳作带给孩子们的欢乐，引出木匠黎老东和铁匠傅老刚。之后就讲述黎老东和傅老刚两个人的故事，由他俩引出两家儿女六儿和九儿。之后，又由六儿引出黎大傻夫妻；由黎大傻夫妻引出小满儿；小满儿又引出杨卯……在讲述傅老刚和黎老东的故事时，强调他们的穷苦；在讲述六儿和九儿童年的故事时，强调他们各自的天性差异。九儿从小就知道日子的艰难，知道勤俭持家，知道劳动。六儿从小就贪玩，不大热爱劳动，不关心柴米的贵贱。等他们长大后，这种区别越发明显，小时候相互关照积累起来的友谊也抵不住价值观、

---

① ［法］阿兰·罗伯－格里耶：《为了一种新小说》，余中先译，湖南文艺出版社 2011 年版，第 53 页。

生活观不同带来的巨大差异，终没能走到一起。九儿和四儿具有共同的追求，吃苦耐劳，积极进步。六儿新结识了小满儿，两人情投意合，走到了一起。故事讲完之后，结尾又是一段关于童年的抒情性文字。虽然照应了开头，但和故事没有太多联系似的。去掉结尾一节，故事的完整性不受丝毫影响，加上这一节反而有画蛇添足之感。之所以有这种感觉，是因为这个"童年"缺乏具体所指，谁的童年？一个从九岁开始的故事，经过了八年抗战，又经过了两年的别离，主要人物已经二十几岁了。故事的主体是在二十几岁这个年龄段展开的。这样的故事怎么是关于童年的叙事呢？如果不是，作者在开头强调童年，结尾专门加一节关于童年的抒情，目的是什么呢？但如果我们仔细品读，就会发现，《铁木前传》中淡淡的忧伤格调。而这种格调和人们回忆童年那段逝去的美好时光时的伤感情绪是相同的。也就是说，童年对于《铁木前传》来说，只是一种叙事格调。小说由对童年的回忆开始，引出了木匠黎老东，就抛开了童年的回忆，进入了另外一层叙述，直到整个故事讲完。故事讲完之后，作者又专门加进去一节，颂赞童年，照应开头。小说开头、结尾合在一起，是一篇抒情散文。这篇抒情散文的忧伤格调，为整篇小说定了调子。这样，《铁木前传》就出现了文体的分裂，分裂为一篇散文和一篇故事；它是在一篇抒情散文里，插进了一部中篇小说。这种文体模式，与小说故事层面存在两拨分裂的人群具有同构关系。也就是说，关于童年的抒情散文体和铁木关系的叙事体之间的关系，与九儿和六儿分别代表的两种生活方式之间构成了一种"平衡"。这样，关于童年的开头和结尾也就不是冗余之笔，而成了一种匠心独运。正如福西永所说："形式决不是内容随手拿来套上的外衣"①，"形式的基本内容就是形式的内容。"② 这样一种分裂的文体样式，正是分裂的叙述和分裂的精神机制最合适的形式。

---

① ［法］福西永：《形式的生命》，陈平译，北京大学出版社 2011 年版，第 40 页。
② 同上。

第三，是话语分裂——逆喻修辞的使用。在修辞手段上，作者第一次使用了逆喻。抗战小说中作者使用过隐喻、转喻、提喻等修辞手段；在《铁木前传》中却第一次大面积使用逆喻。所谓"逆喻（Oyxmoron）……是经过凝缩，把两个意思相反、相互矛盾或互不协调的词并列在一起，以产生警句式的修辞效果而采用的一种修辞手法"①。"如：大智若愚、学然后知不足、小大人、真实的谎言等等。"② 作者"故意形成不和谐的语言表层，最终达到透过这样离奇的表层现象来表达内心极其深刻的思想感情的目的"③。所谓"大面积使用逆喻"，是指《铁木前传》的逆喻在下面三个层面出现。

第一层是语言表层的逆喻。比如，结尾一节中：

> 童年啊，你的整个经历，毫无疑问，像航行在春水涨满的河流里的一只小船。回忆起来，人们的心情永远是畅快活泼的。然而，在你那鼓胀的白帆上，就没有经过风雨冲击的痕迹？或是你那昂奋前进的船头，就没有遇到过逆流焦石的阻碍吗？有关你的回忆，就像你的负载一样，有时是轻松的，有时也是沉重的啊！

> 但是，你的青春的活力是无穷无尽的，你的舵手的经验也越来越丰富了，你正在满有信心地，负载着千斤的重量，奔赴万里的途程！你希望的不应该只是一帆风顺，你希望的是要具备了冲破惊涛骇浪、在任何艰难的情况下也不会迷失方向的那一种力量。

"畅快活泼"和"风雨冲击""逆流礁石"意义相互矛盾；"轻松的"和"沉重的"意义相互矛盾；"一帆风顺"和"惊涛骇浪"意义相互矛盾。语言表层的这种相互矛盾是逆喻的典型特征。

第二层是话语层和故事层之间的逆喻。小说开头回顾童年时这样表述："那时候，农村里的物质生活是穷苦的，文化生活是贫乏的，几年的时间，才

---

① 黄芳、尹春兰：《英语中的逆喻及其汉译对策》，《四川职业技术学院学报》2005 年第 3 期。
② 同上。
③ 同上。

能看到一次大戏，一年中间，也许听不到一次到村里来卖艺的锣鼓声音。于是，除去村外的田野、坟堆、破窑和柳杆子地，孩子们就没有多少可以留恋的地方了。"但作者在描述童年"穷苦的""贫乏的"生活时，却是有声有色，甚至眉飞色舞的：

> 　　在谁家的院里，叮叮当当的斧凿声音，吸引了他们。他们成群结队跑了进去，那一家正在请一位木匠打造新车，或是安装门户，在院子里放着一条长长的板凳，板凳的一头，突出一截木契，木匠要刨平的木材，放在上面，然后弯着腰，那像绸条一样的木花，就在他那不断推进的刨子上面飞卷出来，落到板凳下面。孩子们跑了过去，刚捡到手，就被监工的主人吆喝跑了：
>
> 　　"小孩子们，滚出去玩！"
>
> 　　然而那咝咝的声音，多么诱人！木匠的手艺多么可爱啊！还有生在墙角的那一堆木柴火，是用来熬鳔胶和烤直木材的，那毕剥毕剥的声音，也实在使人难以割舍。而木匠的工作又多是在冬天开始，这堆好火，就更可爱了。①

　　这样一段文字，让人感觉到的不是"穷苦"和"贫乏"，而是可爱、温馨、甜美。表层话语和作者的感情之间形成了一种矛盾，构成一层更深刻的逆喻。

　　第三层是关于人物的逆喻。作者在写到六儿卖包子时，使用了一个贬义词"游逛"——"每天晚上，他背着一个小木柜子，在大街上来回游逛。"说到六儿因喜欢小满儿，愿意到黎大傻家去时，也用了一个贬义词"鬼混"——"现在，六儿就黑夜白日地在这一家鬼混。"但就故事层面的六儿来看，他不仅是一个"胆子大，很机警，照顾九儿也很周到"的人，对姑娘们也很客气，对父亲也很孝顺，对哥哥四儿也不错。剩下豆腐脑了，会给他端

---

　　① 孙犁：《铁木前传》，《孙犁文集》（1），百花文艺出版社2013年版，第527页。

一碗。六儿，喜欢做生意，尝试各种小买卖。有广泛的爱好，生活情趣很浓。席勒说："在人的一切状态中，正是游戏而且只有游戏才使人成为完整的人，使人的双重本性一下子发挥出来。"① 六儿除了游戏本性外，并没有其他什么恶习，最多也就是对女性比较软弱，不好意思给她们计较钱财。这不但不能算是缺点，还应该是一项优点。因而，话语层面的贬义词与故事层面的六儿，也显示出矛盾的一面，构成一层逆喻。

逆喻（Oxymoron）作为一种"矛盾辞格"②，也是一种分裂机制的艺术化表现。正如作家韩少功所说："文体是心智的外化形式。"③ 当一部作品采用了不合常规的文体形式时，一方面是创新，另一方面也与作者的内在精神机制有关。《铁木前传》作为孙犁生病前的最后一部作品，无论是内容还是文体形式都显示出拆分倾向。作者调和的意图和努力不但没有发挥作用，还造成了一种更深的焦虑。这一方面说明孙犁的精神机制已经非常紧张，几乎一触即崩；另一方面也说明，孙犁作品具有精神真实的特质。他每一阶段的作品，都留下了特定历史条件下思想和感情的真实状况。

从文化角度讲，在经历了长时间对新文化、新道德、新生活模式的激情讴歌之后，生活现实突然引发作者对传统文化、传统伦理、传统生活模式的反思，甚至引发对传统文化、伦理和生活模式的强烈回归需求，却发现回去的路被自己亲手"破"掉了。试图使"新""旧"两种文化、两种伦理、两种生活模式"握手言和"，却发现它们根本就是两股道上跑的车，彼此永不交叉。六儿和四儿本是亲兄弟，但几乎没有交流。可见，当时新旧文化、伦理、生活方式已发展到难以调和的地步。一个来自传统社会，被传统伦理和生活模式濡染的文化人，一旦发现自己讴歌的新道德、新伦理、新生活模式并不健全，却回归无路，其内在焦虑是深刻的，那种痛悔和撕裂感是难以承受的。所以《铁木前传》完成之后，孙犁大病一场是真实可信的。那场病是精神深

---

① ［德］席勒：《审美教育书简》，张玉能译，译林出版社 2009 年版，第 47 页。
② 戴继国：《矛盾辞格浅析》，《外语教学》1988 年第 2 期。
③ 韩少功：《文体与精神分裂主义》，《天涯》2003 年第 3 期。

处长期斗争的结果。《铁木前传》表达了孙犁对"新""旧"文化嫁接的想法，这一想法是孙犁自我拯救、自我疗伤的一种尝试，但失败了。之后，孙犁进入长时间的自我修复。这也是"文革"结束之后，他能快速进入创作模式，直接扑进"历史"，高调回归传统的原因。

第四节　女性的艰难回归：从双眉到小满儿

抗战小说中的女性经历了三重突围。她们从抗日战争前夕的"物化"状态，经过政治规训逐步走上一条超性别道路。土改时期，孙犁小说中的女性出现了挣扎和纠结。《村歌》中的双眉保留着典型的女性外表——美、媚，甚至有点妖，她因此遭到官方否定。为获认同，双眉开始证明自己。在证明自己的过程中，身体里的雄性元素被激活。她得到了官方认可，又遭到老同志们的否定。作为一个漂亮、娇媚、聪明、能干的女性，双眉困惑不解，"左""右"为难。

《铁木前传》中有两个重要女性，九儿和小满儿。九儿是典型的男性化了的女性，而小满儿则固执坚守女性性别。小满儿和九儿在小说中只有一场较量，那是在六儿晚上抓鸽子的时候，之后两人很少在同一场合出现。在争夺六儿的过程中，小满儿胜出，但在社会地位上九儿得分更多。雄性元素和雌性元素出现分裂倾向。

从双眉到小满儿，孙犁土改小说中的女性似乎陷入困顿之中。保留女性身份和女性特质得到爱情，却可能失去社会地位；超越女性身份，做男子一样的女性，得到社会地位，却失去爱情……

下面从三方面予以论述。

一　双眉身份的困惑

中国女性伴随着抗日战争获得解放。历史上的中国女性，一直处于社会最底层，被男权社会、宗法制度牢牢束缚。尤其是广大农妇，常年挣扎在狭小空间，忍受着男性、饥饿、劳累、迷信等多重压迫。她们的人性被长期压抑。如果不是共产党领导的八路军创建的革命根据地，对女性进行彻底解放，并组织、教育她们，甚至训练、规训她们，使她们逐步走上一条独立、自由、自尊的道路，她们自己是难以解放自己的。解放了的她们感到格外欣喜、畅快，对中国共产党充满感激。她们一旦走出家门，立刻投入"群体突围"这一轰轰烈烈的民族解放运动，为抗日战争胜利做出了巨大贡献和牺牲。在这一"解放—教育—规训—回报"过程中，她们不自觉地放弃了自己的女性身份，变成了一个没有性别的人。

抗日战争结束，人们回归生活，很多女性一时无法适应。不知道自己该做回传统女性还是依然保持非女性身份。这份困惑在双眉身上表现得格外突出。所谓"身份"是"人和他所生存的世界作为文化环境（"文化历史设定"）之间的被意识到的联系；利用这种联系，他得以作出关于其生活意义的解释"①。对"身份"的在意是主体意识觉醒的证明。中国女性在抗日战争之前，没有"身份"概念，或者她们自身无法为自己挣得某种身份，只能被动接受某种身份。《村歌》中的双眉不但有了明确的身份意识，还具有了为自己的身份问题不断斗争的能力。但《村歌》中的双眉面临的问题不是没有身份，而是多重身份的困惑。

双眉的第一重身份是"美的女性"，她一出场就把老邴迷住了。老邴下意识地跟着双眉"走了"。在老邴眼里双眉是："细长身子，梳理得明亮乌黑的头发披在肩上；红线白线紫花线合织的方格子上身，下身穿一条短裤，光脚穿着薄薄的新做的红鞋。"这身打扮挪到现在也依然性感十足，魅力四射。不仅如此，她还具有美的姿态，她"准备好一个姿势才回过脸来。她好像早就测量好了方位距离，一眼就望到区长的脸上，笑了笑，扔下青秫秸，和孩子哼哈说笑着转身走了""老邴看了她的脸，她的脸在太阳地里是那么白，眼睛是那么流动。"之后，老邴就跟着女孩出来，并跟着女孩进了

---

① 钱超颖：《身份概念和身份意识》，《深圳大学学报》（人文社会科学版）2000 年第 2 期。

她的家。小说这样开头，颇有聊斋遗风。老邴像是被"诱惑"，不知不觉，就站在了双眉家的院子里。当双眉问老邴："他们全不在家。你有事吗，区长?"弄得"老邴一时觉得不好意思，要转身出来"。足见双眉作为"美的女性"的巨大影响力。

双眉的另一重身份与美的女性有关：流氓。所以，当区长老邴被双眉吸引到自家的小院后，双眉为自己的流氓身份向区长"申诉"。双眉问老邴："我问区长：什么是流氓?""我问区长：登台演戏算不算流氓?""夜晚演戏算不算流氓?""出村演戏算流氓吗? 出村体操算流氓吗?""好说好笑算不算流氓? 赶集上庙算不算流氓? 穿干净点算不算流氓?"在这一系列质问中，双眉作为"美的女性"的处境一一展示出来。双眉不仅美而且泼辣，甚至得理不饶人。她不是传统的淑女型，而是从抗日战争走过来的那种新女性：被政治规训过，也掌握了一定的规训技术，很快就会要求得到更多的那种"大女性"。所以，"流氓"在这里也别有用意。因为流氓在传统意义上是女人骂男人的词汇，在这里却用了一个女性身上，透露出话语层与故事层的严重脱节。而这一"脱节"现象，反映出社会发展速度之快与语词内涵滞后之间的矛盾。像双眉这样一个复杂的、具有多重身份、多样表现的女性在当时没有更合适的词汇命名。这也意味着一个重大的社会问题的出现：双眉溢出了女性边界，并要求合法性。而当时社会已结束了抗日战争，要求女性回归家庭。但双眉们绝对不甘就此退回，表现出更多优势向社会证明自身价值，并据理力争自己的权利和存在意义。正因为双眉有"争"的行为才引起人们更多不满。人们虽有不满却没有合适的理由拒绝双眉的要求，只好用"流氓"一词对双眉进行贬斥。双眉向老邴投诉时，主要投诉"流氓"之名和拒绝她参加集体活动之实，对撤掉她女自卫队队长之职并没有提及，也说明双眉要求"名副其实"的"判决"。王同志对双眉的投诉是："双眉横着哩!""横"是口语，意思是"厉害"，态度强硬。对女性的这一指控，也是天下第一，是双眉越出女性边界的证明。因为传统女性通常是温柔、贤惠、娴淑、端庄等，都与稳、温、静有关。很少有女人被指责为"横"和"流氓"的。这正是女性解放的历史发展到抗日战争结束之后面临的一个社会问题。在抗日战争时期，女性越出边界多表现在劳动上，如《麦收》中的二梅。她劳动的时候像个男人，但在态度上，在心理上还是个女人，所以，劳动之后慰问受伤战士时，还是毕恭毕敬、娴淑温和的。而双眉又向前走了一步。劳动时可以赛过男人，劳动后也要像男人一样，对上级、对男性的恭敬态度没有了。居然敢"当场顶嘴"，这是社会不允许的。但对双眉来说，着实令她不解。既然社会允许她像男人一样劳动，凭什么不可以像男人一样说话和行事？双眉的申诉，是为自己越出女性边界之后的合法社会地位的辩护。

双眉另一重身份是劳动妇女。当老邴对双眉解释什么是流氓时说"流氓主要是不生产"，双眉立刻表白说："我一天能卸三个布。……赶集上庙是我要买线卖布，穿的花布是我自己纺织的。"双眉已可以用意识形态话语为自己辩护。区长老邴没得说，只能问双眉家的成分，发现双眉家竟然是贫农。老邴怀疑双眉家"可是你们生活不错吧，你家案板那样大，敢是常吃白面？"双眉知道如何应对老邴的质疑。她强调了自己的劳动能力。她说："俺家开的是起火小店……你没看见那头那大炕？吃的就从这里边赚出来；穿的就凭我这两只手，织织纺纺。"老邴也没话说，接受了双眉的投诉，答应回去"和王同志谈谈"。双眉不但能劳动，而且具有话语能力。

双眉还有一重身份，也与"美的女性"有关，那就是其演员身份。双眉不但漂亮，还有演戏天赋，唱得好，身段好，且能自编自导。这一天赋，是普通妇女难以具备的。

当老邴调查双眉的投诉时，又发现双眉的另一重重要身份：原女自卫队队长。香菊对老邴说："过去她当过女自卫队的队长，那时我们都怕她。可是哪一次我们也是考第一"。香菊对双眉还是心存佩服的。

这样，双眉不仅是一个"美的女性"，聪明能干，还是有才华的、黑间白夜排练节目的女演员，利索能干的妇女队长，靠劳动致富的农村女性。可突然之间被撤了职，还被冠以流氓称号？令人百思不得其解。

或许是双眉太过完美：美的女性的外形，满不在乎，泼泼辣辣，大胆能

干，能言善辩的男子的性格特征和行为方式，是雌雄同体的典型。这样一个
"存在"，男性女性都难以接受。如果略有瑕疵，比如，美而不能干、不能言，
或能干、能言而不美，或许不会引起强烈不满。《铁木前传》中的九儿和小满
儿恰好分有了双眉的两方面特征。九儿能干而不美，小满儿美、能干但不合
作，不积极，也算是一种缺陷吧。所以，九儿和小满儿各得其所，各自坚守
自己的本分，在集体中各有其位。小满儿虽然是"负面"形象，一直处于被
改造状态，但集体并没有忘记她，并不断对她"示好"。这与双眉是完全不同
的。双眉拼命向集体示好，却被集体所拒绝。

《村歌》中双眉的尴尬处境不是双眉的悲哀，是社会的悲哀。因为社会接
受不了女性的完美，只能接受不完美的女性。女性自然无须追求完美。放弃
完美，也就成了中国优秀女性的消极抵抗策略。"文革"时期，中国再无美的
女性，甚至没有女性，不是悲哀，是什么呢？

二 双眉的精神追求

双眉是从抗日战争中成长起来的新女性。她是继《麦收》中的二梅之后
继续向前发展的新女性。双眉渴望完美，渴望社会更广泛的认同，甚至渴望
取代男子而成为掌握话语权的女性。所以，双眉对政治地位和集体活动有强
烈的认同感和精神需求。但双眉并不知道认同需要什么，而只是凭着抗日时
期的社会惯性把一切做到极致。当社会环境、社会政治气候发生变化之后，
双眉没有及时调整自己，依然大踏步前进，便滑向了自己追求的反面。她不
但没有得到社会广泛承认，没有在集体中获得权柄，反而被彻底否定，被集
体"驱逐"了出去。

那什么是认同呢？获得社会认同需要哪些条件？双眉又做错了什么？
"认同，译自英文 identity。'认同'一词起源于拉丁文 idem（即相同，the
same）。……'认同'揭示了'相似'（similarity）与'差别'（difference）
的关系。'同一'（或相似）与'差别'是认同的两个不同的方面。一个人的
前后同一性或一个群体的成员之间的相似性，同时也构成与他人（'他人'或

'他们'）的差别。"① 双眉具有强烈的认同需要，但她并不知道认同的对立统一关系。她在追求认同的过程中，过度突出了自己的"差异性"，忽视了"相同性"。双眉的美就是很邪性的那种美，让人过目不忘；双眉的演出也是独特的、别人无法可比，让人过目不忘；双眉的能干同样是泼辣大胆的，让人过目不忘。双眉有太多令人过目不忘的特点，这时候，双眉的特点就成了缺点。所以，上篇中王同志给双眉小鞋穿，撤了她的职，还给她安了一个流氓的称号；下篇中李三和那些老同志们仍然不喜欢双眉。他们并非看不见双眉的能干，但接受不了双眉的过度"差异"。这就是问题的实质。

保罗·利科说："人与人组成的社会离不开人们之间的相互承认。"②"对于'活跃而又遭受苦难'的人们来说，这是一条漫漫长路，这条路的终点是承认他确实是一位有某些成就的'有能力'的人。在缺乏这种相互承认时（这种相互承认是完全交互性的，正如第三研究表明的那样，它使得每一个伙伴得到承认），这样的自我承认在每个阶段还要求得到别人的帮助。"③ 认同是相互的，需要同伴的帮助，而这是一个残酷的事实。因为，没有同伴愿意帮你实现认同，除非付出代价。香菊得到了王同志和老邴的认可。香菊付出的代价是每天为王同志准备她爱吃的"乡下的'鲜儿'"。香菊老实得很，牺牲了自己的个性，换来了王同志、老邴和大家的认可。

双眉之所以被人说成流氓，是因为郭环"常往双眉家跑，在整组以前，听说双眉把他骂了出来！"郭环便指使西头的大器鼓捣着撤了双眉的职，还骂双眉是流氓。这是双眉没让郭环占便宜的结果。双眉做大队长时，"强迫命令，她瞧不起不如她的人，她说话刻薄"。所以，虽然香菊对双眉率领她们年年考第一充满敬佩，但香菊对双眉遭遇撤职，被说成流氓并没有多大异议，甚至随波逐流，认同了人们给予双眉的不公正的裁决。

---

① 张向东：《认同的概念辨析》，《湖南社会科学》2006 年第 3 期。

② ［法］保罗·利科：《承认的过程》，汪堂家、李之喆译，中国人民大学出版社 2011 年版，第 3 页。

③ 同上书，第 60 页。

　　双眉曾当场和王同志顶过嘴。王同志作为双眉的上级，就成了双眉实现自己梦想之路上的最大障碍。在双眉风风红火干革命的时候，得罪了一些人，如郭环、大器等。这些人趁机报复双眉的时候，王同志没有为双眉做主，趁势撤了双眉的职，给双眉前行之路设置了鸿沟。当双眉在老邴的帮助下组织了互助组，取得成绩证明了自己，得到老邴表扬时，王同志再次站出来阻挠。她对老邴说："还有谣言哩，说双眉和你有问题哩！"双眉不懂得交换原理，引来了如此多的麻烦，遭遇了人生的滑铁卢。这是双眉第一阶段的追求：极致的完美。在双眉做到了极致的完美之后，她把自己从群众中凸出出来，变成了一个巨大的"差别"，结果便是被否定和遭驱逐。比如，关于流氓的问题，明显是莫须有的罪名。因为，流氓一词"①原指无业游民，后来指不务正业、为非作歹的人。②调戏妇女等恶劣行为"。而无论哪个词条都不适合双眉。双眉不但能干，还曾担任"女自卫队的队长"，别人一天卸一个半布，双眉一天卸三个布。作为女性也不可能调戏妇女。这意味着"流氓"罪名，指控落空。但双眉为什么不但被撤职，而且被扣上一顶"流氓"的帽子呢？小说给了三个理由。其一，双眉母亲被认为是破鞋。这是王同志按照"什么娘什么女，什么桌子什么腿"的逻辑，对双眉的指控。但王同志不说双眉是破鞋，而说双眉是流氓，值得深思；其二，双眉性格蛮横，顶撞王同志，训斥自卫队员，因而被人记恨，被撤了女自卫队队长之职。对此，王同志补充说："双眉横着哩！"这是王同志不满意双眉的主要原因，也是双眉被拒绝参加香菊她们的生产小组的原因；其三，"她参加过剧团，剧团里黑间排戏，回来得晚，她又好说好笑，好打闹，好打扮，闲话就来了"。这三个理由，小说又都一一驳斥。第一条理由，违反了当时批判的血统论，不符合当时的阶级论观点。双眉娘的破鞋名声也被香菊所否认。在香菊看来："双眉的娘从小就在那场儿里长大，听说小的时候就跟双眉一样，长得好看，有多少人想算着。"等到嫁给了老实巴交的郭忠，"村里乱七八糟的人，就短不了往小店里跑，双眉的娘又是那么个不在乎的脾气，人们就说她的坏话，可是人家开的是店那也不比平常人家"。"香菊谈问题的时候那么老老实实",她的这一观点还是值得信赖的。也就是说,双眉的娘和双眉,在性格上都不符合传统女人内敛、柔弱的要求,人又长得漂亮,才引起人们的胡乱猜测、忌妒、不满,然后造谣中伤。双眉的娘并不是真的破鞋,双眉也就不可能是流氓。关于双眉很"横"的理由也是莫须有的。小说提供两条证据:双眉当场和王同志"顶过嘴";手里总捏个青秫秸,"把青秫秸指到小黄梨的鼻子上"。除此之外,似乎找不到双眉"横"的行为。和王同志顶嘴,如果也算是横的话,这意味着上下级之间的不平衡。就王同志在小说中的表现来看,双眉和她顶嘴多半是看不惯她的官僚主义作风。手里拿个青秫秸似乎也不能算是"横";指到小黄梨的鼻子上,也不能算是大错误,毕竟小黄梨的自私在小说里也是令人发指的。关于演戏、好打扮、好说好笑的指控,在双眉和老邴的对话中,已被老邴所否定。

大家给双眉安一个莫须有的罪名,意味着对双眉精神追求的一种否定。双眉不是渴望认同吗?我们偏不认同,甚至偏要否定。双眉不是想在集体里表现自己吗?我们偏不给她机会,不让她参与任何活动。经历了这次打击之后,双眉是否有所成长呢?

之后,双眉得到一个机会组织合作组,为了证明给大家看,她必须得到组员们的认可与配合。她先对组员们说:"大娘们,咱们可得要做出个样叫他们看看,争这口气!"她把组员们和自己放在同一水平,不再瞧不起不如她的人。当小黄梨和大顺义吵架离开后,她自己拼命工作,给大家起带头作用,感动了组员们,提前完成了任务。没有因为小黄梨的自私而放弃帮助小黄梨。这是双眉从过去的教训中学会的工作方法,懂得了团结群众。这次,她做得很出色。得到了老邴的肯定,成为老邴向上级汇报的典型。

此后,双眉渴望获得政治生命,希望加入中国共产党。在这一阶段,双眉的全部魅力得到展现。她的热情、领导才能、她的美、她对政治的追求全部释放出来。女性锋芒毕露,男性特质尽显。漂漂亮亮、泼泼辣辣,让人不知道该怎么对待她。在讨论她入党的问题时,再次引来激烈争论。

七个支委三个不同意，一个不发表意见。但这次双眉不再向上级投诉了，而是自己消化。她说："群众对我这个人总有意见！这我早想通了，那不怨我，那怨他们落后！"双眉意识到自己和群众的隔阂，但她并不知道这隔阂来自哪里。只要她妥协，这隔阂或许就消除了，但她始终没有妥协。

最后，双眉终于得到了广泛承认。但这借助于一次对伤员的慰问演出，演出之后，会怎样呢？虽然没有交代，但可以想见。由于大官亭的野战医院来了一批伤兵，他们要张岗剧团慰问演出，双眉接受了这次演出任务。这次演出唤醒了人们对很久之前的双眉的记忆。演戏那天，"周围几十里，道路上满是人"，人们回忆起过去的双眉时说："真好嗓门儿，好长相，好走相，真，真比不了！"而双眉终于可以尽情释放自己的才华，"她用全部的精神唱。她觉得：台上台下都归她，天上地下都是她的东西"。双眉得到了广泛认同。这次认同是对双眉的"美"和演员身份的认同，也是对双眉无法抹去的差异的认同。但这种认同依赖于太多条件：如果没有伤员，没有慰问演出，也就没有这种广泛的认同。

实际上，双眉作为美的女性，想通过自己的努力获得别人认同是一条难以走通的道路，也是一条危险重重的道路。双眉自己不知道，但事实会向她证明。小说提供给我们的信息虽没有让双眉遭遇更多磨难，但双眉最后的辉煌里充满某种怪异的味道。双眉想要太多，所以付出太多，所得却全部虚幻。双眉不明白，但别的女性一定看清楚了。所以，到《铁木前传》时，女性安静了许多，她们似乎明白了自己的位置在哪里，不再像双眉那样充满无限的渴望。她们变得安分守己起来：要么做朴素的劳动者，不讲究穿戴，一味"傻"干，得到官方认可；要么就什么也不要，名、利、官方的认可都不在乎，做一个漂亮的坏女人。索要太多，就会失去太多。

三　九儿和小满儿——回归还是分裂

小满儿和九儿是孙犁对女性问题最后的沉思。九儿和小满儿是两个人吗，是一个人吗？和双眉相比，九儿和小满儿加起来，也不等于一个双眉。因为双眉，除了是一个特别能干的劳动妇女、是一个特别漂亮的女性外，还是一个演员、一个领导，一个渴望获得政治生命的人。而九儿和小满加起来也才是一个能干、漂亮女性。

和双眉比，小满儿已相当成熟：知道自己作为美的女性与别人的不同之处，知道作为美的女性必须付出代价才能得到双眉想得到的政治地位。既然如此，小满儿索性放弃了这个目标，不再像双眉那样追求那些外在于自己的东西。小满儿学会了做自己，爱自己，保护自己，拒绝一切诱惑。小满儿拒绝开会，实际上是拒绝规训，拒绝社会认同的机会。小满儿不但拒绝社会认同，连女孩子最在意的名声也放弃了。小满儿唯一坚守的就是自己的女性身份，以及自己和六儿之间的情投意合。小满儿身上已经具有了现代女性的味道，学会了独立思考。

九儿身上的特质，是孙犁抗战小说中大多数女性具有的。小梅、二梅、吴召儿、妞儿等，她们都和九儿形同姐妹，是孙犁一直以来歌颂的中国女性形象——特别能吃苦，热情，肯奉献。九儿和男子一样打井、打铁，具有典型的雄性特征，因而得到了社会和官方承认。她作为共青团员，工作得到广泛支持。四儿和锅灶都是她的拥护者。

小满儿和九儿相反，她拒绝官方对自己的规训，但她也同样固执地做最美的女性，因而得到了男性认可。她身边有六儿、杨卯鞍前马后，还有一批男性悄悄爱慕着。但小满儿因得不到社会认可，甚至引来官方批评，还是有点难过的。正因为她失去了官方认可，才对自己女性的特权极力维护。所以，当她和九儿发生了唯一一次冲突时，六儿替九儿说话："人家生产很好哩……又是青年团。"小满儿理直气壮地反驳六儿："至于生产好，那是女人的什么法宝？"这句话把六儿镇住了，也给六儿启蒙了。六儿有了对女性的审美鉴赏力。之后，六儿就变成了小满儿的铁杆粉丝，离九儿越来越远。等到小说结束的时候，小满儿偷偷摸摸却是高高兴兴地坐着六儿的马车走了。而九儿却是郁闷的。当父亲问她"我总见不到六儿，你见到他了吗"时，"九儿没有说话"。九儿赢了社会，输了爱情；小满儿赢了爱情，输了社会。这就是两种不同状态的女人的命运。

《村歌》里双眉如果还在为自己身体里雌雄两种元素的冲突而挣扎的话，《铁木前传》中，女性身体里雌雄两种元素已经各自找到了自己的地位：要么 A，要么 B，二者不可兼得。这是当时社会情况给女性提出的重大价值选择。在进行选择时，只要自己清楚其后果即可。六儿说九儿是共青团员时，小满儿说："我在娘家也是共青团员。他们批评我，我就干脆到我姐姐家来住。"这是小满儿第一次亮明态度，为了做真正的女人，与组织发生了冲突。小满儿唯一一次对开会感兴趣是听说"村里宣传《婚姻法》"。但在讨论《婚姻法》时，大家谈到了"检查村里的男女关系，她就退了出来，恢复了自己的放荡的生活方式"。这是小满儿第二次主动选择。她宁愿做一个放荡的女人，也不愿意做一个非女人。非女人，包括物化的女人和男性化的女人。她本指望《婚姻法》能还她自由身，让她和爱的人在一起，但人们似乎不关心这个，那她宁愿放荡着。当小满儿的母亲要小满儿回婆婆家时，小满儿坚决拒绝。母亲和姐姐告诉她："你在这村里疯跑，人家有闲话哩！"小满儿不为名声所动。这是小满儿为自由付出的代价。当干部"押着"小满儿去开会时，小满儿一路用隐喻向干部发难，但干部固执地要将小满儿带到会场，对小满儿实施规训。小满儿一直斗争，直到走进大庙，干部仍然不能理解小满儿的痛苦和无奈，小满儿只好运用自己的女性法宝摆脱干部的"纠缠"。她给干部讲了很多传说、故事，都是关于爱情的，她希望干部能够明白她作为一个女性化身是不能接受规训的，但干部和小满儿拒绝改造一样固执己见。小满儿只好装病，"几乎扑到干部怀里"，这才摆脱了干部的"纠缠"和规训。这次之后，小满儿还会遇到什么样的发难，难以预料。所以，小满儿和六儿一起离开村庄就是对即将到来的更大发难的躲避。

小满儿虽具有女性的一切美和媚，对男人有极强诱惑力，但小满儿在小说里除了和六儿谈了一场不该谈的恋爱外，别无其他不良行为。她像双眉一样心灵手巧，"她的才能是多方面的……不管多么复杂的花布，多么新鲜的鞋样，她从来一看就会，织做起来又快又好……"她与双眉不同的是，不再追求官方认可，只追求爱情和自由，这是典型的女性心态。双眉和小满儿一样漂亮、聪明、能干、泼辣，但双眉还渴望得到认可，希望能够入党，甚至渴望掌握权力。而小满儿什么也不要，甚至连名声也不在乎，她只要和六儿的情投意合。这是孙犁在经历了女性解放之后，对女性回归的一种渴望，也是他冷静反思妇女地位的结果。因为女性毕竟不同于男性，她们和男性一样劳动，和男性一样追求社会地位，会导致女性自身特质的丧失。从传统文化角度讲，小满儿也是孙犁向传统回归的一个信号。

从双眉到小满儿，是女性成熟了，还是女性无奈的退守？孙犁小说从抗日战争中的《红棉袄》开始，一直关注女性的成长和变化。他从生活在最底层的妇女身上看到了中华民族的宝贵品质：吃苦、忍耐、泼辣、能干、适应性强。但同时发现，中国女性因为受教育程度有限，在接受政治规训时，如饥似渴，她们像获得了前所未有的珍宝一样，接受了历史赋予的机遇，尽情表现自己，不惜牺牲自己的本性。就像《麦收》中的二梅和《村歌》中的双眉那样。她们表现得太好，越出了规训者为她们设定的目标，也就遭遇了种种批评和"反规训"。这在双眉身上表现得最为突出。双眉越是优秀，越是不被理解，不被承认。双眉不明所以，很多女性也不明所以。在《铁木前传》中，孙犁通过九儿和小满儿，对女性究竟应该如何的问题进行了回答。人不应该太完美吧？女性作为人之中的"次品"，作为男性身上的"一根肋骨"，更不应该追求完美和极致。这听起来有点悲哀，但似乎暗含真理。

九儿也好，小满儿也好，她们都是不完美的女性，但她们似乎并不快乐。这意味着什么呢？追求完美是每一个人渴望做到的，在一个不能追求完美的时代，放弃一部分自己，是一种什么感觉？九儿和小满儿都是压抑的，她们始终压抑着自己的一部分天性，如何快乐？

第四章 《芸斋小说》：政治运动空间下的个体危机与救赎

　　《芸斋小说》是一个非常独特的文本，特点有三：一是，它通过"命名"方式表达了向传统文化回归倾向。"芸斋"是一个堂号，而起"堂号"是中国旧式文人的一种习惯。孙犁将晚年小说命名为"芸斋小说"，有复古倾向。小说篇末的"芸斋主人曰"有"反小说"倾向，表明作者向"史传"传统回归的态度。无论是使用堂号还是史传传统，都具有鲜明的"求真"意图，是对文学家历史责任的一种强调；二是，芸斋小说话语层面一改"荷花淀"清新、清纯文风，返回到中国古典的"沉郁"一派，以表达忧国忧民情愫；三是，"芸斋小说"用"叙事"方式表达哲学思考，开启了一种"藏""隐"美学风格。抗战时期，根据地居民为了抵抗日本帝国主义，经常进行"坚壁"——将各种物资隐藏起来；有时候也对伤员进行"坚壁"——藏在老乡家里，甚至藏在地洞里。长期的"坚壁"行为转换成一种思维方式，就形成了"藏"的美学风格。孙犁有一篇小说命名为"藏"，就有双重含义：一重含义是地洞的功用；二重含义是浅花在地洞生了一个女儿并起名为"藏"。同一素材，孙犁曾写过《第一洞》，故事结构相似，唯一不同的是后者在地洞生了女儿"藏"。同一素材讲述两遍，显然不仅仅为了生一个小女孩。而且，小女孩在地洞里出生，能否成活是一个疑问。可见，小说《"藏"》别具深意。而孙犁1946年之后的小说风格，明显具有"藏"的美学风格，如《村歌》《风云初记》《铁木前传》等，都深藏着复杂多元的思想诉求，笔者以为小说《"藏"》预示着一种新美学风格的诞生。而"芸斋小说"的美学风格，是典型的"藏"的风格，这种美学风格，是"极左文艺路线""逼"出来的一种文艺"突围"方式；也是中国社会现实存在的各种矛盾——新旧文化矛盾、各种阶级矛盾、新旧伦理矛盾等造就的复杂思想导致的结果。总之，《芸斋小说》在形式上与中国传统笔记小说一脉相承，在品格上却独步天涯。它像一份文学遗嘱，为我们留下了非常宝贵的精神财富。

第一节　政治运动中的异质空间与个体危机

个体与群体相对，按照梁漱溟的观点，"团体生活"是西方文化和中国文化的分水岭。西方因强调团体而压抑了个体，所以在西方才有个体解放概念。中国没有"团体生活"，有家族、家庭生活，个人和家庭、家族之间的关系相对于个人和团体之间的关系柔和了许多，因而中国没有个体压抑，也就没有个体解放。但中国的新文化运动反对的就是中国的家族文化，中国的抗日战争就是"群体突围"，中国的土地革命就是彻底推翻封建所有制，实现公有制。而公有制实际上就已经变成了团体与个人之间的关系。到合作化、大跃进时期，团体对个体的压抑越来越明显。"文化大革命"时，有些个体已沦落为"非人"——"牛鬼蛇神"。知识分子因其懂得内在生活，在精神上保持着自己的独立性，难以完全被同化，在一部分老知识分子身上，甚至还携带着大量传统文化因子，这就导致"文革"时期对他们的彻底打压和残酷折磨。这是由新文化运动一步一步"走"来的。所以梁漱溟认为，中国后来的动乱都得从甲午战争说起，而中国的"文化大革命"得从抗日战争说起，因为正是日本侵略者对中国传统伦理、传统文化的大肆污蔑，对中国百姓的大肆猎杀和残酷扫荡，中国传统文化才灭亡得那么快、那么彻底。中国的传统文化，尤其是家族文化固然有其弊端和痼疾，"五四"时期的新文化运动通过对其批判和改造虽然动摇了其根基，但绝不至于使之彻底"覆亡"。新旧文化会存在一个漫长的对话过程，如顺利实现了新旧交接，中国社会不至于出现"文化大革命"那种极端不理性的行为。而日寇的入侵及其残暴行为给中国百姓带来太多伤害，迫使他们将一切过错推给中国传统文化，让传统文化承担了不该承担的过错，致使中国社会失去了赖以维持稳定局面的文化根基，导致以后不得不重新建立新秩序。但每一次建立起来的新秩序都会回到传统秩序中，与传统秩序"黏连"在一起，迫使反对传统文化的领导者重新革命。实际上，中国传统社会建立的伦理秩序一大部分来自人类天性，有其合理的一面；若全部否定，中国社会便无秩序。这也是建国以来运动不断，直到"文化大革命"彻底失序的文化根源。身在其中的孙犁，对此问题的思考是体验式的，因而也是深刻的。所以，《芸斋小说》便成了一个相当复杂的文本，它表面上是写"文化大革命"，实际是在梳理中国革命从抗日战争到"文化大革命"走过的曲折道路。下面分三部分予以论述。

一　漫漫"前"路无尽头：从"荷花淀"到"牛棚"

孙犁抗战时期对新文化、新伦理、新道德的建设充满信心，欢欣鼓舞，在他的小说中，虽也有淡淡忧郁味道，但基本是乐观明亮的；到土地革命时期，孙犁小说多了纠结、挣扎成分。他写于50年代的《风云初记》和《铁木前传》开始对新旧文化进行反思。在反思中，发现了"旧文化"的必然命运，甚至发现了那批曾经反对"旧文化"的旗手们，因为自己尚携带着旧文化因子，会因革命的不彻底性而导致悲惨命运，李佩钟的结局便是这样一个预告。

新旧文化之"战"成为中国革命挥之不去的一道"剑影"。"文化大革命"期间，每个人都在新旧文化之战中受"伤"。就像一位"文化大革命"经历者所说："我们所戕害的，是我们的同学、我们的邻居、我们的亲人，最后连同我们自己。我想，这是有别于纳粹大屠杀最要紧的地方。"[1] 纳粹大屠杀是一种文化对另一种文化的绞杀，而中国的"文化大革命"是本民族文化内部发生的新文化对旧文化的"虐杀"。这种虐杀不但是弑父性的，而且是连根拔除性的，这才是最可怕的地方。正是在这层意义上，孙犁创作《铁木前传》之后那场十年不愈的大病才是可以理解的。他看到了中国新文化的方向是"漫漫前路无尽头"，中国传统文化的前景是时时刻刻被"改造"。

自相残杀了无尽头，究其原因乃是"文化自卑"，是中国文化"向内用力"的思维惯性的结果。因为新文化运动缘自19世纪末20世纪初中国社会被世界列强侵略的事实。因为被欺侮，我们便从自己身上找问题，找的结果，便是发现本民族文化存在"严重问题"，似乎不打倒不足以解决中国的问题。之后，中国革命正是沿着这样一条文化革命之路大踏步前进。中国革命之所以受到全国各阶层的追捧，也是因为它符合当时人们对中国传统文化的不满和对新文化的期待。加之日本帝国主义的入侵，以及对中国传统道德的践踏，更加推动了全国人民对新文化的热望。就像韦君宜所说："政府不支持爱国，只有共产党才说必须抗日，左派刊物高呼无保留地支持学生的抗日运动。愚蠢的日本帝国主义和国民党政府，共同把我这样的青年推到了共产党的旗帜之下。"[2] 中国共产党不过是顺应了当时的历史潮流，赢得了全中国热血青年的心。也就是说，对中国传统文化的不满不是少数人的激进观点，而是相当普遍的文化自卑导致的"逆反"心理现象。

中国共产党的抗日主张与新文化建设同时进行是当时的英明决策。孙犁作为当时的爱国青年，对革命根据地的新文化政策和抗日政策表现出来的热情也是完全正常的。这样我们就能理解孙犁在抗战小说中努力克制自己对旧文化的感情，用力讴歌新文化、新道德、新伦理的心理基础。

---

① 吴琰：《我们忏悔》，王克明、宋小明编《我们忏悔》，中信出版社2014年版，第13页。
② 韦君宜：《思痛录》，人民文学出版社2013年版，第4页。

《荷花淀》作为孙犁抗战小说的代表作，就存在新旧文化之间的"消长"问题。孙犁有意克制自己对"旧文化"的热爱和留恋，激励张扬自己对"新文化""新伦理""新道德"的讴歌。《荷花淀》开头那幅著名的"夏月编席图"带有鲜明的对传统文化的颂赞倾向。因而，使用"概叙"手段，"简笔"带过。用笔过多，歌颂旧文化的倾向就会暴露出来，所以，小说很快停止这一描述，转入对"新文化""新伦理"的歌颂——水生要参军，全家都支持。但"旧文化"似乎恋恋不舍，不愿离场。在水生夫妻对话时，妻子要求水生"嘱咐嘱咐"自己，就有了关于"保节"的那段对话，这又是对"旧道德"的张扬。可见，在新旧文化、新旧道德之间没办法划一条清晰的边界。孙犁抗战小说中的"拟家结构"，本是用来歌颂军民一家之新道德、新伦理的，但其中携带着大量传统文化因子。不过也正因其携带着传统文化因子，又有新文化、新道德、新伦理因素，意蕴才更加丰厚，更具艺术魅力。若非要将新旧文化区分得泾渭分明，味道就淡了，艺术价值也就没了。

抗日战争时期，新文化运动给了根据地政府巨大的支持和帮助。抗战胜利、内战结束，中国共产党进入建设社会主义新阶段之后，文化和政治关系依然十分紧密，以致新旧文化之间的矛盾，成为政治无法解决的一道难题：无论公有制还是私有制，只要"安静"下来，社会就自然而然恢复到传统秩序上去，传统伦理就不自觉地发挥作用，给人一种"倒退""复辟"假象，只能再次"革命"，调整现有秩序，因此社会就出现新的不安和动荡；只要再次回复平静，传统伦理秩序一定会再次发挥作用，"复辟""倒退"感觉再次产生，如此，整个社会为了保持新文化的统治地位就得不断"斗争"。就像毛泽东所说：

我们的革命是一个接一个的。从一九四九年在全国范围内夺取政权开始，接着就是反封建的土地改革，土地革命一完成就开始农业合作化，接着又是私营工商业和手工业的社会主义改造。社会主义三大改造，即生产资料所有制方面的社会主义革命，在一九五六年基本完成。接着又在去年进行政治战线上和思想战线上的社会主义革命，这个革命在今年七月一日以前可以基本上告一段落。但是问题没有完结，今后一个相当长的时期内每年都要用鸣放整改的方法继续解决这一方面的问题……①

这种政治上的"洁癖"，在文化领域也有所表现，以致在文化领域里的斗争也一直没有停止过。建设一个新中国就像创作一件宏大艺术品，只有处理好新旧文化、新旧伦理、新旧道德之间的复杂关系，才能增添其艺术魅力。若只要新，不要旧，凡是旧的全部砸烂，这个新也就没有来源和出处，甚至没有未来和明天。因为今天的"新"会成为明天的"旧"，斗争会无休止，整个社会也就难以存活了。就像一个家庭只有一代人，而不是两代、三代乃至四世同堂或五世同堂，如果这样，这个社会之贫乏、苍白也就可想而知了。但艺术品和国家不能同日而语，艺术品不过是通过一些特殊媒介创造一种特殊形式，表达自己的思想而已，建设一个国家却涉及太多问题，尤其是人的问题。人可以分成不同阶级、阶层，还可分成敌我、革命和反革命，即使在一个人身上也可能因为历史阶段的变化而一会左一会右，如此这般，在建设一个国家的过程中，在不断净化革命队伍的过程中，在执行新文化路线的过程中，"个体"被压抑，被异化，被折腾的命运越发成为当代中国历史上的一个重要问题。

孙犁的《芸斋小说》就是作者在经历了中国革命整个过程之后，站在一个文化者的角度，对中国革命的一个深刻反思。在《芸斋小说》中，"个体"被凸显出来，个体的命运成为他思考的主要问题。把孙犁的《芸斋小说》与抗战小说联系起来考察，中国革命走过的一条比较完整的道路呈现出来。中国知识分子在中国革命中的遭遇也就越发"生动"。抗日战争时期孙犁小说中的唯美画面——荷花淀，阳光明媚的叙事结构——"拟家结构"，经过半个多

---

① 毛泽东：《工作方法六十条（草案）》，《毛泽东文集》（第七卷），人民出版社1993年版，第349—350页。

世纪的风风雨雨到《芸斋小说》时，变成了异化空间——牛棚，和一个令人伤心的叙事结构——碎片化结构。

从荷花淀到牛棚，成为中国传统知识分子在中国革命过程中经历过的种种挫折、磨难的生动写照。从某种意义讲，也是中国传统知识分子从高空坠落的现实命运的隐喻。

孙犁思考知识分子问题时，并没有追究责任或抱怨革命的意思，而是冷静、客观、理智地反思中国革命中的诸多问题，以及走到"文化大革命"这一步的深刻原因。仔细分析文本，作为一个叙事者和隐含作者，他不但没有推卸属于自己的那份责任，反而在不断解剖自己，真实地表白自己。《言戒》中的叙事者，因生活逐步改善，对工人阶级漠不关心，彼此隔膜，话不投机，成为日后被"整"的直接导火索；《一九七六》中的老赵作为隐含作者的化身，承认自己开始堕落，准备放弃坚守，随波逐流……然而，更多的是，孙犁通过《芸斋小说》旨在找到解决中国文化存在的新旧对立和矛盾，从而解决中国的社会问题。

文化是一个民族区别于其他民族的根本所在，解决本民族的文化问题，除了回归传统之外，似乎没有更好的道路。或者说，在经历了拿来主义和对旧文化的长期批判、审视之后，该是我们回归传统的时候了。那就得对传统文化进行一番清点和梳理。可见，从"荷花淀"到"芸斋小说"不仅仅是一个题材问题，其中还暗含着一场复杂的"斗争"……

二 "灵魂"的坠落：从"慷慨以赴"到"人人自危"

《芸斋小说》中的人物与抗日战争时期的人物在现实层面应该是同一群人。王婉、冯前、杨墨、葛覃、老张、老赵……这群人正是抗日战争时期"慷慨以赴"奔赴国难的那群人，但人的精神面貌发生了天翻地覆的变化。抗日战争时期的高翔、高庆山、李佩钟、变吉哥、老胡、柳英华各个英姿飒爽，威武潇洒。他们身上的那股正义感和青春气息，令人对中国的未来充满信心。那个时代的人们，无论男女，无论知识分子或农民，甚至无论老少，都显示出一股敢于奉献、乐于奉献的革命精神。同一拨人到《芸斋小说》时，好像失去了方向，没有着落，他们无从寄放自己的灵魂。《一个朋友》中的老张，抗日战争时期战斗在最危险的岗位，从事地下活动，为抗日战争胜利做出了巨大贡献，进城后成为党的高级干部。他却没法专心工作，喜欢做生意赚钱，结果便遭遇到"四清"，之后又遭遇"文革"，不明不白地就自杀了。一个曾经不怕死的人，为什么会出现这种"逆差"？不独老张如此，"文革"中一批老革命走上了和老张一样的道路，选择了自杀。

究其原因，是时代造成的"人人自危"局面，将很多人逼上了绝路。这些人不怕死，不怕敌人，却担心成为人民内部的斗争对象，担心被批判、被羞辱的命运。中华人民共和国成立以来，在政治思想领域开展了不间断的运动。比如，1954 年对俞平伯的批判，导致"知识界陷入人人自危的不安状态"①。之后的各种政治运动中，令人喘不过气来。"批判武训，批判《早春二月》，批判胡风，批判胡适，再加上肃反等等，马不停蹄，应接不暇。到了1957 年的反右斗争，达到了一个空前高潮。"②当时"极为可怕的帽子满天飞。弄得人人自危，各个心惊"③。因为这些"帽子"没有明确标准，可以随便被人扣在头上，还找不到地方申诉。那些被扣上大帽子的人的家属也因此遭到迫害或歧视。这比抗日战争时期面对敌人更令人不安。《王婉》中，王婉的丈夫被打成"右派"，王婉因此受到牵连，到火车站卧轨自杀一次；《三马》中，三马的父亲被打成特务，三马的两个哥哥受到牵连变成了精神病人。可见，1949 年后的历次政治运动造成的"人人自危"达到了怎样一种程度。

人对人的折磨，尤其是折磨人的和被折磨的可能是师生关系、同事关系、邻居、同学、朋友关系……如果是敌人，至少还有信仰可以支撑，而"文化大革命"期间，使用这种惨无人道手段折磨人的却是"自己人"。被折磨的那

---

① 陈徒手：《旧时月色下的俞平伯》，《人有病天知否》，生活·读书·新知三联书店2013 年版，第11 页。

② 季羡林：《牛棚杂忆》，外语教学与研究出版社2010 年版，第195 页。

③ 同上书，第200 页。

些人简直没有任何依托和指望，没有救星可以期待。这也难怪很多人选择自杀了。活着变得不再容易。丁玲在"文化大革命"期间被不断折磨时，她的邻居就劝她死掉算了，这样活着还不如死了呢。但丁玲坚强地活过来了，因为她更担心不明不白地死去会连累家人。

"文化大革命"中怎么会达到这样一种程度的混乱，又为何如此残酷？当年的红卫兵小将日后回忆说："反右运动，以及建国后的一个又一个的运动，都是对人性内在的邪恶的大诱发，导致人与人之间的大厮杀，逼迫着每个人既在不同程度上受到迫害，又参与对他人的迫害。"① 一些人甚至参与了对自己同学、老师的直接迫害，导致了他们的死亡。孙犁在《女相士》中说："十年动乱，较之八年抗战，人心之浮动不安，彷徨无主，为更甚矣。"②

人完全丧失了做人的尊严，连活的权利都被任意剥夺，之后，对人的"畜化管理"也就顺理成章了。所谓"畜化管理"就是将人视为畜生，对人的管理等同于对畜生的管理。季羡林说："在当时那种情况下，那种气氛中，每个人，不管他是哪一个山头，哪一个派别，都像喝了迷魂汤一样，异化为非人。"③ 他同时又解释说："我这里所谓'非人'，决不是指畜生。"他认为那是对畜生的污蔑，因为畜生吃人是因为饿，不会说谎耍刁，讲吃人的大道理。但季羡林这里的"非人"指的是整人的人，而笔者这里所谓"畜化"管理的"畜"指被整的人。在《牛棚杂忆》中，季羡林说：

> 我们这一群"牛"们，被分配住在平房里，男女分居，每屋二十八人左右，每个人只有躺下能容身之地。因为久已荒废，地上湿气霉味冲鼻官。监改者们特别宣布："老佛爷"天恩，运来一批木板，可以铺在地挡住潮气。意思是让我们感恩戴德。这样的地方监改者们当然是不能住的。他们在民主楼设了总部，办公室设在里面，有的人大概也住在那里。

---

① 钱理群：《示众——反右运动中我在两次批斗会上的发言》，《我们忏悔》，中信出版社2014年版，第39页。
② 孙犁：《女相士》，《孙犁文集》(1)，百花文艺出版社2013年版，第321页。
③ 季羡林：《牛棚杂忆》，外语教学与研究出版社2010年版，自序。

同过去一样，他们非常惧怕我们这一群多半是老弱的残兵。他们打开了民主楼的后门，直接通牛棚。后门内外设置了很多防护设施，还有铁蒺藜之类的东西，长矛当然也不会缺少。夜里重门紧闭，害怕我们这群黑帮会起来暴动……①

于光远在《"牛棚"生活》中也说："一九六八年底，我们这些黑帮被集中起来，住进了'牛棚'。牛者，牛鬼蛇神也！'牛棚'者，牛之栖息之所也！牛非人，亦即非人栖息之所也。"②

孙犁在《芸斋小说》中对牛棚进行了详细的介绍：

> 棚是由一个柴草棚和车棚改造的，里面放了三排铺板，共住三十多个人。每人的铺位一尺有余，翻身是困难的。好在是冬天，大家挤着暖和一些。……夜晚，牛棚里有两个一百度的无罩大灯泡，通宵不灭；两只大洋铁桶，放在门口处，大家你来我往，撒尿声也是通宵不断。本来可以叫人们到棚外小便去，并不是怕你感冒，而是担心你逃走。每夜，总有几个"牛鬼蛇神"，坐在被窝口上看小说，不睡觉，那也是奉命值夜的。③

牛棚建得简陋，并故意将几十个"牛鬼蛇神"安排在一起居住，造成拥挤不堪的局面，且人为设置各种障碍，不让人好好休息。这已经比"畜生"的生活还差了。任何畜生都有休息的权利，甚至连犯人也有休息的权利，但这些被关进牛棚的当权派、学术权威们丧失了休息的权利。

丁玲作为一个成就卓著的老作家，1949年后几度被整，"文化大革命"期间发配北大荒，一个人住在小黑屋里，忍受孤独寂寞、重体力劳动，还时不时被红卫兵打骂。她回忆说：

---

① 季羡林：《牛棚杂忆》，外语教学与研究出版社2010年版，第120页。
② 于光远：《"牛棚"生活》，《中国集体经济》1999年第12期。
③ 孙犁：《高跷能手》，《孙犁文集》（1），百花文艺出版社2013年版，第322—323页。

一天我正坐在炕上，看放在桌上的一张旧报纸；报纸是陈明隔几天送一次来。屋子里很黑，窗户下层的两块玻璃都涂有黑水，只剩上边一块透进微弱的光亮。这时房门忽然砰的一声推开了，进来一群年轻人，我不敢抬头看她们（如果我抬头看看，她们就会嚷嚷，"看，她那仇恨的眼光！"），习惯地低着头无声地坐着，就听到好几个人齐声咆哮道："你是什么东西！还坐在那里不动弹。"接着更多的声音乱嚷道："还不快站起！跪下跪下！"而且有人扑进来，有人拉，有人推，有的动拳头，有人用脚踢。我就跪在炕边了。我来不及理会到底发生了什么事。接着拳脚像暴风雨般地落到我的身上。我听见有人斥骂："大右派！大特务！反革命！"一下醒悟不过来，不明白我又犯了什么大罪，该挨如此这般的暴打，我只得任她们骂，任她们发泄。

人被"畜化"正是"异化"的极致，自然也是丑恶的极致。牛棚作为一个政治异质空间，是人类历史的耻辱，是人类文明的一次倒退，值得我们反思。

三 "牛鬼蛇神"不是"非人"

整人的人变成了"非人"，被整的人变成了"牛鬼蛇神"。全国上下几亿人口，为什么都"搅"进这样一场"非人"的政治运动之中？发动者，自然有其错误判断，但若没有几亿人口的云集响应，也难以形成那样一场规模巨大的政治灾难。就像季羡林日后回忆所说：他本可以躲过"文革"那场灾难的。但他"偏偏发了牛劲，自己跳了出来，终于得到了报应：被抄家，被打，被骂，被批斗，被关进了牛棚，差一点连性命都赔上"①。季羡林是在牛棚里想明白一些事情的，不进牛棚，他可能未必思考这些问题。他说："关在牛棚

①　季羡林：《牛棚杂忆》，外语教学与研究出版社 2010 年版，第 196 页。

里的时候，我看了很多，也想了很多。我逐渐感到其中有问题……"①

如果说当时的红卫兵多是十几岁的孩子，不能分辨是非，那成年人看见红卫兵对他人的暴力行为不但没有劝阻或躲避，有的还向红卫兵提供线索，报告情况，为红卫兵带路抄别人的家。高宜在《最黑的夜晚》中回忆说，当时的红卫兵并不掌握具体情况，是成年人指示、通报，甚至领着他们到一家一家去抄家的。"这家抄完了，附近的街道妇女不断赶来报告。又发现了诸多资本家、地主、旧官僚住在附近的几条胡同里，需要我们挨户去抄，支持群众挨个去斗。"② 有的时候，红卫兵们也"倍感疑惑"，他们所"抄"的人没有别人说的那么像资本家，甚至穷得令人震撼，而当他们烧人家的书时，居然有一本"旧版竖排"的毛泽东的《论持久战》。那些街道里的妇女们，到处"咬人"，告诉他们谁是流氓、小偷儿，他们很准确地直接进屋，"把小偷流氓从被窝里抓出来，送到学校拷打鉴别。小偷流氓的名单，大部分都是当时所谓的街道积极分子提供的"③。另一红卫兵说，他们去"破四旧"，正担心不知道怎么走，一到胡同口，"不费吹灰之力得到了一个坏分子名单。胡同居委会的一位中年大妈，还特意用手指着斜对面，告诉我们，那家住着一个反动学术权威，叫胡传奎"④。真是一场"人民战争"，每一个特务、反革命、学术权威都休想逃脱制裁，因为由全国的老百姓织成的一张大网将所有人罩在里面。

这是信仰产生的负面影响，但信仰也有另一面。比如，杨述，早在延安时期，就被当作特务整过一次，但他说：

> 不管家里把我们当作外人/我们也是家里的人/就是死了也愿意——葬在家里的地/就是变做杜鹃/也住在家里的屋檐/因为我们只有一个家——惟一的家/无论遭到怎样的摧残/怎样的迫害/不论被践踏得有如粪土/有

---

① 季羡林：《牛棚杂忆》，外语教学与研究出版社 2010 年版，第 196 页。
② 高宜：《最黑的夜晚》，《我们忏悔》，中信出版社 2014 年版，第 66 页。
③ 同上书，第 62 页。
④ 张阿妹：《"反动权威"胡传奎之死》，《我们忏悔》，中信出版社 2014 年版，第 76 页。

如草芥/我还依恋着家/尽管被当作狗似的乱棍打出/我还是要进家门来/因为打不掉也抹煞不了的——一颗共产主义的心。①

丁玲在历史上几次被整，"文化大革命"期间，她一个人被关进北大荒的小黑屋里，后来又被关进监狱。但她说：

> 我相信历史，相信现实生活，相信党，也相信我自己。……活是困难的，死是容易的，死是比较安稳的（当然说不上快乐）；而活是艰难的很啊！……一个共产党员，既然连死都不怕，为什么不能忍受这点屈辱？还没有到最后的日子，我不能死，到生活底层去！到人民中间去！即使是屈辱地活着，即使是流血、流汗、再苦，再累，活着，我总还是可以替人民做点事情嘛！做些事情总还是对社会，对人民有意义、有好处嘛。……只要对人民有好处，就是有价值的。我就是在这种思想支配下，打发日子。真是千回万转，经常想这些事情，思想上斗了好多年呵，整整二十多年！②

"文革"结束后，西方记者和一些别有用心的人希望她发表一些反党、反毛言论时，她拒绝了。她说："毛主席有缺点，晚年更有大错误，当然可以写，但是，在目前这种情况下，我是不会写的。有人想全盘否定毛主席，甚至想打倒他，这是不能允许的！"③

孙犁在"文革"期间备受磨难，几欲自杀，但"文革"结束，他本着为历史，为后人负责的想法，创作了《芸斋小说》，在小说中保持了冷静、客观、审慎的历史态度。一方面指出，"文革"期间"'四人帮'灭绝人性，使忠诚善良者，陷入水深火热中，对生活前途，丧失信念"的事实，另一方面

---

① 杨团：《〈思痛录〉成书始末》，《思痛录》，人民文学出版社 2013 年版，第 335 页。
② 丁玲：《党给了我新的生命》，《丁玲与周扬的恩怨》，湖北人民出版社 2006 年版，第 219 页。
③ 杨桂欣：《丁玲与毛泽东关系始末》，《丁玲与周扬的恩怨》，湖北人民出版社 2006 年版，第 335 页。

思考了"文革"的真正原因应该是信仰问题。他在《言戒》结尾处说："古时，西哲有乌托邦之理想，中圣有井田之制定，惜皆不能实行，或不能久行。因不均固引起不断之纷争，而绝对平均，则必使天下大乱也。此理屡屡为历史证明，惜后世英豪，明知而仍履其覆辙也。小民倒霉矣！"

为什么同是信仰，有的人变成了害人者，有的人自己被害却依然不会害人。如此看来，仅仅将自己的害人行为推给历史或信仰似乎解释不通。因为，"文革"期间确实有红卫兵，自己根红苗正，却不愿参与打人，做"逍遥派"者。问题的关键在于：其一，独立思考和判断。信仰和崇拜如果让一个人丧失了独立思考和判断，那才是最可怕的；其二，就是"私心"。很多人并非没有过怀疑，也并非没有产生动摇，但考虑到自己的前途和利益还是充当了"文革"中的打手和整人工具。当"文革"过去 30 多年后，如果还没有从根本上认识到自己应该承担的责任，仅仅推给"四人帮"是不能得到救赎的。

第二节 《芸斋小说》的死亡叙事

闫庆生认为，孙犁晚年自觉地铸造了自己的人生哲学①。按照苏格拉底的观点，追求哲学的正确方式就是从容面对死亡②。因为死亡问题是人生哲学的重要节点。就像布朗肖所说："谁能把握住死亡，谁就能高度地把握自己……就是全面地具有能力。"③ 之所以说孙犁铸造了自己的人生哲学，就是因为孙犁晚年作品中认真思考了死亡问题。他首先思考了自己的死，他曾对儿子说："近来有很多老人，都相继倒了下去。老年人，谁也不知道，会突然发生什么

---

① 闫庆生：《晚年孙犁研究》，中国社会科学出版社 2004 年版，第 118 页。
② ［古希腊］柏拉图：《斐多篇》，《柏拉图全集》（第一卷），王晓朝译，人民出版社 2002 年版，第 85 页。
③ ［法］莫里斯·布朗肖：《文学空间》，顾嘉琛译，商务印书馆 2005 年版，第 77 页。

变故。我身体还算不错，这是意外收获。但是，也应该有个思想准备。"① 其次，他考察了各种各样的死，并将死亡问题提高到了哲学高度。《芸斋小说》让我们看到了"死亡"极其丰富的内涵，让我们知道"死亡"并不是那么单纯透明，也不那么整齐划一。人类的"死"就像人类的"活"一样丰富多"彩"。这一思想，不仅固执地肯定了人的个性，并顽固地宣称了人的难以规训性：即使将活人逼得不能活，人最终还有一死，只要能死，人就依然保留着一份权利。但《芸斋小说》像《圣经》《柏拉图对话集》《论语》《庄子》等，是一个文学性和哲学性兼具的文本，它使用较为隐曲、含蓄、委婉的隐喻性表达，将自己对死亡的哲学思考，深埋在碎片化叙事当中。现代语体和古语体混用的表达方式，也为阅读设置了障碍，这也是很多人感觉到孙犁作品的深度并称其为"思想家"，却较少论证的原因所在②。

一 "活人祭"的复活

苏格拉底说："正义的真正斗士，如果想要活下来，哪怕是很短暂的时间，也一定要把自己限制在私人生活中，远离政治。"③ 但如果按照亚里士多德"人天生是一种政治动物"④ 的观点，远离政治是不可能的。即使苏格拉底最后的死，也是一种政治行为。因为人不可能是"无族、无法、无家之人"⑤，也就不可能远离政治。你可以不把政治当职业，但你的生活也不可能脱离政治。在一些特定的情况中，每个人几乎都不得不参与到政治活动中。"文革"就是一场全民性的政治运动，其深入程度、广泛程度，超过了历史上任何一次运动。它把老老少少，边边角角，凡是有人的地方都发动了起来。

---

① 孙犁：《谈死》，《孙犁文集》(7)，百花文艺出版社 2013 年版，第 214 页。
② 刘宗武：《序·晚年孙犁研究》，中国社会科学出版社 2004 年版，第 11 页。
③ ［古希腊］柏拉图：《申辩篇》，《柏拉图全集》(第一卷)，王晓朝译，人民出版社 2002 年版，第 20 页。
④ ［古希腊］亚里士多德：《政治学》，《亚里士多德全集》(第九卷)，颜一、秦典华译，中国人民大学出版社 1994 年版，第 6 页。
⑤ 同上。

在这样一场轰轰烈烈的政治运动中，"远离政治"如何可能？于是，这场运动就变成了一部分人用另一部分人做祭品的献祭活动。孙犁清醒地认识到这一点，他说："文化大革命刚开始，我的脑子还是很清楚的：这又是权力之争，我是小民，不去做牺牲。但不久就看到，它是要把一些普通老百姓，推上祭坛的。"① 被推上祭坛的首先就是那些老干部，献祭者则是革命群众。献祭仪式就是一场又一场的批斗会。这确实与历史上各国流传下来的献祭习俗有点相似。弗雷泽在《金枝》中记载了很多地方的活人献祭习俗。比如："卡利卡特王国位于马拉巴尔海岸，国王叫萨莫林……萨莫林只能统治十二年。期限到了，他要先把所有的贵族们都请来举行宴会……宴会后，他辞别客人走上架子，在众目睽睽之下，从容地把自己的喉咙割断……"② 这种野蛮的风俗，在不断改变，几百年后，活人献祭变成了一种表演性质的节目。但"文革"中的批斗会，与绝迹了几千年的活人献祭风俗不谋而合。很多被折磨的老干部回到家里就"从容地把自己的喉咙割断"，把自己献祭出去了。不同的是，古老的习俗里，被献祭者曾经受到隆重的礼遇，他们主动参与了整个过程，献祭对他们来说是一种信仰。而《芸斋小说》中那些自杀的老干部们没有受到礼遇，没有被尊重，没有知情权，是在短时间内被强行推上"祭坛"的，其目的是什么都莫名其妙。他们的自杀，在形式上虽暗合了古代的活人献祭，但在精神上完全不同：他们的死，完全是一种做不成人之后的无奈之举，带有自我救赎的味道——他们通过自杀，将自己带离非人世界，带离任人宰割的现场。

《女相士》中的叙述者孙芸夫，因为忍受不了"四人帮"的白色恐怖和"革命群众"的侮辱恫吓，而选择"自杀"。《言戒》中的"我"，因为不堪凌辱，触电自杀未遂；《地震》中，曾做过市委文教书记的老王，因为曾目睹了叙述者"我"被批判，被凌辱的场面，担心自己有此遭遇，所以，当"江青、

陈伯达在北京一点他的名，他就不想活了""后来他才勇敢地自裁了"。《一九七六年》中的老赵，无法忍受漫长的遭侮辱、被轻视、受迫害的日子，而"多次企图自尽"；《一个朋友》中的老张，喜欢做生意，对当官不感兴趣，几次被降职，但初衷不改，在不断的政治运动中，他的爱好被当作政治问题遭到批判，"文化大革命他竟跳楼自杀了"。《宴会》中的刘二，在"文革"一开始，他就自杀了。《颐和园》中的G在流放时自焚。众多自杀者，都因不堪忍受政治迫害，而自动放弃生命。对他们来讲，活着却不得不说假话，不得不做违心的事，不得不忍受凌辱、打骂，那还不如不活。

　　但有趣的是，那些把别人当祭品的人，最后也成了祭品，如小D和王婉。小D是典型的政治流氓。"文革"刚开始，他只是观望，看到同事造反并掌握大权之后，他才开始行动。最初对干部还算客气，但"随着政策的越来越'左'对干部的迫害越来越重"，甚至发展到"打人骂人了"。小D对那些老干部和他们的家属也一起虐待，"往死的边缘推挤他们"，甚至用日本人、国民党等用来对付特务的办法对待老干部及其家属。就是这样一个人，却也有倒霉的一天。他得意洋洋"造反"半年后，押着中层干部前往干校进行劳动改造。"老干部都睡在牛棚里，从天不亮劳动到天黑。他只是监督着、斥骂着，各处走动着，巡视工作，或是坐在办公室听听密探们的汇报。"但又过了半年，小D竟被赶到"几十里以外去晒大粪"，不久"他吞安眠药自杀了"。《王婉》本属老革命，"文革"开始，她也受到冲击，"去卧过一次铁轨"。但很快，王婉成了这个城市的大红人，掌握了这个城市的大权。就连"一位高级军官，全市文化口的领导，在她面前，唯唯诺诺，她说一句，他就赶紧在本子上记一句"。但"四人帮"倒台之后，"王婉被说成是江青在这个城市的代理人，送到干校，还没有怎么样，她就用撕成条条的床单，自缢身亡了"。作为"文革"的既得利益者，小D和王婉都对当时遭受磨难的老干部们犯下了罪行。尽管如此，他们仍然是政治的祭品。比如小D，虽然在流氓无赖盛行的环境里长大，沾染了相同的习气，但他注意到解放后政府对"许多赫赫有名的流氓头子"进行了镇压，也就收敛了自己的行为，甘心做一名清洁工。

即使造反之后，他也不是一开始就对老干部拳打脚踢。而是随着形势越来越"左"，才开始越来越坏的。从某种意义上，他是在贯彻执行上级领导的意图。就是这样一个听话的喽啰，最后，也没有逃脱被献祭的命运。王婉是死过一次的，那时她是被迫害者，但没死成，也就阴差阳错地被利用了。当她成为江青在这个城市的代理人时，她自己是没有预见到后果的。她很可能庆幸过自己的政治前途。但"四人帮"很快倒台，她也就知道自己在"文革"期间的所作所为属于什么性质了。

政治最终成为推手，将普通老百姓推上了祭坛。一拨人先将另一拨人献祭出去，之后，翻牌，献祭别人的又再次被献祭。只有意识清醒的人才不会双手沾满鲜血。然而，做到这一点何其不易啊！有一位老同志在和孙犁谈起往事时，激动地拍着两手说："看看吧，我们的手上，没有沾着同志们的血和泪。"但很多人的手上沾满了同志们的血和泪，如冯前。但若把一切责任都推给政治，免去个人的责任，似乎也不合逻辑。毕竟政治运动终究是人发动起来的，在其中活动的也终究是活生生的人。不管是献祭的一方，还是被献祭的一方，都彼此熟悉。比如，《言戒》中的"我"和造反派头头，一个在收发室，另一个在编辑部，属于同事关系。《小D》中的小D和被他管理的中层干部，也是同事关系。《冯前》中的冯前和叙述者不但是同事，还是多年的老朋友，但在这场轰轰烈烈的政治运动当中，冯前还是表现出了前所未有的自私、狭隘和残忍。正是因为个人的自私、残忍、狭隘的本性，才进一步推动了政治运动的扩大化和深化。如果每个人都有基本的道德标准，坚持不伤及无辜的基本底线，那些被集中到牛棚劳动的人，也不至于被"革命群众和当地农场的工人以及儿童侮辱、恫吓、投掷砖头"。如果每个人都能像《三马》中的三马那样，对需要帮助的人施予援手，对需要安慰者给予问候，那些被政治迫害的人，也不至于绝望到整天想着去死。政治激活了人性中的恶，是因为人性中有恶。对于善良的人来说，没有东西可以激活他身体里的恶。但反过来，如果政治给人良好影响，人性中的恶也会逐步淡化，以至于无。就像小D，如果没有"文革"，小D

或许会做一辈子清洁工，踏踏实实工作，平平凡凡做人，没有机会伤害无辜，"文革"却给了他作恶的机会。《芸斋小说》将政治和人性的相互作用摆在现代人面前，希望现代人冷静反思其中的奥秘。政治应该是通过立法使人向善的，而不是相反。

二　死亡的多种形态

海德格尔说："'死亡过程'的心理学与其说提供了死本身的消息，倒不如说是提供了'垂死者'的生的消息。"①《芸斋小说》提供的众多死亡样态，也正是"文革"期间人的多种生存样态。这种以死亡样态展示生存样态的特殊叙述，隐婉地表达着作者对生活的哲学思考：在一个疯狂的社会里，没有人可以生存，每一个人都是垂死者。他们的特殊死亡样态，正是他们特殊存在方式的证明。如果他们不能像人一样活，还可以像人一样死。死成为他们最后的选择和不可剥夺的权利。这时，死向我们提供的不是"死本身的消息"，而是"生的消息"。《芸斋小说》中，"死亡"具有：濒死、曾死、将死、亡故、弃世、被逼致死、吓死、正在死等多种样态。下面分六部分来介绍这八种情况。

（一）濒死

"濒死"是一种濒死者自己看不见的"死"，但旁人清楚地看见这种"死"的状态。比如，观看车祸视频时，都能看到"悬临"在遇难者头顶的"死"，但遇难者自己看不见。《高跷能手》中，李槐的"死"就悬临其头顶。叙述者似乎能看见这种死，但李槐自己看不见。"李槐总是安静不下来。他坐起来，乱摸他身下铺的稻草，这很使我恐怖。我听老人说过，人之将死，总是要摸炕席和衣边的。"当李槐"忽然举起一根草棍，在我眼前一晃"时，

① ［德］海德格尔：《存在与时间》，陈嘉映、王庆节译，生活·读书·新知三联书店1999年版，第284—285页。

"吓得我出了一身冷汗"。这是李槐的濒死状态给我造成的恐惧。李槐的濒死，他自己并不知道，所以，当我问李槐"你是哪一年到日本去的？"李槐不但详细告诉了我，还边说边"往铺下面爬"，他站在"两排铺板之间""眼睛里放射出一种奇异多彩的光芒，光芒里饱含青春、热情、得意和自负"。这种表现，根本不像一个濒死之人，与他前一个晚上的表现相差千里。然而，"过了差不多两天，他就死去了"。从前一天晚上的濒死状态，到第二天的激情表演，再到几天后的死亡，李槐的"濒死"极具叙事功能。如果采取适当的救助或换一个环境，李槐的死是否会延迟？但不管怎样，李槐的"死"对李槐，也许并不是坏事。在那样一种环境里，活着和死去，究竟哪个更好呢，这真是一个问题。

（二）曾死

"曾死"是死过，是"死"的过去时态。"死"作为一个动词，指向一个特殊的动作，一个不可重复演练的动作。人一旦完成了"死"这个动作，就再也不能从事其他动作了。但在实际生活中，的确有很多人有过死亡体验。这意味着，他们"曾死"过。《言戒》中的"我"经历过"曾死"。《王婉》中的王婉也"曾死"过。"曾死"者，如果不是绝望到极点，或许不会决然地奔赴死亡。毕竟，死亡不是什么值得奔赴的场所，而是生命的终点，是时间的不再流动，是永远的被囚禁。虽然死亡将一个人背负的种种责任卸去，将人与生俱来的罪恶归还。但毕竟，死亡也终止了一切选择。正如海德格尔所说："此在在死亡中达到整全，同时就是丧失了此之在。"[1]"曾死"之死，是一种叙事行为，是态度的表达和价值选择。正如波德里亚所说："死亡冲动是对当前系统的最彻底否定。"[2]《言戒》中的"我"和《王婉》中的王婉，之所以选择去"死"，那是她们对当时社会环境的一种强烈不满，但二者都未

---

① ［德］海德格尔：《存在与时间》，陈嘉映、王庆节译，生活·读书·新知三联书店1987年版，第273页。

② ［法］让－波德里亚：《象征交换与死亡》，车槿山译，译林出版社2012年版，第219页。

死成。看来，"死"也不是那么容易的事情，就像"活"一样不容易。但经历过"死"之后的"活"已经是另一种"活"。所以，《言戒》中的"我"，对生命的体验充满了无畏的态度。王婉，在第二次政治风暴中，依然选择了死，毫不犹豫。对她来说，生无可恋。她完全迷失在忽左忽右的政治旋涡里。

曾死和濒死不同。"曾死"是主体性的死，是"主体"的一次"求死"经历。而"濒死"是非主体性的死，是被动的死。"濒死"之死，给他人提供了死亡经验，自己却一无所知，是盲目地、茫然地死去。"曾死者"遭遇过绝望，属于精神领域里的"死"，而"濒死"是生物学意义上的死。"曾死"是过去时态，"濒死"是进行时态。"曾死"将人的毅然决然，将人的价值选择，将人对死和生的态度展示给我们。所以，作为叙事，"曾死"具有丰厚的意涵。当"曾死"之人，不但活过来，而且经历了另一个完全不同的时代时，他对死的理解、对过去的那段时光的理解，将难以尽言。《言戒》恰就是一个"曾死者"的叙述，因而，其控诉意味也就隐含其中了。

（三）将死

"将死"是一种将来进行时态，是"预叙"①，是对死亡的一种提前播报，是公然地谈论某人的死亡。这意味着，谈论者对"死"的一种无所畏惧，他们把"死"看作人的一种必然归宿，是与"死"和平相处。这是一种豁达的死亡观。"将死"和"濒死"的区别在于，"濒死"之死就悬临在头顶，被人看见，死者与死相距不远。而"将死"则是理论上的"死"，死者与死之间的距离不可测定。就像存在主义所说的"向死而生"中的"死"。虽然每个人生下来都面临着死，但每个人的死都没有规定期限，到底何时会死，只有上帝知道。"向死而生"中的死属于哲学层面，没有人因为人的"向死而生"的属性而经常谈论别人的死。因而，"将死"之死与"向死而生"中的死并

---

① ［美］杰拉德·普林斯：《叙事学词典》，乔国强、李孝弟译，上海译文出版社 2011 年版，第182 页。

不在一个层面。"将死"是指到了该死的时候的那种"死"。平均预期寿命是70岁的话，过了70岁，人们就会公然谈论某人的"死"，某人的"死"就在不远的将来。将死之人，也不会避讳自己的死。这个时候，关于某人之死似乎成了一个需要处置的问题，需要提交大家讨论。杰克·伦敦的小说《生命的法则》中，科斯库什就处于"将死"状态。他的死成为一个需要解决的问题，按照惯例，他被遗弃在荒原，不能跟随部落转移。他的死得由自己处置，或者说，由动物们处置。因为是部落风俗，所以，没人觉得亏欠，就连科斯库什也没有觉得孩子们亏欠他，他也是这样对待自己父亲的。这是自然法则。

　　《芸斋小说》中的"小混儿"便是一个"将死"之人。小混儿进入老年，孤苦伶仃，没有老伴，没有儿女，甚至没有本家。因为他是住在姥爷家的破房子里过了一辈子。对他来说，只有他的死是大家关心的问题。这里"死亡"由个人问题上升为社会问题。正是因为，自己的"死"成了大家的问题，小混儿更不在乎。小混儿一辈子什么也没在乎过，无论世代发生哪些变化，小混儿永远是"一条土炕，一领破席。一只小铁锅，一个小行灶。一个黑釉大钵碗，一双白木筷。地下堆着乱柴，墙上挂满蛛网。被窝从来不拆不洗，也不叠起，早起怎么钻出来，晚上还怎么钻进去"。小混儿什么也不追求，什么也不梦想，所以，什么也得不到，什么也不失去。"文化大革命""土地改革、合作化、抗日战争和解放战争"，这一系列重大事件，使叙述者经历了种种挫折和磨难，经历了九死一生，然而，"这些历史事件，对他都毫无影响"。他"有点钱，就吃，就喝，就赌"。对小混儿来说，没有什么可操心的。老了，进入"将死"状态了，小混儿也不像别人那样考虑后事，倒是别人替他着急，为他考虑后事。"近年老了，我们常和他开玩笑说：'小混儿，你可得节省下点钱来。至少，你死了以后，得叫守夜的人们有顿面条吃！'"在这里，死亡成为一个人必须预先考虑的问题。一个人可以不考虑自己的生，但必须考虑自己的死。可见，死的问题比生的问题更为重要。人不但要为自己的死负责，还要为自己的死付费。因为自己的死是对他人的打扰，是他人的一个麻烦。但实际上，小混儿用不着为自己的死操心。因为在"芸斋主人曰"部分里，隐含作者告诉我们，"今国家照顾孤寡"，小混儿"尚健在""当在五保之列，清静无为者必长寿"。

可见，小混儿的"将死"不过是一种叙述手段而已。通过小混儿的"将死"状态，把普通人的死亡问题抛给我们去思考。"将死"之叙述，丰富了"死亡"的状态，也丰富了"生者"的状态。小混儿完全处于"非人"状态，像动物一样本能地活着，但正是这种活法使他躲过了一次又一次的政治运动。

（四）亡故

"亡故"是经验到他人之死，尤其是亲人、朋友们的死，并对这一"死"深怀忧虑、思念、凭吊等心理活动。海德格尔说："亡故作为摆列眼前的事件'只'在经验上是确定可知的。"① 但实际上，"亡故"作为事件，并不只是一种经验，它还会成为他人精神生活的一部分。凡是经历过"亡故"事件的人，在他的精神世界里便留下了阴影，或者可以说，是一种伤痛。在经历过亡故事件之后，我们打量世界的方式都会因此而发生改变。亡故作为死亡之一种，因为距离较近，也较普遍，会对我们的生死观产生更直接的影响。

《芸斋小说》涉及亡故之处较多，《三马》中涉及叙述者妻子的亡故；《颐和园》中涉及朋友的亡故；《一个朋友》中涉及老友老张的亡故。把亡故作为核心叙事的是《亡人逸事》。《亡人逸事》讲述的是叙述者发妻的亡故事件。《无题》中，也讲述到发妻的亡故。发妻的亡故给讲述者造成了深刻影响。《无题》中，"他"因为害怕和亡妻相见而"死不瞑目"。因为"他"总是以亡妻的处世标准量世，觉得对不起妻，害怕死后被亡妻质问。

（五）弃世、被逼致死、吓死

"弃世"是成功地从世上逃离。弃世者因为无人知晓的理由而主动去死。

---

① ［德］海德格尔：《存在与时间》，陈嘉映、王庆节译，生活·读书·新知三联书店 1987 年版，第 295 页。

这与众所周知的"被逼致死"或因害怕而被"吓"致死略有不同。但其死亡手段是一样的，只是缺少了一个理由。《三马》中的三马之死属于被逼致死。三马因为不想和两个疯子哥哥同居一室，自行搬到了叙述者住过的小屋，被房管科知道后，把他逼了出来，还痛打了一顿。三马一气之下，喝敌敌畏死了。《王婉》中的王婉之死，属于"吓死"。王婉曾经死过一次，但"未遂"。之后经历了十年的飞黄腾达。在她飞黄腾达的这段时间里，一定目睹过别人的死亡，经历过那些因无法忍受屈辱而死去的人的死亡过程。所以，"四人帮倒台之后，王婉被说成江青在这个城市的代理人，送到干校，还没怎么样，她就用撕成条条的床单，自缢身亡了"。王婉害怕经历她飞黄腾达之时别人经历过的屈辱而自缢身亡。《小 D》中的小 D 则属于不清不楚的"弃世"者。小 D 作为一个"地痞性"人物，完全可以对霸占他老婆的另一个造反派头头采取某种"报复"行为，不必选择自杀。但小 D 还是"吞安眠药自杀了。原因不明"。叙述者对小 D 并无好感，但小 D 的死，还是引起了他的关注。这意味着叙述者对"死亡类型"的一种哲理性思考。

小 D、王婉、三马是三个不同的主动弃世者。他们每个人的死都是对活着的人的一个警告。小 D 曾经百般凌辱他人，置他人的死活于不顾。但当他遭受屈辱时，是否领会到一些什么呢？让活着的人屈辱，与杀人无异。王婉作为一个曾死者，再次经历死亡，多活了十年是更好呢，还是更坏？就像芸斋主人所说："使王婉当年卧轨而死，彼时虽可被骂为：自绝于人民。然而日后可得平反，定为受迫害者。时事推移，伊竟一步登天，红极一时，冰山既倒，床下葬命。名与恶帮相连，身与邪火俱灭。"王婉死了两次。

（六）正在死

"正在死"是一种进行时态的死。这样一种"死"，是尚未完成整个过程的死。因为，任何一种死亡，其终局都是将尸体处理干净：将死者掩埋或烧掉，从活人中间清理出去。但这需要一个仪式。在仪式尚未完成之时，死者还在活人中间，此时，死应该是进行时态的，正在死着。《无题》中的"他"

就正在死着。"他逝世了。紧缩的双眉，额上的皱纹，并没有因为死，而得到舒展。""他"还在活人中间，尚未完全消失。关于他的叙事正在进行。"他"尚在纠结自己一生的所作所为，到底是怎么一回事。也就是说，他的"在世"的操劳已经终结了，但他还在为自己的死后"操心"。这和《小混儿》恰好构成一组对比。小混儿既不操心自己的活，也不操心自己的死。而《无题》中的"他"不但操劳一生：为国、为民、为家，连死后还要操心，死了还不能瞑目。这是一个将"操心"延伸到死亡之后的人。

死，不是一个普通事件，而是人最后的诉说。自杀导致的死，更是将人的尊严推至人的面前，把人活着的意义硬生生摆放出来。活着而没有尊严的时候，连小 D 都会自杀。给人尊严，是让人活下去的底线；剥夺人的尊严，最终将把所有人变成小混儿。《一九七六年》中的老赵，很快就会变成另一个小混儿了。万幸的是，"文革"结束了，老赵没有继续堕落下去，没有变成小混儿。

着眼于死亡叙事，《芸斋小说》堪称一部死亡哲学。但《芸斋小说》并不迷恋死亡，而是通过思考死，思考人的问题。因为，死亡是人无法回避的重大问题。只有敢于面对死亡，才可以更清晰地思考活。当政治运动来临时，只有不惧怕死亡的人，才不会迷失自己，不会将朋友推上祭坛。回避死亡，对人生高谈阔论，一旦面临重大选择，就会像冯前那样，成为"大风派"，甚至双手沾满朋友的血泪仍不反省。

第三节　《芸斋小说》的"碎片化"结构

孙犁为文慎重为研究者所了解。孙犁的慎重不能说成是"懦弱"，而是其对文学性的一种探索和尝试。他对叙事结构的寻找、提炼就是其最大的文学发现或发明。抗日战争时期的"拟家结构"、土改时期的"聚散结构"都是其表现时代主题的最简洁高效的手段。到"文化大革命"时期，孙犁开始思考个体命运，这也是时代使然，是中国现实中存在的重大问题。比如，土改时期，某些个体成为革命对象；反右倾时期，另外一些个体成为革命对象；"文革"时期，一大批个体成为革命对象。成为革命对象的个体完全像蒲公英遇到风，没着没落地飘荡，抓不住一根救命稻草，那种感觉只有体验过的人才能够准确描述。每一次运动孙犁都身在其中，甚至受到一定冲击。他对个体命运的思考也都是体验式的，对中国当代个体命运进行叙事，也就选择了碎片化结构。碎片化结构表达的就是那种"破碎感"，孙犁在其散文《残瓷人》中表达了这一感觉。他说："我的一生，残破印象太多，残破意识太浓了。大的如'九一八'以后的国土山河的残破，战争年代的城市村庄的残破。"文化大革命"的文化残破，道德残破。个人的故园残破，亲情残破，爱情残破……"① 破碎感不仅是他对个人命运的深刻体验，也是其对中国文化命运的深刻体验。实际上，在其抗战小说中已经有破碎感，其"拟家结构"就包括了破碎，那是家的破碎，否则哪来的"拟家结构"。"拟家结构"是激情压倒破碎感；到土地革命时期，"聚散结构"说明孙犁已清醒意识到"破碎"。但他对破碎尚没足够的心理准备，或者并不认为"聚散"会导致彻底"破碎"。在土地革命最初的几篇小说中，"建设"的意图仍然是鲜明的，"破碎感"没那么强烈。即使当他反思传统文化和新文化之间关系，甚至意识到传统文化被批判的命运带给中国政治的动荡不安时，也没有完全失去建设信心，希望在新旧文化之间进行调节，使其握手言和，但在《铁木前传》中孙犁已经意识到这种预期的落空。之后经历了 20 年的政治动荡的深刻体验，破碎感越来越清晰，存在于他身上的那种被撕裂得感觉也越来越明显。就像研究者所说："在这些晚期文字里，孙犁并没有虚设高标，让自己凌空蹈虚，而是老老实实地写下自己的认识。这是孙犁诚恳面对自己的努力，因而也就保留着身上的累累伤痕，并没有把它们做成和谐的综合。身为离析的力量，他在时间里将它们撕裂，或许是以便将它们存储永恒。在阿多诺的语境里，这

---

① 孙犁：《残瓷人》，《孙犁文集》（3），百花文艺出版社 2013 年版，第 502 页。

种撕裂的碎片是对全体性的否定，加深了晚期风格的深度。而在中国语境里，这种撕裂性表现，或许更是一个人向上之路的试探，达至更高的程度，撕裂的东西或许可以重新变得连续。"① 是的，孙犁身上那种撕裂感确实是其用生命体验中国新旧文化对抗时的文化痛感。撕裂的狠了也就破碎了。"文革"是新文化对旧文化的彻底"革命"，中国传统文化被当作"四旧"彻底砸烂了。但新文化是诞生于旧文化中的，当旧文化被彻底砸烂之后，新文化也一样面临破碎的终局，这是很多人没有意识到的。孙犁在表达对这段历史的反思，对中国文化的反思，对中国革命中由家而团体、由团体而破碎过程的反思时，自然而然地使用了破碎的叙事结构。有破碎就有"榫接"，不进行榫接，就没有建设，也就真的没有"新"的文化了。《芸斋小说》的榫接艺术是在整体安排上进行的。比如，《亡人逸事》《玉华婶》《鱼苇之事》《蚕桑之事》属于一个时间板块；《无花果》《石榴》《忆梅读易》属于一个题材板块；其余的属于共同的时间板块或题材板块。在组织安排顺序时，孙犁将以上两个板块打散拆开，作为"卯"来"榫接"其余的小说。《亡人逸事》一组属于抗日战争前的传统文化、传统伦理叙事，组成一个完整板块则其旧文化特征过于鲜明，而打散拆开就不明显了。让这几篇小说夹杂在以"文革"为主的叙事中，既有气氛情绪的调控功能，也有将"文革"造成的文化破碎、伦理失序进行"榫接"的心理暗示功能。而《无花果》等几篇属于爱情叙事，是典型的私生活，放在一起则其"私人化"过于明显，拆开处理后夹杂在公共生活或叫"团体生活""干校生活"等为主的叙事中，也有"榫接"意图。"个人生活"的合理性与团体生活的不合理性相互嫁接，既完成了对新文化、新伦理、新道德的思考，也艺术地解决了新旧道德、伦理的对话问题。"榫接"是总体布局手段，是对"碎片化结构"的一个反向处理，在单篇小说中表现不明显，因而本节不以"榫接"为题。没有破碎就不需要榫接。在《芸斋小说》的

① 黄德海：《知识结构变更或衰年变法——从这个角度看周作人、孙犁、汪曾祺的"晚期风格"》，《南方文坛》2016 年第 6 期。

单篇叙事中，破碎感是明显的。下面分别介绍三种"碎片化"叙事。

一 叙事方式的碎片化

中国自抗日战争以来，完整的历史被一次又一次政治运动切分得支离破碎。不到百年的历史，却可用一串政治运动串联起来：抗日战争—土地革命—三反五反—大跃进—四清—文化大革命—改革开放……孙犁《芸斋小说》讲述的是抗日战争以降发生在中国大地上的天翻地覆的巨大变化。小说篇幅虽短，但故事时间很长。很多篇幅中基本上是从抗日战争时期讲到"文化大革命"。在结构上就是以"拟家结构"为头，以"碎片化结构"为尾，中间是一系列的拆分动作。在深层寓意上是将本来就不牢固的"拟家结构"，经过长时间的"拆"剪折腾，最终变成了碎片。曾经由"拟家结构"凝聚到一起的群体，在拆分过程中不断分化，大群体变成小团体，小团体再变成小团伙，然后变成一个个个体，甚至连个体都在一次又一次的运动中不能保全。同一个人，一会是老革命，一会是反革命，一会是左派，一会是右派，被这么反复"切""剪"之后，也就变成"碎片"了。当人变成碎片的时候，除了沉沦、坠落、无目的飘荡外，再也不能升腾，也难以被共同的概念、理想、价值观凝聚在一起了。这是《芸斋小说》中的精神现实。

作为一个讲故事者，芸斋主人总是超额完成约定给读者的讲述任务，这也是碎片化结构的魅力所在。按照约定，讲述者应该讲述 A 故事，但在讲述 A 故事之前，他会先讲 B 故事，或先讲自己的经历。然后才讲到 A 故事。听故事的人最初会感到迷惑，以为讲述者讲的是自己的经历，是一个回忆，不是一个故事。但讲完之后，听者还是会停留在一段故事上，并对讲述者那段经历唏嘘感慨。稍作停留，听者就会欣喜地发现，讲述者不但完成了对自己的允诺，给了自己一个不错的故事，还超额完成了任务，讲述出来的故事远比允诺给自己的故事要多很多。多出来的部分，像补丁，也像饰物，使约定讲述的"本故事"变得厚重起来。以《还乡》为例。"还乡"两字是一个基本的故事限定，是讲述者对听者的一次允诺。但故事一开始讲述的是"十年动乱"里的个人经历。第四个自然段，是一个"三岔路口"，包含着三个故事头绪：关于老伴去世的故事头绪，甩出来，但没有讲述，因为在其他故事里讲述过，可以互文阅读；关于老友们热心帮"我"的故事，也是一个甩出来不再往下讲述的头绪，可以参照其他篇章去阅读；之后才是"本故事"。第5自然段开始，"还乡"的故事得到叙述。到第30自然段时，插进来一个新的故事头绪："没东没西，没头没脑地转了一遍，才看出：现在的县城，实际是过去的北关。抗战时拆毁了城墙，还留下个遗址，现在就在这个遗址上修成了环城马路……"这段话头，又是一个大故事的头绪，也可以参照其他故事阅读，作者不再做详细讲述，继续讲述"还乡"故事。第35自然段"过去，这个县城里，不用说集市之日，人山人海，货物压颤街，就是平常，也有几个饭店，能办大酒席，有几家小吃铺，便宜又实惠"。这又是一段插进来的故事头绪，可以参照其他小说阅读，不再详细讲述。第42自然段，关于烈士纪念碑的叙述，也是一个可以展开但没有展开的叙述，也可以在其他篇章里读到。第45自然段，"青年时，在这条路上，在战争的炮火里，我奋身跳过多少壕堑呀，现在有些壕沟，依然存在，可以辨认……"又是一个故事的头绪，但没有详细讲述，可参照其他故事了解……

关于"还乡"的故事里插入了很多故事碎片，就像现代服饰中的缀饰，在一件完整的衣物上，贴上去很多闪亮的水晶珠饰或小亮片，衣服的结构并没有被破坏，但因有了缀饰、贴饰，衣服变得漂亮了，但也变"沉重"了。去掉这些缀饰、贴饰，原来的服装不受影响，还会是一件不错的衣服，具有衣服的实用功能，却不美了，过于朴素，既不沉重也不厚实了。作为"购买"一方，没有人不愿意得到一件有缀饰、贴饰的漂亮衣物。

再以《小混儿》为例。"小混儿"的故事，也是从讲述者自己的阅历讲起的。小说讲到第8自然段，小混儿的故事才得到叙述。整篇故事被分为两大部分，就像一件衣服在中间偏上部分做了一个"掐腰"，有了腰身，整篇文章的结构，形态毕现。但在"掐腰"的上半部分和下半部分，又分别有些装饰物。我们先看上半部分。第1自然段中，"侄子住的房屋，是我结婚后住过多年的老屋""庭院邻舍依然，我的父母早已长眠丘陇""老伴前几年也丧身异域"，可以分别看作三个小故事的头绪，都可参照作者的其他故事阅读。第2—4自然段讲述的是一个村庄的故事，其中有滹沱河的故事，这部分可以参照《风云初记》阅读，这是上半部分的"贴饰"。下半部分的贴饰也不少。比如，小混儿说："你从小念书，干这个是外行。"就是一个小故事，互文在作者的散文里。第20自然段，"他没有提'文化大革命'的事，甚至没有谈土地改革、合作化、抗日战争和解放战争的事。他好像是不谈政治的。好像这些历史事件，对他都丝毫无影响"。这段话可以说是一个大装饰物，其中包含着很多故事的头绪，把作者所有的故事都"互文"进去了。一个小故事中牵涉着一个庞大的历史文本。

《修房》也是从讲述者自己的经历讲起的。这个故事的讲述者一上来就兑现了自己的允诺，讲述自己"修房"的经历。讲到"有一次，雨过天晴，我正在屋里，整理被漏雨弄湿了的旧书，房管站登记漏房的人闯进来，还是那个高个、有明显的流氓习气的中年人"。听者，以为这就是讲述者允诺的故事了。因为这个故事叙述得比较详细。但当这个故事讲完之后，讲述者并没有停下来。接着讲述"王兴"的故事。关于王兴的故事讲述者似乎讲述得更带劲儿："王兴，山东人。中等个儿，长得白净秀气。贫农出身，从小聪明，小学、中学都没有念完，就三级跳远似的，考进了北京大学中文系。贫农大学生，大家都很羡慕，没毕业，就和一个漂亮的女同学结了婚……"和上一个修房故事的人物相比，王兴显然得到了更充分的介绍，应该是本故事的主要人物了。所以，听者意外地得到了更多。王兴的故事讲完后，听者一定觉得故事结束了，自己得到的已经够多了。但讲述者还不停下来，接着讲述"另一位帮我干活的干部，叫李深。高个子，大嗓门儿，天津人……"当关于李深的故事也讲完之后，听者才明白，原来这是三个平行的故事人物，虽然王兴占的比重较多，但不过是"修房"故事结构中起平衡作用的中间顶梁，他之前的人物和他之后的人物是顶梁两侧的辅梁。他们共同构成一篇小说的完整结构。这样，《修房》就是由三条平行的故事构成的了。在每一条故事的主干线上，又都分别增加"饰物"。在第一条主干线上，第 3 自然段中，讲述者请不来房管站的人修房，就认为："房管站可能是突出政治，不愿意给'走资派'修房，正如医院不愿给'走资派'看病一样。"这里的"走资派"以及医院不给走资派看病是有故事的，可以参照作者的其他小说得到相关内容。第 9 自然段，那个具有流氓习气的工人，进到讲述者屋里翻书时问"听说你的书都很贵重"也是一段故事，可以参照作者的其他小说得到补充。《湘绮楼日记》一文则可以参照作者的读书记得到补充。在第二条主干线上，"饰物"也不上。第 23 自然段，"一九六六年三月，上级布置'突出政治大讨论'，号召说真话，说心里话"。这也是一段与历史真实互文的故事，因为这段历史并不遥远，才刚刚过去，所以讲述者没有详细讲述。第 26 自然段，"我们是集中在五楼顶上学习、劳动的"，与《女相士》成为互文。在第三个主干线上，"文化大革命一开始，他就作为中层领导干部，被集中了起来"可以和《小D》参照阅读。

《小 D》一开始就进入故事的讲述状态，讲述有关小 D 的故事。线索相对比较单一，就是小 D 的故事。但故事在讲述中的互文关系，使单一的线索上亮晶晶的小珠饰多起来。小说第五自然段，"文化大革命开始后，他不过也是观望。后来看到传达室一个同事当了造反的头头，权势很大"与《言戒》互文。第 11—12 自然段的"在他身后，跟着两个'中层'，也就是两个科长级干部，都是大学毕业……"与《修房》互文；第 19—20 自然段可以参照《高跷能手》阅读。总之，孙犁的每一篇芸斋小说都极具"装饰性"，增加了文本的厚度。这是独特的文本形式与文本内容统一的范例。

此外，《芸斋小说》的讲述者，不再进行线性讲述，而是将故事时间切得零零碎碎，一小块一小块的，就像毛线头一样。讲述者灵活地调度那些线头，不断进行新的排列组合，最终变成了一幅毛线画似的图案。迂回曲折，但并不凌乱。纵横交错的时间构成一个故事的网络，彼此相接续、相关联。篇幅很小的文本因为这种被切断了的线性时间的重新配置和组合变成了复杂的文本。以《小同窗》为例。关于"李"的故事时间被切分成："现在""我们十四岁时"、高中毕业以后、"一九三七年""一九四零年""建国以后""平反以后""五十年代""七十年代""文化大革命""十三大闭幕以后"……这么密集的时间短语，把一个人的一生进行了重新整合，就像填写一份简历的表格那样，进行了简化、概括。因为有些时间被剔除在故事时间之外，关于"李"的故事也就失去了线性，变得不那么连贯了。尽管这些被切分过的时间段依然按照先后顺序排列，但已经接不上头了。这种接续不到一起的时间短语，使"李"的一生呈现为一种碎片化存在。

《忆梅读〈易〉》中，"我"的故事时间被切分成："我住牛棚的晚期""'文革'开始""一九八二年""一九五八年""在延河边上"时"我的老伴去世以后""日本投降以后""进城以后""去年"……这些时间短语的排列并没有按照先后顺序进行。它是按照"后—先、后—先、后—先"这样一个组合方式排列的，具有明显的人为痕迹。也就是说，故事时间被叙述者牢牢掌控着。叙述者在调度这些时间，但时间的先后错位给人一种眩晕感。故事中的人物，在时间的迷宫里盲目地寻找，又盲目地丢失，最后，什么也没有找到，或者说即使找到过也丢失了。这种零碎的时间，造成了"迷失"。被讲述的人物迷失在自己的故事里，只有讲述者是清醒的。他似乎想告诉我们，"时间"吞没了一切："世事和人事，都容易变卦""变卦，对英雄豪杰来说，有时还有利有弊，有幸有不幸，有祸有福。对于弱者，就只能有伤痛，有灾难，有死亡"。

《无题》简直就是时间的谜语。一开始就是时间的结束——"他逝世了"；然后是"近年来"；之后是"壮年远行""去年""二十年前"……这是一个关于亡者的讲述。但讲述者和"他"之间的关系如此亲密，以致讲述的完全是"他"心里的秘密和隐痛。"他"被"壮年远行"和"二十年前"妻子的死亡折磨得无法安心地死去，"他死了以后，脸上仍然表现出极大愁苦"。但"壮年远行"的"他"又分别是"问心无愧的"，因为，那是"忧国忧民"的"革命"年代。"他"似乎被失去的那段时间撕裂着。骄傲于自己"壮年远行"为革命做出的贡献，又痛悔于"壮年远行"对妻儿和父母的"抛舍"。

一个时间段出现了两种精神状态，这种分裂和黏连给读者一种极端压抑的感觉。这是一种将时间切断之后，还想再次切分，但无法完成的精神机制。

时间和空间是人的基本存在状态。当时间和空间被随意掌控和处置的时候，人便"被"异化了，人被"非人化"了。《芸斋小说》不但熟练，而且任意处理时间和空间的叙述手段，让人联想到历史上诸多的政治运动。

二 话语层面的碎片化

孙犁抗战小说是出了名的诗情画意，语言之优美流畅，给人很深的印象。但《芸斋小说》的语言一反常态，流畅感没有了，有的是疙里疙瘩坑坑洼洼的感觉。即使在视觉效果上，文本也不那么平滑了，给人一种支离破碎感。下面分两部分予以论述。

(一) 被囚禁的名词

《芸斋小说》是一个不太好读的文本，它在话语层面出现了很多"壕堑"，不了解故事层面的历史，阅读会出现困难。这些"壕堑"就是用引号引起来的词汇。这些词汇本不难理解，但把它们用引号"囚禁"起来，一个普通的词汇就不再普通了。《芸斋小说》的27篇小说中被囚禁的词汇出现频率还挺高：《鸡缸》中有"革命群众""珍贵""捐献国家"；《女相士》中有"学习""四人帮""解放"；《高跷能手》中有"群众专政室""解放""大海盗""资本家"×2、"牛鬼蛇神""改造"；《言戒》中有"革命""牛鬼蛇神""解放""你也写"；《三马》中有"开会""造反""牛鬼蛇神""帮忙""解放""四人帮"；《亡人逸事》中有"天作之合""大嫂"；《幻觉》中有"解放""贤内助"；《地震》中有"革命"；《还乡》中有"解放""四人帮""二等"×5、"五七战士"；《修房》中有"走资派"×2、"解放""突击政治大讨论""四人帮"×2；《玉华婶》中有"三不管地带""大出头""窑变"；《葛覃》中有"葛覃""相忘于江湖""土改""四清"；《春天的风》中有"九九"；《一九七六年》中有"大革命""解放"×2、"四人帮"；《小

D》中有"中层"×3、"武斗""讲用报告""四人帮"；《王婉》中有"分子"×2、"钦定""解放""四人帮"；《鱼苇之事》中有"衣食"；《一个朋友》中有"文化人""四清"×2；《冯前》中有"文革""御用""四人帮"；《颐和园》中有"宿舍"×2、"狗窝"；《宴会》中有"托派"×2、"文革"；《小同窗》中有"九一八""一·二八"；《罗汉松》中有"十年女皇""文革"×2、"五一大扫荡""左""倒二八"；《石榴》中有"左""一打一拉"；《我留下了声音》中有"留下"；《心脏病》中有"大革命"；《忆梅读〈易〉》中有"文革"。

　　一个普通名词一旦放入引号，就变成了特殊名词。它原有的所指就变得不再固定，它增值了。对于读者来说，一个名词的增值意味着阅读的困难。因为读者必须思考增值部分的信息。比如，当我们阅读《鸡缸》时，会遭遇"革命群众""珍贵""捐献国家"几个被引号"囚禁"起来的词。按照我们对引号功能的传统理解，会想：这几个词是反语吗，好像解释不同；是强调吗，好像也没必要。为什么把这几个词放进引号里？它们好像一个"坎儿"，一个"壕堑"把一个平滑的文本变成了不平滑的文本。读者只有纵身一跳，下去，再爬上来，或者大步跨过去。总之，你不能以正常的速度阅读了。但无论跳进"壕沟"，还是跨过去，心里总不那么"舒服"，感觉到某种"不通畅"。这或许就是作者的用意。也就是说，作者写作文本的过程中因为有"坏情绪"，他下意识地在文本中"挖"了几个"壕沟"，使得文本变成了不连贯、不"线性"、不光滑的能指。被囚禁的那些名词，似乎隐喻着被囚禁的自己或被囚禁的什么东西吧？

（二）空间名词的堆积模式

　　单一空间无论多么狭小，给人的感觉总是完整的。当空间数量增加时，破碎感也随之增加。孙犁抗战时期的小说中，空间既是人物生活的环境，也是叙事场所。人物从一个空间转移到另一个空间，叙事场所也随之迁移，但很少有空间堆积模式。而《芸斋小说》中的空间，不再是生活环境，也不再是叙事场所。众多空间出现在一个短小文本当中，出现了一种空间堆积模式。这种堆积模式，使空间成为碎片化的存在。读者只有把空间性名词与具体空间分开，让所指和能指分开，才可以在文本中轻松徜徉。否则，会像进入迷宫一样，有眩晕和疲劳感。比如，《鸡缸》中的住宅、南市、街道两旁、小摊、瓷缸、瓷器、大杂院、传达室、住室、台阶、干校、院里、劝业场二楼、机关、屋子里、棚子、瓶瓶罐罐、角落、破花瓶、厨房、委托店、罐子里、几案、庙堂缸底……这些空间名词给人切身的想象，把人带到具体的生活空间中，但很快又把你带走了，你从一个空间到另一个空间之间的转换不具有任何"绵延"属性。你不能居留在任何一个空间里，你必须跳跃、奔跑，在不同空间里忙碌。最终你会放弃空间概念，将某些空间名词只当作名词，让能指和所指分开，以使自己从迷宫一样的空间布阵中逃离。

《芸斋小说》中的诸多文本都呈现出一种空间堆积模式，众多的、各式各样的空间名词堆积在篇幅狭小的文本空间里，让人有破碎感和拥堵感。《女相士》中的空间名词有：机关五楼平台上一间屋子里、深渊、班上、湖南长沙市、机关托儿所、洋楼两座、学习班、干校、车棚、宿舍、市里一个屠宰场、住室前的场地里、屋里、铡草棚、食堂、菜窖、农场、避风港、衡阳、街上、旅馆里、一间房、门口、床上、贵州、桂林、成都、报上、桑间陌上等。

《高跷能手》中的空间名词有：干校的组织系统、棚子、群众专政室、造反组织、勺、柴草棚、车棚、三排铺板、每人的铺位一尺有余、角落里、机关、小作坊、床、牛棚里、大洋铁桶、门口、棚外、被窝口上、墙上、洞、空烟盒、炕席、南窗、南墙的那一排铺板上、屋里、日本、天津、高跷、花会、铺下面、两排铺板之间、一尺多宽、三尺高跷、铺上等；《言戒》中的空间名词有：码头城市、山野农村、街上、澡堂、机关大楼里、传达室、传达室的小窗户、报上、在路上、机关、大门、一幅从房顶一直拖到地下的斗大墨笔字大标语、批斗大会、三楼一间会议室里、舞台上、门口、楼道里、会场、一位造反派头头的势力范围里、干校、革委会、礼堂、台上、农村、城等；《三马》中的空间名词有：运动、村、屋、老区、房、地下室、码头、里间、大楼、家、破烂堆里、家具、一卡车、住处、一小间南屋、大洞、屋顶上、三间房子、一小间里、院里、机关、报馆、大院后楼、床铺、附近医院、那间小屋、一小间空房、口袋里……

不同文本里的空间名词，堆积在一起，产生不同的心理暗示。《鸡缸》中众多的空间名词，把叙事者夹在其间，使他自由不得。给人的感觉是：叙事者从"解放初期"到"文化大革命期间"再到"国家实行改革开放政策"，大约30年时间里，似乎就从南市搬回了两个鸡缸。30年时间里，一个鸡缸被搬来搬去，倒腾来倒腾去。30年之后，除了鸡缸由破烂变成古董之外，就什么也没有了，一种虚无感油然而生。人不自觉地会想到：人生如此空无，如此身不由己，就像瓷缸一样，被人搬来搬去，一会儿当破烂，一会当古董。瓷缸还是那只瓷缸，但人们对它的态度不断变来变去。你不由得想问：谁之过错？瓷缸无罪，因为它无"知"。叙述者似乎也没什么过错，喜欢就买回去了，既可观赏又很实用。谁之过错呢？显然是时代不同造成的。不同时代，人们对事物有不同的认识，自然也就有不同的态度了。作为特殊时空体的人，无论如何摆脱不了时代强加给自己的命运。

《女相士》中，那些空间名词，有较大的行动空间，有逼仄的行为空间，还有完全不同的心理空间，它们穿插纠结，让人感觉到某种迷失。把这些空间和时间勾连在一起，你会发现，"抗战"和衡阳—贵州—桂林—成都这些较大的空间名词联系在一起，"解放前"和长沙市—洋楼两座联系在一起；而"六六年秋冬之交"和机关五楼平台上一间屋子里—深渊—干校—车棚—屠宰场—铡草棚—菜窖等联系在一起。这种时空交错令人感到，随着时间的前进，空间却在缩小，越来越逼仄、狭窄。某些空间名词还令人产生恐怖的感觉。《高跷能手》里的那些空间名词，既可笑又让人无法忍受。这篇当中的空间名词更加意识形态化。像"干校的组织系统"—"群众专政室"—"造反组织"这种政治化的空间名词和"三排铺板"—"一尺有余"—"一个角落"—"被窝口上"等这些有具体尺寸、形象感十足的空间名词勾连纠结在一起时，你会觉得一个叫作"高跷能手"的文本世界，简直是一个"变态的世界"。一个叫作"人"的动物似乎被装进了一个叫作"组织系统"的笼子。一个生活在"角落里"的"人"与一个生活在"三尺高跷上的人"的对话充满了"怪诞"的味道。《言戒》里的空间名词让人感觉到"置换""颠倒"。码头城市—山野乡村；村—城；机关大楼—传达室的小窗户；楼道里—舞台上……一对儿一对儿的空间名词在一个失序的世界里争夺着权力和名誉。你觉得空间是有性格的，空间是活的，而人被空间控制了。我们似乎能听到人向空间屈服时的哀叹声。人像是棋子，而空间是棋盘。谁在挪动棋子呢？但不论谁在挪动，棋子的命运就是在有限的空间里被移动，棋子如何选择自己的方向？《三马》中，那个为了争得一个生存空间的 16 岁男孩子，终于死去了。在这篇里，空间第一次战胜了一切。"物"被从空间里清理出去，人也被从空间里清理出去了。我们突然意识到，空间就是一种权利，人活着就是一个空间化的存在，失去了空间的人是无法存在下去的。而人想为自己争取一个生存空间的斗争竟是如此惨烈。

空间—空间名词—空间意象在《芸斋小说》中，不但具有独特的叙事功能，而且很好地讲述了一个特定时代的故事。有的时候，那些空间名词的堆积模式就是一个很好的讲述，故事就粘连在那些特定的空间名词之中。无须讲述，就已经完成了讲述。

三　文本组合的碎片化

《史记》中的"太史公曰"，《聊斋志异》中的"异史氏曰"，《芸斋小说》中的"芸斋主人曰"，都把一个完整的文本切分成了两个部分。在《史记》中，"太史公"就是司马迁，当一件历史事实陈述完毕之后，太史公出场加以评论，其功能是强化历史的真实性，揭示隐藏在历史事件里的经验教训；《聊斋志异》作为一种志怪类小说，属于完全虚构的作品，而"异史氏曰"在形式上模仿了《史记》中司马迁处理问题的方式。在内容上基本属于提炼主题型，通过一个怪诞的故事，起到警示世人的作用。在功能上比《史记》中的"太史公曰"增加了一个项目：强调了虚构文本和历史文本在警示世人方面的同等效用，有为小说正名的企图。

《芸斋小说》中的"芸斋主人曰"，在形式上与前两者略有不同。它是前两者的结合和发展。作为小说，它在文本性质上和《聊斋志异》属于典型的文学文本，无论多么真实，也属于"虚构"的范畴；但"芸斋主人曰"与"异史氏曰"不同，"异史氏曰"是虚构的人物的言辞，与《聊斋志异》的作者保持着距离。但《芸斋小说》中的"芸斋主人曰"与《史记》中的"太史公曰"属于相同性质，强调了作者对所述故事的看法。"芸斋主人"似乎就是故事的见证人，是历史的见证人，在文本中强化着故事的真实性。小说与历史达成某种默契，成为可以相互参照的文本。而"芸斋主人"就是历史和文学的联姻者、牵线人、中介者。

问题是《史记》属于历史文本，太史公就是史传执笔者，是历史记录者。而《芸斋小说》不属于历史范畴，"芸斋主人"也不负有记录历史事实的责任。相反，"芸斋主人"的使命是"创作"，甚至是"虚构"。在一个虚构的故事里，"芸斋主人"的出场就使文本性质发生了变化。读者不禁要问：《芸斋小说》是小说吗？小说是虚构的还是真实的，在何种程度上是真实的呢？只要贴上了"小说"这一标签，"真实"就是一个问题。弗兰克·克默德说："任何一部小说，无论它多么'真实'，总是包含某种偏离'现实'的成分。"① 贝尔纳·瓦莱特则说："追求真实，就是根据事情通常的逻辑，幻想出完整的真实来。而不是将乱七八糟连续发生的事实被动地记载下来。因而，我的结论是有才华的现实主义作家应该被称做魔术大师。愚忠于现实是多么地天真！因为我们每个人的思想和身体里面都怀有一个自己的现实。"② 小说家不可能"愚忠于现实"，那么小说中的"真实"与现实或历史中的真实应该有所区别，它是艺术上的真实，或者说，是精神上的真实。正如戴·洛奇所说："小说家能找到一条深入人物内心隐曲之处的秘密通道，这是历史学家、传记作

---

① ［英］弗兰克·克默德：《结尾的意义》，刘建华译，辽宁出版社2000年版，第48页。
② ［法］贝尔纳·瓦莱特：《小说》，陈燕译，天津人民出版社2003年版，第5页。

家甚至心理分析家都无法找到的。"① 也就是说，"芸斋主人曰"具有强调《芸斋小说》中"心理真实"的意图。"人物内心隐曲"才是《芸斋小说》最宝贵的"真实"。

从《史记》到《聊斋志异》再到《芸斋小说》，时间已跨越千年，"芸斋主人"依然固执地选择了一种"旧的"文体形式，这是否也在"隐曲"地表达着点什么呢？就像皮埃尔·马什雷说的那样："在对一个新世界进行表现的时候，如果旧书有时仍然出现的话，这是由于它不仅是活动的屏幕——这种使表现活动得以进展的驯服工具：它也是一种它不仅仅对之加以描绘的现实的因素。如果说'文学'的、文体的影响胜过想要改变的决心，是因为在有表现力的主题里有着不止一种形式、不止一种托词、不止一个简单的形象；有一种对未来的作品、对新书、对新世界的影射。旧人'深刻地'规定着新人，即使暂时似乎有损于后者的事业。"②《史记》中的"太史公曰"和《聊斋志异》中的"异史氏曰"在语体风格上保持了一致性。而《芸斋小说》的"芸斋主人曰"部分与小说部分在语体上出现了"分离"。前者是现代白话文，而后者却是古代语体。两者的"拼组"意味着什么呢？《芸斋小说》无论在文体风格还是语体风格上都出现了"拼贴"现象，或可以说是一种"嫁接"。新的和旧的被"嫁接"到一起，被"拼贴"在一处，被"重组"到一个新的体系里。

以《无花果》为例。《无花果》讲述的是一个很现代的爱情故事。"我"在疗养期间和一个女孩子产生了点感情，"还引起老伴的怀疑"。语体完全是现代白话文，但"芸斋主人曰"部分却是古代语体："植物之华而不实者，盖居十之七。而有花又能结果实者，不过十之三，其数虽少，人类实赖以存活。至于无花果，则植物之特异者耳，故只为植物学所重，并略备观赏焉。"对于一篇题名为"无花果"的小说而言，"芸斋主人曰"的部分有什么作用呢？

① ［英］戴维·洛奇：《小说的艺术》，张玲等译，社会科学文献出版社1999年版，第9页。
② ［法］皮埃尔·马什雷：《小说的功能》，《小说的艺术》，张玲等译，社会科学文献出版社1999年版，第32页。

"无花果"作为一条重要线索，在文章中起着"结构"作用。它把若干琐碎的历史片段"结构"在一起。这若干琐碎的片段中，有"我读高中时"的相关信息，因为"博物课"讲到"无花果"，因而被纳入故事当中。第二片段就是"青岛疗养"时期的一段经历，是由"无花果"引发的一段情感体验；第三个故事片段，是"文化大革命"时期，"同院的人，把我养的花，都端了去"。也因为一棵"无花果"而成为小说的组成部分。至此，小说文本应该比较完整了。但作者到底要表达什么呢？一段无"果"的爱情，还是无爱情的"果"？似乎都不尽然。因为我们总能听到讲述者"我"的叹息之声。但当小说部分和论说部分"芸斋主人曰"粘连之后，整个文本变成了一个"隐喻"性表达。关于无花果的讲述，成为对"人"的一生的一个总体思考。"我"的叹息之声，那段无果的爱情，甚至那个无爱情的"果"都不重要了，重要的是"人"——人无非就这么三类：华而不实者；花而能实者；无花而实之特异者。一篇拉里拉杂的讲述变成了一篇哲理小说——人没办法统一成一个类型，总会有一些特异之人，接不接受无关紧要，他就是一种存在，就像无花果。

芸斋主人曰部分之所以使用古语体，是为了降低读者的阅读速度，让读者停下来。正如米兰·昆德拉所说："小说是速度的敌人，阅读应该是缓慢进行的，读者应该在每一页，每一段落，甚至每个句子的魅力前停留。"①"芸斋主人曰"部分的古语体使阅读速度降了下来。读者不得不停留在最后的段落面前，问自己一个和"华而不实"有关的问题。现代人的阅读速度越来越快，"速度训练"将现代人培养成了饕餮式的读者。一目十行的阅读将浮在文本表面的信息一览无余，但隐藏在文本背后的深刻启示，那是需要静下来和慢下来去品味的。孙犁对现代人阅读的不认真是清楚的，因而，用这种反其道而行之的办法，使现代人"慢下来"。当然，很多人可能会略过这个段

---

① 安·德·戈德马尔：《小说是让人发现事物的模糊性——昆德拉访谈录》，《小说的艺术》，张玲等译，社会科学文献出版社1999年版，第81页。

落，但如果略过了，就什么也没有得到，或许还会抱怨，这是一篇什么小说呀？这极像"天池风景区"，登山到半腰，累个半死，什么也没有，只有等到山顶，并坐在天池边，你才会觉得不虚此行，为上帝的杰作而感动。再以《无题》为例。《无题》的"芸斋悼之曰"部分占据了文本的1/3。小说文本部分讲述的是一个"死不瞑目"的"老战士"对死后和老伴相见的担忧，害怕老伴对自己进行质询。我们可以在这部分文本的字里行间感觉到一种挣扎和斗争。文本中似乎有两个"被述"：一个"逝世了"，仍"紧锁眉头"的战士；一个为自己辩护的丈夫、父亲、儿子。前者是公众价值体系里的英雄；后者是传统伦理价值体系里的男人——一个女人的丈夫，几个孩子的父亲，衰老父母的儿子。两种价值体系在不断地争吵、争斗。小说部分结束了，两种价值体系的对抗和斗争也没有一个最终结果。当小说部分与论说部分的"芸斋悼之曰"粘连之后，整个文本变成了一个关于人生问题的历史性总结——一个关于中国古代乃至如今的人的生活方式大批判：批判了佛书禅语中的个人主义的价值选择，肯定了"民族危亡之时""高歌以赴，万死不辞"的价值观，对"处开放之时"，为个人得失而"有所戚戚"者有所劝慰。最后，对"社会思潮之形成与变异"造成的个人的悲欢离合进行了总结性陈述："均系人生现实。"夹杂着古语体的论说，内容之庞杂、之丰富、之深刻，使一篇极短小之文本变成了极厚重之文本。

《芸斋小说》的讲述部分因为庞杂，甚至琐碎，增加了阅读困难，论说部分因为古语体形式又增加了阅读难度。把两个有阅读难度的部分粘连在一起时，阅读难度不但没有增加，反而有所缓解。因为论说部分帮我们理解了讲述部分的庞杂和琐碎。论说部分就像一个说明书，将讲述部分的每一个小坠饰、小贴饰都进行了解读。当然，作为文学性表述，论说部分并不是完全透明的，它只是将讲述部分的某些片段上的灰尘拂去了，而它本身的难度却依然存在。它使前半部分变得半透明，而自己依然是不透明的。

《芸斋小说》的碎片化结构与人类的历史处境不无关系。人类发展到20世纪80年代之后，整个世界处于一种碎片化格局当中。完整、统一、固定等这些属于过去的特征逐步消失。一切都在变化、分化之中。就像马克思在《共产党宣言》中所说："一切固定的僵化的关系以及与之相适应的素被尊崇的观念和见解都被消除了，一切新形成的关系等不到固定下来就陈旧了。一切等级的和固定的东西都烟消云散了……"① 作为感知敏锐的作家，作为尊重历史，尊重自己心灵的作家，表达这个时代的最好形式就是"碎片化"。

《芸斋小说》的35篇虽相互独立，各成体系，但也完全可以看作《芸斋小说》的35章。也就是说，《芸斋小说》可以当作一个长篇小说来看待。其主人公不是别人而是讲述者"我"。"我"讲述的是"我"的经历、感情、思考、体验。《芸斋小说》有"我"的一生，"我"的一生，是"碎片化"的一生。正如昆德拉说："我喜欢每一章就是一个整体，有如一首诗，有起声，有精彩结尾。我希望，每一章有它自己的意义，而不仅仅是叙述链中的链环而已。而且，这一选择符合于我的小说美学。我觉得短小的章节各自形成一个整体，促使读者停顿、思考、不受叙事激流的左右。"② 《芸斋小说》的每一"章"都是一首诗，一首哲理诗。它们独立存在不受叙述激流的影响，既是叙述链中的一个链环，又不仅仅是叙述链中的一个链环。这样的结构方式，成为储存大信息量的最好形式，就像现在电子文档中的文件夹。也就是说，《芸斋小说》的外在形式虽留有历史痕迹，但在意识形态上、在内在理路上是符合现代精神的，只不过不是对现代精神的迎合，而是对现代精神的一种矫正。

第四节 《芸斋小说》的道德批判与个体救赎

文化在改造旧世界时的作用，"五四"时期的先驱者们已有深刻认识。毛泽东更是将其发展到了极致。孙犁对此也有自己的独立思考和体验。

---

① 《共产党宣言》，《马克思恩格斯文集》（2），人民出版社2009年版，第34—35页。
② 安·德·戈德马尔：《小说是让人发现事物的模糊性——昆德拉访谈录》，《小说的艺术》，张玲等译，社会科学文献出版社1999年版，第81页。

孙犁曾说："一切文化事业的功用，无非是改造旧的世界，创造新的世界。……文学告诉我们人生的意义和目的……使人们看见全世界正义的人们有着共同思想、感情、理想。人们从苦难的生活里挣扎出来，创造好的生活和爱好美的东西。"[①] 但文人笔下"改造旧的世界，创造新的世界"与政治家"改造旧的世界，创造新的世界"是完全不同的两个概念。文人们说这句话的时候，是指用笔改造人们的思想和灵魂，一步步达到"新人"之目的。梁启超、鲁迅都是这个观点，但政治家会认为这是"改良主义"[②]，不是革命。文人与政治家在"革"中国旧文化之命时，立场相同，但手段不一。毛泽东在抗日战争时期，曾封鲁迅为"圣人"[③]，代替孔子的圣人地位，就是在走"文化革命"之路。通过建设新文化，批判、改造旧文化改变中国人的旧面貌，重塑一个新的民族形象，以达到建设新国家之目的。

在毛泽东看来，那些主张用"文化改造世界"的知识分子仍然是革命的对象，因为他们掌握的知识来自旧的文化系统，他们的思维习惯和生活方式依然保留着旧的、封建落后的痕迹。但在抗日战争时期，革命的当务之急是建设新文化，先进知识分子恰好是建设新文化的最佳人选，是政治的最好工具。比如，《风云初记》中的李佩钟，就是建设新文化的工具，也是反动封建旧文化的工具。当她组织群众、宣传群众拆毁了代表封建旧文化、旧秩序的雄厚坚固的城墙之后，历史任务也就完成了。传统知识分子一边建设新文化，另一边培养了大批农民知识分子。比如，抗日战争时期的春儿、芒种等都由文盲变成了"知识青年"，并掌握了革命的"技术"——宣传、指挥战斗、做民运工作等。完成了新文化建设和文化交接任务之后，来自旧的封建系统的知识分子也就完成了自己的使命。所以，《风云初记》中的李佩钟在完成"拆城"任务之后，也就走到了命运的终点，其终局是被自己丈夫打伤，颇意味深长。暗含着新旧文化之争将造成"家庭"内部矛盾的意思。但实际上，

① 孙犁：《文艺学习》，《孙犁文集》(5)，百花文艺出版社2013年版，第86页。
② 梁漱溟：《我生有涯愿无尽》，上海人民出版社2013年版，第252页。
③ 毛泽东：《论鲁迅》，《毛泽东文集》(第二卷)，人民出版社1993年版，第43页。

中国的每一个人都来自旧文化、旧秩序，这是没有办法的事情，所以，在反对旧的文化体系、伦理体系之时，每个国人都受到了伤害。孙犁在思考"文革"给每一个体造成的伤害时，反思批判的立足点是"文化"的、伦理的，其指明的救赎之路也同样是"文化"的、伦理的。只有从文化的、伦理的角度才能解释那场旷世灾难（"文革"），并为中华民族的每一个体指出一条救赎之路。下面分三部分予以论述。

一 《芸斋小说》对"欲望"的思索与批判

在芸斋小说中，孙犁思考了新旧文化的命运、国家民族的命运。对每一个体的命运也进行了理性分析和考察。他认为：人的命运虽然受制于时代，实乃自己的选择。无论遭遇什么样的不幸，责任都在自己。因为，偌大一个中国，共同经历了天翻地覆般的历史变迁，但有人岿然不动，有人风生水起，有人时起时伏……终局虽都一死，但各不相同，有的死有余辜，有的死而无憾，有的死得不明不白，有的死得愁肠百结……人之所以如此，无非是为"物""名""权""情"，说白了全是"欲"。欲望超出了边界，自己控制不了，必定生事端。人生啊，无论一人、一家、一国，只要明白了如何处置物、名、权、情这些事情，纵然天翻地覆，也不愧对苍生。如果有人从《芸斋小说》中读出了这样的意思，会不会有人骂作者呢？因为"文革"结束后，很多人将自己造的孽推给"文革"的发动者。认为自己在"文革"中之所以打人、虐待人、侮辱人、杀人，全是因为狂热的个人崇拜。但仔细考察，"文革"的混乱程度、残酷程度、害人程度因地域单位而有所不同。有的地方动枪动炮①，有的地方在关键时候避免了事态混乱。有的人在"文革"中被逼迫、被折磨但做到了不说谎，实事求是；也有人在被逼无奈之际为保全自己说了些无中生有之事。即使那些审理案件的人，有根据莫须有罪名将无辜者抓进牢房，毁其一生，以换取自己前途者，也有顶着压力实事求是还受害者

---

① 张新蚕：《红色少女日记》，中国社会科学出版社 2003 年版，第 205 页。

清白的。说到底，无非是一个私欲战胜良知或良知战胜私欲的问题。

世界上无论哪个民族，他们的哲学和宗教都指向人的欲望，因为欲望实在是一个不能不思考的问题。

欲望是人的本能，也是一切生物的本能。因欲望，生物才能生存、繁衍，也才给世界奉献了无限丰富的美和财富。但欲望失去平衡，超过自身能控制的范畴，无论人还是生物便会面临一场巨大灾难。细读《芸斋小说》，在剥去了关于政治运动这层厚重帷幕之后，我们似乎触及作者对人性的一种深度反思。沿着小说的结构顺序，会发现一条关于物欲、权欲、名欲、情欲的反思路径。最后一篇《无题》中，死亡成为终局，一种四大皆空之感油然而生。但在四大皆空之后，似乎还留下一份给后人的遗嘱："何所闻而来？何所见而去？"似乎是质询，似乎是抚慰，似乎是暗示，似乎是指引。人生就这样结束了，但反思小说中每个人走过的每条路具有同的价值和意义吗？"小混儿"的人生是否值得一过？"王婉"是否死得其所？那个还没有品尝人生滋味的"三马"为了一间房而踏上归程是否值得？那个从头至尾讲故事的隐含作者，一生崎岖，受尽磨难，几次寻死，但都忍辱苟活，最终完成了对历史、民族、人性的诸多思考，留下一份关于个人、国家、民族的冷静思考。他有所闻而来，有所见而去，死不瞑目，牵挂依然。与另外那些人比，他的人生超过了预期吧？

孙犁在《芸斋小说》中，不仅仅将批判矛头指向政治运动，指向"四人帮"，也对每一个体存在的问题进行了思考，指出了每一个体在各种运动中应该承担的责任。他在小说中首先思考了人们对"物"的追逐。《芸斋小说》开篇的鸡缸就是一器物。叙述者，在建国初期，生活刚刚稳定，国家百废待兴之时，对物的欲望何其强烈。那些刚刚入城的老干部到南市的街道两旁购买各种器物，便宜得很。叙述者不辞辛苦从南市抱回家里一对瓷缸，虽无用处，却满心欢喜。这器物后来被证明确是古物，有一定的文物价值。"文革"期间，叙述者就是因为这些瓷器被"整"的。那个告发叙述者的钱老头对被整的老干部相当不客气，但他自己也曾经做过古董商，被人指出来之后，也就偃旗息鼓不敢造次了。不得不说，人之被整均与"物"有关。《女相士》中，女相士本不是老干部，不过是幼儿园里的小会计，也被整到干部学习班里受批判，与她在解放前大捞不义之财有关。她趁国家危难，人心惶惶之时，通过给人算卦挣得大量财富，购置小洋楼两座，"这样的职业和这样的财产在'文革'期间当然也就很有资格来进这个学习班了"。叙述者似乎知道自己和其他人被整的原因在于拥有财产的"多"。《高跷能手》中的李槐似乎很冤枉，他不过是"开了一年作坊，雇了一个徒弟，赚了三百元钱"而已，"文革"开始后，不断被斗。即使被斗，他也终不明白原因，死得糊里糊涂。如果再给他一次机会，他一定还会追求物质财富的不断积累。高跷能手李槐的另一个问题是对"名"的爱慕。即使在"文革"被斗期间，一说到自己曾为日本天皇演出过，依然得意非凡，搞不清楚"名"的危险。如果不贪名，不炫耀自己光荣的历史，他或许免于一死，可惜李槐不知道"文革"这场运动整的就是人对物对名的过度迷恋。《言戒》中的叙述者"我"因为生活条件变好了，有了稿费，就为自己买了一件"皮大衣""一顶皮帽子"，结果与一个穿着"一身灰布旧棉袄"的收发室中年男人形成鲜明对比，引起对方的忌妒。"我"自己却不明就里，对对方关于自己写东西挣钱的提问，回答得很不上心。"文革"一开始，这个男人就向叙述者进行报复。他写的大字报里有这样的字句："老爷太太们，少爷少奶奶们，把你们手里的金银财宝，首饰金条，都献出来吧！"这个男人造反之后发了财，很快就"头戴水獭皮帽，身穿呢面貂皮大衣，都是崭新的……"可见，物欲对人的影响和危害。但这个收发室男人在后来搞清了运动的本质就是消除人的各种欲望之后，也就把自己的皮衣皮帽藏起来了。小说最后，这个人并没有受到清算，在"文革"快结束时居然入了党。这意味着，藏起自己的物欲就能够躲过一劫吧？！三马是个十几岁的孩子，他没有追求物欲的机会，但当叙述者一家搬走后，他们腾出来的房子暂时闲置，三马悄悄搬了进去。这个空间本不属于三马，他无权处置。然而三马不听劝说，被房管组的人暴打一顿，想不开就服毒自杀了。三马如果委屈着自己，克制着不去占有不属于自己的东西，是否可以免于一死呢？这是肯定的。《幻觉》中的"我"总与大杂院里的邻居们处不好关系，与新婚妻子处不好关系，关键就是对于"物"的不舍。当女人表演给"我"看，如何通过散财获得良好的人际关系时，"我"并不买账。"我"与女人的关系也因为对"物"和钱财的不舍，难以生活在一起，终至分离。《一个朋友》中的老张，喜欢做生意，甚至将老家人送给他的半袋子花生卖掉，利用职务之便挣外快，"四清"一来，就吓得不轻，"文革"一开始自己知道难逃一死，就自杀了。

在批判了物欲之后，小说还对权欲进行了清理。《小D》和《王婉》是关于权力欲望的书写。小D在造反之前地位最低，看到收发室的人造反后"权势很大，他就有些跃跃欲试了"。随着斗争的深入，小D尝到了权力带给自己的八面威风。在他看来，权力就是整治人。很快，他就变得不但"发号施令，甚至打人骂人"了。因为小D"心毒手狠，已经在机关内外传开，名声大噪。一些人不再用轻佻的口吻叫他小D，而是改称他D司令"。从此，小D从装束、从作风完全改变，那些逢迎拍马之人围着小D表演着对权力的膜拜丑态。但当小D遇到了另一个比他更登峰造极的人物时，权力带给他的无限荣光变成了奇耻大辱。他的妻子被另一个造反派头头霸占，他的权力在斗争中被剥夺，"到一个工厂当工人"去了。之后，小D自杀。小D为何自杀没人追究，权欲令小D送了命，才是真实的。小D若能安于本分，老老实实做人，何至于此？王婉与小D的区别在于，她与最高层有亲属关系，她不是自己跳出来要权，而是被上层选中的。在她当权期间，可谓风光无限。"一位高级军官，全市文化口的领导，在她面前，唯唯诺诺，她说一句，他就赶紧在本子上记一句。另一位文官，是宣传口的负责人，在她身边转来转去，斟茶倒水，如同厮役""'四人帮'倒台之后，王婉被说成是江青在这个城市的代理人，送到干校，还没有怎么样，她就用撕成条条的床单，自缢身亡了。"王婉若没有上层关系，是否会免于最后的不幸结局呢？

情欲是人的本能，《幻觉》《无花果》《宴会》《续弦》《石榴》《忆梅读易》中叙述者对情欲进行了解剖和反思。因为情欲未泯，叙述者和一些女性藕断丝连，引得妻子担心怀疑，也耽误了很多重要事情。比如，《宴会》中，叙述者因为和美女在一起没有参加刘二的宴会，后来刘二就自杀了。刘二身上可能有关于刘大的一些秘密吧，但自己错失了了解真相的永远的机会。因为情欲，老伴死后总想再娶，只关注对方漂亮与否，忘了品性、价值观等重要问题，以致损失了一些钱财，闹得家庭纷纷攘攘，不得安宁。对情欲的反思和批判在很多篇目中存在，如《忆梅读易》《返乡》等。

名欲是人难以克制的，名欲和情欲一样，带有本能性质。谁能克制这两种欲望，距离圣人也就不远了。葛覃和小混儿是两个克制了名欲的人。葛覃同为抗日战争时期老干部，经历过延安时期的整风运动后便选择了销声匿迹，不再发表作品，在白洋淀做了一个默默无闻的小学教师。他认识的很多人在建国后当了高官，只要他愿意有很多机会到城里谋一官半职，但葛覃从不出去。他因此躲过了一次又一次政治劫难。在乡村安心教学，受到百姓的保护和爱戴。一些不明就里的人还在奇怪葛覃延安时期已很有名气，为什么后来一首诗也不写，并为此感到遗憾。只有葛覃知道，他为什么不写：写可以为自己挣得名声，但也会引火烧身。王婉的丈夫就是因为写诗引火烧身，变成反革命分子而坐牢的。

小混儿在姥爷家的破房子里住了一辈子，什么都不在乎，什么都不要，也就成了芸斋小说中唯一没受过任何灾难的人，平平安安过了一生。小混儿的一生无功无过，没害过人，没卖过国，但也没求过官，没指望别人说过好，完全是无名小辈。这样的人成为孙犁小说关注的一种生态样本，是否蕴含着一种深刻的哲思呢？小混儿的人生境界与道家的"无为"是否有点相似？人的一生到底求什么，这真是一个问题，难以索解。

《芸斋小说》对欲望的批判是全面的，也是彻底的，却是不显山不露水的。因为他将杂多主题混融在碎片化的叙事当中，藏匿得很深，只有层层剥离才能发现，只要发现一处亮光，便全部亮起来了。

二 《芸斋小说》对道德伦理的考量

孙犁在《作家与道德》中说："人在写作之时，不要只想到自己，也应该想到别人，想到大多数人，想到时代。因为，个人的幸与不幸，总和时代有关。同时，也和多数人的处境有关。"① 这是作家的道德，也是每个人的道德。在孙犁看来"损害一个人远非停留在损害他的物质与肉体，而是同时在损害他的人性，后者是更加深重的灾难。所以，全面的道德拯救是新时期人性修复的急迫需要"②。尼采说："道德乃是个人的群体直觉。"③ 因为，没有道德，社会就无法维持基本秩序。中国传统文化特别重视伦理道德，也讲究人与人之间的秩序。所谓君臣、父子、夫妻、兄弟、朋友之五伦，乃是封建社会中最基本的人与人之间的关系。每一种关系都有正常秩序，破坏了这一秩序就是不伦，也是不道德的。善，就是在各种关系中关注别人的存在和感受。比如，在民族危机之时，慷慨以赴是最大的善；在夫妻关系中，牺牲个人利益成全对方是最大的善；在朋友关系中，牺牲自己、成全朋友是最大的善。在父母与子女关系中也一样，母亲之所以伟大，乃因母亲为成全子女不怕牺牲自己。牺牲他人成全自己是不善，为了自己出卖别人那就是恶了。

"文革"却恰恰是煽动、逼迫一方出卖另一方，甚至煽动儿女与父母划清界线，夫妻之间闹离婚，甚至彼此出卖，下级出卖背叛上级，甚至不惜诬陷对方。人与人之间原有的正常秩序遭到破坏。伦理道德完全丧失，善被无情践踏，恶却兴风作浪。《芸斋小说》通过各种关系的颠倒、失序揭露"文革"的丑恶本质；通过人与人之间关系的正常秩序来呼唤善。《芸斋小说》写了朋友、同事、邻里、夫妻、父母子女等多种关系，以考察中国社会的道德问题。下面对《芸斋小说》中的四种关系进行论述。

第一种，朋友关系。尼采说："在古代，友情被视为最高的情操，高于知

---

① 孙犁：《作家与道德》，《孙犁文集》（6），百花文艺出版社2013年版，第442页。
② 陈非：《晚年孙犁的道德自觉》，《南京师范大学文学院学报》2015年第3期。
③ ［德］弗里德里希·尼采：《快乐的知识》，黄明嘉译，中央编译出版社2009年版，第116页。

足者和智者的自尊心，比自尊心更神圣。"① 孙犁很看重友情，也有此等原因。孙犁属于传统文人，和朋友交往也常常是"尊友道而行"②。但他所尊友直、友谅、友多闻之友道，属于古代范畴，并非当下吃饭请客送礼拉关系之友道。在《芸斋小说》中，孙犁对朋友"直面以待，直道以行，直笔以书，不曲阿，不迂回，不袒护"，③ 因为他所"秉持的是大道大义，不是小道小义"④。比如，《杨墨》中，他对好友杨墨的"揭露"。他和杨墨1939年就认识了。杨墨性格外向、乐观，叙述者很喜欢。1943年他们一起到延安，曾一块洗澡、洗衣服、吃西红柿，相互理发。抗日战争结束，杨墨跟着叙述者回老家，并和叙述者的老乡结婚。1949年进城以后，杨墨和叙述者经常一起逛市场，吃小吃并购物。叙述者和杨墨相交近50年"虽非患难之交，亦曾同甘共苦。性格实不同……"杨墨是个艺术家，但不大钻研艺术，只是摆阵势，闹样子。在叙述杨墨的故事时，作者不为其粉饰、掩藏，实事求是，客观公正。因为作者所尊乃"大道大义"，不实事求是地"揭露"杨墨对艺术不认真、充样子的做法，乃是对民族国家的不负责任。《罗汉松》中的老张也是叙述者的朋友。"文革"期间唯一一个没有被"整"的人。因为老张"不像一般作家那样清高孤僻，落落寡合。什么人也都交接，什么事也都谈得。特别是那些有权有势，对他有用的人，他以作家的敏感，去了解对方的心意；然后以官场的法术，去讨得他们的欢心"。老张是叙述者的朋友，但两人性格差异巨大，不过老张并没有出卖过叙述者。老张只是游戏人生，并游戏政治。叙述者并不因为老张没有出卖自己就美化老张，而是客观公正，实事求是地将老张为人处事的圆滑交代出来，说他是游戏政治、游戏人生，是个"善泳者"。这种讽刺是很深刻的。但这的确是站在民族国家利益上对人性的考量，而非站在自己的角度对人性的衡量。老张和杨墨都打着"艺术家"的牌子，却并不热

---

① ［德］弗里德里希·尼采：《快乐的知识》，黄明嘉译，中央编译出版社2009年版，第61页。
② 滕云：《孙犁十四章》，人民文学出版社2012年版，第125页。
③ 同上书，第126页。
④ 同上书，第129页。

爱艺术，对待人生和对待艺术都不够认真，缺乏信念。但两人在"文革"中都安然无恙。

而另外一些朋友，认真、执着于自己所爱的事业，对朋友也尽心尽力，却没有好结果。《颐和园》中的 H 和 G 即属此类。H 和叙述者是"一个山头下来的"，那时，"衣食不继，战斗频繁，但一得到休息，例如并肩躺在山坡上，晒着太阳，那心情是十分美妙的，不可言喻的"。60 年代初期，叙述者生病，住进颐和园，H 也住进颐和园，陪着叙述者，并处处替叙述者考虑，怕他犯错误，怕他寂寞。H 对工作也非常认真，进颐和园陪朋友时，还带了"一大堆资料，经典著作，准备随时参考查引"。但这样认真做事的好朋友在"文革"期间受迫害致死。G 和叙述者曾在同一家报社工作，叙述者很佩服 G 的工作能力。叙述者第二次养病住进颐和园时，G 过来陪他，并每天清晨陪他划船，吃早饭。但"文革"期间 G 受迫害自杀。两位有事业心、重友情的人，都在"文革"期间死于非命，而游戏人生者却延命至今，冯前、杨墨、老张等均如是。一个民族若容不得刚直不阿的人存在，对逢迎拍马游戏人生之人却宠爱有加，这会是一个怎样的民族，其未来会是什么样子？实在是一个令人深思的人生命题，也是一个政治命题。《芸斋小说》将朋友之道上升到民族国家的高度去思考，这是善中之大善。在朋友中，最令作者不满的是冯前那样的人。作者和冯前认识于 1945 年。那时，叙述者是某杂志的编辑，常常向冯前约稿。进城以后，二人成为同事，同在一家报社工作。但冯前聪明能干，提拔很快，不久当上总编，叙述者还是副刊的编辑。但因为觉得和冯前是老相识，又合得来，并没有把当总编后的冯前当领导一样"敬"着，还是像老朋友一样相处，但冯前感觉自己越来越重要，叙述者也只好和冯前保持"距离"。"文革"开始，冯前感觉到政治运动的风向标发生了变化，将叙述者抛了出去，还出卖了自己的老上级——文教书记。但冯前也没有逃脱"文革"的政治厄运，被造反派揪斗。但他似乎很合作，每次批判叙述者他都重点发言。运动后期，他被造反派"结合"，一起到叙述者家里检查，发现叙述者养着鱼，就大声告发。等到"文革"

结束，冯前还向叙述者解释，好像他"文革"期间那样对待叙述者是不得已，就像大家都掉进水里，你按我一下，我按你一下实属正常。这令叙述者很反感。叙述者将冯前视为朋友，以友道待之，但冯前却随着地位的变化而不断改变对待朋友的态度，能利用时利用，能出卖时出卖。没有"文革"，冯前也许不会出卖朋友，但其把朋友当作台阶向上爬是可能的。这是两种不同的交友态度，美丑善恶大家自然可以分辨，谁也不愿意交一个利用和出卖自己的朋友。但冯前那样的人，在中国官场不少，且常常因识时务而被委以重任。他们也因能干、善于察言观色而好友众多，关系网庞大，但大家无法分辨他们是否会像冯前一样，在政治运动中成为出卖自己的人。有的时候，每个人都得想一想，当政治灾难再次发生时，自己会不会成为第二个冯前。

第二种，邻里关系。现代城市，由于房屋紧张，人们的居住环境相当恶劣。邻里关系也就相当紧张了。中国民间有远亲不如近邻的说法，意思是说，邻里之间的关系很重要。但《芸斋小说》中的邻里关系，坏到不能再坏。《一九七六年》中，因为地震，同院的人开始争夺房倒屋塌之后掉下来的木料砖瓦。"有一家的两个儿子，竟动用了消防的大板斧，去砍那尚未震倒的走廊。他们心中有一种天然的优越感，以为遇事都可以无法无天地去干，不用说这些砖木小节，就是杀了人，也会罪减一等的。"灾难发生后，邻里之间没有相互安慰和帮助，而是争夺财物。《三马》中，叙述者所居住的小院，住户不少，但"没人愿意理我们，也不敢理。唯独东邻一个十六七岁的男孩主动地"和老伴说话。《幻觉》中的叙述者，经常被邻居们欺侮，生活空间被侵占、生活被扰乱、破坏。"同院的人，没人愿意跟我说话，白眼相加，就是小孩子们，也处处寻隙发坏。前天，有朋友送了我棵小香椿树，我栽在窗台下，一夜就给拔走了。发还了收音机，我开开试听一下，从墙外飞来一块砖头几乎把窗玻璃砸碎。我有一只大鱼缸，因为屋里没地方，放在自己搭盖的小厨房里，被撬开门偷走了。"《地震》中的叙述者，天气奇热，也不敢到院里去，害怕被邻居欺侮。

　　第三种，夫妻关系。《亡人逸事》中，叙述者和结发之妻关系不错，虽然抗战八年，叙述者奔赴国难，两人聚少离多，但夫妻情分很好。夫惦记妻，知道给妻子买布，妻替夫照顾一家老小。二人各自尽自己的本分。二人遵守的是传统夫妻伦理。但《续弦》《幻觉》中，叙述者因发妻去世，续弦再娶之妻和自己之间的关系因政治运动而不能长久维持下去。两人在政治运动中都受到冲击，女方希望找一个可以依靠的男人，偏偏政治运动似乎永无结束之期，令女方惴惴不安。夫妻之间的伦理，随时代变迁而改变了，相互之间的理解、尊重少了。女方私自处理丈夫的心爱之物——书籍，令丈夫很不开心。女方大手大脚的生活习惯，也与丈夫简朴的作风相差甚远。相敬如宾的夫妻伦理已成不可能，维持一种正常的夫妻关系变得极其艰难，二人终于分手。《王婉》中，王婉和诗人丈夫本是恩爱夫妻，但因政治运动，丈夫被抓，自己受到牵连，之后离婚。离婚后王婉受到"四人帮"的重用。"文革"十年，王婉风光无限。但"文革"一结束，她只能和"四人帮"一起倒台。王婉被送进干校。虽然"文革"期间王婉地位尊贵，但并没有再婚，其中很可能有对前夫的一份留恋。但只要政治运动不断，她就没有可能和前夫再续前缘。然而政治运动结束，她却不能置身事外，这个时候，除了死似乎没有更好的选择。

　　第四种，父母子（女）关系。《鱼苇之事》讲述了一个女儿和父母之间的伦理故事，属于很传统的女儿孝敬父母的故事。父亲虽然好赌，把土改分得的地当场卖掉，但女儿还是很孝敬父亲。当女儿卖鱼得了 10 块钱，又捡了 5 块钱，恰好够给父亲买一件旧皮袄。女儿心疼父亲长年累月辛劳留下的腰疾，毫不犹豫把 15 元钱全部用掉，给父亲买回一件皮袄。这样的故事，经过"文革"之后，再也不可能发生了。《续弦》中的叙述者，家有儿女，但自己被大雨淋湿后回到家里，孩子们各有心事，根本不关心，连问候都没有。这令叙述者极为痛苦，下定决心找个爱人，但找到之后仍然没有自己期望中的那份脉脉温情。政治改变了社会环境，改变了人的价值体系，也改变了人与人之间最基本的感情温度。

无论哪种关系，在"文革"中都遭到了破坏。"文革"之前，一切关系都是正常的，符合传统伦理的，但"文革"将这些关系颠倒了。如果说，道德是人对群体的直觉，是对人与人关系的直觉，那关系的失序便是不道德了。"文革"最终的结果就是将一个重道德讲秩序的国家变成了轻视道德规范、轻慢伦理秩序的国家。其危险程度可想而知。

三 《芸斋小说》中的"求真"意志

《芸斋小说》思考最多的是个体命运，这与孙犁过去所写小说有很大区别。孙犁的抗战小说和土改小说多以国家民族命运为思考对象。抗战小说重在塑造中华民族新形象；土改小说则对中国革命胜利后如何协调各种社会关系——干群关系、公私关系、贫富关系等进行反复思考。到《芸斋小说》时，孙犁采取了以人为单位的叙事，一篇小说一个人物，重在讲述个体在中国革命中的命运遭际。在小说取名方式上，抗战小说和《芸斋小说》都喜欢以人物姓名做小说题名，如《邢兰》《吴召儿》《小胜儿》《黄敏儿》和《小混儿》《王婉》《冯前》《杨墨》《葛覃》等；抗战小说合集和《芸斋小说》都具有另类长篇的互文特征，但抗战小说中的人物具有覆盖性和综合性，是对一个民族的"分"叙事，每个人物都是大的民族形象的一部分，可以组合在一起构成一个大的民族形象。但《芸斋小说》中的诸多人物，不再具有组合性质，他们都是一个鲜活的个体生命，他们的命运悲惨也好，幸运也罢，都是独特的、属于自己的。除了共同的民族性很难将他们黏合在一起。孙犁通过对无数个体在相同时代背景下不同遭遇不同命运的思考，梳理、总结、反思了个体命运之所以如此的深刻原因。无论悲惨还是可鄙，无论功成名就还是默默无功，他们都应自负其责。尽管历史风云变幻莫测，但个体命运须由个体负责。每一个体都处于综合交错的历史节点，受制于时代和地域，受制于政治和自身资质，但无论是谁仍然具有选择性。无论多么无奈和不得已，你至少可以选择真，或选择假，而选择了真或假，也就等于选择了善或恶，美或丑。这是最简单的一条真理。真是善与恶的分界线，即使一个人不具备独立思考能力，只要他坚持"真"，就可以守住善的底线。不逼迫别人造假则是政治的底线，也是人类最后的尊严。

"求真"是《芸斋小说》的精神内核。孙犁通过不同人物的相同命运，也通过自己的讲述方式，表达了执着求真的愿望。《芸斋小说》的讲述相对于抗战小说中的讲述者已经不那么"激情洋溢"了。讲述者高度理性地控制着自己的情绪，努力追求"客观"，尽管难以做到。《芸斋小说》的讲述者变得"目空一切"，他似乎是讲给满院的草木听，以排空自己的"倾向"，力求达到掏心掏肺的程度。读孙犁抗战小说时，讲述者和读者是一种近距离关系，一个在听一个在讲。但读《芸斋小说》时，讲述者和读者之间的距离似乎远了。读者更像是在"偷听"一个老人的自言自语，或是站在窗外"偷窥"一个老人对满院子草木的讲述。总之，读者感觉到的不再是讲述给自己的故事了。正因为这样一种感觉，反而更觉其"真"。这种通过排拒读者的方式"求真"的做法，是叙事技巧，也不是叙述技巧。从读者的角度讲，是一种技巧；从作者的角度讲，则不是叙述技巧，而是一种习惯，是那个时代对人的逼迫、摧残、压制造成的一种思维惯性。作者只有推远读者才能真实讲述，讲述一段赤裸裸的真理。这是他们那一代用悲惨一生换来的人生经验。

求真，需要勇气，也需要智慧。孙犁那代人在"文革"中被出卖的怕了。尽管如此，《芸斋小说》依然坚持了对"真"的追求。只是采取了"清除"听者的叙事方法，只有"清除"了听众，才"能"讲出真理。因为在经历了全民说谎、被逼造假的"文革"之后，有思想的老一代知识分子更深切认识到求真的意义和价值。巴金在《随想录》后记中说："我愿意向读者们讲真话。《随想录》其实是我自愿写的真实的'思想汇报'。"① 季羡林在《牛棚杂忆》自序中说："我写文章从来不说谎话，我现在把事情的原委和盘托出，希望对读者会有点帮助。"② 杨绛在《走到人生边上》的前言中说："我试图摆

---

① 巴金：《随想录》，人民文学出版社 1980 年版，后记。
② 季羡林：《牛棚杂忆》，外语教学与研究出版社 2010 年版，自序。

脱一切成见，按照合理的规律，合乎逻辑的推理，依靠实际生活经验，自己思考。我要从平时不在意的地方，发现问题，解答问题；能证实的予以肯定，不能证实的存疑。"① "求真"成为这一代人最后的信仰。

孙犁：更是将"真"视若生命，他的散文、杂文、小说、琐谈无一不在强调"真"，没有"真"一切都无法立足。他说："我的创作，从抗日战争开始，是我个人对这一伟大时代、神圣战争，所作的真实记录""我们的文艺批评要实事求是，是好就说好，是坏就说坏"。在他看来"文艺虽是小道，一旦出版发行，就也是接受天视民视、天听民听的对象，应该严肃地从事这一工作，决不能掉以轻心，或取快于一时，以游戏的态度处之"。孙犁老年为写序，写文章说了实话而得罪人，说明说真话并不是那么容易的事情。求真之路漫漫，其修远兮！

孙犁认为，"真"是最好的修辞。他说："修辞的目的是立诚；立诚然后辞修。这是语言文字的辩证法。"② 无论在日常生活中还是语言文字上，"如果是真诚感情的流露不用修辞，就能有感人的力量"③ "只有真诚，才能使辞感动听者，达到修辞的目的"④ "从事文学工作，欲求语言文字感人，必先从诚意做起。"⑤ 孙犁小说之所以感人至深，就在于其"真"，真实、真诚、真情。

但孙犁抗战小说中的"真"，有真诚、真情，在真实性上常被人指瑕。而《芸斋小说》则几乎做到了真实、真诚、真情，到了入木三分的地步。《芸斋小说》有写"文革"期间经历的；有写老朋友的；有写同事的；有写个人情感经历的，无论哪种情况，都保持着对真的坚守。为了守护真，他不惜得罪老友。他说："近些年，确有一些熟人、朋友的个别事迹，写入了我的文章，

---

① 杨绛：《走到人生边上》，商务印书馆2007年版，前言。
② 孙犁：《谈修辞》，《孙犁文集》（7），百花文艺出版社2013年版，第174页。
③ 同上。
④ 同上书，第175页。
⑤ 同上。

但也只是摘取一枝一叶，并不影响我对他们的全部评价。朋友仍然是朋友，熟人照旧是熟人。当然也有的从此就得罪了，疏远了，我是没有办法挽回的。"①

　　以《冯前》《杨墨》《杨墨续篇》为例。冯前和杨墨都是叙述者的老朋友，认识多年，但两人各有缺点。冯前属于大风派，在"文革"期间出卖上级和朋友，投靠造反派。"文革"结束后，不但没有悔意，还振振有词，说："运动期间，大家像掉在水里。你按我一下，我按你一下，是免不掉的。"这种既无反思也无悔意的人，才是最可怕的。如果再经历一次类似运动，依然会出卖真理和道义。正是因为有这种人存在，《芸斋小说》才更显其价值。杨墨和叙述者关系甚好，但作为艺术家的杨墨对艺术不热爱，不执着。作为朋友，杨墨也不懂感恩，甚至好忌妒朋友，看不得朋友当官。对于这些，叙述者毫不避讳，还通过很多细节将杨墨这种在中国当下相当活跃的一类人刻画得极其生动。说他："光说不练""玩弄这些东西，只是为了给人一种印象：这是个艺术家，美专毕业，会这些手艺。"这样的文字算得上"了解至深"了，却直揭伤疤。隐含作者身边这样的人不会只有一个吧。这种入木三分的笔力，会让很多人看到自己的影子，得罪人也是肯定的。但在国家建设时期，对这种行为不揭露、不批判，便是艺术家的失职了。

　　《小D》写了单位同事"文革"期间的表现，在造反派头头小D面前，那些曾经的领导、知识分子低头哈腰，谄媚恭维，像小丑一样。这种揭丑式的人物刻画，保持了细节真实和环境真实，极容易和真人真事挂钩。估计很多人能从中看到自己的影子吧。没有孙犁的典型塑造，这些人早忘记了自己当时的丑行。然而，孙犁用高超的艺术手段，将这些小丑一样的行为永远刻在了那里。什么时候读到这里，都会想起自己曾经的小和曾经的丑。实际上，小过、丑过没那么可怕，在那样一种急风暴雨般的政治灾难面前，很多人被打懵了、糊涂了、害怕了也情有可原，但忘记曾经的小和丑，不去反思，不

---

① 孙犁：《谈镜花水月》，《孙犁文集》（7），百花文艺出版社 2013 年版，第 226 页。

想悔改，便是人类的大丑和大恶了。

《芸斋小说》记录"文革"期间人的丑行和恶行，就是让人们看看自己，在什么情况下会表现出什么样的人性，又会造成什么样的后果，同时给人思考和悔过自新的机会。这是艺术的魅力所在。

《修房》，涉及两个同事，一个王兴，一个李深，对王兴和李深"文革"期间的表现都秉笔直书。王兴认真、善良，有操守，李深糊涂、无原则，不同性格的两人，在"文革"期间，都受到迫害，结局却各不相同。王兴在干校学会了很多手艺，李深什么也没学会，"书也忘了，字也忘了"，等"文革"结束，王兴必然能很快回归建设者行列，为建设更好社会服务，而李深则被这场政治运动毁灭葬送了。这篇小说难道是揭丑吗，是在单纯指责、揭露"文革"吗？是，又不是。这篇小说给我们更多更深，它让人思考自己应该承担的责任。同处一场政治运动的旋涡之中，同样面对"四人帮"的政治迫害，为什么会有不一样的表现和结果？就像《冯前》中的叙述者和冯前，两人都经历了"文革"，一起挨斗，冯往水里"按"过别人，叙述者却自豪地说："我是没有按过别人的。""文革"是政治灾难，后果严重，这是毫无疑问的，但每一个体都必须为自己在"文革"中的表现负责，不能将责任全部推掉。也就是说，如果没有推波助澜者，如果每一个人尽到了自己的本分，坚持实事求是，坚持真理，坚持道义，不为自己的利益出卖朋友，或许"文革"也不至于产生这样严重的后果吧。正是因为很多个体丧失了自己的道德底线，不再相信真理必战胜邪恶这样的历史逻辑，才做出了令人不齿的行为。《芸斋小说》的目的不在于揭丑，而在于真实再现那段历史，再现那个时期的人性，以引起全社会的深刻反思。

《芸斋小说》的叙述者、被叙与隐含作者距离很近，有时难以区分。被叙身上的弱点似乎就是隐含作者的弱点。这在一定程度上强化了《芸斋小说》的批判力量。因为"真"是艺术的灵魂，真的基本前提是公平和公正。如果揭露别人的短处，将自己的短处隐藏起来，你所说的真，就失去了公信力。《芸斋小说》的作者自暴其"丑"，不但没有丑化自己，反让我们觉出其伟大。原因在于，他在特殊情境中的"把持"。情欲泛滥时，没有越"矩"；随波逐流时，没有逐"臭"。一个普通人渐渐修炼成了一个艺术家。

《一九七六年》中，被叙老赵在"文革"初期先是不理解、困惑，之后想到自杀，慢慢习惯之后，也就不想自杀了，变得麻木不仁起来。之后开始随波逐流，得过且过。如果"文革"不结束，老赵变成什么样，真是难以想象。《续弦》中的叙述者刚刚得到"解放"，补发了一部分工资，就产生了"生人的欲望"，之后就开始再次寻找老伴，叙述者的性欲战胜了对老伴的爱情，让人感觉到一丝失望。《无花果》中，叙述者和小护士之间发生了一点感情纠缠，引起了老伴的怀疑。之所以没有出轨，是因为，叙述者冷静下来后，感觉到那是情欲而不是爱情。叙述者差一点被情欲所俘虏。《小同窗》中，叙述者经常被小同窗"李"关照，但有一次李来天津看望他，希望和他同住，却被拒绝。叙述者和李相比，显然有点不近人情。《忆梅读〈易〉》中，叙述者和梅之间有过一段感情纠葛。当时是叙述者先写信，要和梅好的。但梅答应之后，叙述者又后悔了，让梅感觉尴尬，有被愚弄的感觉。叙述者难以抵御女性诱惑，又放不下家里的老婆孩子，显得有点矛盾。追逐爱情，但不敢行动，优柔寡断，让人搞不清他的婚姻里有没有爱情。他和别的女性之间是爱情呢，还是性欲在作怪。这种秉笔直书，有自曝家丑的味道。但这种"丑"属于人之本性，如实交代出来，大家也都理解。这种丑，不是真丑，反而变成了"真"的明证。当然，如果作者的丑是真丑，那他很可能就写不出这样的文章来了。因为一个人成为艺术家是靠修养来的，最重要的修养是人性、人格方面的。有"本我"的泛滥，有"超我"的阻拦，才是一个人正常的修养过程。

这种将自己融化进小说中去的艺术表现手法，是作者精心构想和深思熟虑的结果。因为，孙犁认为，小说作为叙事性作品，应该承担一部分历史功能。那"真实"就成为小说重要的标准和尺度了，但真实的前提是公正。不能避重就轻、抑人扬己。《芸斋小说》从自己的生活经历取材，连环境和工作都有据可查，使得小说和历史纪实可以等同或相互参照。

孙犁之所以用小说记录"文革"那段历史，是因为小说能将"真"提到一定高度，并通过"真"强化艺术批判现实的力量。比如，传统历史叙事常常是"宏大"的，草根很难进入历史。给人的感觉是，历史是英雄创造的，草根不必承担责任和义务。而《芸斋小说》却通过小说的叙述方式，将草根的故事保存在历史当中。让我们看到"文革"中，那些草根给别人带来的更直接的危害。这样，我们就可以清楚地看到英雄豪杰和草根在重大历史灾难中各自的责任。散文化叙事也能保持历史真实，并能直接抒情。但与小说相比，散文缺少概括性，给人一人一事的感觉。而小说则可以将一种社会现象以典型化的方式进行处理。这就将"真"提高到了普遍高度，超越了一人一事的水平。因为一人一事具有的真实，无法与具有典型意义的普遍真实相比。比如，《修房》中，房管站工作人员，玩忽职守，索要贿赂，王兴、李深在"文革"中的不同表现等，都超越了一人一事的真实，成为典型社会情境中的典型事件和典型人物。这样，《修房》具有的现实批判力量远不是一件历史事件和一篇散文化叙述所能替代的。

当《芸斋小说》用 35 个短篇履行关于求真的诺言时，我们或许会有疑问，"真"具有救赎的力量吗？孙犁不厌其烦地叙述那些琐碎的事件，甚至不惜出卖自己的隐私，"自毁"声誉以求历史真相，不惜和老友决裂，也要维护自己对"真"的信仰，"真"那么重要吗？对于习惯于听话不思考的人来说，"真"意味着什么并不重要，在唯利益是求，唯地位是求，唯名望是求的时代，牺牲"真"可以换取一切，"真"就变得毫无价值，"求真"显得异常滑稽可笑。但静下来想想，"求真"在一些特定时刻关系着他人的性命，甚至关系着一批人的生命、幸福。比如，王文正作为胡风案的亲历者曾负责审判尚丁、曾卓。两人都被指控为国民党特务。王文正在查阅了大量资料，调查了大量有关当事人后认为：尚丁和曾卓并非国民党特务，完全是被诬告的。下最后结论时他有过犹豫，担心实事求是让领导不满，对自己不利，但他还是坚持求"真"，做出了实事求是的结论。他回忆说："在共和国第一冤案——'胡风反革命集团'案中，被无辜拘捕、关押、判刑、开除公职、劳动改造的

'胡风分子'全国上下不在少数，能够像尚丁这样实事求是获得清白和释放的恐怕是凤毛麟角。"① 王文正"救"了尚丁和曾卓，但"文革"期间他因此受到折磨。不过，当老年回忆这段历史时他问心无愧。如果每个普通人都能坚持"真"，历史就会是另一番面貌了吧。很多人从历史教训里获得了这个血的教训，然而很多人很快就忘记了这一来之不易的真理。《芸斋小说》的每一篇都在讲述关于"真"的教训，在强化一种"求真"意志。

---

① 王文正口述、沈国凡采写：《我所亲历的胡风案》，当代中国出版社 2015 年版，第 196 页。

余 论

孙犁是中国现当代文学史上有文学理想、有理论主张、在艺术上不断创新，且成就卓著的作家。毛泽东1938年《在鲁迅艺术学院的讲话》中说："没有这种伟大的理想，是不能成为伟大的艺术家的。但只有理想还不行，还要有丰富的生活经验与良好的艺术技巧。中国近年来所以没有产生伟大的作品，自然有其客观的社会原因，但从作家方面说，也是因为能完全具备这三个条件的太少了。我们的许多作家有远大的理想，却没有丰富的生活经验，不少人还缺少良好的艺术技巧。这三个条件，缺少任何一个便不能成为伟大的艺术家。"[①] 伟大的理想 + 丰富的生活经验 + 良好的艺术技巧恰好是孙犁具备的。

孙犁确实有伟大理想。他很小就对民族灾难有记忆。《孝吗?》中的"秋影七岁的时候，就立定了志向，要从倭奴手里夺回祖国。十岁的时候，便逃到俄国去留学……到了二十岁的时候，他潜入本国，联合同志，努力宣传，以唤醒民众"[②]。秋影的理想未免太过早熟。但看看孙犁笔下的其他孩子，就会明白这可能是孙犁自己少小就有伟大理想的一种投射。《一天的工作》中的三福，急切地想早一点参与革命工作；《春耕曲》中的二娃子和秀花儿都才10岁就开始自己耕地了；《儿童团长》中的小金子不过13岁，已经老成持

---

① 毛泽东：《在鲁迅艺术学院的讲话》，《毛泽东文集》（第二卷），人民出版社1993年版，第123页。

② 孙犁：《孝吗?》，《孙犁文集》（1），百花文艺出版社2013年版，第3页。

重，安排站岗，还检查岗哨，发挥了成年人的作用。

孙犁早熟与他从小身体虚弱多病有关。身体弱，家里穷，又好静，不好动，就养成了观察和思考的习惯。他记忆中储存着很多乡村故事，这些故事到晚年都不曾磨灭，且越来越清晰，成为《乡里旧闻》的一部分。乡亲们的悲欢离合，都装在他的脑子里，滋养着他的血脉，使他成为一个虽体弱却有骨气的人。孙犁乡邻们悲欢离合的故事，很多与"教案"有关，也就内化成了他"反帝情结"的精神内核。所以，秋影从小就产生了"从倭奴手里夺回祖国"的想法。在《乡里旧闻》中，他幼年的伙伴菜虎的女儿被天主教神甫领走再也没回来，这成为他心中一道挥之不去的阴影。是否也是秋影志向的来源呢？

孙犁是一个体质较差经常生病的人，高远的志向和身体素质以及性格之间产生了尖锐矛盾，迫使他不得不思考如何报效祖国的问题。后来受鲁迅影响，将自己的理想抱负转向文艺救国。但他所处时代更需要秋影那样的革命家，需要具有强健身体、拿枪参加革命的人，作为一个"体弱多病，语言短缺，有似怔忡。智不足商，力不足农"[1] 的人，即使具有鲁迅那样的才华，也一样会产生自卑感，觉得对不起祖国。越是了解中国的社会现状，越是有伟大理想，这种自卑感会越强。孙犁小说中的叙事者都是"低姿态"叙事，这是自卑感在小说中的投射。但对少年孙犁来说，他将来自身体条件的"自卑感"，化进了读书之中。他中学期间所读书目，为日后文艺救国作足了准备。他一九二四年，十一岁，随父亲至安国县上高级小学。初读文学刊物、书籍，多商务印"[2]。"一九二八年，十五岁。……屡次在校刊发表，有小说，有短剧。初中四年期间，除一般课外书外，在图书馆借读文学作品"[3] "一九三一年，十八岁。升入本校高中……其课程有：中国文化史、欧洲文艺思潮史、名学纲要、中国伦理学史、中国哲学史、社会科学概论、科学概论、生物学

---

① 孙犁：《生辰自述》，《孙犁文集》（7），百花文艺出版社 2013 年版，第 6 页。
② 孙犁：《〈善闇室纪年〉摘抄》（二），《孙犁文集》（7），百花文艺出版社 2013 年版，第 23 页。
③ 同上。

精义等，知识大进""读政治经济学批判等经典著作，并做笔记。习作文艺批评，并向刊物投稿……"① "在高中时，我阅读了当时正在流行的社会科学和苏联十月革命以后的文学作品，主要是鲁迅和曹靖华翻印的文学作品。这一时期，我对文艺理论发生了兴趣，读了不少这方面的著作，并开始写作这方面的文章。"②

孙犁脚踏实地做足了文艺救国的准备。抗日战争爆发，他参加了抗战工作，之后一直没有偏离文艺救国这条早期定下的目标。从政、升官这些在别人眼里全是机会、前途的好事情，都被他拒绝了。他一生踏踏实实做文艺工作。孙犁从参加抗日战争到老年一直强调文艺要为政治服务，深刻的原因就在于：这是他立命之根本，与他最初的文艺救国理想统一。如果不是坚定地相信文艺应该、可以、能够为政治服务的话，他一生的工作就失去了价值。但孙犁理解之政治是"救国"，是服务人民大众，而非一会"左"一会"右"的政策和路线，这是他与多数作家的区别。他从一开始就为文艺定了方向——服务民族解放大业，服务人民大众……并一生不改初衷。从孙犁的文艺论著中，可以看到他具有明显的功利主义倾向，强调文艺为了服务政治可以进行各种改造，不必拘泥形式。这一点也导致了他在文艺方面的大胆创新。他小说中的叙事手段多种多样，叙事结构不断调整和变化，修辞手段大胆创新，令人目不暇接。这都是他用文学服务"政治"时，为更好解决与极左文艺路线之间的矛盾而进行的大胆尝试。这也算是一种坚定而伟大的理想在发挥作用吧。只有最坚定的文艺功利主义者，才会坚定地相信自己写下的每一个字都是至关重要的，也才会为了求真而耗费心机地进行形式革命。所谓文艺技巧，实际上是解决自己遭遇的表达难题时的一种无奈变通。如果一个作家可以自由表达，没有人愿意隐藏自己的观点。孙犁一生都处于极左文艺路线"领导"文艺的时代。抗日战争时期，他要表达的思想与当时的领导层不谋而合，也就无须隐藏。他的"拟家结构"之所以"概

---

① 孙犁：《〈善闇室纪年〉摘抄》（二），《孙犁文集》（7），百花文艺出版社 2013 年版，第 23 页。
② 孙犁：《我的自传》，《孙犁文集》（7），百花文艺出版社 2013 年版，第 3 页。

括"性地表达，是为了"缩小"文本，使其适应当时载体的刻写，印刷方便，节约版面。因为孙犁是编辑，懂得版面的重要，文章短，信息量大才能达到更好的传播效果。这也是其功利主义文艺观的另一种投射。到土地改革时期，孙犁的观念与当时的政策出现"不协调"，但他是理解的，也能接受，所以那个时期的小说基本还是直接表达的。只不过因其从编辑的立场，依然使用比较概括的表达方式，采用了概括性的叙事结构——"聚散结构"。50年代，孙犁对当时文艺政策以及知识分子政策产生怀疑，在小说中开始质疑。所以《村歌》《铁木前传》和《风云初记》开始运用"藏"的艺术手段。《村歌》《铁木前传》和《风云初记》是文学史上最重要、最有价值的文本。其中，包含大量艺术创新手段。孙犁之所以能够在文艺表现手段上随心所欲、创造性地使用，既与其文学造诣有关，也与其政治理想、文学理想有关，更与其身心修养有关。其一生目标单一，不为他事分心，始终处于思考—创作状态，遇到任何表述难题都会迎刃而解。这为后代艺术家提供了极好的榜样。当一个人一生思考一件事的时候一定会达到他人难以企及的高度。孙犁晚年的《芸斋小说》应该达到了内容与形式完美结合的高度，也达到了新旧文化对话的高度。孙犁从《风云初记》开始，已经注意到中国现代文学史上新旧文化之争带来的诸多问题。中国知识分子的可悲命运也与其新旧文化之争密切相关。"文革"更是新旧文化之争造成的"立体灾难"。《芸斋小说》是他解决新旧文化之争的一种尝试和努力。《芸斋小说》内容上的厚度、广度，形式上的创新堪称经典中的经典。

孙犁是一个深怀革命理想的作家。他的小说从"群体突围"开始，到"个体救赎"终局，恰好与中国现代史上的中国革命、中国文化走过的道路是平行的或者说是方向一致的。中国革命也是从"群体突围"开始，以对"个体革命"结束的。中国文化上的一场革命，也是以"反帝"开始，但发展到最后已经进入一个怪圈，变成了对自己的革命。孙犁小说能准确把握这一点，与其深刻的洞察力、深入思考的习惯和心无旁骛地对中国革命关注思考密切相关。

孙犁小说是中国现当代文学史上最为重要的文本。他记录了中国革命、中国文化走过的艰难路程，艺术地再现了中华民族近百年来的伟大精神的崛起，同时记录了它走过的曲折、磨难和重新崛起过程。在这一过程中，孙犁无论遭遇极左文艺路线怎样的批评，都始终不改初心——用文艺服务民族国家。他发明的各种叙事手段翻新了小说创作理论，他将"概括叙事"发挥到了极致。而他的"概括叙事"与西方叙述学中的"概叙"并不完全相同，西方叙事学中的概叙是对被叙事件概括笼统的交代。而孙犁的"概括叙事"则是对时代精神的提炼和概括，并通过一种叙事结构进行叙事。本书虽提到孙犁不同阶段小说的叙事结构，但对其"概括叙事"特征没有进行深入研究。"概括叙事"应该是孙犁对叙事学的一大贡献；在修辞方面孙犁对逆喻、隐喻、象征的使用达到了极致；而最令人惊叹的是其小说人物的修辞化。双眉、小满儿、李佩钟都具有修辞功能。她们既是小说人物，有独立的个性和命运，也是一个政治隐喻。对她们在小说中的处境进行深入分析，就会发现其中蕴藏着大量关于政治问题、文化问题的思考。而这些都无法在本论文中一一展开探讨。总之，孙犁小说就像一个宝藏，还有丰富的矿藏有待我们挖掘。

附录1 孙犁文艺思想初探

——以《文艺学习》为例

引　言

孙犁有深厚文艺理论修养，这使他一生守护文学的文学品格。了解孙犁的文艺思想，对理解他作品魅力生成机制，至关重要。但多年来，人们对孙犁文论方面的成就关注不多，致使对其小说的美学品格不能深入理解，甚至误以为，其小说美学特质与其对政治的漠不关心有关。一些研究者为此称其为革命队伍的"多余人"（杨联芬）、"边缘人"（杨劫等）。

在《文艺学习》中，孙犁对文学与生活、文学与政治、作家的创作态度等问题进行了深度思考，对文学作品的构成进行了科学分析和概括，对文学创作方法进行了梳理，并倡导了一种极简主义美学风格。下面分五个部分予以论述。

一　孙犁对文学、生活、政治关系的看法

文学、生活、政治三者关系一直是文艺理论的核心问题。孙犁对三者之间的关系进行了深度思考。

关于文学与生活的关系，孙犁的观点有四：其一，源于大众生活的文学艺术才更能感染教育大众。《风云初记》中，很多地方表达了这一观点。比如，第35节，人们把前一晚上"捉汉奸的故事，编成一个剧本，真人上台，在大会上

表演"①，演出效果很好。其二，劳动人民比有闲阶级更需要艺术。因为"他们过度地疲劳，是渴望着安慰的"②；邢兰过着极其穷苦的生活，甚至衣不蔽体，但还买了一只口琴，在劳动间隙，吹着"自成的曲调"；《风云初记》中，高四海"吹起大管，十里以外的行人，就能听到……他的大管能夺过一台大戏的观众……"；变吉哥绘画、写作、说书无所不能。他们的艺术活动带给劳苦大众极大安慰。其三，文学艺术不仅"是人类劳动的产物，并且是劳动生活、战斗生活的武器"③。他举例说："一个老人去树林了，遇见了一只又大又猛的兽，以前人们并没有见过……老人一定要费很大力气，把那个猛兽描写出来。因为，这和他们这一群人有关，关系着他们的生活，甚至性命。"④ 其四，农民能创作艺术，也懂得欣赏和批评。在《看过〈王秀鸾〉》一文中，他极力肯定一位农民对演出的批评，认为这位农民的批评非常有见地，其欣赏趣味也很高雅。他因此下结论说："好看那些色情场面，发出种种色情的丑态，已经是小市民的习惯，而不是农民的素质。你注意一下，那些怪声叫好，忘形肉麻的人，多半都是流氓、荒子。而农民们，在这种场合都是异常严肃的。"⑤

关于文学和政治的关系，孙犁始终认为："1. 人民的文学事业，需要在政治的领导下有组织地进行、完成。……2. 文学事业在进步的文艺政策的指导下，会进行得更好，更有收获……3. 文学如果远离政治滋养着的人民和他们的生活，便什么也没有了。"⑥ 他强调的是"进步的文艺政策"和"政治滋养着的人民和他们的生活"。正如亚里士多德所说"人天生是一种政治动物"⑦，反映人民的生活，不可能没有政治。

孙犁有极敏锐的政治嗅觉，能准确把握时代气息。他多次提到，抗日战

① 孙犁：《风云初记》，《孙犁文集》（2），百花文艺出版社2013年版，第163页。
② 孙犁：《北平的地台戏》，《孙犁文集》（3），百花文艺出版社2013年版，第3页。
③ 孙犁：《文艺学习》，《孙犁文集》（5），百花文艺出版社2013年版，第83页。
④ 同上。
⑤ 孙犁：《看过〈王秀鸾〉》，《孙犁文集》（5），百花文艺出版社2013年版，第358页。
⑥ 孙犁：《文艺学习》，《孙犁文集》（5），百花文艺出版社2013年版，第88—89页。
⑦ ［古希腊］亚里士多德：《政治学》，《亚里士多德全集》（第九卷），颜一、秦典华译，中国人民大学出版社1994年版，第6页。

争时期看到了"美得极致"。他所说的"美得极致"是指抗日根据地时期正确的文艺政策及良好的官民关系、上下级关系、同志关系等。那时的"抗日民族根据地，文学事业得到充分的发展。这是因为在这些地方，不只在政治上关心和帮助了文学事业，而最紧要的是在这些地方，深深打下了发展文学事业的基础。有了进步的政治的成果，才会有进步的文学的成果。文学事业也是在别的事业和各种条件配合之下，才能突飞猛进"①，"这些地方实行民主政治，发展着工业，奖励人们的发明和创造，整顿着农业生产，研究着土质和种子，发展着合作事业，加强运输调剂，河流被浚通，矿产被挖掘，征服山顶和偏僻的荒地"②。这样的时代，不是"美得极致"是什么？文学家出生在这样的年代，必然会充满感恩之心，所以他说："在这些地方从事文学事业的人们，觉到自己责任的重大，把自己的力量和人民的力量结合起来，把文学的理想和政治的理想结合起来。把文学事业看成是自己对祖国和人民应尽的重大高尚的义务……"③ 在《吴召儿》《得胜回头》一节，他回忆说："那几年吃得坏，穿得薄，工作得起劲。"这样的政治氛围在孙犁抗战小说中都得到了反映：农民积极参加合作社、代耕团，配合八路军工作（《邢兰》）；八路军战士帮助农民开荒种地（《山里的春天》）；农村实行民主选举（《风云初记》）等。孙犁抗战小说中，荡漾着浪漫主义的情怀，就是对当时政治清明、军民关系和谐的一种感激之情。

土地革命时期，人与人的关系发生了巨大变化。由于阶级划分政策，导致人人自危，人性中的弱点再次被激活。人们看重物质财富，不再重视抗日战争时期培养起来的那份温情。孙犁那个时期的小说《石猴儿》《女保管》《秋千》《婚姻》《村歌》《铁木前传》等，准确把握了那一时代特征，将人们当时内心的紧张、焦虑和不安反映了出来。孙犁善于通过人与人之间的关系、人们对物的态度，反映时代的政治生活。这使他的作品，既有政治又能保持

---

① 孙犁：《文艺学习》，《孙犁文集》(5)，百花文艺出版社2013年版，第86页。
② 同上书，第87页。
③ 同上书，第87页。

文学的文学品格。

二 孙犁对作家创作态度的论述

孙犁在《论通讯员及通讯写作诸问题》《文艺学习》等著作中，特别强调文艺工作者的创作态度。他说："那些没有原则地主张文学事业特殊化，企图使文学脱离社会政策独立起来的想法是错误的；那些没有原则地主张'我愿意写什么就写什么'过度的任意行为是错误的。……如果文学事业没有一个统一的方向，对于文学事业本身也是绝大的损害……兴之所至，玩起个人的小爱好，脱离现实，变成了个人中心主义。"① 因为，这种写作方式完全是自我的，写出之后可能有一定影响，但不利于理解革命工作。孙犁希望："能把文学放进人类生活的全领域，使一切值得歌颂的事迹，都能在文学上表现。因此，我们必须把写作当作一种生活，训练文学的感觉。在生活上、事物上摘取那文学的枝叶，细细地编组成一个一个文学的花冠。"② 只有这样，文学才能成为人民的事业，人民的优秀品质才能在文学上得到表现。而那种"想起什么，便写点什么的习惯"③ 是不对的，因为那样的写作，不能系统地反映人民的生活，不能整体地反映时代精神。

整体考察孙犁抗日战争时期的小说，就会发现，他有整体构思，有一个宏伟的表现计划。他想通过各种人物在各个领域里的表现，反映一个时代，一个民族的整体精神面貌。所以，在他的抗战小说里，我们看到了机智、热情、乐观的中国孩子（《一天的工作》《黄敏儿》），看到了积极奔赴国难的青年农民（《荷花淀》《风云初记》等），看到了身体虚弱没有参军却积极抗战的普通农民（《邢兰》《第一洞》），看到了在战争中受伤残疾却仍然自强不息的战士（《战士》），看到了保卫家园的人民军队（《杀楼》《村落战》），看到了积极抗战的妇女（《风云初记》《吴召儿》）和在后方积极劳动、配合抗战

---

① 孙犁：《文艺学习》，《孙犁文集》（5），百花文艺出版社 2013 年版，第 88 页。
② 同上书，第 207 页。
③ 孙犁：《写作问题手记》，《孙犁文集》（5），百花文艺出版社 2013 年版，第 257 页。

的妇女（《麦收》《光荣》等）……他做到了把"一切值得歌颂的事迹，都能在文学上表现"这一点。最重要的是，他通过塑造性格各异形象鲜活的人物，将中华民族的优秀品质表现了出来。若把孙犁抗战小说的众多人物结合在一起，就是一幅中华民族的精神图谱。这不仅从根本上揭示出抗日战争胜利的原因，还对共产党领导的抗日根据地工作进行了讴歌。从这一角度看，孙犁不但不是革命队伍的"多余人""边缘人"，还是革命队伍里为革命文学鞠躬尽瘁的人。他不但为革命文学进行理论建设，还为革命文学规划了蓝图，并用自己的创作实践，表现了革命群众的优秀品质。所以，孙犁就是他自己极为珍贵的那样一种作家："他爱人民和生活，他真正研究和观察了人生，他有革命的、科学的理想，向这理想坚定地努力……"①

三 孙犁对文学作品构成的思考

勒内·韦勒克赞赏波兰哲学家英伽登对文学作品的区分，认为，把文学作品分成"声音的层面""意义单元的组合层面""要表现的事物""世界的层面""形而上性质的层面"是"明智的、专业性很强的"②。但勒内·韦勒克在《文学理论》中，又对文学作品进行了自己的划分，他认为，艺术（包括文学）作品应包括如下七个层面："声音层面""意义单元""意象和隐喻""诗的特殊世界""有关形式和技巧的特殊问题""文学类型的性质问题"③。这种对文学作品进行详细划分的方法，在文学理论界具有广泛且深远的影响。

孙犁在《文艺学习》中，也对文学作品进行了划分。他认为一部好的文学作品，应包括"思想内容""作品的题材""作品里的知识""形象""文字语言""历史意义"④ 六个层面。这种划分方法，对从事文学创作更具指导意义，对我们理解优秀作品之所以优秀也很有帮助。比如，当题材相近、主题

---

① 孙犁：《文艺学习》，《孙犁文集》（5），百花文艺出版社2013年版，第89页。
② ［美］勒内·韦勒克：《文学理论》，江苏教育出版社2005年版，第168—169页。
③ 同上书，第174页。
④ 孙犁：《文艺学习》，《孙犁文集》（5），百花文艺出版社2013年版，第95—96页。

相近的两部作品，在形象、修辞等方面各具特色时，仍然会有境界之分。有的流传更广、更久远，有的则不行。什么元素使文学作品有了境界之分呢？孙犁所说的"作品里的知识"和"历史意义"，比英伽登和韦勒克的理论能更好地解释这个问题。尤其是"历史意义"这一层面：有历史意义便有了境界，没有历史意义也就失去了境界。鲁迅的《狂人日记》《阿 Q 正传》《祥林嫂》《孔乙己》几乎篇篇都有"历史意义"。其"历史意义"并非凭空加进去的，而是在塑造人物时，就已经包含其中了。这些作品的人物厚重饱满，携带着几千来中国历史的血脉。阿 Q、孔乙己、祥林嫂，都不是简单一个人，他们代表中国历史上的一批人，是历史的缩影，是观念象。

孙犁塑造人物时，也很注意这一点。比如，小说在交代邢兰的外貌特征时，邢兰"黄藁叶颜色的脸""说话不断喘气，像有多年痨症。眼睛也没有神，干涩的""身长不到五尺，脸上没有胡髭"这一外貌特征，就是一个深受压迫的中国近代农民形象，也是一段"活的"中国近代史，是一个旧中国受压迫欺侮的观念象。孙犁老年作品《芸斋小说》，直接使用现实中人的真实姓名，几乎模糊了小说和散文的界限，其意就在强调"历史意义"对文学作品的重要价值。

随时间流逝，人们将发现，文学作品具有了"历史意义"，"存活"时间会更长久。《红楼梦》《战争与和平》等世界名著，都是具有历史意义的优秀作品。为人所诟病的政治宣教性作品，不是题材、主题、形象、语言方面出了问题，而是在"历史意义"方面出了问题。失去了历史意义这一角度，人物就变成了石头缝里蹦出来的猴子，没有前因后果，没有民族土壤，是干瘪的人物。可见，孙犁对文学作品构成的划分并不逊色于英伽登和韦勒克。

四 孙犁提出了具有极强指导作用的创作方法

克明说，在他创作起步阶段，曾收到孙犁的《区村和连队的文学写作课本》和《论通讯员及通讯写作诸问题》两本书。他说："这两本书，就像是给在茫茫原野上寻路青年的指路灯，我真是'久旱逢甘雨'，得了宝贝似的一遍一遍地学习起来，还和其他喜欢写作的同志一块讨论。从这开始，我才算对写作，也包括对编辑工作，有了一点儿'入门'的知识。"① 克明之所以有"久旱逢甘雨"的感觉，是因为在《文艺学习》中孙犁总结概括了很多创作方法，对初学写作的人具有很强的指导作用。具体而言，有以下三点。

（一）孙犁提出了一种"关系创作法"

关系创作法，既是一种观察法，也是一种表现方法。在《文艺学习》中，孙犁说：对此强调了三点：其一，文学家不能孤立地看待对象，应把对象放在一个具体环境里去观察和表现。"文学书提到蛙，就要写到傍晚、池畔、青草等等情景了。植物学和动物学书上的记载……不是田野里的、树林里的、河海里的、草丛里的东西。不是生活着、动着的东西。"② 其二，文学借助物来表现人。他说："文学最高的要求不是表现一朵花、一只鸟、一个青蛙。它是要创造人的形象的。"③ 《老胡的事》里，老胡从野外采集回来一束野花，放在破手榴弹壳里，小梅觉得奇怪，问老胡："你摘那花回来干什么？"老胡忙说："看哪，摆在桌子上不好看？"这束花，既表现了知识分子老胡的情趣，也表现了农家女孩小梅的立场。其三，写人是为了表现时代。在孙犁看来，个人的命运是为表现时代、社会服务的。他说："文学从创造一朵花的形象，到一个人的形象，再扩大起来，要创造一个时代的、社会的形象。"④ 只有这样，文学作品才具有"历史意义。"他说："活动在时代、社会里的是人，作家表现了这些人，也就表现了时代和社会。这个工作，是作家对他的时代所负的最大的义务。"因为，历史是发展的，也是不断消失着的。优秀的文学作品是我们理解历史最生动的材料。《狂人日记》对中国几千年历史本质的揭露，巴金的《家》对几千年中国家族制度本质的揭露，都是极其深刻的。它

---

① 克明：《编辑和我，我和编辑》，《编辑学刊》1987 年第 3 期。
② 孙犁：《文艺学习》，《孙犁文集》（5），百花文艺出版社 2013 年版，第 98 页。
③ 同上。
④ 同上书，第 98—99 页。

们既是文学也是历史。单纯地写物、写人不足以成为优秀作品。

孙犁《芸斋小说》中的人物命运，正是对"文革"那一时代的揭示和再现。通过人物命运的变化，我们认识到，是"文革"将一个又一个人变成了"非人"。因为同样的人，在抗日战争时期，善良、高尚，到了"文革"时期，却卖友求荣。孙犁唯一一部长篇小说《风云初记》的主人公应该生活在抗战时期。英雄的时代，将每个农民都变成了英雄：高四海、高庆山、高翔、秋分、春儿、芒种、老温等，都是了不起的农民英雄。但同样是农民，到土改时期一下子就变了。他们变得计较起来。在分配"浮财"时，多啦，少啦，好啦，坏啦，争吵不断。通过人物刻画时代，为时代画像的关系创作法是孙犁留给我们的宝贵财富。

（二）将口头语言"洗练一番"变成文学语言

孙犁说："口头上的话只是文学的语言原料，写作的时候，不应当随拉随用，任意堆积。要对口语加番洗练的功夫。好像淘米，洗去泥沙；好像炼钢，取出精华"[1]"我们写东西，从大众那里吸收语言，但是一定要经过自己的努力，把它们整理一下，然后再叫它们上阵。"[2]因为，"我们的口头语言，有时是有许多缺点的。要凭了我们的写作，要凭了我们这种洗练、补充、创造，使人民的语言更好起来"[3]。大众语言也有很多种类，有的生动，表现力强，也有粗俗、低级，表现力差。进行文学创作时，应对其进行加工。此外，文学还应回报大众，不能只从大众语言汲取养料，"还有丰富人民语言的任务"[4]。

孙犁的小说创作，正是按照这一原则进行的。他常说自己的语言来自母亲和妻子，但他小说中的语言已经是文学化了的农村妇女的语言。比如，《纪念》中小鸭母亲看到老纪，打招呼说："呀！又是老纪同志，怨不得小鸭说你

---

[1]　孙犁：《文艺学习》，《孙犁文集》(5)，百花文艺出版社2013年版，第138页。
[2]　同上。
[3]　同上。
[4]　同上书，第139页。

们来了。先到屋里暖和暖和。"① 还乡团进村后，老纪在小鸭家和敌人开了火，因担心小鸭安全，边打枪边让小鸭注意安全，这时小鸭的母亲说："不要管我们，管你打仗吧！"② 等老纪想喝水，小鸭母亲冒着枪弹打了一罐水后，就对老纪喊："吃了，喝了，要好好儿地顶着呀。"③ 这是农村妇女说话的味道，但用词更文明，意思比较集中。真正农村妇女的话，直接变成文字不会这么顺溜。孙犁小说语言的表现力，正是来自经过洗练的大众语言。

（三）把生活经历提炼一番变成文学作品

很多人觉得自己的经历值得写一部小说，但写出来之后不但没意思，不是自己想象的样子，连真实性也被人质疑了。针对这种问题，孙犁说："'真的事'，'真的经过'，在当时可能有许多，但这些事实，不一定完全能成为文学上的现实。"④ 文学和生活还是有一段距离的。这段距离需要通过选择、提炼、概括来完成。"简单地、呆板地……对真实的不加选择地偏爱，反会妨碍文学上的真实。……生活里的一些真实，有时写到文学作品里去，会成为真实的累赘。……我们要学会从生活的真实里，看出文学的真实来。"⑤ 文学里的真实，不需要面面俱到。所以，孙犁说："大家要把这个'完全'的观念变一下。"⑥ 要舍弃一些东西。挑选出那些最重要、最有代表性的部分来写。他说："写文章的别扭和妙处就在这里：你想完全它反不能完全……但是你如果摘取了那最有用的一段，把它写好了，那反而真是完全了。"⑦ 生活和文学之间微妙的关系被孙犁一语道破。《山地回忆》是孙犁亲身经历过的事情，但写到小说里已经完全不同了。孙犁实际的经历很传奇：他先是在洗碗的时候被锅灶

① 孙犁：《纪念》，《孙犁文集》（1），百花文艺出版社2013年版，第178页。
② 同上书，第187页。
③ 同上书，第188页。
④ 孙犁：《文艺学习》，《孙犁文集》（5），百花文艺出版社2013年版，第157页。
⑤ 同上书，第158页。
⑥ 同上书，第150页。
⑦ 同上书，第151页。

里的炸弹炸得满脸血污，去河边洗脸时，和一个泼妇遭遇，吵了一架。但在小说《山地回忆》中，却是另一番面貌。泼妇变成了妞儿，妞儿说话虽然也很尖刻，但泼辣能干，对八路军很是关心。把那样的生活原料加工成这样的小说，与孙犁对抗日战争时期时代精神的把握有关。经过这样的改造，小说里的时代氛围与他在《文艺学习》中交代的时代氛围一致了。小说给人的感觉比真事还真实了。按照实际经历写，因与时代精神不吻合，反而显得不真实。

孙犁的文艺理论和他自己的文学实践，相互阐释，对写作者起到了极大的指导作用，为革命文学队伍培养了大批人才。

五　孙犁对极简主义创作风格的提倡

孙犁个人生活极为简朴，在文学风格上，也主张简朴。在他那里，文风和生活作风是统一的。这也从一个方面告诉我们，提倡极简主义文风，对良好社会风气是有作用的。在《文艺学习》中，孙犁极力推广极简主义风格，他说："大作家的形象都是质朴又单纯的。不求形容词，恶奇巧华丽，一笔一笔用力把这个东西画出来，一笔不苟，不多也不少，恰好把这件东西活现出来。"① 他反对语言铺张，他说："我们的目的是创造形象，所以被描写、被比喻的东西才是主要的。忽略了写作的目的，就会颠倒宾主，一心去寻找漂亮的形容词，只追求俏皮华丽，堆砌起来，结果把要表现的事物蒙蔽、埋葬了。就好像一个人的脸，你一个劲地给他往上涂粉，一直厚到把鼻子全抹平了成了一个粉包皮的球。或是一个人身上，左一层右一层地穿花衣服，把人穿成一个圆柱，分不清轮廓了。"②

孙犁提倡极简主义风格，也是对人民大众的理解和体贴。抗日战争时期，只有极简主义才是最具人民性，最符合时代精神的文风。极简主义风格，也最容易保持现实生活的"真"，保持作品的"历史价值"，他说："质朴的形

---

① 孙犁:《文艺学习》,《孙犁文集》(5)，百花文艺出版社 2013 年版，第104 页。
② 同上。

象，大都是用人民生活里习惯的认识、比喻，使大家能理解领会，能立刻感到那描写的好处和趣味。假如不根据事实，标新立异，自己凭空创造一套'形象词典'，自鸣得意，乱加运用，会把形象弄成非驴非马……单纯的形象是用顶简单的描写，表现出完整的形象……"① 质朴和真实，质朴和生活，和文艺的大众化等密切相关。

和极简主义文风相关，孙犁提倡质朴无华的语言。他说：好的语言就是：明确、朴素、简洁、浮雕、音乐性和现实生活有紧密联系②，"明确的语言也常是朴素的，也常是简洁的，能明确也就能形象"③。坏的语言则是：干燥无味、没有个性、不正确的方言、胡乱的表现、似是而非的"丰富"、不和现实生活呼应④。他认为，鲁迅文风就是极简主义的，"是简练到'家'，因此也就是最有力量的"⑤。

孙犁小说是极简主义的典范。篇幅不长，但内容极其丰厚。比如，《荷花淀》第二自然段：

> 要问白洋淀有多少苇地？不知道。每年出多少苇子？不知道。只晓得，每年芦花飘飞苇叶黄的时候，全淀的芦苇收割，垛起垛来，在白洋淀周围的广场上，就成了一条苇子的长城。女人们，在场里院里编着席。编成了多少席？六月里，淀水涨满，有无数的船只，运输银白雪亮的席子出口，不久，各地的城市村庄，就全有了花纹又密、又精致的席子用了。大家争着买：
> "好席子，白洋淀席！"⑥

这一自然段有三个功能：再现冀中农村的风俗和生活习惯；再现和平年代人们生活的和谐、丰饶；表现对民族、国家最深沉的热爱。一个自然段，

---

① 孙犁：《文艺学习》，《孙犁文集》(5)，百花文艺出版社 2013 年版，第 106 页。
② 同上书，第 126 页。
③ 同上书，第 127 页。
④ 同上。
⑤ 同上书，第 137 页。
⑥ 孙犁：《荷花淀》，《孙犁文集》(1)，百花文艺出版社 2013 年版，第 91 页。

承载三大功能，显然太多了。这是一般读者难以接受的。

　　"妇女们在水生家的对话"①，也有三大功能：把中国农村妇女含蓄、温婉又大胆泼辣，对丈夫惦记又不愿承认的矛盾、复杂心理再现出来；水生嫂给大家"做工作"时的巧妙，体现了农村妇女的世俗智慧。她惦记水生，又知道危险，自己不是领导，不能直接阻止大家，她自己也很想去。一句话，把诸多意思都表现出来了。那句话就是："听他说鬼子要在同口安据点……"② 似有劝阻，又似不是；但至少把危险性告知大家了。算是履行了义务。劳动女性的那种聪明机智跃然纸上；男人离家后，妇女们第一次被"弃"在家，内心深处无依无靠。寻找男人，不过是寻找一个寄托。那个时代要求妇女独立、自强，但妇女们一时不很适应，在对话里全表现出来了。和结尾处联系起来，这一处对话显得更加必要。妇女们正是亲历了一场激烈的战斗，一下子成熟起来，意识到武装起来的重要性。若再参照《嘱咐》阅读，看日后水生嫂的成长和变化，这时女人们的叽叽喳喳，便忠实地记录了妇女成长起步阶段的真实精神状况。

　　但恰是这两处被一些选本编者全部删除了。这意味着，孙犁小说的极简主义叙事风格，没有被广泛领会。孙犁小说有很多埋伏和构想，不像他自己说的："我是按照生活的顺序写下来的，事先并没有什么情节安排"③，他小说的每一个字都有特殊用意。

结　语

　　《文艺学习》中的文艺思想，在革命文学队伍建设中发挥了重要作用。中国当代文坛散发出来的"孙犁味"④，也与《文艺学习》具有的对创作活动

---

　　① 孙犁：《被删小记》，《孙犁文集》(6)，百花文艺出版社 2013 年版，第 358 页。
　　② 孙犁：《荷花淀》，《孙犁文集》(1)，百花文艺出版社 2013 年版，第 94 页。
　　③ 孙犁：《关于〈荷花淀〉的写作》，《孙犁文集》(6)，百花文艺出版社 2013 年版，第 348 页。
　　④ 宗刚：《孙犁的编辑与批评对中国当代文学的别一种贡献——兼及文学生产的内在规律》，《齐鲁学刊》2012 年第 6 期。

的指导力有关，孙犁对此不无骄傲。他说："时至今日，为党所教养，从冀中抗日根据地培植起来的作家，以及他们写出来的作品，已经不在少数。其中成编成部，专写滹沱河沿岸斗争的就有好几本。从本书'前记'中可以知道，滹沱河沿岸，曾经是《冀中一日》编辑工作的光荣的根据地。大家如果能把这本书和这些作品一同看，那就不只看见了这里面的初生的枝叶，也可以仰望那累累的果实了。而察其趋势，这个收获，正在方兴未艾，后来居上，它的总成绩还未可仓促限量哩！重校这本书的时候，我特别感到兴奋的，就在于短短的历史本身所表现的这个无比雄辩的胜利图表。永远值得怀念的冀中抗日根据地的人民！"[①] 在世界反法西斯战争胜利 70 周年之际，重读孙犁的《文艺学习》，回顾其在抗日战争中为革命文学建设发挥的重要作用，对我们今天的文化建设也具有重要意义。

　　本文原发表于《贵州师范大学学报》（社会科学版）2015 年第 5 期

---

　　① 孙犁：《〈文艺学习〉校正后记》，《孙犁文集》（5），百花文艺出版社 2013 年版，第 219—220 页。

附录 2 孙犁抗战小说的叙事技巧与民族突围主题

孙犁抗战小说表面清新，实则隐藏着很深的玄机：琐琐碎碎的日常生活，普普通通的农民百姓，但主题相当复杂：有民族突围主题，有个体突围主题。双重突围你隐我显，你显我隐，变奏交响，相得益彰。篇幅短小的叙事作品能够如此，全因其高超的叙事技巧，没有高超的叙事技巧，多层面的主题就无法展开。下面分三部分予以论述。

一 多层面"互文本"技巧与群体突围主题的展开

所谓互文本有三层意思：被其他文本引用、重写、延长或者通过一般意义上的转换，从而使其变为富有意义的文本（文本组合）；吸取并黏合其他文本多重性的文本（Jenny）；在互文意义上联系在一起的一组文本（Arrive）①。孙犁抗战小说第一层意义上的互文文本有七组：《荷花淀》和《嘱咐》为一组互文本。这两个单篇作品，被人物"水生""延长"为一组互文本；《杀楼》和《村落战》两个单篇作品是被"五柳庄"、柳英华、小星、青元等"延长"为一组互文本的；《第一洞》和《藏》被"挖洞"的细节"延长"为一组互文本；《琴和箫》与《芦花荡》被大菱和二菱"延长"为一组互文本；

---

① ［美］杰拉德·普林斯：《叙述学词典》，乔国强、李孝弟译，上海译文出版社 2011 年版，第 106 页。

《蒿儿梁》和《看护》被刘兰"延长"为一组互文本；《丈夫》和《山里的春天》被妻子对丈夫参军抱怨的细节"延长"为一组互文本；《一天的工作》和《邢兰》被"喘气病""延长"为一组互文本。

第二层意义上的互文本有：《红棉袄》和《吴召儿》，因人物"作为"上的相互"吸取"，两篇作品"黏合"为一组互文本；《老胡的事》中的小梅和《麦收》中的二梅在性格上相互"吸取"，两篇作品"黏合"为一组互文本；《杀楼》《荷花淀》《村落战》在多重意义上相互"吸取"，"黏合"为一组互文本。

在第三层意义上，孙犁的抗战小说因抗日战争这一大背景，而集合为一个大型互文本结构。

总之，孙犁的抗战小说具有大面积"互文本"现象。单篇作品彼此"连缀"，构成一个"作品链"，就像绘画中的"系列"，彼此呼应，构成一个宏大主题，并形成独特风格。这种"互文本"结构模式，不但没有缩减其负载的历史信息，反而蕴藏了更多、更深的思想内涵，使小说的美学价值倍增。

以《荷花淀》为例。单看《荷花淀》，作品虽然"清新"，有"水乡"的柔美特质，但故事主题并没有得到完全开掘，和《嘱咐》互文阅读，两篇作品的主题均得到充分开掘。前者是抗日战争初始阶段，后者是抗日战争结束阶段，"故事时间"相隔"八年"。"水生"和"水生嫂"作为故事的核心人物，在两个文本中悄悄地发生着变化。战争初始阶段，"水生"是一普通渔民，在敌人加紧围困时，他响应组织号召参加了游击队。"水生嫂"是个通情达理的乡下女人，似乎只会"编席"，对很多事情懵懂无知，临别要求丈夫"嘱咐"自己。但到《嘱咐》时，水生和水生嫂已悄悄实现了地位置换。曾经要求水生"嘱咐"自己的水生嫂，主动"嘱咐"起水生来。而在外抗战八年的水生，一下子回到家里，感到不太适应，处处被水生嫂所"规约"。在《荷花淀》被男人取笑为"落后分子"的女人，在《嘱咐》里划着"冰床子"送自己的男人前去战场。这个时候，被取笑的反而是水生了。这种互文阅读的过程，使我们联想到，两个文本中间的"八年""故事时间"里发生的历史事件：男人们离家抗日，被抛在家里的女人们迅速成长为一种"新女人"，一条女人成长路线图被呈现出来。这是单篇阅读无法获取的主题信息。

再将《荷花淀》与《杀楼》互文阅读，就会发现抗日战争的残酷性。《荷花淀》中的水生率领村子里的年轻人参加了八路军，《杀楼》里的柳英华也率领村子里的年轻人参加了八路军，在家庭结构上，柳英华家和水生家也具有相似性，参军之时，家里有老父亲、小儿子、妻子。《荷花淀》没有交代男人参军之后村庄面临的危险，但在《杀楼》中，柳英华的老父亲和小儿子全被敌人杀害，气氛有点悲惨。这恰好补充了从《荷花淀》到《嘱咐》"八年""故事时间"省略了的部分叙述。《杀楼》没有提及柳英华参加游击队时的情景，《荷花淀》没有提及水生在部队升为连长的细节和作战过程。《嘱咐》中有水生升为连长和作战的简单交代。三篇作品互文阅读，一个农民从抗日战争初期参军，在战争中成长为八路军连长，参加保卫家乡的战斗，直至抗日战争胜利返回家乡的过程全部呈现出来。

《荷花淀》与《嘱咐》互文时呈现的是积极、热情的氛围；《荷花淀》和《杀楼》互文时呈现的是悲壮、苍凉的气氛。前一组互文本强调了人民在抗日战争中的成长，后一组互文本强调了人民在抗日战争中的巨大牺牲。两组互文本再次互文，将抗日战争中人民的牺牲和成长细腻、饱满地呈现出来。三个短篇，篇幅都不长，但达到了史诗般的厚重和磅礴。

二　对"叙事性"的规约与个体突围主题的展开

杰拉德·普林斯认为："不同的叙事有不同程度的叙事性，其中某些叙事的叙事性比另一些的大……"[①] "如果一个段落中的被叙之信号比叙述信号多""表现出较多的时间序列""描述冲突更多"[②]，其叙事性也就越强。

孙犁抗战小说的背景是"民族围困"，这是一个"宏大叙事"。但在具体

---

① ［美］杰拉德·普林斯：《叙事学》，徐强译，中国人民大学出版社 2013 年版，第 143 页。
② 同上书，第 143—144 页。

操作上，他选择了"短篇小说"，这就形成了一个"艺术难题"：如何在短小文本空间里呈现宏大叙事？互文本是解决这一难题的手段之一；对叙事性进行规约则是解决这一问题的另一重要手段。

叙事作品的"叙事性"可以通过"被叙信号"增多、"表现出较多的时间序列""描述冲突更多"等来体现，但不同的叙事性会将作品导向不同方向，不对叙事性进行规约，作者就无法准确呈现作品主题。

当"描述冲突更多"时，作品的可读性增强，但作者要表现的主题可能得不到深化。以《人的旅途》和《走出以后》为例，两篇小说都讲述"媳妇"离开婆家参加八路军的故事。《人的旅途》强化了矛盾冲突，写"她"的不幸遭遇，写婆婆怎样辱骂、折磨她，写丈夫怎样殴打她，生了女儿后怎样受虐待她等。"她"实在忍无可忍想自杀，被丈夫发现又是一顿毒打，连个诉苦的地方都没有。好不容易逃到一个尼姑庵里，老尼姑又是怎样的欺负她，不信任她，恐吓她……最后，"她"被一队八路军宣传队带出去。"叙事性"在不断强化的矛盾冲突中得到了加强，但故事的主题被模糊。因为压迫女人的是坏脾气的婆婆和丈夫，是假仁义的老尼姑。这种人在任何时代都有，只能说这个女人倒霉。这既不是彻底的反封建主题，也不是彻底的抗战主题，却是一个充满了矛盾冲突、可读性强的故事。

《走出以后》没有强化媳妇和婆婆一家的矛盾冲突，只是通过女房东的讲述，交代了王振中娘家和婆家的基本情况，交代了王振中不愿意在婆婆家是因为"不应心满意"，怕因为公公的落后，"叫人说不好""经不起一个背后的指点"。婆家要人的情节应该是强化叙事性的好机会，但未必是表现主题的好方法，所以，被"省略"处理。故事缺少了矛盾冲突，但故事性并没有淡化。我们看到了一个饱满、真实的王振中。她的性格、一颦一笑、着装、态度、价值观、变化等都在文章中有所反映。王振中在婆家时的不快乐和离家后的快乐简直判若两人。这种叙述突出了主题：反对旧式婚姻；批判落后的意识形态；强调抗日工作对妇女独立的意义。

当叙事作品"表现出较多的时间序列"时，事件的因果链条会更加清晰，人物的命运会得到关注。但这可能需要更多的文本空间。文章的篇幅增长，未必导致主题的厚重。以《苇塘纪事》和《芦花荡》为例。《苇塘纪事》和《芦花荡》都是以敌人封锁"大苇塘"这一历史事件为背景的。《苇塘纪事》"表现出较多的时间序列"。小说由"走进大苇塘""炮火中的仙境""我们插了翅膀""我要报仇！""青纱帐里（一）""青纱帐里（二）""保卫大苇塘""维持会长""东家和长工""我们又在一块了""我们被包围了""大雨之夜""永远活在心上的人们""一颗手榴弹""你们都是好人呀"15个部分构成。这15个部分的故事时间是前后连续的，每一部分也特别强调时间的连续性。第一部分的时间序列就是：与房东大娘告别—"连夜赶到大苇塘"，"整整走了一夜"—"又给我吃饭"—"饭后"—"最后，渡过一条小河"。"故事时间"比较完整，事件的逻辑链条连接得比较紧密。但反映的主题比较有限，就是敌人扫荡"大苇塘"时，八路军、游击队、人民群众等生活的艰辛。

《芦花荡》也是"敌人监视着苇塘，他们提防有人给苇塘里的人送来柴米，也提防里面的队伍跑了出去"，和《苇塘纪事》提供的背景差不多。但小说里的时间不是按照故事发生的时间顺序进行的。小说开头说的"夜晚，敌人从炮楼的小窗子里，呆望着这阴森的大苇塘"，所指每天夜晚。不独今夜。这样，时间概念被模糊掉了。之后，小说介绍的是"撑船的是一个将近六十岁的老头子"。然后是"每天夜里"、"每到傍晚"发生的事情，之后是"一天夜里"发生的"大菱""二菱"的故事，然后就开始介绍两个孩子的经历。介绍完孩子的经历才回到"那天夜里"发生的事件上。小说呈现给我们的时间是打散了的，但小说清晰呈现的是"老头子"和"大菱""二菱"的相关信息。这些信息带进更丰富的内容。老头子的过去，大菱二菱的过去，这样一个更丰富的抗日战争"前背景"、抗日战争"后背景"呈现出来。人物的性格也得到更详细的刻画和展示。"时间序列"被弱化，人物却被突出了，主题不但没有削弱，反而增加了深度和厚度。故事里有抗日战争的艰辛、牺牲，但更有人民的倔强、不屈、机智、尊严。篇幅比《苇塘纪事》短得多，但主题更加厚重，有苍凉、悲壮之美。

可见，孙犁的抗战小说对叙事性进行了规约，淡化了"矛盾冲突"，打散了"时间序列"，但强调了"被叙信号"。在强调"被叙信号"过程中，"个体突围"主题被展示出来。

《一天的工作》里，"三福""银顺子"和"小黑狼"作为"被叙"，在小说中被描述和交代得比较详细：年龄、政治身份、装扮、长相、关心的问题、所吃食物、性格、对话过程等。这样就使我们看到了"三福"的"努力"和"银顺子"的"担忧"，以及小黑狼对权力的欲望。"三福"希望自己尽快长大，希望自己能够多分担一些工作；而"银顺子"则需要一双鞋，因为以后要经常出来工作了，一双鞋对他是重要的。小黑狼不但在意和别人的比较，在意别人对自己的评价，对三福的工作热情极尽打压之能事。"个体"被生活的围困，在"被叙信号"中被强化出来。

《邢兰》中对邢兰的描述也很多，让我们看到了集中在邢兰身上的各种"历史痕迹"：过早衰老、"黄藥叶颜色的脸""不断气喘，像有多年痨病"，以及邢兰为改变现状而作的种种努力："组织村合作社""发动组织村里的代耕团和互助团""制作新农具"等。

《战士》中对战士残疾的身体以及残疾原因和过程都有详细交代："几个残废弟兄合股开的合作社"，因为认真、努力，生意红红火火；在反扫荡时，残疾战士还指挥了一场伏击战……

可见，通过对被叙信号的强化，小说人物的外貌、心理、感情、性格、语言、意愿等更加突出，人物在我们眼前"活"了。他们在自己的生活环境里尽可能地展现着自己的抗战激情和生活激情。这种强调被叙信号的做法，加厚了作品的历史维度和意识形态维度，人物的种种特征成为作者表意的符码，缩短了篇幅，却深化厚重了主题。

三 运用"网格化"叙述策略使双重突围主题交响变奏

所谓"网格化"叙述，是指"具有延展性"的"组合段平面"被"聚合面"的"指示物"所强化①造成的综合交错的叙述模式。

以《一天的工作》为例。作品开头的句子："从阜平到灵丘的路上，有一个交通站，叫口头村。这个村子在河北和山西交界上，从这村子再爬过一条山岭，就是山西省了。在这条路上，还有长城内线的残迹，山口上，还有一个碉堡。"在这一叙述语句中，特殊名词极为丰富，每一名词都"具有一系列联想场"②。交通站—自卫队—青抗先—儿童团—我们的队伍等；"长城内线的残迹"—"红眼"—"喘气病"—"脚上的疮"等；碉堡—日本人—汉奸—枪炮等；口头村—潘家沟—大同府—保定府—大高石等。

特殊名词引发的纵向"联想"场域，把一个叙述语段切分成了纵横交错的"网格"，而每一个"叙述网格"里都储存着大量信息。"交通站"指向共产党领导的根据地的基本活动情况，自卫队、青抗先、儿童团是共产党领导下被组织起来的人民群众，这一部分信息表现了群众的抗战热情；"长城"指向中华民族遥远的历史，"长城内线的残迹"—"红眼"—"喘气病"—"脚上的疮"这个"系统"③暗指中华民族几千年来的悲惨历史，被强敌蹂躏，为外族欺侮的灾难深重的历史；"碉堡"指向抗日战争的紧张局势，由碉堡—日本人—汉奸—枪炮构成的"系统"，把当时的战争局面陈述出来；口头村—潘家沟—大同府—保定府—大高石，这个"系统"里的信息，强调的是抗日根据地的范围，也暗示出中华民族血脉相连的复杂关系。这样，战争信息、空间信息、历史信息、意识形态信息都通过叙述网格方式有机融合在一起，敞开了一个丰富的可阐释空间。

如果我们把孙犁的抗战小说当作一个大型文本，每一单篇当作一个叙述语段，在每个叙述语段中，都存在一个"小系统"，"小系统"彼此之间相互连缀构成一个大系统。这个"大系统"向两个方向延伸，一个方向延伸到历史的深处，另一个方向延伸到并不遥远的未来。这样一个民族的形

---

① ［法］罗兰·巴尔特：《符号学原理》，李幼蒸译，中国人民大学出版社 2008 年版，第 42—43 页。
② 同上书，第 53 页。
③ 同上。

象完整地呈现出来，既包含过去，又瞩望未来。比如，我们把"女人"这一"系统""聚合"起来，就会得到一个充满隐喻的"大系统"：《一天的工作》里的"洗衣服的娘儿们"、邢兰的妻女、《战士》里"淘菜的妇女"和掌柜的女人、《芦苇》中的姑嫂、《女人们》里的"红棉袄"、马金霞、小翠、《懒马的故事》里的马兰、《走出以后》的王振中、杏花、婆婆、女房东、乡村女教师、《琴和箫》中的大菱、二菱和她们的母亲、《丈夫》中的"媳妇"、堂姐、《老胡的事》里的小梅、妹妹、《黄敏儿》中没有出场的黄敏儿的母亲（女将军或女战士）、《第一个洞》中的"她"、《山里的春天》里的"她"、《杀楼》里柳英华的妻子、《荷花淀》中的水生嫂和一群女人、《村落战》中大娘婶子、《麦收》中的二梅和妇女们以及奶奶、《芦花荡》中的大菱和二菱、《碑》中的小菊和母亲、《钟》里的慧秀和老尼姑、《"藏"》中的浅花、《嘱咐》中的水生嫂、《蒿儿梁》中的女主任和刘兰、《采蒲台》中的小红和母亲、吴召儿、《山地回忆》里的"妞儿"、小胜儿、《看护》中的刘兰和妇女们等。

某一"语段"中的女性构成的小系统具有一定的历史性，如《麦收》中的奶奶、妇女们、二梅；《走出以后》中的婆婆、女房东、乡村女教师、王振中、杏花；《钟》里的老尼姑、慧秀；《小胜儿》中的母亲、小胜儿等。

在每一叙述语段的小"系统"里，人物关系亲密，年老的和过去发生关联，年轻的和未来发生关联。把"小系统"组合成"大系统"时，女性人物就变成了一个"隐喻"[①] 系统。二梅的奶奶、邢兰的妻子甚至王振中的婆婆、小菊的母亲等都成为中华民族的历史隐喻；而王振中、小梅、妹妹、小胜儿、小菊、小红等成为正在成长的中华民族的隐喻；二梅、吴召儿等因为其光鲜亮丽的特质，成为中华民族未来的隐喻。

如果"组合段"平面的信息指向个体突围，确证的是某一具体人物在抗日战争这一大环境中的所作所为和她们的价值追求，由"聚合面"信息呈现

---

① ［法］罗兰·巴尔特：《符号学原理》，李幼蒸译，中国人民大学出版社2008年版，第44页。

出来的就是一个"民族突围"的隐喻。从个体突围导向民族突围的是带有意识形态色彩的"聚合面"的功能。比如，《一天的工作》里的"交通站"、青抗先、儿童团等、《邢兰》中的"发动组织了村合作社""发动组织了村里的代耕团和互助团"等、《战士》中的"几个残废兄弟合股开的合作社""民兵们"等、《红棉袄》中的自卫队、"平山县妇女自卫队检阅的时候"等这些意识形态化的"聚合面"在文本中指向了共产党的领导，肯定了抗日战争的胜利与共产党领导、发动、组织群众具有密切的关系。

这种由"组合面"和"聚合面"纵横交错构成的信息"网格"隐藏了大量主题信息，成为解读孙犁抗战小说的"密码"。这种叙事技巧和抗日战争时期的现实生活具有一定的关联。抗日战争时期，由于敌强我弱，八路军和游击队采取的是比较灵活的战略战术，敌疲我打，敌进我退，敌退我扰等。当敌人大规模扫荡时，"我方"处于"坚壁""转移""隐藏"状态。八路军的领导经常组织、督促群众抓紧时间"坚壁"物资，"隐藏"自己，部队也经常在夜间"转移"。长时间的行为模式必然影响到思维方式。孙犁抗战小说的叙事技巧，似乎模拟了当时的战争策略，形成了一套叙事"战术"——坚壁、隐藏、转移等。孙犁自己对此也是有意识的。比如，孙犁老年时，还把自己的搬家活动称作"转移"[①]。可见，其对战争生活的深刻记忆，不但转换为思维方式，还成为其言语方式，孙犁的这套叙事技巧非常符合文学规律，文学中的各种修辞手段都是一种隐藏技术。只有将作者的表达意图隐藏起来，阅读才会产生快感，如果意图太明显，文本的文学性就淡化了，一目了然，解读不再是探险，就失去了很多乐趣。阅读孙犁的抗战小说，乐趣无穷，就在于其叙事技巧中的隐藏术，探寻其隐藏于文本中的主题信息的过程，充满快乐。

① 孙犁：《转移》，《孙犁文集》（3），百花文艺出版社2013年版，第464页。

结　语

　　孙犁的抗战小说给人的第一印象是清新、淡雅，充满诗意，这常常让人误以为"清浅"，以致中学生、中学教师、各种编者都敢对其作品进行肆意删改，这是对其作品的极大误解。孙犁极力反对对他小说的删改，使人误以为他清高。实际上，他小说的结构是相当严谨的，一旦删改就会削弱其互文性，一旦失去了互文性，就会削弱其丰富的意识形态指向，其要表达的"民族突围"这一宏大主题就落空了。留在单篇作品中的只有"个体突围"印痕，虽然它们是民族突围的组成部分，也很重要，但毕竟单薄了些。这也是孙犁极力捍卫其作品完整性的初衷之一吧。

　　孙犁的抗战小说是一个复杂的艺术结构，具有丰富的思想内容和非常现代的艺术旨趣。多年来，我们一直没有读透其作品，原因之一就在于我们把他当作解放区作家对待的同时，也把他的小说归入"大众化读物"，这意味着"通俗易懂"。于是，我们不再使用各种理论工具去解读，习惯用传统的现实主义、浪漫主义的理论工具去观照，这就使我们难以发现其作品蕴藏着的更加丰富的解读空间。运用叙事学的相关理论观照其作品时，才会发现，孙犁的抗战小说是一个巨大的宝藏，具有巨大的可开发性。

　　　　　　　　　　　　本文原发表于《中国语言文学研究》（2015年春之卷）

参考文献

1. 周申明、邢怀鹏编：《孙犁的艺术风格》，河北人民出版社 1980 年版。

2. 七省（区）十七院校《中国现代文学史》编写组编：《中国现代文学史（上下）》，内蒙古教育出版社 1980 年版。

3. 百花文艺出版社编：《孙犁作品评论集》，百花文艺出版社 1982 年版。

4. 冉淮舟：《论孙犁的文学道路》，陕西人民出版社 1982 年版。

5. 刘金镛、房福贤编：《孙犁研究专集》，江苏人民出版社 1983 年版。

6. 罗国杰、宋希仁编著：《西方伦理思想史》，中国人民大学出版社 1985 年版。

7. 林焕标、卢斯飞：《孙犁作品欣赏》，广西人民出版社 1986 年版。

8. 管蠡：《孙犁传——笔耕生涯》，北岳文艺出版社 1986 年版。

9. 郭志刚：《孙犁创作散论》，山西人民出版社 1986 年版。

10. 郭志刚：《荷塘纪胜——论孙犁的散文》，北京出版社 1987 年版。

11. 宗白华：《艺境》，北京大学出版社 1987 年版。

12. 俞元桂主编：《中国现代散文史》，山东文艺出版社 1988 年版。

13. 严家炎：《中国现代小说流派史》，人民文学出版社 1989 年版。

14. 陈白尘、董健：《中国现代戏剧史稿》，中国戏剧出版社 1989 年版。

15. 吴野：《战火中的文学沉思》，四川教育出版社 1990 年版。

16. 乐黛云、王宁主编：《西方文艺思潮与二十世纪中国文学》，中国社会科学出版社 1990 年版。

17. 周申明、杨振喜：《孙犁评传》，百花文艺出版社 1990 年版。

18. 郭志刚、章无忌：《孙犁传》，北京十月文艺出版社 1990 年版。

19. 腾云、张学正、刘宗武编：《孙犁作品评论续编》，百花文艺出版社 1991 年版。

20. 朱葵菊：《中国传统哲学》，中国和平出版社 1991 年版。

21. 柳鸣九主编：《二十世纪现实主义》，中国社会科学出版社 1992 年版。

22. 温儒敏：《中国现代文学批评史》，北京大学出版社 1993 年版。

23. 徐顺教、季甄馥主编：《中国近代伦理思想研究》，华东师范大学出版社 1993 年版。

24. 李杨：《抗争宿命之路——社会主义现实主义（1942—1976）研究》，时代文艺出版社 1993 年版。

25. 郭预蘅：《中国散文简史》，北京师范大学出版社 1994 年版。

26. 韩映山：《孙犁的人品和作品》，大众文艺出版社 1995 年版。

27. 郭志刚：《孙犁评传》，重庆出版社 1995 年版。

28. 冯友兰：《中国哲学简史》，北京大学出版社 1996 年版。

29. 金梅：《孙犁的现实主义艺术论》，陕西人民出版社 1996 年版。

30. 温儒敏：《中国现代文学批评史教程》，北京大学出版社 1997 年版。

31. 周明初：《晚明士人心态及文学个案》，东方出版社 1997 年版。

32. 赵毅衡：《当说者被说的时候——比较叙述学导论》，中国人民大学出版社 1998 年版。

33. 钱理群、温儒敏、吴福辉编著：《中国现代文学三十年》，北京大学出版社 1998 年版。

34. 刘增杰主编：《中国解放区文学史》，河南大学出版社 1988 年版。

35. 李永生：《孙犁小说论》，北岳文艺出版社 1988 年版。

36. 方珊：《形式主义文论》，山东教育出版社 1999 年版。

37. 叶舒宪主编：《文学与治疗》，社会科学文献出版社 1999 年版。

38. 于平：《明清小说外围论》，中国青年出版社 1999 年版。

39. 陈少明、单世联、张永义：《近代中国思想史略论》，广东人民出版社 1999 年版。

40. 冯光廉：《中国近百年文学体式流变史》，人民文学出版社 1999 年版。

41. 张永泉主编：《河北解放区作家论》，花山文艺出版社 2000 年版。

42. 佛雏：《王国维诗学研究》，北京大学出版社 2000 年版。

43. 刘宗武编：《孙犁与白洋淀》，百花文艺出版社 2000 年版。

44. 胡适：《白话文学史》，百花文艺出版社 2002 年版。

45. 刘宗武编：《孙犁研究论文集》，百花文艺出版社 2002 年版。

46. 赵建国：《赵树理孙犁比较研究》，昆仑出版社 2002 年版。

47. 王福湘：《中国革命现实主义文学思潮史》，广东人民出版社 2002 年版。

48. 许道明：《中国现代文学批评史新编》，复旦大学出版社 2002 年版。

49. 黄曼君：《中国二十世纪文学理论批评史》，中国文联出版社 2002 年版。

50. 马驰：《"新马克思主义"文论》，山东教育出版社 2003 年版。

51. 王岳川：《后殖民主义与新历史主义文论》，山东教育出版社 2003 年版。

52. 马云：《中国现代散文的情感与交流》，河北人民出版社 2003 年版。

53. 汪稼明：《孙犁：陌巷里的弦歌》，大象出版社 2003 年版。

54. 刘宗武：《孙犁的生活与创作》，天津教育出版社 2003 年版。

55. 阎庆生：《晚年孙犁研究》，中国社会科学出版社 2004 年版。

56. 杨联芬：《孙犁：革命文学中的多余人》，中国文联出版社 2004 年版。

57. 宋绍香译编：《中国解放区文学俄文版序跋集》，中国文史出版社 2004 年版。

58. 陈顺馨：《社会主义现实主义理论在中国的接受与转化》，安徽教育出版社 2004 年版。

59. 席宣、金春明：《文化大革命简史》，中共党史出版社 2005 年版。

60. 姜震龙：《解放区散文研究》，上海三联书店 2005 年版。

61. 夏志清：《中国现代小说史》，复旦大学出版社 2005 年版。

62. 杨义：《中国现代小说史》（1—3 卷），人民文学出版社 2005 年版。

63. 叶君：《参与、守持与怀乡：孙犁论》，社会科学文献出版社 2006 年版。

64. 朱光潜：《我与文学及其他》，安徽教育出版社 2006 年版。

65. 张文红：《伦理叙事与叙事伦理——90 年代小说的文本实践》，社会科学文献出版社 2006 年版。

66. 蓝棣之：《现代文学经典：症候式分析》，人民文学出版社 2006 年版。

67. 张牛：《"五四"运动与中国近现代历史哲学》，重庆出版社 2006 年版。

68. 许纪霖、陈达凯主编：《中国现代化史》（第一卷 1800—1949），学林出版社 2006 年版。

69. 王理平：《差异与绵延：柏格森哲学及其当代命运》，人民出版社 2007 年版。

70. 温儒敏：《新文学现实主义的流变》，北京大学出版社 2007 年版。

71. 周作人：《中国新文学的源流》，江苏文艺出版社 2007 年版。

72. 赖振寅：《中国小说》，同济大学出版社 2007 年版。

73. 程光炜、刘勇、吴晓东等：《中国现代文学史》，中国人民大学出版社 2007 年版。

74. 朱栋霖、朱晓进、龙泉明主编：《中国现代文学史》（1917—2000）（上下），北京大学出版社 2007 年版。

75. 赵之昂：《肤觉经验与审美意识》，中国社会科学出版社 2007 年版。

76. 郭冰茹：《十七年（1949—1966）小说的叙事张力》，岳麓书社 2007 年版。

77. 郭宝亮：《文化诗学视野中的新时期小说》，河北人民出版社2007年版。

78. 刘俐俐：《中国现代经典短篇小说文本分析》，北京大学出版社2007年版。

79. 刘勇强：《中国古代小说史叙论》，北京大学出版社2007年版。

80. 马云：《中国当代作家作品研究》，人民文学出版社2007年版。

81. 李晓东、杨茳善：《中国空间》，中国建筑工业出版社2007年版。

82. 金梅：《寂寞中的愉悦——嗜书一生的孙犁》，河南人民出版社2007年版。

83. 谭君强：《叙事学导论——从经典叙事学到后经典叙事学》，高等教育出版社2008年版。

84. 李泽厚：《中国古代思想史论》，生活·读书·新知三联书店2008年版。

85. 李泽厚：《中国近代思想史论》，生活·读书·新知三联书店2008年版。

86. 李泽厚：《中国现代思想史论》，生活·读书·新知三联书店2008年版。

87. 楚爱华：《明清至现代家族小说流变研究》，齐鲁书社2008年版。

88. 龚鹏程：《中国小说史论》，北京大学出版社2008年版。

89. 鲁迅：《中国小说史略》，人民文学出版社2008年版。

90. 吴秀明：《中国现当代文学史与生态场》，中国社会科学出版社2009年版。

91. 谭长流：《空间哲学》，九州出版社2009年版。

92. 关子尹：《语默无常——寻找定向中的哲学反思》，北京大学出版社2009年版。

93. 李展：《黄鹂声声带血鸣——孙犁抗战小说研究》，湖北人民出版社2009年版。

94. 秦勇：《巴赫金躯体理论研究》，中国社会科学出版社2009年版。

95. 朱智秀：《中国新文学大系（1917—1927）小说选集·导言研究》，南京大学出版社 2009 年版。

96. 崔志远：《中国当代小说流变史》，中国社会科学出版社 2009 年版。

97. 赵一凡：《从卢卡奇到萨义德：西方文论讲稿续编》，生活·读书·新知三联书店 2009 年版。

98. 王璧文：《中国建筑》，岳麓书社 2009 年版。

99. 胡景敏：《巴金〈随想录〉研究》，复旦大学出版社 2010 年版。

100. 李洁非：《典型文案》，人民文学出版社 2010 年版。

101. 郭绍虞：《中国文学批评史》，商务印书馆 2010 年版。

102. 陈平原：《中国小说叙事模式的转变》，北京大学出版社 2010 年版。

103. 陈平原：《小说史：理论与实践》，北京大学出版社 2010 年版。

104. 张泽贤：《中国现代文学小说版本闻见录 1934—1949》，上海远东出版社 2010 年版。

105. 夏志清：《新文学的传统》，新星出版社 2010 年版。

106. 费小平：《家园政治：后殖民小说与文化研究》，北京大学出版社 2010 年版。

107. 吴福辉：《中国现代文学发展史》，北京大学出版社 2010 年版。

108. 成复旺：《新编中国文学理论史》，中国人民大学出版社 2010 年版。

109. 郜元宝：《遗珠偶拾——中国现代文学史札记》，北京大学出版社 2010 年版。

110. 杨联芬：《中国现代小说导论（第 2 版）》，北京师范大学出版社 2010 年版。

111. 阎庆生：《阅读孙犁》，南京大学出版社 2011 年版。

112. 孙晓玲：《布衣：我的父亲孙犁》，生活·读书·新知三联书店 2011 年版。

113. 顾广梅：《中国现代成长小说研究》，人民出版社 2011 年版。

114. 严家炎：《论鲁迅的复调小说》，北京大学出版社 2011 年版。

115. 赵晖：《海子，一个"80 年代"文学镜像的生成》，北京大学出版社 2011 年版。

116. 肖锦龙：《意识批评、语言分析、行为研究——希利斯·米勒的文学批评之批评》，高等教育出版社 2011 年版。

117. 陈国恩主编：《中国现当代文学史（上下）》，武汉大学出版社 2011 年版。

118. 梁漱溟：《中国文化要义》，上海人民出版社 2011 年版。

119. 房福贤：《中国抗战文学新论》，中国社会科学出版社 2012 年版。

120. 郭小东：《中国知青文学史稿》，北京十月文艺出版社 2012 年版。

121. 苑英科：《散兵弦歌——孙犁论稿》，河北大学出版社 2012 年版。

122. 腾云：《孙犁十四章》，人民文学出版社 2012 年版。

123. 杨栋：《杨栋与孙犁先生》，陕西梨花村藏书楼 2012 年版。

124. 靳明全：《抗战文学与中日比较文学论稿》，中国社会科学出版社 2013 年版。

125. 张荣升、丁威、赵天民：《小说家的批评和批评家的小说》，黑龙江大学出版社 2013 年版。

126. 赵毅衡：《苦恼的叙事者》，四川文艺出版社 2013 年版。

127. 杨军、张松：《多元一体——当代中国的历史解说》，世界知识出版社 2013 年版。

128. 刘宗武、白贵、王彦博：《孙犁百年诞辰纪念集》，河北大学出版社 2013 年版。

129. 姜德明编：《孙犁书札·致姜德明》，百花文艺出版社 2013 年版。

130. 孙晓玲：《逝不去的彩云：我与父亲孙犁》，百花文艺出版社 2013 年版。

131. 铁凝、贾平凹等：《百年孙犁》，百花文艺出版社 2013 年版。

132. 韦君宜：《思痛录（增订纪念版）》，人民文学出版社 2013 年版。

133. 丁东：《永远的质疑》，重庆出版社 2013 年版。

134. 郭宝亮：《语言·审美·文化》，花山文艺出版社 2013 年版。

135. 林小波、郭德宏：《"文革"的预演——"四清"运动始末》，人民出版社 2013 年版。

136. 周毅：《抗战时期文艺政策研究》，四川大学出版社 2013 年版。

137. 刁克利：《诗性的寻找》，中国人民大学出版社 2013 年版。

138. 许洋、李楠主编：《革命还是变迁?》，中信出版社 2013 年版。

139. 梁启超：《中国近三百年学术史》，中国画报出版社 2013 年版。

140. 周先慎：《明清小说》，北京大学出版社 2013 年版。

141. 王富仁：《中国需要鲁迅》，北京师范大学出版社 2013 年版。

142. 阳雨：《"大跃进"运动纪实》，东方出版社 2014 年版。

143. 张谦芬：《上海与延安——异质空间下的小说民族化》，人民出版社 2014 年版。

144. 刘华清：《人民公社化运动纪实》，东方出版社 2014 年版。

145. 邓玉环：《中国当代文学中的"屋"与"人"》，商务印书馆 2014 年版。

146. 龙迪勇：《空间叙事研究》，生活·读书·新知三联书店 2014 年版。

147. 陆成编著：《八年抗战》，团结出版社 2014 年版。

148. 潘光旦：《人文史观》，群言出版社 2014 年版。

149. 王克明、宋小明主编：《我们忏悔》，中信出版社 2014 年版。

150. 陈徒手：《故国人民有所思——1949 年后知识分子思想改造侧影》，生活·读书·新知三联书店 2014 年版。

151. 张中良：《抗战文学与正面战场》，社会科学文献出版社 2014 年版。

152. 李玉平：《互文性——文学理论研究的新视野》，商务印书馆 2014 年版。

153. 吴珏：《"三反""五反"运动纪实》，东方出版社 2014 年版。

154. 李琼整理：《八路军抗战文艺作品整理与研究（小说卷）》，武汉大学出版社 2015 年版。

155. 董耀奎：《保定抗战史话》，新华出版社 2015 年版。

156. 刘干才、李奎：《晋察冀抗战纪实》，团结出版社 2015 年版。

157. 黄清海、沈建华：《抗战家书》，福建人民出版社 2015 年版。

158. 杨俊：《〈武训传〉批判事件研究》，当代中国出版社 2015 年版。

159. 程桂婷：《疾病对中国现代作家创作的影响研究——以鲁迅、孙犁、史铁生为例》，中国社会科学出版社 2015 年版。

160. 刘胜利：《身体、空间与科学》，江苏人民出版社 2015 年版。

161. 马云、胡景敏：《20 世纪中国文学与西方现代艺术论稿》，中国社会科学出版社 2015 年版。

162. 龙迪勇：《空间叙事学》，生活·读书·新知三联书店 2015 年版。

163. 范卫东：《抗战时期中国散文的自由精神研究》，南京师范大学出版社 2015 年版。

164. 王文正口述，沈国凡采写：《我所亲历的胡风案》，当代中国出版社 2015 年版。

165. ［德］费希特：《论学者的使命、人的使命》，梁志学、沈真译，商务印书馆 1984 年版。

166. ［奥］马赫：《感觉的分析》，淇谦译，商务印书馆 1986 年版。

167. ［美］W．C．布斯：《小说修辞学》，胡晓苏、周宪译，北京大学出版社 1987 年版。

168. ［英］特里·伊格尔顿：《文学原理引论》，龚国杰译，文化艺术出版社 1987 年版。

169. ［美］B.R. 赫根法：《现代人格心理学历史导引》，文一等译，河北人民出版社 1988 年版。

170. ［法］萨特：《词语》，潘培庆译，生活·读书·新知三联书店 1989 年版。

171. ［英］D.H. 劳伦斯：《人的秘密》，杨小洪、王艺、邢悦译，上海人民出版社 1989 年版。

172. ［美］保罗·法伊尔阿本德：《自由社会中的科学》，兰征译，上海译文出版社 1990 年版。

173. ［英］荣格：《分析心理学的理论与实践》，成穷、王作虹译，生活·读书·新知三联书店 1991 年版。

174. ［美］伊恩·P. 瓦特：《小说的兴起》，高原、董红钧译，生活·读书·新知三联书店 1992 年版。

175. ［荷兰］斯宾诺莎：《伦理学》，贺麟译，商务印书馆 1992 年版。

176. ［古希腊］亚里士多德：《亚里士多德全集》（1—10 卷），颜一、秦典华译，中国人民大学出版社 1994 年版。

177. ［美］L. J. 宾克莱：《理想的冲突——西方社会中变化着的价值观念》，马元德等译，商务印书馆 1994 年版。

178. ［英］格雷厄姆·沃拉斯：《政治中的人性》，朱曾汶译，商务印书馆 1995 年版。

179. ［美］浦安迪：《中国叙事学》，北京大学出版社 1996 年版。

180. ［英］荣格：《荣格文集》，冯川译，改革出版社 1997 年版。

181. ［英］乔·艾略特等著：《小说的艺术》，张玲等译，社会科学文献出版社 1999 年版。

182. ［英］弗兰克·克默德：《结尾的意义——虚构理论研究》，刘建华译，辽宁教育出版社 2000 年版。

183. ［法］瓦莱特：《小说：文学分析的现代方法与技巧》，天津人民出版社 2002 年版。

184. ［德］沃尔夫冈·伊瑟尔：《虚构与想象：文学人类学疆域》，陈定家、汪正龙译，吉林人民出版社 2003 年版。

185. ［美］华莱士·马丁：《当代叙事学》，伍晓明译，北京大学出版社 2005 年版。

186. ［美］W. V. O. 蒯因：《语词和对象》，陈启伟、朱锐、张学广译，中国人民大学出版社 2005 年版。

187. ［意］安贝托·艾柯：《悠游小说林》，俞冰夏译，生活·读书·新知三联书店 2005 年版。

188. ［俄］弗拉基米尔·雅科夫列维奇·普罗普：《故事形态学》，贾放译，中华书局 2006 年版。

189. ［俄］弗拉基米尔·雅科夫列维奇·普罗普：《神奇故事的历史根源》，贾放译，中华书局 2006 年版。

190. ［英］布鲁克：《空的空间》，邢历等译，中国戏剧出版社 2006 年版。

191. ［法］勒内·基拉尔：《双重束缚——文学、摹仿及人类学文集》，刘舒、陈明珠译，华夏出版社 2006 年版。

192. ［法］乔治·巴塔耶：《文学与恶》，董澄波译，北京燕山出版社 2006 年版。

193. ［奥］西格蒙德·弗洛伊德：《论艺术与文学》，国际文化出版公司 2007 年版。

194. ［奥］西格蒙德·弗洛伊德：《一种幻想的未来·文明及其不满》，严志军、张沫译，上海世纪出版社 2007 年版。

195. ［美］J. 希利斯·米勒：《小说与重复——七部英国小说》，王宏图译，天津人民出版社 2008 年版。

196. ［法］罗杰·加洛蒂：《论无边的现实主义》，吴岳添译，百花文艺出版社 2008 年版。

197. ［波兰］罗曼·英加登：《论文学作品》，张振辉译，河南大学出版社 2008 年版。

198. ［英］朱利安·沃尔弗雷斯编著：《21 世纪批评述介》，张琼、张冲译，南京大学出版社 2009 年版。

199. ［法］茨维坦·托多罗夫：《象征理论》，王国卿译，商务印书馆 2010 年版。

200. ［爱尔兰］菲利普·佩迪特：《词语的创造》，于明译，北京大学出版社 2010 年版。

201. ［德］沃林格：《抽象与移情——对艺术风格的心理学研究》，王才勇译，金城出版社 2010 年版。

202. ［挪］诺伯－舒兹：《场所精神——迈向建筑现象学》，施植明译，华中科技大学出版社 2010 年版。

203. ［法］大卫·勒布雷东：《人类身体史和现代性》，王圆圆译，上海文艺出版社 2010 年版。

204. ［法］阿诺尔德·范热内普：《过渡礼仪》，张举文译，商务印书馆 2010 年版。

205. ［英］克里斯·希林：《身体与社会理论》，李康译，北京大学出版社 2010 年版。

206. ［美］杰拉德·普林斯：《叙述学词典》，乔国强、李孝弟译，上海译文出版社 2011 年版。

207. ［法］茨维坦·托多罗夫：《散文诗学——叙事研究论文选》，候应花译，百花文艺出版社 2011 年版。

208. ［法］保罗·利科：《承认的过程》，汪堂家、李之喆译，中国人民大学出版社 2011 年版。

209. ［英］怀特海：《过程与实在——宇宙论研究》，李步楼译，商务印书馆 2011 年版。

210. ［法］皮埃尔·马舍雷：《文学在思考什么?》，张璐、张新木译，译林出版社 2011 年版。

211. ［法］阿兰·罗伯－格里耶：《为了一种新小说》，余中先译，湖南文艺出版社 2011 年版。

212. ［法］A.J. 格雷马斯：《论意义——符号学论文集》（上、下），百花文艺出版社 2011 年版。

213. ［英］麦嘉湖：《中国人的生活方式》，秦传安译，电子工业出版社 2012 年版。

214. ［美］瑾·克兰迪宁主编：《叙事探究——原理、技术与实例》，菊玉翠等译，北京师范大学出版社 2012 年版。

215. ［美］明恩溥：《中国的乡村生活》，陈午晴、唐军译，电子工业出版社 2012 年版。

216. ［美］E. A. 罗斯：《变化中的中国人》，李上译，电子工业出版社 2012 年版。

217. ［法］米兰·昆德拉：《小说的艺术》，董强译，上海译文出版社 2012 年版。

218. ［匈］卢卡奇：《小说理论》，燕宏远、李怀涛译，商务印书馆 2013 年版。

219. ［法］加斯东·巴士拉：《空间的诗学》，张逸婧译，上海译文出版社 2013 年版。

220. ［法］热拉尔·热奈特：《转喻：从修辞到虚构》，吴康茹译，漓江出版社 2013 年版。

221. ［美］西摩·查特曼：《故事与话语——小说和电影的叙事结构》，徐强译，中国人民大学出版社 2013 年版。

222. ［美］杰拉德·普林斯：《叙事学》，徐强译，中国人民大学出版社 2014 年版。

后　记

当论文答辩这一天终于来到的时候，心里没想象的那么激动。因为这一天不是用三年时间换来的，而是更长。大约是从 2005 年我转到文艺理论教研室那天开始的吧。我本不是一个上进心强的人，只要能完成本职工作，便不再想入匪匪。即使文学院教师都变成了博士，我也不很在意。直到教了多年的写作教研究室被取消，教授写作学的老师们转到各个教研室，我转入文艺学教学室改教美学，这时才不得不重新上路。考博成为我必须完成的一项任务。之后便开始备考。一旦开始，才发现，这条路漫长到令人绝望。开始一个新的专业倒是令人兴奋和喜悦的，但将本来不喜欢的外语捡起来，并提高一大截却是异常艰巨的任务。一旦下定决心，生活便进入另一种模式：减少交往，不再出游，降低生活标准……

十多年时间里，我考了无数次，考过河北大学博士，考过南开大学若干次，考过山东师范大学。英语虽然不断提高，但总与要求差那么几分，就这样艰难"攀登"着。确实是"攀登"，因为越学越觉得自己问题多多，越学越觉得考博是必须完成的一项使命了。不为别的，就为了"修正"自己，使自己更配得上这份工作，更配得上自己的人生。

刚开始那几年，一边考外校的博士，一边担心考上之后的集体生活模式，盼着河北师范大学文学院取得博士点。等到河北师范大学文学院有博士点的时候，以为马云老师可以带，结果却没有，只好再等。并经常问马老师一些很愚蠢的问题：你怎么不带博士？等马老师可以带博士时，她又因身体关系表示不想带。这令我非常意外，我觉得可能是马老师对我有意见吧，就问她：你不喜欢我？马老师说：没有啊。我的回答很简单：那你为什么不带？不管怎样，我终于如愿以偿。我之所以盯着马老师，有两个原因：一是马老师的思维方式，她对小说的敏感把握一直令我钦佩不已；二是马老师不会迁就我，她做事的认真态度也为我一直所敬佩。当我终于可以和马老师共度几年时光时，才发现我俩之间的巨大差距。我的随心所欲，口无遮拦，思维方式的飘忽不定，都成为我需要克服的性格缺陷。而马老师就像定海神针，稳定得出奇。所以，很多时候马老师给我上课，我都感觉到一种无形的压力——一种来自性格之间的不协调带来的压力。我也感觉到马老师对我的迁就、宽容、规范……我最佩服的是马老师对选题的处理。2013 年考博结果出来后，马老师就开始思考选题问题。因为我最初的想法太灵活，漫无边际。2013 年 7 月，马老师突然打电话给我，让我读孙犁。我欣然受命，提前进入读博状态，并很快"陷"进孙犁迷宫一样的世界。在研究孙犁的过程中，我不断感谢马老师的高瞻远瞩。如果不是以这种方式，我很可能不会走"进"孙犁，因为我对孙犁所知不多。但当走"进"孙犁的世界时，才惊叹道：天啊，这是一个怎样的世界啊！我惊叹孙犁的执着和稳定：一生从不被任何东西所改变。他的人生目标早有规划，且始终追寻不已，直到完成自己的规划。他对名和利的态度，对物的态度，对应酬的态度给了我太多启发。甚至从某种意义讲，我一边研究孙犁，一边改变自己。对我来说，孙犁具有救赎的力量。不是遭遇孙犁，我或许还纠结于这许多年的"失去"。是的，从物质的角度考量，失去了很多，患得患失让人难以快乐。而孙犁将我从患得患失的境遇里"提溜"出来。之后，我对自己和家人说：既然选择了，就走吧，失去什么就失去吧，管它呢！伴随着对孙犁认识的深入，越发崇敬这样一位了不起的人物：在"权"横行时，敢蔑视"权"；在"物"横流时，对物并不在乎；"名"满天下时，视"名"如粪土……若不如此，他早被淹没了。是孙犁，带给我一个更加稳定的世界观，更加正能量的生活观。我因此而感谢马老师，感谢她异常坚定地将这个选题"塞"给我……当马老师给我上课时，我虽然已读完孙犁的所有著作，但仍然"吃"不透，对孙犁的认识飘忽不定，在很多地方打转，马老师异常坚定地说："围困与突围。"她认为孙犁就是一个突围者，一生都在突围。我虽深有同感，但一时难以战胜自己对孙犁的认知。我停留在孙犁是一个伟大作家、孙犁是一个革命文学建设者这个定位，一时走不出来……但我是成年人，深知我对现当代文学和孙犁缺少整体把握，而马老师对文学作品的把握和洞察力是我一直佩服的。这也算是知己知彼吧。所以，就一遍一遍地写，也一遍一遍地改。整个写作过程，就像一匹放归草原的马，经常会"跑远了"，越出边界。在经过无数次反复之后，我终于不但走"进"孙犁，而且吃透了"围困与突围"这对关键词。孙犁一生的突围努力在我脑子里生动起来，"围困与突围"应该是对孙犁小说乃至孙犁一生最好的诠释。这对儿关键词，与我最初关于孙犁是一个革命文学建设者的想法居然"揉"在了一起，这个时候，心情无比舒畅。和马老师在一起的三年时间里，我学了很多，感觉自己也变化了很多，似乎变得"稳定"了。在此，对马老师表示由衷的感谢！

读博期间，陈超老师、郭宝亮老师、胡景敏老师专门为我设计了课程。每个人虽只有短短六周时间，但在治学方法上给了我不少帮助。郭老师的"经典阅读"给我留下深刻印象；胡老师的现代文学思潮帮我清晰地梳理了现代文学史上很多重要问题，他的严谨和细腻的治学态度令我佩服，在他的课上，我意识到自己的粗心大意，并下定决心改正；陈超老师的生命哲学课作为一门永远的经典成了绝唱，他的认真和谦逊成为我难以抹去的记忆，也成了我永远的感伤。

此外，我非常感谢文艺学教研室的诸位同事，邢建昌教授、姜文振教授、孙秀昌教授、毕日生教授等，在这三年时间里他们给予我很多帮助。有专业方面的，有生活方面的，最重要的是他们为我营造的学术氛围。我常常感觉到来自他们的激励和鞭策，也能感觉到他们的理解和宽容。没有他们的理解、宽容和帮助，我不会这么愉快地完成博士学位论文的写作吧。

当然，还要感谢我先生——要力勇。在我考博的这十几年里，他一直陪着我学习外语，监督我背单词，练习听力，还负责家务劳动。在我论文即将写完的时候，他说："我终于解放了！"这十几年来他比我压力还大。记得在南开大学考试时，他替我拿着各种考试用具，走得比我还快，恨不得自己进去替我考试。当他站在教室门口，而我还在缓慢移动时，他急得不行，我却在心里笑他"傻蛋"——一个陪考的人，那么着急干什么……但这就是一直以来我们之间的关系，我的事就是他的事。我上课他担心迟到，比我起得早；我和马老师在一起，他担心我说话随便，惹马老师生气。每次上完课，都会问我："你没惹马老师生气吧？"现在想来，有点奇怪，为什么总担心我惹马老师生气呢？总之，他对我的操心简直难以形容。从第一年考博开始，十多年时间里，他放弃了社会上的各种工作，在家里"受气"，承受我因为压力造成的焦虑和烦躁不安。我偶尔也于心不忍觉得对他不起，但更多时候觉得我别无选择，他也别无选择，只能如此……不过，在我安静学习这几年，他因陪伴我而收获甚丰，他收获了——《木屋诗集》2013 年出版，还收获了满满一屋子的拟象油画作品，这是当初没有想到的。需要附带一句的是我对女儿的亏欠。我不是中国式好妈妈，这几年考博，就更不符合中国式好妈妈标准了。但我女儿是一个中国式好女儿，对妈妈蛮有孝心。有时候，她比我更像妈妈，在很多事情上照顾我，体谅我。感谢上帝给我这么好的女儿！

我已年过半百，我的学术生涯充满波折，但现在想来，每一段波折都是财富。从某种角度讲，正是因为过去的波折，才会有这三年的学术历练。在我的人生阅历中，如果少了这三年，将是不完美的，这三年，既是对我的巨大磨练，也是对我人生的最高奖赏。因为有了这样的三年，我才变得更"年轻"，并对未来充满信心，因为这三年，我看到了更美的风景！

2016 年 3 月 15 日于石门